DE OVERKANT VAN DE RIVIER

BOEKEN VAN JAN SIEBELINK

Nachtschade (verhalen, 1975)
Een lust voor het oog (roman, 1977)
Weerloos (verhalen, 1978)
Oponthoud (novelle, 1980)
De herfst zal schitterend zijn (roman, 1980)
De reptielse geest (essays, 1981)
En joeg de vossen door het staande koren (roman, 1982)
Koning Cophetua en het bedelmeisje (verhalen, 1983)
De hof van onrust (roman, 1984)
De prins van nachtelijk Parijs (portretten en gesprekken, 1985)
Met afgewend hoofd (novelle, 1986)
Ereprijs (novelle, 1986)
Schaduwen in de middag (roman, 1987)
De overkant van de rivier (roman, 1990)
Sneller dan het hart (portretten, 1990)
Hartje zomer (verhalen, 1991)
Pijn is genot (wielerverhalen, 1992)
Met een half oog (novelle, 1992)
Verdwaald gezin (roman, 1993)
Laatste schooldag (verhalen, 1994)
Dorpsstraat ons dorp (briefwisseling met J. Jansen van Galen, 1995)
Vera (roman, 1997)
Daar gaat de zon nooit onder (met Rein Bloem en Johanna Speltie, 1998)
Schuldige hond (novelle, met Klaas Gubbels, 1998)
De bloemen van Oscar Kristelijn (verhalencyclus, 1998)
Mijn leven met Tikker (roman, 1999)
Engelen van het duister (roman, 2001)
Margaretha (roman, 2002)
Eerlijke mannen op de fiets (wielerverhalen, 2002)
Knielen op een bed violen (roman, 2005)

Vertalingen

J.-K. Huysmans, *Tegen de keer*
J.-K. Huysmans, *De Bièvre*

Jan Siebelink

De overkant van de rivier

ROMAN

2007
DE BEZIGE BIJ
AMSTERDAM

Voor C. O. Jellema

Eerste druk (Meulenhoff) 1990
Vijftiende druk 2007
Omslagontwerp Studio Jan de Boer
Omslagillustratie Jan Voerman, *Hattem, doorbrekende zon* (1916),

Foto auteur Gerlinde de Geus
Vormgeving binnenwerk Perfect Service
Druk Wöhrmann, Zutphen
ISBN 978 90 234 2271 6
NUR 301

www.debezigebij.nl
www.jansiebelink.nl

Tu n'es pas le bonheur
Tu es cela qui est à la place du bonheur

Paul Claudel, *Partage de midi*

Je laarsjes piepten, knarsten, kraakten, en al die geluiden klonken prettig. Prachtige laarsjes! Pittige laarsjes en lekker op de groei, zoals mamma zei, zodat je zeker twee maten overhad voor viltzolen en een dubbel paar sokken. Je rode laarsjes! Je schoollaarsjes! Je zou ze nog eens moeten horen, Hanna... Piep, knars, krak... Alsof ze wilden zeggen: Doorlopen – waag het niet uit te rusten. Want het is verschrikkelijk koud en de wind tilt de hemel op als een zeil. De wind duikt neer, plet het gras, springt op soepele poten, over hekken, sloten. De wind wil je ogen uitkrabben. Je houdt je hoofd gebogen, opzij. Die vlakte is zo plat, breed, kaal; als je niet met je hoofd opzij loopt, met je hoofd gebogen, voel je je naakt, heel zwak. Daarginds, de klokkentoren van Bahr. Het land stijgt langzaam. Dan de rand van het weiland. Hanna ingespeld, ingepakt, ingesnoerd. Hanna, op weg naar de Christelijk Nationale School die Pniël heet. Het weiland ligt achter je. Populieren blijven nog een tijdje met je meegaan. Dan boomgaarden, groentetuinen. De wind duwt tegen je met minder gewicht, in lange vlagen, vliegt dan weg. Als een kat die spint. De weg stijgt nog steeds. De wind is er ook nog, golft een beetje op en neer, slaat nog wat met zijn staart tegen de bevroren hemel, neemt wel aanloopjes...

Of het voorjaar?

In de hoek bij de schutting, je wrijft je ogen uit, de eerste sering, een lila sering en de wind heeft een grote bij meegevoerd, helemaal dol, die aan een dakpan begint te ruiken en gaat nestelen. Dan, als een wonder, overal bijen. Ze nestelen onder de pannen, vlak boven de luifel van de deur. Ze stijgen en dalen, ze grommen. De poezen, de honden, de paarden, de vogels... De dieren zijn zwaar, gezwollen. Je hebt ook de magere, vel over bot, die springen, de mannetjes. Je kijkt omhoog naar de perenboom. Hij staat in bloei. Een straal licht valt door de takken en breekt in een emmer water. Mamma schrobt de stoep bij de voordeur.

Dan is het zomer. De meidoorn staat in bloei. Die meidoorn, met de zon, heeft een nachtegaal tussen zijn bloemen. Het lijkt of de meidoorn zingt. In de kleine wei naast het huis, waar mamma de was uitlegt, beweegt iets. Het hoge gras golft heel licht, er is geen wind. Daarom ziet ze de slang, die zijn eigen weg gaat, in de richting van de wetering, flonkerend. Je bent op weg naar school. Zon verspreidt dauw, mist. Het gras is blauw als diep water. Gras, en gras, overal gras. De ochtend is al warm. Hemel irisblauw, de aarde ook. O, je hoeft maar in de richting van de zon te lopen, twee uur lang, en je komt vanzelf in Bahr. Je kunt ook maar één kant op. Van hier naar Bahr. Achter het dorp ligt de rivier. Als je de rivier oversteekt, wordt het landschap anders. Een vlucht spreeuwen, dronken, versuft van alle kreten, valt neer als een handvol stenen. Je bent op weg naar de Christelijk Nationale School. 'Laat de kinderen tot mij komen' staat op de muur van de school.

De wind waait onder haar rok. Ze voelt de wind, die fris en warm is, die overal kietelt, alsof je wordt geslagen met een bos stro. Je loopt, en je hoeft alleen maar over gras te stappen, of over een sloot te springen, of over een hek te klimmen. Want er is geen weg naar school. Je moet dwars door het weiland lopen. De wind galoppeert over het gras, klaagt in het riet. Er zijn al die geluiden. Dan, ineens, komt een geur voorbij. Je bent erachteraan gegaan en komt bij een pol roze tijm, zomaar in het hoge gras. Je kijkt om je heen. Een schaduw rent over het land. Het land, strak gespannen in de zon, onder de hemel, is een andere hemel, maar omgekeerd. Je kijkt, met open mond, grote, bruine ogen. Daar! Je wijst. Kijk daar! Hop. Het is even boven het hoge gras uitgekomen, hop, het is weer verdwenen. Wat bewoog daar? De wind? Een oude wilg? Hop. Patrijzen natuurlijk. Het wemelt van de patrijzen hier. Ze rennen maar rond. Je krijgt ze nooit te zien. De klokkentoren van Bahr, van leisteen, donkerblauw. Je ziet hem een uur voor je in Bahr bent. Hij is de enige in de buurt en de laatste voor je de rivier overgaat en het landschap verandert.

Het najaar.

Slaapkop, opstaan! roept pappa. Maar je bent allang wakker. Vandaag worden de peren geplukt. De lucht is scherp en er zijn geen wolken. Je hoort de lijsters in de wilde kwets. Een rossige haas stopt heel verbaasd op de graswal van de wetering, vertrekt weer met een grote gestrekte sprong. De raven in het populierenbosje roepen elkaar. De zon is warm, maar je zou zeggen dat de hemel aan het barsten is. Tegen de grond lichte mist. Geur van paddestoelen, van hout dat verrot. Een ekster heeft zojuist de tak van een boom verlaten en plonst met een handige vleugelslag in het donker van onderhout. De nacht erna een plotselinge en zware regen. Die heeft het gras platgeslagen. Het ligt in toeven uitgewaaierd. Op het witte grind de gele blaadjes van de perenboom. Hagen zonder bladeren. De eerste nachtvorst. De vruchten van de egelantier zijn zacht en week.

Op een morgen stap je verblind door het ochtendlicht door de sneeuw. Pappa heeft de sneeuw onder de luifel geruimd en een pad gemaakt naar de stallen. Je rent, blijft opeens staan, glimlacht: je hebt iets van de aaneenschakeling der dingen begrepen.

Maar ik wil met het allereerste beeld beginnen, het beeld dat alles in gang zet. Is dat mogelijk? U weet toch net zo goed als ik hoe moeilijk het is van welke geschiedenis dan ook het begin aan te geven!

Als ik nu zo begin: De tram, die middag in 1906, vervoerde twee passagiers... Is er dan iemand die durft te beweren dat deze woorden geen begin zijn en dus geen gevolgen zullen hebben?

De tram, die middag in 1906, vervoerde twee passagiers. De tram passeerde de laatste villa's van een buitenwijk, stopte bij de eindhalte. De passagier voorin stond op en vroeg de conducteur de weg naar het Bahrse voetveer.

'Dat is heel eenvoudig...' Hij wees op een kasteel dat met zijn torens boven het geboomte uitstak. 'U volgt het pad onder de bomen. Voorbij het kasteel begint de veerweg. Na een tijdje passeert u een stoomgemaal dat De Volharding heet, dan zit u al in het vlakke land, de weg daalt, maakt scherpe bochten, stijgt ineens, en onverwacht ziet u het veerhuis. Ik heb aan de overkant familie wonen...'

'Ik ben op weg naar het gezin Puyman,' zei de man. Zijn hoofd was bolrond en kaal, hij droeg een kostuum dat glom van ouderdom.

'Dat is de eerste boerderij aan de dijk. Het kan niet missen. Na het stoomgemaal ziet u het rode pannendak net boven de dijk uitsteken.'

De man in het sombere kostuum bedankte hem, tilde zijn koffer van zwart gelakte tweed op, en zette hem buiten de tram weer op de grond. Hij trok de manchetten van zijn witzijden overhemd tot op zijn bovenhand, pakte de koffer opnieuw en ging op weg. Na een meter of vijftig zette hij hem op de grond en wiste met de rug van zijn hand het zweet van zijn voorhoofd. Toen keek hij achterom, want hij hoorde voetstappen. Het was de andere passagier van de tram.

'Neemt u mij niet kwalijk,' zei de jonge man, 'ik hoorde wat de conducteur tegen u zei. Ik ben hier even onbekend als u, maar ik moet dezelfde kant op. Ik zag u die zware koffer tillen. Ik zou hem voor u kunnen dragen.'

'Dat is heel vriendelijk van u.'

De jonge man keek in het ronde, goedaardige gezicht, waarvan de huid zo glad was als die van een kind. Er zat alleen wat dons op de wangen en vlak bij de oren. Waarschijnlijk had hij zich nog nooit geschoren.

'Heel vriendelijk,' herhaalde de man. Zijn ogen leken naar iets voor hem op de grond te kijken. Hij gaf de jonge man een hand en stelde zich voor: 'Ik ben Schuit.' Ook toen keek hij hem niet aan. Hij was misschien erg verlegen.

'Ik ben Hans.' Even zwegen beiden. 'Maar...' ging Hans toen aarzelend verder, 'eigenlijk heb ik mijn diensten te snel aangeboden. Het is waar dat ik net als u de rivier over moet, maar ik heb eerst nog een paar belangrijke zaken af te handelen. Niet ver van de eindhalte, waar we zijn uitgestapt, aan de grote weg naar de stad, is het notariskantoor waar ik zijn moet. Ik kan u natuurlijk een eindje op weg helpen, want ik heb de hele dag nog voor me.' Hij tilde de zware koffer op. Na enige honderden meters zette Hans de koffer neer.

'Die is behoorlijk zwaar. Er zit toch alleen maar kleding in?' Kledingverkopers die langs boerderijen en verafgelegen huizen trokken, bezaten allen dit soort koffers van zwart gelakte tweed. Ook in de streek waar Hans was geboren en die aan de andere kant van de stad lag.

'De koffer is gevuld met boeken,' zei Schuit plechtig.

Ze stonden op dat weggetje van wit zand. Een hooischelf op een stoppelveld gaf een reusachtige, driehoekige schaduw. Een kalkoen met haar jongen stak opgewonden kakelend het pad over. Vlak voor de beide mannen vouwde de kloek haar staart open, in een wiel van veren dat de grond schoonveegde, en deed haar keel zwellen; er zaten uitwassen van rood vlees aan.

'Een schepsel Gods,' zei Schuit en zijn bruine ogen glansden in het bleke gezicht.

'Niet een van de mooiste,' lachte Hans.

'Voor God zijn alle dieren gelijk. Met uitzondering van de slang die door de duivel is aangevochten.' Hij was heel ernstig en zijn ogen bleven op het witte zand gericht. De beesten scharrelden nu in de berm. Verderop viel zonlicht door de bomen. Het zand leek daar talkpoeder.

'Gaat u met de boeken langs boerderijen?'

'Ik heb het adres van een gezin. Daar is waarschijnlijk belangstelling voor mijn boeken.' Ook als hij sprak maakten zijn lippen een kale indruk. Maar zijn stem was zacht, welluidend; zijn stem was aangenaam, bijna de stem van een vrouw.

'Misschien is er iets voor míj bij.'

Schuit maakte de koffer open en haalde er een dun boekje uit met een zwarte kaft, zonder titel of schrijversnaam. Het was een tweedehands boek. Hans sloeg het open en las op het titelblad:

Twee predikatiën, uitgesproken in 1903 door dominee Poort. Stenografisch opgetekend door NN.

Hans Innemee voelde zich wat gegeneerd door de situatie. Hij had geen belangstelling voor dit soort boeken. Het zag er bovendien erg smoezelig uit. Hij legde het terug en vroeg of alle boeken in de koffer tweedehands waren. Hij had de vraag niet hoeven stellen want het was duidelijk te zien. Schuit zei: 'Dit soort boeken wordt niet meer gedrukt. Dominee Poort leeft niet meer en we zijn de Heere dankbaar dat alle preken van na zijn bekering stenografisch zijn opgetekend. Ik zie al dat u geen belangstelling hebt. Het zou beter zijn als u wel belangstelling toonde voor dit dunne, doch o zo heerlijke boekje. Het bevat de zuivere waarheid des geloofs.' Hij sprak heel zacht, de blik op een punt ergens in het zand gericht, op een toon die eigenaardig medelijdend klonk.

'Hoe kent u het gezin Puyman?' vroeg Hans.

'Ik ken het gezin nog niet. De Heere heeft mij daarheen geroepen. Het gezin verkeert in grote nood.'

'Hoe komt u dan aan het adres van Puyman?'

'Puyman heeft contact gehad met een schipper. De schipper had op een zaterdagavond in de haven bij het veer aangelegd. Hij wilde niet op zondag varen. Ze hadden melk en eieren nodig en de veerman heeft hem overgezet. Bij Puyman kocht de schipper melk en eieren en het kwam tot een gesprek tussen die twee. Puyman bleek zich niet meer te kunnen vinden in de leer die de Hervormde Kerk verkondigde. Vorig jaar sprak ik de schipper en hij vertelde me van de nood bij Puyman.'

'Weet Puyman dat u komt?'

'Hij zal het in de geest weten.'

Een groene vink sprong een takje lager en een watersnip liet zich boven de zonbeschenen akker een eindje naar beneden vallen, liet zijn slagpennen trillen en het klonk als het binnensmonds geblaat van een geit. Het diertje vloog weg in de richting van het kasteel.

'Dus dat boekje bevat de zuivere waarheid van het geloof? Maar ik denk dat God boven mij is. Dat geloof heb ik van mijn ouders gekregen. Mijn ouders waren hervormd... Ze zijn bij een ongeluk om het leven gekomen. Ik bid dagelijks voor hen. Ik heb nog nooit aan mijn geloof getwijfeld.'

'U begrijpt er zo weinig van. U kunt bij wijze van spreken God vervloeken of aanbidden, maar dit nu is geloof: weet hebben van de betrekking die er is tussen God en de ziel. Wie bekeerd is (u bent niet bekeerd want u bidt voor uw ouders, alsof de Almachtige zich nog in zijn oordeel op de jongste dag door ons zal laten beïnvloeden. Dat is de leugenachtigheid van de roomsen, een leugenachtigheid die nu ook de Hervormde Kerk is binnengeslopen...) Wie bekeerd is kan en mag zeggen dat God in zijn leven alles is geworden en dat hij daardoor zelf tot niets geworden is. Dat is gelukzaligheid. Dat is genade. Dat is gelukzalige genade.' Schuit haalde een grote witte zakdoek te voorschijn en veegde zijn gezicht af. Voor zover zijn stem dat toeliet had hij met verheffing gesproken.

Achter hen, in de bocht van de weg, verscheen een paard-en-wagen. De kar stopte en de voerman bood hun een plaats aan. Hij was op weg naar zijn land, dat tegen de rivier aan lag. Hans tilde de koffer in de kar en hielp Schuit naast de voerman op de bok. De weg waarop de kar reed verdween in de diepte, onder nog hogere bomen. Daarna steeg hij kennelijk, want Hans zag de kar weer verschijnen. Het blauwe werkjasje van de boer was van deze afstand even donker als het colbert van de colporteur. Die twee schommelende mannen in de verte leken wel twee zwarte torren, druk bezig iets te verorberen.

Hans Innemee keerde terug naar de eindhalte, vanwaar hij naar het notariskantoor liep. Onderweg dacht hij: Jij hebt de overtuiging dat God boven je is. Aan dat geloof zul je toch nooit twijfelen. Vrijwel tegelijk vroeg hij zich af: Wie is God? Toen schoten hem onmiddellijk de woorden te binnen die God ooit van zichzelf had gezegd: Ik ben wie ik ben. Het leek Hans een volmaakt antwoord, een antwoord waar iedereen vrede mee kon hebben. Het gaf alle geborgenheid, alle vrijheid. Het feestelijke gevoel waarmee hij een uur geleden uit de tram was gestapt, kwam weer terug. Hij gaf zich er met plezier aan over.

In het notariskantoor hoorde hij de akte aan waarbij de boerderij van zijn vader werd verkocht. Als enig kind wilde hij niet op het bedrijf blijven wonen waar zijn ouders om het leven waren gekomen. Hij tekende documenten omtrent successierechten. Daarna at hij in een uitspanning in de buurt, die De Roskam heette. Van waar hij zat kon hij de zware, raamloze muren van de achterkant van het kasteel zien.

Nadat hij gegeten had, begaf hij zich weer die kant op.

In de verte sloeg de klok van het kasteel acht uur. De galm verspreidde zich via de leien daken van torens en bijgebouwen over het land. Er viel een lichte motregen. Hij dacht: Over een week word ik twintig. Niet zo lang geleden zou hij de gedachte aan zijn verjaardag niet verdragen hebben, maar nu had hij weer het gevoel dat alles nog voor hem lag. Het was prettig in de motregen te lopen en hij hief zijn hoofd omhoog. Hij glimlachte, en een wandelaar keek om. Misschien draaide ook de boom die hij net gepasseerd was zich wel om; het zou hem niet verbaasd hebben.

Hij liep met vaste tred, kwam langs de plek waar Schuit hem over God en geloof had onderhouden en toen met zijn korte, dikke lijf in de boerenkar was gestapt. Die Schuit maakt zich druk om niets. Hans dacht: Het geloof is toch niet zo moeilijk. Hij meende dat die toevallige ontmoeting een onnodig en niet ter zake doend verschijnsel was geweest. Het blinkend witte zand onder zijn voeten moest aanvoelen dat daar iemand liep die goede beslissingen met zich meedroeg. Hij liep daar als iemand die zeker van zichzelf was. De rug veerkrachtig, de halswervels zichtbaar als platte noten, tenger figuur, op het eerste gezicht ál te tenger, maar er lag kracht en pezigheid in. Tot nu toe gingen de dingen zoals hij ze zich had voorgenomen. De ouderlijke boerderij was goed verkocht. Omdat ze vrij op naam stond, had hij veel geld ontvangen. Met dat geld kon hij een nieuw bedrijf kopen aan de overkant van de rivier, waar de grond minder zanderig, vetter was.

Steeds deze weg volgen. Veel bochten. Ten slotte, na het kasteel, houdt het bos op en begint het weiland. Na een tijdje stoomgemaal De Volharding. Dan een bord, scheefgezakt in de berm, vlak voor een haakse bocht: Bahrse voetveer. Dat kon niet missen. Hij zou altijd bij het water komen. Wind stak op, joeg blad over zijn schouder.

Er zaten een paar mooie plannetjes in zijn hoofd. Een ekster vloog schetterend van een tak en begon in de pluizige bast van een beukennoot te pikken. Een wit kwikstaartje rende uit de berm, pikte een worm op van het pad, verdween aan de andere kant tussen bloemen met rode doorzichtige stelen.

De schemer viel. Aan zijn linkerhand verhief zich het kasteel, met zijn vier hoektorens, de zware, sombere muren. Ver voor zich uit zag hij lichte vlekken tussen bomen. Misschien was de hemel daar helder en werden de vlekken veroorzaakt door de laatste stralen van de ondergaande zon. Soms dook een vleermuis omlaag. Hans bond een ronde steen in zijn zakdoek, en gooide die recht omhoog in een boom. De zakdoek viel terug als een parachute, achtervolgd door een vleermuis. Hij ving het beest, bekeek het magere muizenkopje, streek over de haarloze vleugels, voelde het heftig kloppende hartje. Hij wierp hem omhoog in het gebladerte en liep door. De vlekken tussen de bomen werden smalle strepen die bewogen. Gezichtsbedrog.

De dichte haag aan zijn linkerhand ging over in een hoge muur. Hans passeerde een vierkante karrenpoort, toen een boogvormig poortje waaruit eenden kwamen die zo behoedzaam waggelden dat het leek of ze elke stap zorgvuldig overwogen alvorens hem te zetten. Ze staken het weggetje over en daalden af naar een sloot die glinsterde tussen de bomen. De eenden lieten zich in het water glijden, bewogen heftig met de korte veren van hun staart. Ze voelden zich zeer op hun gemak.

De avond viel. Hans stond voor een toegangshek waarvan de dikke smeedijzeren spijlen naar het midden toe opliepen in grootte en eindigden in lange, vergulde punten. Op witstenen pilaren aan weerszijden van het hek lag een bol van dezelfde witte steen, wel een meter in doorsnee. Toen hij beter naar het vaag verlichte hek keek, zag hij dat de zwarte, goudgepunte spijlen zonnestralen moesten voorstellen die uit een grote donkere zon van plaatijzer waaierden.

Hans ging op zijn tenen staan en kon net boven de ondergaande zon uit kijken. Het schouwspel dat hij zag, zou hem zijn leven lang bijblijven. In de slotvijver voeren in de meest volledige stilte met lampions verlichte boten, waarvan de voorstevens, die in drakenkoppen eindigden, hoog uit het water oprezen. Onder luifels van rood-wit gestreept linnen zaten dames en heren in avondkleding. Op de achterplecht stond een man die de boot met een lange stok vaart gaf.

Als op een zwijgend gegeven bevel gingen alle boten (Hans telde er vijftien) in gesloten formatie op een drijvend plankier af, dat zich midden in de vijver bevond. Boven dat zacht deinende vlot was van oever tot oever een zeil gespannen, als een baldakijn. Het vlot zelf bevond zich tussen vier zware palen van donker hout. Daar liepen mannen in witte jasjes met gouden tressen. Ze dekten lange tafels en zetten glazen bij de borden, die zij van een buffet haalden. De glazen waren van groen kristal. Op de vier hoeken verspreidden flambouwen oranje licht. Het licht schitterde in de glazen en weerkaatste op het water. De schitteringen van het water gleden als slangetjes om de donkere palen. De obers droegen schoenen met gouden gespen. Achter het hoge buffet verrees in het duister het kasteel.

En op de andere oever, waar de bomen zo laag hingen dat zij met hun takken het water raakten, stond op een sokkel een verlicht vrouwenbeeld, voor een ronde theekoepel en een afgebrokkeld muurtje waaromheen een hek stond; waarschijnlijk het laatste overblijfsel van een oude vestingmuur, dacht Hans. Nu viel zijn oog op een doodgewone roeiboot vlak voor hem, volgeladen met bakstenen, die met een touw aan een boom lag vastgemeerd. Er kwamen nu wat golven naar de kant, die zacht tegen de beschoeiing klotsten. Het touw dat eerst slap hing, spande zich, de druppels spatten ervan af en vielen met kleine plonsjes in het water.

Daarginds stapten de dames en heren uit de boten. Licht van de fakkels. Licht van de lampions. Het was mooi, oranje, raadselachtig. Het was daar de zon die onderging na een prachtige dag.

Hovestad, de veerman, keerde terug van de rivier, trok het poortje helemaal open. Een smal kussentje van verweerd leer, met henneptouw aan de deurpost gebonden, hield het op een kier. Het poortje gaf toegang tot de theetuin, waarin een oude boom stond. Ooit was de top door de bliksem eruit geslagen en de kroon was vooral in de breedte gegroeid en overkapte een groot gedeelte van de tuin. Eronder stonden rond een tafel van ruwe steen roodijzeren stoelen. Tegen de stam hing een kastje met voorschriften van het provinciale verenreglement, plus een annonce met tarieven en tijden van zomer- en winterdiensten. Geheel opzij bevond zich een soort veranda, overdekt, van witgeverfd ajour latwerk. Daar stonden drie houten tafels, met geborduurde tafelkleedjes. De vrouw van de veerman was bezig kopjes op te ruimen. Er waren vandaag veel gasten geweest. Morgen was het jaarmarkt in Bahr. Men vertoefde graag in de theetuin, voor de oversteek.

Tussen stenen tafel en veranda lag een rond vijvertje. Uit de mond van een engel, midden in de vijver, spoot een straaltje water omhoog. De engel raakte met één teen het water.

In de brede vensterbank stond een olielamp, die geel licht op het affichekastje met de reglementen wierp. Een traliehek met vier ronde spijlen en een ruit moest de documenten beschermen. Maar ze waren door vocht allang onleesbaar geworden. Niemand raadpleegde ze. Wie gebruik maakte van het veer kende tijden en tarieven. Niemand had er behoefte aan artikel 2 van het verenreglement te lezen, waarin stond dat W. Hovestad '...handelend volgens voorschrift dit overzetveer onderhoudt en zelf bedient en daarbij de beschikking heeft over een Hollandse roeiboot en een Bovenlandse Vlieger...' Zolang men zich herinneren kon, had een Hovestad het veer bediend.

De deur van het veerhuis die op de tuin uitkwam, stond wijd open. Aan een hoek van de luifel hing ook een lamp. Hij verlichtte de drie treden die naar de tuin afliepen, en een crucifix in de gang. Achter het crucifix van donker hout was allang geleden een takje asparagusgroen gestoken. Gele naaldjes lagen op Christus' doornenkroon.

De veerman riep tegen zijn vrouw dat hij vanmiddag bezoek voor Puyman had overgezet.

'Familie?' vroeg zijn vrouw, maar ze verbeterde zichzelf direct.

'Alle familie van Puyman zit toch aan gindse kant.'

'Hij had een grote koffer bij zich.'

'Een judde soms?' vroeg de vrouw.

'Nee, geen judde. Maar er zat wel handel in de koffer. Boeken.'

'Natuurlijk voor de markt, morgen.'

'Dat dacht ik ook. Maar hij wist niet eens dat er jaarmarkt was. Hij wilde alleen Puyman en zijn gezin bezoeken.'

'Wat waren het voor boeken?'

'Ik had het nog willen vragen, maar ik had genoeg werk met de boot... Er was veel verkeer op de rivier vandaag. Veel houtschepen op weg naar Heuven.'

Binnen sloeg de klok tien uur. De veerman mompelde dat hij niemand meer verwachtte, ging de poort weer door die op de veerweg uitkwam, en keek in de richting van stoomgemaal en kasteel. Het bos rond het kasteel leek in brand te staan. Twee torens waren zichtbaar. De zoon van de eigenaar was vandaag achttien geworden. Van het kasteel had Hovestad de veerrechten gepacht. Het veerhuis zelf, waarvan de geschiedenis terugging tot vóór 1600, was al verscheidene generaties in handen van de familie Hovestad.

Terwijl de regen weer begon te vallen en de veerweg donkergrijs werd, hoorde hij een licht geklik, geklingel dat naderde, knarsende geluiden... Het was een kar hoogopgetast met hooi. Om de wielen die bijna de hoogte hadden van de kar zelf zaten ijzeren banden. Een rode petroleumlamp schommelde onder de wagen, tussen de wielen. Met de verlichte ruitjes van de enige gaslantaarn was dat alle kleur in het grijs. Het was dezelfde kar waarmee vanmiddag Schuit was gekomen. De beide mannen groetten elkaar. De veerman volgde de kar met zijn blik tot hij om de bocht verdween.

Hij bleef nog even staan, tuurde de weg af. Geen passagiers. Hij keek omhoog langs de witte muren van het veerhuis. Het dak was door de zware sneeuwvrachten van de laatste jaren verzakt. Hij had weinig zin om veel geld in het huis te steken. Hij had geen opvolger.

In de zachte regen wandelde hij naar het veer, en hij trok de boot op de wal. Na tien uur werd niet meer overgezet. Hij legde de boot met twee pinnen vast, terwijl hij de scherpe geur van het rivierwater opsnoof. Hij betreurde het dat hij geen kinderen had. Nu zou het veer later in vreemde handen komen.

Het geklapper van touw en zeil in de kleine haven klonk als licht tinkelende belletjes over het water. Het was druk in de haven, net zo druk als op zon- en feestdagen. De jaarmarkt van Bahr vierde morgen het honderdjarig bestaan. De veerman keek in het water, dat glad en donker was. Hij liep de aanlegsteiger van ronde stammetjes op waarover hij planken had getimmerd. Op de planken zaten rubber stroken. Op de kop van de steiger leek het water met het dunne stoflaagje en het plantenafval ondoorschijnend. Maar al gauw onderscheidde hij scholen alvertjes en grondelingen die met grote snelheid op de steiger afkwamen, dan in alle richtingen uiteenstoven. In dieper water zag hij een brasem zich heel langzaam en heel statig om en om draaien, als een staaf zilver. Met die zachte regen was er ook kans dat hij de snoek in het oog kreeg die hier al jaren woonde. Hij liep de steiger af de kant op van het wilgenbosje dat tussen aanlegplaats en haven in een rivierplas was opgeschoten, toen hij voetstappen hoorde en zijn vrouw zag in gezelschap van een jonge man.

'Hovestad...?' vroeg ze (in aanwezigheid van vreemden noemde ze haar man bij zijn achternaam), 'kan hij nog naar de overkant?' De veerman antwoordde dat hij net de boot op de wal had getrokken, dat hij vanaf vanmorgen vijf uur bezig was geweest, dat het veer 's zomers om tien uur sloot, onverbiddelijk.

'U wilt natuurlijk naar de feesten in Bahr, maar daar is geen onderdak meer te krijgen. U kunt als u wilt de nacht bij ons doorbrengen.'

Ze liepen terug naar het veerhuis en gingen het poortje door dat naar de theetuin leidde. De vrouw haakte de lamp van de luifel en liep naar binnen om een kamer in orde te brengen. Hans Innemee zag één ogenblik het verlichte kruisbeeld en dacht aan de man die hij die middag had ontmoet. Schuit had de Roomsen van leugenachtigheid beticht.

Omdat het nog steeds regende, gingen hij en de veerman aan een tafeltje op de veranda zitten. Van de grote boom vielen zware regendruppels met harde tikken op het grind en in de vijver. Het water uit de mond van de kleine engel met helwitte vleugels klonk ieler. Hans begreep direct dat zij de engel van het badhuis te Bethesda uitbeeldde. Het was een van de mooiste verhalen die zijn moeder hem vroeger uit de bijbel had voorgelezen: al die zieken, die dodelijk vermoeiden op een draagbaar, omringd door familie, startklaar. Onverwacht kon een engel het badwater aanraken. Wie dan als eerste in het water was, werd genezen. Vaak had hij zich die afschuwelijke uitputtingsslag voor de geest gehaald.

Terwijl ze op de veranda zaten hield de regen op en werd de maan zichtbaar. Elke steen, elk blaadje, elk grassprietje was een stip licht. De veerman zei dat veel passagiers iets in de theetuin gebruikten. Ze gaven allen de voorkeur aan dit terras, dat hij dusdanig had verhoogd dat er, hoe laag de rivier ook stond, altijd iets van de stroom te zien was. Hans zag de rivier in haar zomerbedding.

De vrouw kwam met de lamp uit de lange, donkere gang van het huis. Ze hing hem weer aan de haak van de luifel en zei dat de kamer klaar was. Daarna vroeg ze Hans of hij wel had gegeten. Zonder zijn antwoord af te wachten ging ze terug het huis in. Ze wenste dat die tengere jongen met het fijnbesneden gezicht haar zoon was.

De veerman en Hans hoorden haar in de keuken bezig. De veerman wees naar de overkant: 'Daar loopt de dijk. Als je die een eindje volgt, kom je bij de Kerkstraat, die er haaks op staat. Dat is nou heel Bahr, maar wie kent Bahr niet? Zijn jaarmarkt? Zijn schuttersvereniging?' De veerman raakte in vuur. Hij vertelde dat de timmerman al maanden met de vogel in de weer was. Diens vader was al timmerman geweest en diens grootvader, en generaties lang, van vader op zoon, hadden ze de vogel gemaakt. Door al die ervaring wist de huidige timmerman dat bij een houtdikte van zestien centimeter niet langer dan veertig minuten kan worden geschoten en bij een houtdikte van twintig centimeter een vol uur. De feestcommissie had de timmerman dit jaar gevraagd een extra zware vogel te maken. De jaarmarkt bestond een eeuw. Hij had hem aan een kersenstronk geholpen die al jaren achter het huis had gelegen. Goed uitgewerkt hout. De timmerman had hem nog vóór de winter opgehaald om het hout af te harden in afwisselend koude en hete baden. De splijtbaarheid moest tot het uiterste beperkt worden. De timmerman had er kunstig een vogel uit gesneden.

'Je hebt koningsfeesten waar de vogel al na een paar minuten naar beneden komt. Dat zal in Bahr niet voorkomen. Onze timmerman weet op de minuut af hoe lang de vogel standhoudt. Deze heeft hij dus voor een vol uur schieten gemaakt. Na een uur worden de schutters dan ook nerveus. De romp zit dan nog op de paal, misschien met een vleugel of met zijn staart en het publiek dat geen verstand van schieten heeft denkt: daar zit nog een mooi brok hout, dat zal nog wel een tijdje duren. Maar ze zien niet al het lood dat het hout voos heeft gemaakt, voos als een rotte mispel. Ze zien niet dat de romp al splintert en klieft en bij elk goed gericht schot naar beneden kan komen. De schutter die op dat moment zijn zenuwen in bedwang heeft, wordt koning. Zo ben ik lang geleden koning geworden. En de koning mag een meisje kiezen...' Hij keek naar de vrouw die naderde met een dienblad.

De vrouw zette het op tafel. Ze had drie boterhammen met ham gemaakt. Ze schonk melk uit de kan in een beker en schoof de jonge man dat alles toe. Hans at en dronk. De veerman en zijn vrouw keken naar hem. Ze dachten beiden: Hij heeft fijne botten, maar ze zien er krachtig uit. Zij schonk zijn beker weer vol.

'De kroning vindt op het plein voor de kerk plaats,' ging de veerman verder. 'Op een podium staan de kroningsstoelen.'

'Fauteuils van rood fluweel' vulde de vrouw aan. 'Ze moeten al honderden jaren oud zijn. Oorspronkelijk komen ze van het kasteel'

Ze schonk voor de derde keer zijn beker vol.

'Er zijn ook toespraken,' vertelde de veerman.

'En daarna?' vroeg Hans gretig.

'Dan begint de rijtoer,' zei de vrouw. 'Een open calèche rijdt de versierde Kerkstraat uit, de dijk op. Het staat overal zwart van de mensen en ze juichen het nieuwe koningspaar toe.'

'Ik word de nieuwe koning,' zei Hans zacht, maar vol overtuiging. Hij was van nature geen opschepper. Hij geloofde alleen dat als je iets heel sterk verlangde die wens ook in vervulling ging. Bovendien had hij dagelijks met de karabijn geoefend.

'Dat zeggen er meer,' zei Hovestad, 'maar er zijn veel goede schutters dit jaar. De concurrentie zal zwaar zijn. Wie het zo hard zegt, wordt het nooit...'

'Ik word koning,' hield Hans vol.

'Wil je nog wat eten?' vroeg de vrouw.

Hij bedankte.

De vrouw bracht het dienblad naar binnen. De veerman vertelde dat het feest drie dagen duurde, dat het vogelschieten het hoogtepunt van de eerste dag was, en de historische optocht dat van de laatste. Ook was er een kinderoptocht, de keuring van tuinen en erepoorten, het ringsteken. 'En het slot is een hoog oplaaiend vuur, waarachter de Kleefsen zich verschansen...'

De vrouw riep vanuit de keuken dat het morgen weer vroeg dag was.

Ze wees Hans zijn kamer op de eerste verdieping en wenste hem goedenacht.

Hans Innemee knielde voor het bed en vroeg of de Heer hem wilde bewaren. Het was het gebed uit zijn kinderjaren. Hij sliep direct in. In zijn droom klonk een schot. Nog een. Het geknal was daarna niet van de lucht, verspreidde zich over het water en zonk er langzaam in weg.

De volgende dag ontbeet hij aan dezelfde tafel in de tuin. Het was een prachtige dag. De vrouw zei, terwijl ze met een kindergietertje fuchsia's en geraniums in grote potten begoot, dat het erg warm zou worden, boven de dertig graden. Hans keek om zich heen. Tegen de boom stond een hark; in het grind scharrelde een toom kippen. De bladeren van de bruine beuk waren vuurrood in het midden en donker aan de randen. De zon viel door de takken van de boom in de veranda, waarvan het latwerk hier en daar vermolmd was. In de vele hoeken zaten stoffige spinnenwebben. Net of men daar kleine, donkere driehoekige zeiltjes had vastgehaakt. Het was een door een meidoornhaag geheel ingesloten tuin, zodat niemand je vanaf de veerweg kon zien. Het viel Hans bij daglicht ook op dat de theetuin slecht was onderhouden. Het water in de vijver was groen en troebel, de engel vertoonde overal barsten en scheuren, in het grind groeide gras, de balken onder de veranda hadden bleekgroene, opgedroogde vochtvlekken. Als het mijn tuin was, dacht Hans, zou ik hem perfect in orde willen hebben. Misschien waren roomsen wat slordiger van aanleg.

Hij bedankte de vrouw, rekende zijn kamer af. Maar voor al het eten wilde ze geen geld. Ze zei dat ze er zeker van was dat hij koning zou worden, opende de poort, die met een zacht plofje dichtviel tegen het leren kussentje, en vergezelde hem een eindje op de veerweg, die vanaf het huis tot het water twee diepe karrensporen had met een strook gras. In het gras, dat blijkbaar nooit gemaaid werd, bloeiden voor de tweede keer dat jaar de gele sleutelbloemen. Het geel werd afgewisseld door de kruimige witte schermen van de kruizemunt.

Ze zei: 'Er is flinke ochtendmist geweest. Je kon de overkant niet zien.'

De mist was nu verdwenen. De overkant tekende zich scherp af. Hans vroeg haar wat dat voor hokje was op de andere oever.

'Dat is het belhuisje. In de winter bij hoogwater vaart Hovestad alleen als de bel wordt geluid.'

De rivier. Ze schitterde en glansde, leek met tin bestreken. De vrouw nam afscheid. Hans bedankte nog een keer. Hij wist zeker dat de ontmoeting met deze vrouw niet zonder betekenis was. Als hij vandaag zou slagen, had zij daar ook haar aandeel in gehad.

De veerman wachtte tot een sleep diepgeladen houtschepen voorbij was. Ze lieten hoge golven achter, die de aanlegsteiger onder water zetten. Kinderen waren aan het pootjebaden, mannen spiesten aal in het wilgenbosje rond de rivierplas. Eén probeerde iets onder een steen vandaan te pulken, een ander liep op een groen sprietje te kauwen. Op een ontschorste boomstam zat een echtpaar. De veerman zei toen het laatste houtschip voorbij was: 'Dat hout gaat allemaal naar Heuven, verderop...' Hij duwde de boot van de wal, voer met tegenstroom naar de eerste krib, begon de oversteek. 'In Heuven zit een groot bedrijf dat hout verwerkt...' Hij zette zich schrap tegen een lat die dwars over de bodem van de boot was geslagen, en hing met zijn lichaam zo ver mogelijk achterover.

'Hoe heet dat bedrijf?' vroeg Hans.

'Houthandel Innemee. Ze kopen zelfs hout in Polen en Rusland. Die Innemee kocht een jaar of wat geleden voor heel weinig geld een eik op die door de bliksem was getroffen. Hij zaagde er planken uit, verkocht ze en van het geld kocht hij drie bomen waar hij weer planken uit zaagde. Zo is die man begonnen...'

Ze waren aan de overkant. Hans bedankte de veerman, liep de steile oever op, en bleef nog even naast het belhuisje staan. Die Wijnand Innemee was een oudere achterneef van hem. Een enkele keer had hij hem bij een familieplechtigheid ontmoet. Ze mochten elkaar. Wijnand had jaren niets uitgevoerd, wilde geen boer worden, wilde ook niet verder leren. Op een dag kocht hij die boom...

Hans stak de brede uiterwaard over, opende een hek dat schuin tegen de helling was gebouwd en vanzelf achter hem dichtviel.

Hij stond op de dijk. De boerderij van Puyman. Andere boerderijen. Boomgaarden. Kromgegroeide notenbomen bij afritten. Waar hij ook keek, overal zag hij groepjes mensen. Ze liepen allemaal dezelfde kant op. Een hoefsmid onder aan de dijk sloeg op een roodgloeiend stuk ijzer, zodat de vonken er afvlogen. Een man duwde een handkar voort waarop een dode koe lag. Hij zette hem even neer om uit te rusten. Hans bleef staan. Kop en poten van de koe staken naar buiten. De boer zei dat vannacht een kort onweer had gewoed. Hij wees op de smalle schroeistreep die over de buik van het dier liep. 'Aan het vlees mankeert niets. Ik laat de koudvilder komen.'

Hans liep door. Achter de boerderijen lag het land, vlak en helder. Uit de ramen hingen vlaggen. Een rode vlinder werd vanaf de rivier op de wind meegevoerd. Hans rende er even achteraan.

De Kerkstraat liep vanaf de dijk steil naar beneden. Tussen de kerk en de school, aan het einde van de straat, was een ruim plein. Mannen met groene rozetten in het knoopsgat droegen vanaf een platte kar twee met rood fluweel beklede stoelen naar een podium waarop anderen bezig waren een rood karpet uit te rollen. Overal in het rond waren handelaars bezig hun waren uit te stallen. 'Kruiden tegen alle kwalen van het lichaam' stond op een bord. Er was een man met één arm die knopen en sajet verkocht. Op een stuk karton had hij geschreven: 'Koop bij Kousen-Gerrit.' Een meisje hurkte bij het kleed met doosjes knopen. In haar donkere haar had ze een kleine oranje bloem gestoken, die volgens Hans nog het meest op Oost-Indische kers leek. Ze droeg op haar zwarte rok een witte schort, zoals alle meisjes die hij hier was tegengekomen. Maar anders dan bij de anderen was de hare afgezet met een smalle geborduurde rand waarvan het wit was opgevuld met glimmer. Hij wierp nog een blik op het meisje, dat met de koopman aan het onderhandelen was.

Voor Het Gebouw stond een erepoort, met het getal 100 gevat in dennengroen. Hans liet zich inschrijven bij de wedstrijdleider, die hem zei dat hij zich over een uur bij de 'kuil' moest melden. Daarna slenterde hij in de richting van de kerk, waartegen blauwe hortensia's in bloei stonden. Bloemen van de hortensia's, had hij altijd gehoord, moest je voor de eerste nachtvorst plukken. Ze verdroogden dan tot papier en bleven in een vaas zonder water de hele winter goed. Maar de verweerde tinten van de dode bloemen, herinnerde hij zich van thuis, haalden het toch niet bij het levende blauw dat hij nu zag. Misschien wel het mooiste blauw dat in de natuur te vinden was. Hij verdrong de gedachte aan thuis, aan de winter.

Ineens zag hij achter de kerk, waar de oudste graven lagen, de vogel. Hij had reusachtige rode vlerken en poten en een gouden romp. Een vogel vele malen groter dan de torenhaan. Hij bewoog zacht in de wind, hoog op een paal, die was neergepoot in het midden van een lagergelegen stuk land dat eindigde in een afgeplatte, kale kleiheuvel, vol smalle, grillige scheuren van regenstroompjes: de kogelvanger.

Hans staarde lang naar de vogel, liep om de paal heen, mat de afstand met zijn blik. Daarna mengde hij zich onder de steeds dichter wordende menigte.

Tijdig meldde hij zich. De zon scheen zo fel dat de schutter beschutting kreeg van een helper met een zwarte paraplu. Het schieten, had de wedstrijdleiding besloten – eveneens in verband met het schelle weerkaatsende zonlicht – gebeurde 'opgelegd'. Inderhaast had men een ladder rechtop in de grond gezet. De schutter mocht zelf bepalen op welke sport hij zijn wapen liet rusten.

Na drie kwartier raakte Hans de romp op een vitale plek. Hij kwam met een stuk vlerk naar beneden, onder verbaasde uitroepen en toejuichingen van het publiek. Hans zocht met zijn blik het meisje met de oranje bloem in het haar. Hij vond haar snel, want ze stond vooraan en deed al een stap naar voren. Hij zoende haar op beide wangen. Er was geen aarzeling in haar, hoewel niets aan hun liefde was voorafgegaan. Wel stond haar hart even stil en moest ze op adem komen toen ze aan zijn hand over het touw stapte dat publiek van schutters scheidde. Omstanders dachten: Je hebt altijd mensen die alle geluk hebben.

Overal klonk muziek. Dansvloeren bogen door. Na het dansen gingen de jongens en meisjes naar de dijk, keken uit over de rivier waar het altijd licht was. Drie dagen duurde het feest. Vreemdelingen bleven toestromen, kwamen vooral op de grote historische optocht af die befaamd was tot in de wijde omtrek En als het donker werd, stak de opsteker met een lange bamboelat de zes gaslantaarns van de Kerkstraat aan. De gaslantaarns hadden elk zes micaruitjes. Bovenin hingen steeds drie kousjes. De opsteker trok met de lat aan het ringetje, het gas stroomde over de kousjes, die begonnen te sissen, blauw opvlamden en dan hel wit licht uitstraalden.

De laatste dag van het feest. De hitte zou nog groter worden. Er stond geen wind en de lucht was klam, zelfs op de kale, boomloze dijk waar al vroeg aan weerszijden dichte rijen toeschouwers stonden. Heel ver weg was de echo van de kabbelende golven te horen en de groene hagedissen leken als uitgestrekte sterren tegen de zuidmuren van de boerderijen geplakt.

De optocht was meer dan zes kilometer lang en slingerde stapvoets over de dijk. Stopte soms bij luide toejuichingen en groot enthousiasme. Geen boerenwagen die niet een veldslag uitbeeldde die sinds de Middeleeuwen hier had gewoed. En men had vaak het roemruchte kasteel Bahr in gedachten, waarvan de omtrekken bij laag water – zoals nu – zichtbaar waren in de uiterwaard tegenover het veer.

Reuzen en kleinduimpjes; van torenschansen en vernuftige schuilplaatsen, met heuse soldaten, voorzien van alle attributen: borstharnassen, zwaarden van blauw staal, gevechtshandschoenen, trompetten met rood sierdoek...; wagens met lawaaiige kerels, die hun spieren balden, nesten vol broeierige, vijandige stilte; wagens met toneeldecors die gruwzame slagvelden voorstelden, met brandende toortsen en horizonten in vuur en vlam. Het publiek juichte bij elk tafereel, wilde de wagens aanraken, drong op om alle details zo goed mogelijk te zien...

Er kwam een moment dat een toeschouwer die onbekend is gebleven door een klein rond gat een hooischelf binnenkeek (de wagen stelde een schuilplaats voor) en een man zag liggen die wel dood leek. Het kon natuurlijk spel zijn. De onbekende sloeg niet direct alarm, maar het beeld van de levenloze bleef hem bij, en toen de wagen allang gepasseerd was, is hij achter het publiek langs gelopen, heeft de wagen ingehaald. De man lag nog steeds levenloos. De toeschouwer begon het hooi weg te trekken, sleepte de bewusteloze naar buiten. Men herkende direct Herman Pitlo in hem, een broer van Wim, die de boerderij aan de graswal heeft daarginds.

De Pitlo's waren katholiek. Er was een priester nodig. Bahr was protestant en had geen priester. Maar de pastoor van Rha, een dorp dat twintig kilometer verderop lag, was toch als elk jaar op het feest?

De pastoor van Rha stond met de nieuwe koning en koningin te praten toen de bewusteloze Pitlo bij hem werd gebracht. Hij knielde direct bij hem neer. '...in nomine patris et filii ego te absolvo a peccatis tuis...' De onderlip van Pitlo was heel bleek en ver naar voren gestoken. Je zag alleen zijn kaken bewegen. Hij had nog meer dat smalle gezicht van een wantrouwend schaap. Herman Pitlo stierf enkele ogenblikken later. Hans hoorde overal om zich heen: Dat kan alleen een Pitlo gebeuren.

In het midden van de vorige eeuw trokken de voorvaders van wie er nu wonen daar heen en vestigden zich in die verloren hoek, aan de graswal, een diluviale ophoging zomaar in het vlakke land, die nog door geen geleerde verklaard is. Langs de graswal liep een brede wetering. Het was het eindpunt van de aarde. Er was geen weg naar toe en er voerde geen weg verder.

Sinds 1850 staan daar drie boerderijen, van vrijwel gelijke vorm, omgeven door gras en vlas, op zo'n tien kilometer van Bahr. Nog veel verder van Rha. De boerderijen hebben alle gebeeldhouwde balken. De middelste heeft ook nog een schoorsteenmantel van marmer. Die boerderij stond leeg en werd gekocht door Hans Innemee, nog geen maand na het feest.

Hij trouwde in Bahr en een jaar later werd een dochter geboren. De sneeuw lag zo hoog dat de boerderij onbereikbaar was. In die tijd was daar nog geen telefoon. Toch wist diezelfde dag de hele streek dat bij Innemee een dochter was geboren. Hoe ze heet? Net als haar moeder. Hanna. Hanna Innemee.

Toen de vrouw van de veerman het bericht kreeg, sloeg ze een kruis.

Een

1

Meester Coenhen riep Hanna voor de klas.
'Geen mul maar een...?'
'Molen, meester.'
'Geen mulder maar een...?'
'Een molenaar, meester.'
'Geen bonkei of kalebas of laaie daai, maar...'
'Knikker, meester, of een gelukkie.'
De klas lachte, de meester ging onverstoorbaar verder. 'En wat is een ulk?'
'Een bunzing.'
'...meester,' vulde meester Coenhen aan. 'Herhaal!'
'Een bunzing, meester.'
'Geen mot maar een...?'
'Moedervarken, meester.'
'Een kieske?'
'Mannelijk kalfje, meester. Is dialect, net als mot en mul. Is zeker geen algemeen beschaafd Nederlands, meester. En beeën moet bijen zijn en knee is natuurlijk knie en vort is verder, meester. En deze streek heeft onder Franse invloed gestaan, tijdens het rampjaar 1672. Wat woorden heeft opgeleverd als een tas hooi. Tas is van *tassen*, is opstapelen, meester...'
De meester keek naar de geborduurde rand van gele kuikentjes op Hanna' s schort. De rand was afgezet met rode glimmer.
De andere meisjes in de klas droegen allemaal een witte schort, zonder versiersel. Meester Coenhen keek tevreden. Ze was de enige die geen dialect sprak. Meester Coenhen keek naar Hanna's ronde knieën.

'Knieën,' mompelde hij. 'Heel goed, en geen kneeën!' Hij keek snel de klas aan en toen naar Hanna's donkere haar. De meester dacht aan de eerste dag dat Hanna op school kwam. De Christelijk Nationale School in Bahr heeft maar één leerkracht voor alle klassen. Tijdens het eerste uur was hij volgens voorschrift met zijn liniaal de klas ingelopen. Bij de jongens zag je zo of het mis was: het was verplicht dat zij met een kaalgeschoren hoofd het nieuwe schooljaar begonnen. 'Kop op, jong.' Je haalde de liniaal tegendraads door het stekeltjeshaar. 'Kop op.' 'In orde. Doorwerken.' De volgende bank: 'Kop op.' Het smalle gezicht van Simon Puyman, dikke oogleden, die hoogopgetrokken rug, astmapatiënt. Het ventje keek hem met tranen in de ogen aan. En wat hadden ze hem op die eerste dag toch aangetrokken? Een korte broek uit een versleten werkbroek van zijn vader geknipt en die bloes met smalle grijze strepen kwam uit een jurk die ooit op een begrafenis was gedragen. Simon had nog veel zusjes en broertjes en de pachtboerderij waarop ze woonden was klein. 'In orde, doorwerken,' had hij gezegd. Naast Simon zat Hanna Innemee. 'Kijk me aan!' Ze had ogen zo bruin als kastanjes, en bijna net zo groot. Hij wilde de liniaal door Hanna's dichte haar halen. Hanna trok haar hoofd weg. 'Ik heb geen luis,' zei ze. 'Mamma controleert mij elke dag.' Hij had niets gezegd, haar hoofd naar zich toe getrokken, het tegen zich aan geduwd en snel een paar voren door het haar getrokken. Hij had niet eens gekeken of ze wel luis had. Hij had alleen die witte voren gezien in het bijna zwarte haar. Hij had haar hoofd losgelaten. De rest van de dag was ze boos geweest en had koppig gezwegen. Als Innemee nu maar niet langs kwam... In dat gezin waren nog twee jongere kinderen. De school kwam altijd leerlingen te kort. Misschien had Hanna er thuis niets van verteld.

Hanna had er niets van verteld. Toen ze thuiskwam, had ze gehoord dat pappa en alle jonge mannen uit de buurt gemobiliseerd zouden worden.

'De hele klas!' riep de meester. 'Zeg mij na: molen.'

'Molen, meester,' schreeuwde de klas. 'Molenaar!'

'Molenaar, meester!'

'Een mot!'

'Een moedervarken, meester!'

'Een judde...' Dat woord viel in doodse stilte. 'Wie zei dat?'

Niemand gaf antwoord. Hanna stond nog steeds voor de klas, keek naar Simon Puyman. De meester was gaan staan. Hij had een beweeglijk hoofd met rode krullen en zijn blik was scherp en doordringend.

'Wie zei daar judde?' Zijn stem werd opeens zachter, maar knerpte als pasgevallen sneeuw onder je voeten. Hanna keek nog steeds in Simons richting.

'Ik, meester,' zei Simon, die in de vierde bank van de middelste rij zat, naast Hanna.

Simon moest in zijn afgedragen kleren naar voren komen. De jongen ging naast het meisje staan.

'Wat zei jij dus, Simon?'

De jongen hijgde. Hij had wallen onder zijn lichtblauwe ogen. De meester vroeg of hij soms al vergeten was wat hij had gezegd. Simon schudde zijn hoofd. 'De judde, meester,' fluisterde hij.

'Waarom zei je dat?'

'De judde is gisteren bij ons langs geweest om een ziek schaap te kopen.'

'En daarom vond je het nodig dat woord in de klas te gebruiken?'

Er kwam geen antwoord. De meester begreep dat hij moest inbinden. Simon Puyman was nooit brutaal. Het woord was hem natuurlijk ingevallen omdat het geen zuiver Nederlands was. De meester dacht ook aan Simons broertje dat over enkele maanden leerplichtig werd. Hij liep op Simon toe en legde een hand op zijn schouder.

'Jij zei natuurlijk judde omdat het geen zuiver Nederlands is.'

'Ja, meester.'

'Wat is een judde?'

'Een jood, meester.'

'Juist, jongen, en weet jij waar dat woord vandaan komt?'

'Van Judea.'

'Dus eigenlijk is dat woord judde nog niet zo gek!'

'Nee, meester. En vader zegt...'

'Nou, wat zegt jouw vader?'

'Dat eerst de jood tot bekering moet komen, meester, en dan de Griek. Beiden, meester, want er is geen aanzien des persoons bij de Heere, de Almachtige van de hemel en van de aarde.'

Even was de meester uit het veld geslagen.

'Ga maar zitten jullie.' Hanna en Simon gingen op weg naar hun plaats. De meester bedacht zich en riep hen terug. Hij had een plannetje en wreef zich in zijn handen omdat het zo'n mooi plannetje was. Die Simon hield van verkleden. Hij had al eens de eerste prijs behaald als zeerover bij een verkleedwedstrijd. Hij herinnerde zich ook nog heel goed dat Hanna die hele dag als verpleegster van het Rode Kruis had rondgelopen. Over een week vierde de meester zijn vijfentwintigjarig ambtsjubileum. De hele dag zou er feest gevierd worden in de schietkuil. De meester wreef zich weer in de handen en zijn hoofd werd een beetje rood bij die gedachte.

'Goed,' zei hij, 'eens kijken, ik zou... ik zou willen dat onze Siman en onze Hanna even het lokaal verlieten. Jullie wachten op de gang tot ik jullie roep.' En terwijl hij voor Hanna en Simon de deur van het lokaal openhield, richtte hij zich al tot de klas: 'Jongens, meisjes, ik heb een plan...' Hij sloot de deur behoedzaam achter de twee weggestuurde kinderen.

Hanna en Simon stonden op de gang. Voor het raampje van de deur hing een gebloemd gordijntje, zodat ze niet naar binnen konden kijken. Het was doodstil in de klas. Na een kwartiertje mochten ze weer binnenkomen. De klas werkte rustig. Soms was even een onderdrukt gegiechel hoorbaar.

2

De laatste huizen van Bahr. De school lag al ver achter Hanna. Als ze zich nu omdraaide, zou ze alleen nog de kerktoren zien. Ze keek niet om. Ze wilde zo gauw mogelijk thuis zijn.

Voor haar, ginds, in de verte? Die dikke, grijze bult. Stof dat voor de wind uit gaat?

Hanna riep al rennend: 'Huu-huu.' Dat hield gezelschap. Die grijze bult voor haar had veel weg van een olifant. Er stak een donkere slurf uit.

Ze kwam dichterbij. De slurf was de gammele stam van een hoge populier die alleen in de top nog een paar groene takken droeg. Daaronder wilgenbosjes. Altijd hadden hier kraaien gebroed. De takken bogen door onder hun gewicht. Nooit was het stil. Dag en nacht maakten die beesten ruzie en als ze krijsend opvlogen, verdween de zon even en werd het donker en koel in de lucht. Er gingen ook altijd veel vogels dood, vooral in de herfst en in de winter. De dode vogels lagen meestal op de heuvel, maar je vond ze ook in de verre omtrek. Arbeiders van de steenfabriek kwamen op zaterdagmiddag en deden ze in jutezakken. Ze verkochten ze voor een paar cent aan de boeren, die ze aan hoge stokken boven het land hingen. Op een ochtend was de hele kolonie vertrokken. Niet één vogel was achtergebleven. Pappa had gehoord dat ze in een bos zaten ver voorbij Rha. Niemand wist waarom ze op een dag in alle vroegte vertrokken waren. Het was waar dat ze de avond en de nacht ervoor extra lawaai hadden gemaakt. Ze waren zich reisvaardig aan het maken, ze waren zenuwachtig geweest. Zelfs de oudste mensen van Bahr herinnerden zich de kraaien op die vreemde zandrug zomaar in het land. De meester had gehoord dat ze in een bos op zo'n zelfde zandbult midden in het land weer waren neergestreken. De heuvel stonk nog steeds. Er groeide wel gras, maar door de wind kwam het zand telkens weer bloot te liggen.

Je volgt de wagensporen, die alle gericht zijn op die donkere stippen aan de horizon. Zij die, zoals Hanna, de tocht dagelijks maken, weten dat vanaf de heuvel het gras aanmerkelijk hoger is. De meester zegt dat hier in de ijstijd extra slib is afgezet.

Hanna hield stil want ze hoorde het gehak van een specht. De oude wilg stond daar als een voorwereldlijk beest, voorovergebogen boven het water, met zijn grote muil wijd open en een paar gekke groene sprietjes op zijn kop; een troep eenden was daar met een lang gesprek bezig. Op een paar meter van Hanna bracht een haas de poten naar zijn snuit en begon zich snuivend te wassen.

De haas keek haar verwijtend aan. 'Zeg nou zelf dat is toch te gek!' leek hij te zeggen. Ja, het was te gek, dacht Hanna, pappa was net met verlof geweest en zou weer drie maanden wegblijven. Net als de vader van Simon. Net als de vader van Lea Pitlo en de vader van Alie Proosdij.

Daar zweefde een reiger. Misschien een engel. Je weet wel waarom je aan een engel denkt. Lea is met ernstige hoofdpijn in het ziekenhuis opgenomen. Vorige week heb je met mamma en met de beide buurvrouwen je buurmeisje opgezocht. Het Elizabeth Gasthuis in de stad lag op een heuvel en keek uit over de rivier. Ze hadden binnen lang moeten wachten. Ze zaten in een hal met banken van groen leer. Tegen de witte muur hing een levensgroot Christusbeeld van glad donker hout. Aan de voet van het kruis stonden de letters INRI. Ten slotte verveelde ze zich en drukte haar neus tegen het leer, dat koel was en lekker rook. Een non was hen komen halen. Ze had tegen mamma gezegd: 'Ik weet niet of het kleine meisje het aankan. Misschien is het beter dat zij even op de gang blijft.'

Mamma was het met haar eens geweest, en zij was op de gang gebleven. Op een zeker moment was de non uit Lea's kamer gekomen. Hanna glipte vlug naar binnen. Mamma, de moeder van Lea en de andere buurvrouw hadden tranen in hun ogen. Lea leek net een misdadigster, Hanna had haar niet eens direct herkend in die lichtgroene nachtpon. Op haar hoofd droeg ze een kapje van dezelfde stof. Haar huid was heel wit en haar ogen stonden heel wijd open. Soms fronste ze haar donkere wenkbrauwen.

Daar, drie boerderijen op een kluitje. In werkelijkheid lagen ze zeker duizend meter van elkaar. Alle drie op een verhoging in het land. De meester geloofde dat het resten van veel hogere stuwruggen waren. Een brede begroeide wal verbond de drie boerderijen. Die wal was volgens de meester een binnen de hoge stuwwallen gelegen plateaurestant, een verzamelplaats van het materiaal dat het vele smeltwater van de hogere ruggen mee had gevoerd. De meester had dit terrein vroeger bestudeerd.

Wat zou de meester toch voor plannetje bedacht hebben? Hanna klom over het laatste hek, liep langs het afdak boven de stapel berkenbast, dat zo lekker opvlamde als mamma de kachel aanstak. Hanna was thuis. Vlak voor ze de poort naar het achtererf inging, woei de wind zoveel geuren tegen haar op dat hij er dik en klam van aanvoelde. Ze onderscheidde boven alle andere uit de scherpe zure geur van het kuilvoer en de weezoete van de huislook die in dikke toefen op de daken van de stallen groeide.

Ze trok de poort achter zich dicht. Het achtererf was geheel omsloten door loodsen en stallen. Hier kwam geen zuchtje wind. Het riet kraakte. Ze hoorde mamma water pompen.

Mamma zette de emmer met vers water neer toen ze Hanna zag. Ze streek met gespreide vingers haar mooie zwarte haar naar achteren, dat direct weer terugviel. De judde was in de loop van de morgen bij Pitlo geweest, zei ze. Daarna had hij bij hen koffie gedronken. Lea zou, als ze wat was aangesterkt, opnieuw worden geopereerd. De judde had gezegd dat er weer hersenvocht was afgenomen. Hanna dacht aan de meester op school.

'Zo'n punctie moet vreselijk zijn. De naald wordt er, volgens de judde, met kracht ingebracht. Hoe komt het arme kind aan zo'n afschuwelijke ziekte? De judde zei ook dat tussen Bahr en Rha een heel gezin door tb is getroffen. Ik hoop dat wij daarvoor gespaard blijven.'

'Maar wij hebben toch huislook op het dak van de schapenstal? Je zei juist dat het zich zo goed had uitgestoeld.' Mamma zei altijd dat dat geluk bracht. Er was één voorwaarde aan verbonden. Je mocht het niet kopen. Het moest overwaaien. Aan die voorwaarde was voldaan. Hanna kon zich niet voorstellen dat pappa of mamma of een van de kleintjes ziek zou worden. 'Ik zal de kleintjes bezig houden,' bood ze aan. Mamma zei dat dat niet nodig was, want Alie had Johan en Lex opgehaald. Ze zouden de hele middag bij Proosdij blijven spelen.

Hanna ging huiswerk maken. Mamma had ook nog van alles te doen. Als mamma klaar was, zouden ze samen naar buurvrouw Pitlo gaan.

Ze zat aan het tafeltje onder de perenboom en maakte een taalles. Ze ontleedde: De zonnebloemen bij de schutting helden voorover en hun grote bladeren hingen van de hitte slap aan de stengel. Ze keek op en zag dat het waar was. Op een roze keitje dat een beetje apart lag, bijna tegen de steel van de grootste zonnebloem, streek een oranje vlinder neer. Hanna liet zich voorzichtig van de bank glijden. Ze kroop naar de vlinder toe, haar gezicht was op nog geen tien centimeter van het keitje. De vlinder had zijn vleugels toegevouwen. Nu begon hij zijn vleugels open en dicht te vouwen, steeds sneller. Misschien was het diertje een beetje zenuwachtig, maar het bleef nog steeds zitten. Naast het keitje was een rozetje look zichtbaar, waarschijnlijk dit voorjaar overgewaaid. Vanzelf in de tuin gekomen. Net als de grote vlier voor de schapenstal. Dier en mens waren hier goed beschermd.

Hanna had zich voorzichtig van de vlinder, die zijn vleugels weer sloot, verwijderd.

Riep mamma? Hanna liep achterom. Mamma was bezig een dweil om de bezem te wikkelen.

'Gaan we al?'

Mamma zei niets, goot een emmer water tegen de muren van de binnenplaats, het water liep in stroompjes over het achtererf en ze begon te schrobben. Hanna ging op een oude keukenstoel zitten en keek naar de luiwagen die alle kanten opging. Mamma schoof sop voor zich uit, dweilde om de keukenstoel. Hanna zat op haar eilandje en kon zo mamma's haar aanraken. Maar je moest mamma niet storen als ze aan het werk was.

'Waarom zit Alie op een school in Worth?' Ze wist het antwoord, maar ze wilde iets zeggen.

'Dat weet je net zo goed als ik,' antwoordde mamma kort.

Mamma had gelijk. Alie was gereformeerd en ging daarom naar een school in Worth, dat nog voorbij Rha lag. De kinderen van Pitlo gingen in Rha naar school. Rha was helemaal katholiek.

Mamma tilde haar van de keukenstoel.

'Je wordt zwaar.'

Ze bleef nog even om mamma rondhangen, slenterde toen de deel op en kwam in het spoelhok. Melkemmers stonden omgekeerd op rekken uit te druipen. Tussen deel en spoelhok was alleen een hoge drempel met deurstijlen. Vroeger had er een deur in gezeten. De drempel hield het spoelwater tegen. Aan weerszijden van de deurposten was de muur tot kniehoogte afgebroken. Wat was gebleven waren twee bankjes. Pappa had ze rood geverfd. Een jaar geleden nog werd ze het niet moe er steeds maar overheen te springen. Ten slotte legde Hanna haar hete gezicht tegen de koele steen.

Hanna ging op haar tenen staan; de zoldering was zo laag dat ze met haar hoofd de balken raakte. Door het tuimelraam zag ze dat mamma een nieuwe emmer op de binnenplaats gooide. Het water begon direct te dampen. Hanna probeerde nog hoger te reiken. De gebarsten aarde van het spoelhok deed pijn aan haar voetzolen. Ze drukte met haar hoofd tegen de balk en kon door een brede spleet tussen balk en zoldering de boerderij van de Pitlo's zien. Was mamma nou nog niet klaar? Toen zag ze op de richel van het buitendeurtje mamma's trouwring liggen. Daar legde mamma hem neer als ze ging spoelen of schrobben. Hanna schoof de ring aan al haar vingers. Alleen aan haar duim bleef hij een beetje zitten. Ze hield haar duim krom en liep naar buiten. In kuiltjes lagen kippen hun veren te schudden en ze zagen er tegelijk heel levendig en heel dood en verfomfaaid uit. De haan rende plotseling de mestvaalt op, alsof hij door duizenden vijanden achterna werd gezeten. Hij kraaide één keer en in zijn nek lag een rode gloed.

Mamma kwam haar kant op om nieuw water te pompen. Ze was nog steeds niet klaar. Je kon op die lome, zomerse dag alleen maar wachten. De lucht was zo blauw en er zweefde bloesem van de meidoorn.

Vanaf de oude boom voor het huis liep een pad trapsgewijs naar beneden. Pappa had lang geleden de treden in de aarde uitgegraven en ze verstevigd met cement. Elke tree was een poppenterras toen Hanna nog klein was. Elke tree was nu net iets meer dan een grote stap. Ten slotte verliep het pad onder bessenstruiken. Die donkere plek was vol gevaar. De aarde en de onderste takken van de bessenstruiken, die zichzelf hadden afgelegd en zich zo voortplantten, voelden altijd fris en vochtig aan. Het was een gewoonte geworden de treden af te rennen tot aan het eind van het pad en dan zo snel mogelijk om te draaien, voordat de dwergen uit hun schuilplaats vlogen om zich aan haar borst vast te klemmen en alle lucht uit haar weg te zuigen. Soms viel ze. Dat te harde, koele contact zou ze nooit vergeten. Als ze heel moe was, vlijde ze haar gloeiende wang tegen de koele aarde en kon tussen de takken door de gele lissen in de wetering zien en de zwanen die met gestrekte hals door het water gleden en ook net boven de graswal uitstaken. Vanaf die plaats zag je pappa vroegelingen poten, die zo'n mooie donkere schil hebben en zo goed bestand zijn tegen vorst aan de grond omdat ze zo snel in het blad zitten. Geen gezonder aardappel, zei mamma, dan een vroegeling. Je hoefde er maar naar te kijken of het sap spoot eruit. En heel kruimig. Vanaf die plaats zag je mamma ook naar het veld afdalen, een gevlochten mand aan haar arm. Ze raapte de aardappels op die pappa rooide. En aan het einde van de middag waadde mamma met opgestroopte mouwen en opgenomen rok naar dieper water in de wetering en zwaaide de mand door de heldere stroom heen en weer, tot alle klei van de aardappels was gespoeld. Liep dan naar huis, en dikke druppels vielen op de stoffige weg en boorden zilveren gaatjes in het zand. Dan riep mamma je met haar zangerige stem en jullie gingen ze samen sorteren. De stemming was volmaakt vredig.

Je had een prettig gevoel onder die donkere struiken. Het rook wel een beetje zuur, zoals oude schillen kunnen ruiken, maar achter haar stonden die drie grote overhellende zonnebloemen, en als je je hoofd naar de zon draaide, zag je de boerderij van Proosdij en als je de andere kant opkeek, zag je de boerderij van Pitlo. Nog geen jaar geleden was de buurvrouw mamma komen vertellen dat hun oudste jongen naar het seminarie ging. Ze stonden een kind aan God af. De buurvrouw had van geluk gehuild. Hun huis zou Gods speciale bescherming genieten.

Hanna speelde met mamma's ring, hield hem tussen de takken door in het licht. De ring glinsterde. Hanna probeerde te lezen wat er in de ring was gegraveerd. Riep mamma nou?

3

Hand in hand gingen ze op weg, over de hoge graswal, sprongen over brede kleisporen, diepe kuilen. Soms bleven ze staan en keken naar de vissen die onder overhangend gras wegschoten. Waar geen lissen en anemonen bloeiden, lagen platte, witte stenen op de bodem. Afgesleten door ijsgruis en smeltwater, in de late ijstijd. Leeuweriken vlogen vrolijk rond in de lucht.

Ze bukten zich en plukten bloemen. Hanna vlocht een krans voor mamma. Alles was zo stil dat je de torenklok van Bahr kon horen slaan. Het water stroomde traag en was helder als een spiegel.

De buurvrouw had hen al zien aankomen en wachtte buiten voor het huis.

'Dag lieve kind,' zei ze tegen Hanna.

Ze dronken koffie in de keuken. Boven de deur hing een crucifix. Mamma en de buurvrouw begonnen onmiddellijk over Lea te praten. De buurvrouw veegde om de paar woorden tranen uit haar ogen. Soms keek ze op naar het beeld en sloeg een kruis. Mamma's keuken was licht; hier waren de muren donkerbruin. Zouden katholieken meer van donkere muren houden?

'Mijn ring...' zei mamma ineens, helemaal ontdaan, en keek naar haar vingers die ze wijd spreidde. 'Hè, ik heb hem laten liggen,' stelde ze zichzelf direct gerust. Hanna keek naar haar eigen hand: de ring was verdwenen. Op de terugweg werd niet gesproken. Hanna dacht: Als ik de ring op de wal ben kwijtgeraakt, zal mamma hem nooit meer terugkrijgen. Maar hij kon evengoed onder de struiken liggen.

Thuis ging mamma in het spoelhok kijken en Hanna rende het tuinpaadje af. Ze vond de ring niet. Mamma kwam door het voorhuis naar buiten en riep Hanna.

'Waar was jij eigenlijk?' In haar stem lag paniek. Ze verwachtte geen antwoord, want ze liet er onmiddellijk op volgen: 'We hebben wel geen ziek kind...' Mamma had natuurlijk al spijt van haar woorden: 'Die dingen zijn niet met elkaar te vergelijken...'

Ze gingen samen kijken. Mamma zei dat pappa haar zo vaak gewaarschuwd had hem daar niet neer te leggen. Het spoelwater liep weg in een afvoergoot, die in verbinding stond met een afwateringssloot achter het huis.

Alie Proosdij bracht de kleintjes thuis. Als mamma in een goede bui was – en dat was ze bijna altijd – noemde ze Johan 'mijn geitje'. Johan was een keer flauwgevallen toen de haan hem achternazat. Kleine geitjes verstijven compleet en vallen omver als je ze onverwacht opjaagt. Maar ditmaal zei mamma niets. Ze ging eten maken in de keuken. Hanna dekte de tafel. Na het eten bracht mamma de kleintjes naar bed en Hanna waste af.

De zon stond laag aan de hemel en scheen de keuken in. Het gele licht van de zon viel samen met dat van de zonnebloemen.

Hanna stond op de drempel van de keuken en riep naar boven: 'Mamma, ik hou van je.' Mamma was de kinderen aan het wassen en kon dus niets verstaan. Na de afwas liep Hanna naar buiten. Over een houten deurtje dat tot haar schouder kwam, wierp ze een blik in de paardenstal. In het schemerduister stonden twee paarden, waarvan de hoofden elkaar raakten. Ze bewogen hun staart toen ze Hanna zagen, en de spieren van hun benen trilden. Ze hadden last van vliegen. Toen sloegen ze met de hoeven tegen de grond, draaiden hun hoofden naar het meisje en sperden hun neusgaten open. Hanna aaide eerst de bruine, toen de zwarte en zei tegen ze dat ze mamma's ring had weggemaakt. Ze keken haar met hun grote ogen aan en Hanna geloofde dat de dieren haar begrepen.

Ze kwam bij de loods waar een oude koets stond. De zwarte lak was er afgebladderd; hier en daar was nog een rood biesje zichtbaar. De koets had er al gestaan toen pappa de boerderij kocht. Pappa had altijd nog het plan om hem eens op te knappen. Hanna liet haar hand langs het stoffige koetswerk glijden. Op de assen van de wielen zat donker vet.

Mamma riep vanuit huis: 'Hanna, geef de kippen voer!' Hanna haalde de baksteen weg die de deur van het hok dichthield. Op een schap stond een emaille emmer, die zo oud was dat hij overal roestte. Onder de rand waren al gaten gevallen. Ze tilde de emmer van de schap. Anders kwamen de kippen direct naar haar toe. Ze hoorde hen kakelen in het nachthok. Het kabaal nam toe en Hanna ging kijken. Misschien roken ze een bunzing of een vos. De grote haan stond in een hoek en verweerde zich tegen de kippen die tegen hem opsprongen en in de richting van zijn snavel pikten. De haan had mamma's ring.

Mamma heeft een potje met rode lippenstift voor als ze uitgaat. Het staat op het plankje van de bijbel. Ze doet wat speeksel aan haar vinger, maakt haar lippen rood en trekt haar zomerjurk aan. Mamma ziet er zo mooi uit dat je haast niet gelooft dat ze ook je moeder is. Mamma was niet te vergelijken met alle andere moeders die ze kende. Mamma's wenkbrauwen eindigden in kleine veertjes die in haar voorhoofd gedrukt leken. Mamma was ook een beetje in zichzelf gekeerd. Ze had momenten dat ze, met een lichte blos op haar wangen, verzonken was in diepe gedachten. Pappa zei dat het een onnaspeurlijk heimwee was, eigen aan de mensen hier.

Nu had mamma ook heimwee. Ze had al een hele tijd niets gezegd en opeens een arm om Hanna heen geslagen. Had mamma zich zo mooi opgemaakt omdat ze de trouwring terughad? Dacht ze nu aan pappa? Hanna hield ervan om dat soort vragen aan haar te stellen als ze samen waren. Maar misschien was het op dit moment beter om even niets te zeggen. Toen ze haar had verteld hoe de ring was weggeraakt, had mamma niets gezegd, alleen maar geglimlacht. 'Hoe wist je dat je van hem hield?' had ze mamma nog niet zo lang geleden gevraagd. Ze had toen heel geheimzinnig gekeken. 'Je weet het, vanzelf.' 'Maar hóe wist je het dan?' 'Ik zag zijn handen en toen wist ik dat die handen me nooit zouden vervelen.' Mamma had het dus aan pappa's handen gezien, dacht je. En ze had nog een voorbeeld gegeven dat liet zien hoe belangrijk handen voor haar waren. Voor ze pappa leerde kennen was een man verliefd op haar geweest. Die man had tijdens een feest haar hand vastgehouden en ze had meteen gezien dat ze niet met die man zou trouwen. Zijn handen waren niet de handen waaraan zij zich de rest van haar leven wilde toevertrouwen. Het waren onberispelijke handen geweest, met soepele, krachtige gewrichten en schone nagels, maar het waren geen handen voor haar. Ze had zich niet vergist.

Hanna kroop nog wat dichter tegen mamma aan. Niets heerlijkers dan zo dicht bij haar te zijn. Jammer voor mamma dat ze over een uurtje of twee haar mooie jurk al weer uit moest trekken. Geen man had mamma kunnen bewonderen. Het kwam nog wel eens voor dat de judde onverwacht aankwam om een praatje te maken. Hij zou voor de zoveelste keer zeggen dat in de hele omtrek geen mooier vrouw dan mamma was. Dan lachte ze verlegen, maar je zag dat ze het niet onaangenaam vond. Haar reactie was altijd dezelfde: 'Dat zeg je hier, dat zeg je bij de buren, dat zeg je natuurlijk overal.' Mamma wist dat dat niet waar was.

De zon ging oranje onder. Het land werd eerst rood, dan blauw, dan grijs. Net als de lucht. De struiken en de bladeren van de boom kwamen tot leven, muggen begonnen rond te vliegen, in het grind en op het mos van het paadje liepen kevers met zwarte pantsers; lieveheersbeestjes tikten tegen de stam en een haas waste zich in de berm van de oprijlaan. Hanna verplaatste haar voet en de haas ging een half metertje achterwaarts, bijna achteloos. Zaagbekken vlogen fluitend over de wal, lieten zich in duikvlucht op het water vallen, trokken witte lijnen met hun afhangende lijven en gele poten. Er was geen zuchtje wind. Toch kwam er wat koelte van de wetering, die nauwelijks hoorbaar kabbelde. Hanna voelde die onmerkbare beweging van de lucht, die hier de adem van het land wordt genoemd.

4

Bij het eerste hanengekraai werd ze wakker. De oude, hese rode haan zette een hoge borst op en barstte los. Hij krabde met zijn nagels aan het uitgebleekte, bijna witte hout van het hok, wachtte op antwoord. Zijn geluid rolde over de wal, viel in gaten en kuilen, almaar verder, en bij Pitlo en bij Proosdij schrok een haan wakker, kraaide kort en krachtig, drie, vier keer aaneen alsof hij zich verslapen had en zich moest haasten om de verloren tijd in te halen.

Dan werd het kraaien minder, trager. De hanen zwegen.

Dat verre roze licht aan de horizon breidde zich snel, haast ongemerkt uit over de hemel, de veehekken tekenden zich scherp af, de koeien braken door de mist als spoken en tegen de grijze, de roze hemel groeide op de heuvel de dode populier, door de kraaien in de steek gelaten. De morgenster kondigde haar vertrek aan met een vriendelijk knipoogje, in de zomerse ochtendnevel. Wacht maar af, leek ze te zeggen. Wacht maar af.

Hanna stond op, maakte een paar speciale kniebuigingen die ze van Simon had geleerd, knielde en zei hardop haar morgengebed: 'Heere, spaar mij ook deze dag, en wees mij genadig, om Jezus' wil. Amen.'

Over de stoel hing haar nieuwe jurk, die van satijn, versierd met kraaltjes die prachtig schitterden. Mamma was op voor Hanna. Ze deed de bijpassende witte schoentjes in de schooltas van blauw doek. Het had erg gedauwd vannacht. In de keuken trok ze haar rode laarzen aan. Daarna zaten ze zo knus aan tafel, maar Hanna kon geen hap door haar keel krijgen. Ze dronk een half glas melk. Om zeven uur ging Hanna op weg en anderhalf uur later stond ze op het schoolplein. De vrouw van meester Coenhen kwam direct op haar toe en nam haar mee naar binnen. Meester wachtte hen op in de gang van de school. De deur van zijn kamer stond wijd open. De vrouw van de meester deed hem achter hen dicht.

'Zo,' zei ze, 'mannen hebben hier niets te zoeken.' Op de tafel van de meester lag een bruidsjapon. 'Nou,' zei ze stralend, en aan de manier waarop ze daar stond – trots omdat zij hem had geknipt uit haar eigen bruidsjapon – en haar stem liet dalen, wist Hanna al: er was geen verzet mogelijk. Maar ze verstarde en angst drong als een splinter haar hart binnen. Ze stond alsnog op het punt om tegenstand te bieden. De jurk die mamma voor deze gelegenheid in de stad had gekocht, zou ze zo dadelijk moeten uittrekken. Ze zou kunnen zeggen: Ik wil niet, want ze wilde niet. Maar dan zou die vrouw zeggen: Zo, en waarom niet, kleintje? En het gezicht van die vrouw zou verstrakken, want ze had zo haar best gedaan op die jurk en er al zoveel plezier aan beleefd, van tevoren.

'Wat is er?' vroeg de vrouw van de meester. 'Ben je niet blij?'

‘En Simon?’ zei Hanna maar snel.

‘O, je maakt je zorgen om Simon... Ik zeg nog lekker niets... Zou je nu je jurkje willen uittrekken? Of zal ik je helpen? Ik vind dat ook een mooie jurk hoor!’

Misschien heb je vanaf dat moment de gewoonte aangenomen sommige dingen maar te accepteren, sommige dingen maar niet te zien terwijl het je aard is alles om je heen waar te nemen. Je was ook een beetje boos op jezelf dat je dit niet direct doorhad; nu moest je machteloos toezien hoe de anderen zich zouden vermaken ten koste van Simon en jou. Je had heus wel in de gaten dat jullie vandaag gingen trouwen. Je werd weer bang, een met niets te vergelijken angst maakte zich van je meester, je hart kwam omhoog in je borst en zakte daarna weg als een steen in je buik.

De vrouw schraapte haar keel. Vooruit, wilde dat zeggen, doe wat je doen moet. Op dat moment zag Hanna buiten, boven de dijk, een sperwer zweven; hij beschreef grote cirkels, zijn rug was fonkelend scherp, hij krijste, verloor hoogte en verdween achter de dijk.

‘Het is een groot voorrecht om altijd dicht bij de dieren te leven,’ zei de vrouw. Hanna ontdekte onder in haar mond een paar lege plekken, maar de andere tanden waren aanwezig. De bruidsjapon had een sleep van vele meters. In de sleep waren blauwe viooltjes verwerkt. Toen Hanna helemaal klaar was, droeg ze een kransje van dezelfde tint viooltjes in haar haar, een bruidsboeketje van witte sleutelbloemen, een sluier. Daarachter haar gezicht, wit en vertrokken. Ze wist nog steeds niet waarom haar dit overkwam.

Bruidsmeisjes kwamen binnen, die uitriepen: ‘Ah! Oh! Net een echte bruid.’

De schoolbel rinkelde. De meester riep vanachter de deur of alles al klaar was.

‘Ja,’ riep zijn vrouw terug en verschikte nog gauw iets aan de sluier. Hanna kwam naar buiten. In de gang wachtte Simon, in een grijsgestreepte broek, een colbert van zwarte glanzende stof en met een hoge hoed op. Simon boog voor haar en bood zijn arm. Simon hield van verkleden, maar ze vond dat hij nu wel erg ernstig keek. Alle kinderen wachtten op het schoolplein en toen het bruidspaar verscheen, hieven ze een lied aan. Op een bord tegen de muur, vlak onder *Pniël* stond *Leve het bruidspaar*.

Men ging in optocht naar de schietkuil. Voor de hoge kogelvanger stonden op het grind de twee leunstoelen uit het kaartenkamertje van de school. De stoelen waren versierd met kleurige papieren bloemen. De meester hield een toespraak.

Simon hield haar hand vast en fluisterde in haar oor dat zijn vader gisteren zijn konijn aan een opkoper had verkocht. Hanna wist dat Simons vader met verlof thuis was.

'Wat gemeen!' fluisterde ze in zijn oor.

'O, wat lief,' hoorden ze de vrouw van de meester zeggen.

'Hij gaat niet verloren,' fluisterde Simon stellig. 'Ook de dieren hebben een ziel.'

Dat geloofde Hanna ook. Niets ging verloren. Hier, op precies deze zelfde plek in de kuil, hadden ze na schooltijd zo vaak met z'n tweeën kerkje gespeeld. Ze gingen vertrouwelijk met God om, maakten zich heldere, precieze voorstellingen van de hemel, die ze zich als de aarde dachten, hun vlakke aarde, maar dan nog mooier. God was er en Hij kende je. Hanna en Simon dachten eender over die dingen.

Het kwam vaak voor dat Hanna in bed, na haar avondgebed, via God met Simon gesprekken voerde. Of met de geit die aan het hek klingelde.

De meester gaf haar een handkus en alle leerlingen kwamen bruid en bruidegom feliciteren. De bruidsmeisjes legden de cadeautjes (tol, pen, zuurbal) naast elkaar op een tafel. Hanna keek stiekem opzij. Omdat ze altijd naast elkaar in de bank hadden gezeten, was ze hem als een even oude broer gaan beschouwen, als een ander zelf, aan wie ze geheimen kon meedelen die anderen niet begrepen zouden hebben.

De receptie was voorbij. Iedereen begon door elkaar te lopen. Niemand wist wat er nu moest worden gedaan. Vanmiddag pas waren de sportwedstrijden. De jongens gingen elkaar met kluiten aarde gooien, de meisjes stonden in groepjes op afstand giechelend naar het bruidspaar te kijken.

'O,' riep er een, 'o kijk, er zit bloed op haar jurk!'

De vrouw van de meester hield direct Hanna's hoofd achterover. Coenhen werd naar school gestuurd om watten te halen. Het bloed liep terug in haar neus, ze kreeg een vieze smaak in haar mond en werd een beetje misselijk. Als ze ademhaalde, maakte het bloed in haar keel een zacht gorgelend geluid. Hanna sloot haar ogen en herinnerde zich haar eerste bloedneus... de poppenkast stond op het kerkplein, naast het podium. Ze zat tussen een heleboel kinderen op de grond en ze moesten een hele tijd wachten. Onverwacht werd het gordijntje met een ruk opzijgeschoven, zo onverwacht dat ze schrok. Van het verhaal en de gebeurtenissen die volgden begreep ze niet veel, maar ze lachte mee als de anderen lachten en ze schreeuwde ook toen een pop verscheen die er enger uitzag dan alle andere. Hij droeg pikzwarte kleren en had een stok met spijkers in zijn hand. Het was een stok om iemand mee dood te slaan. Hij deelde er een klap mee uit en nog een, en het slachtoffer, dat al met slappe armen en benen over de rand van de poppenkast lag, werd steeds slapper. Andere kinderen riepen: 'Goed zo, sla er maar op, dat heeft hij verdiend...' Hanna begreep niet waarom het slachtoffer een pak slaag verdiend had. Om haar heen begon het publiek steeds harder te krijsen en Hanna werd almaar banger voor dat valse hoge stemmetje in de poppenkast, waar de verwarring almaar groter werd. Hanna sloeg de handen voor haar gezicht. Nu verschenen alle poppen tegelijk, verdrongen elkaar, schreeuwden in elkaars oor. 'Ja, ja, ja, hij heeft het verdiend,' en de schurk kreeg opnieuw een pak slaag. Met een ruk ging het gordijntje dicht en Hanna zag dat iedereen tevreden was en in de handen klapte. Hanna klapte ook in haar handen. Een volwassene onder het publiek vond dat ze hem goed te pakken hadden gehad. 'Nietwaar, jongens en meisjes?'

Maar Hanna's handen kleefden van het bloed.

5

Het bleef warm. De meidoorn begon aan zijn tweede bloei. Vogels vlogen met takjes heen en weer. De lucht boven de wetering was doorzichtig en het water, dat er bleek en troebel uitzag, golfde nauwelijks. De kikkers kwaakten 's nachts en overdag. De eenden hadden een plechtiger manier van lopen. De lucht aan de horizon was 's morgens wazig geel en grijs. De peren begonnen al te vallen. Maar ze vielen te pletter op het grind of werden opgevangen door de scherpe punten van de vuurstenen om het perk met begonia's.

De perenboom was geplant toen de boerderij gebouwd werd en moest dus al zo'n zeventig jaar oud zijn. Hij droeg alleen nog in de hoogste takken. Er zaten dit jaar veel vruchten aan de boom. Hanna tekende met een stok een kringetje in het grind en keek omhoog: 'Wind, steek op,' zei ze plechtig. De wind stak op, de peren kwamen naar beneden. Soms rolde er een binnen haar kringetje. Ze had niet veel anders te doen als mamma met de kleintjes bij buurvrouw Pitlo was.

'Opstaan, kleine slaapkop.' Hanna schoot vliegensvlug haar kleren aan. Vandaag werden de peren geplukt. Simon zou komen en de jongens van Pitlo en Alie Proosdij. 'Opstaan, kleine slaapkoppen,' riep mamma nu tegen Johan en Lex, die op dezelfde kamer sliepen.

Simon en de andere jongens klommen langs verschillende takken tot boven in de boom en wierpen de peren een voor een naar beneden. Mamma, Hanna en de anderen vingen ze op in manden. De jongens hielden elke geplukte peer omhoog en lieten hem dan vallen, mikkend op de zachte grond van het perk, de schort van de meisjes of de manden, waarin een dikke laag houtwol lag. Als iemand goed mikte of goed ving, ging er een gejuich op. Om elke peer werd gevochten. Toen mamma zag dat alle peren uit de boom waren, riep ze de jongens naar omlaag. Halverwege kreeg Simon nog een peer in de gaten. Als een kat klom hij langs de stam weer omhoog. Mamma zei tegen Hanna dat Simon toch minder last had van zijn astma dan andere jaren. Je zag vaker dat men over die ziekte heen groeide. Op dat moment kreeg Simon die laatste, mooie, rijpe peer te pakken. De allerlaatste. Hanna stond wat achteraf, in de zon, bij de bemoste schutting.

'Voor jou, Hanna,' riep hij. 'Voor jou. Hou je schort op, hou je schort op!' Hij hield de peer omhoog, mat de afstand, mikte zorgvuldig tussen de takken door in haar schort. Gejuich klonk, maar stokte ogenblikkelijk: Simon verloor zijn evenwicht, viel van tak op tak, rukte met zijn hand een paar dorre twijgen af, sloeg ruggelings tegen het grind. Even bleef hij versuft liggen, stond toen op.

'O Simon, heb je geen pijn, heb je niets gebroken?!' Ze stonden om hem heen. Zijn gezicht zat onder de schrammen, zijn armen en handen waren geschaafd, maar er was zelfs geen bloed te zien. Hij was alleen erg bleek.

'Maar je rug dan?' zei mamma. 'Heb je nergens pijn?' Nee, hij had geen pijn. 'Toch moet er een dokter bij komen.'

Hanna bracht hem naar huis. Op de dijk nam ze afscheid en drukte hem op het hart er een dokter bij te halen.

6

De winter was op komst. De schapen en geiten die vrij op de wal graasden, kwamen steeds vroeger op de middag bij het hek. De dieren snuffelden in de egelantier of de meidoorn, die nog slechts een warboel van takken en stekels waren. Op een ochtend waren ze met rijp overdekt.

Toch zette de winter niet door. Op een ochtend voelde de lucht bijna lauw aan. Er was nog geen wind. Maar al drie dagen lagen in het zuiden aan de horizon grote wolken voor anker, dansend op hun plaats.

Vanmorgen bij het opstaan was een groot zacht geluid hoorbaar. De stammen van de bomen spraken met elkaar en zeiden: ''t Is de wind.' Om het huis rook het ineens naar verschimmeld hout en zure kool. Een krachtige wind begon over de koolstronken te galopperen. De wetering kermde, de muren kraakten. De wind zette zich even op het dak neer als een vogel, en vertrok weer. Je zag de schaduw van zijn vleugels over het oude riet van het dak gaan.

De regen kwam, en het regende drie dagen. Hanna zat met haar broertjes om de keukentafel en ze keken naar die ene afbeelding in de platenbijbel: een rotspunt stak boven het water uit; de hemel was pikzwart, het water was zwart; aan de rots klampte zich een moeder met een baby vast, maar je zag dat ze haar greep aan het verliezen was, en om de rots dreven de dode mensen, met hun gezicht naar boven in het water... *Want zie, ik ga water over de aarde brengen en alles wat op de aarde is, zal omkomen. En de slagregen was veertig dagen en veertig nachten over de aarde.*

De vierde dag hield de regen op. Mamma wachtte met het aansteken van de lamp. Ze zagen boven het land de maan opkomen, een harde, ronde, compacte maan, een heldere, frisse maan, die zo uit de wetering leek te komen en nieuw stralend licht gaf. Het land was ook wijder, nieuwer en blauw. Over het land liepen brede banen van zilver. In dat schemerlicht leken de ogen van de schapen en de geiten op die van mensen.

Mamma stond op, draaide het kraantje van de gaslamp open en stak het kousje aan. Ze keken naar het kousje dat een beetje smeulde, zacht begon te knetteren en toen stralend hel licht gaf. De vlijtige liesjes in de vensterbank leefden prompt op en de gele barst in het plafond werd een gevaarlijke slang die zijn tong uitstak. Mamma zette de deurtjes van de kachel open zodat ze de vlammen die van de wilgenbast lekten beter konden zien. Je voelde het vuur op je wangen. Mamma gooide harsige spaanders van berk op het vuur. Ze dronken warme chocola. Hanna wierp een blik op mamma en zag dat ze dromerig voor zich uit staarde. Een lok haar hing voor haar mondhoek, maar ze maakte geen gebaar die weg te halen.

Hanna hielp mamma met appels bakken. De geur trok door het hele huis. Ze aten korstjes geroosterd brood bij de appels. Daarna gaf Hanna haar de bijbel aan. Mamma las een kort gedeelte, meestal uit de psalmen. Ze deed dat mompelend, heel snel, bijna onverstaanbaar. Ze vouwden hun handen. Mamma met die twee broertjes, zo warm en vertrouwd, als jongen in een nest. Ze deden hun ogen weer open. Het sneeuwde. Mamma zei dat ze van alle weer aan sneeuw de voorkeur gaf. Ze vertelde haar kinderen vaak wat zij het liefst had.

Ze keken naar buiten, waar nu alles klein en ineengekrompen leek en de sneeuwval niet verder scheen te reiken dan het licht dat naar buiten viel. Ze zaten daar zo knus, zo gerieflijk, in die warme keuken, voor het in kleine ruitjes verdeelde raam, en mamma's wangen waren zo zacht, net zachte dekentjes die over stevige, onverwoestbare botten waren getrokken, en geregeld schudde ze een lok naar achteren die toch weer over haar voorhoofd viel...

'Daar komt iemand aan,' zei ze. Mamma was altijd de eerste die iemand zag aankomen. Ze keken de witte donkerte in en zagen niets. 'Daar...' zei ze. Toen zagen ze allemaal een klein geel lichtje dat op de graswal bewoog.

Ze gingen naar buiten. Als je naar boven keek, had je het gevoel dat je tegen de sneeuw in dreef. Ze liepen een eindje de tuin in. De jongens hapten verse sneeuw van de bessenstruik, Hanna schopte nonchalant de sneeuw voor zich uit.

Ze herkenden de judde aan zijn laarzen en aan zijn gebogen houding. Ze wachtten hem met zijn vieren op onder de luifel van de voordeur.

'Dag Teubner,' zei mamma. De judde knipperde met zijn wimpers, waar sneeuwvlokjes aan hingen. Ze zagen direct dat er iets aan de hand was. Anders maakte de judde altijd grapjes, tilde je op. Op feesten speelde hij harmonica. Als hij het op zijn heupen kreeg, smeet hij op het hoogtepunt van het feest zijn harmonica op de vloer, begon te hurkdansen, raar met zijn knieën te bewegen, liet zijn snor en zijn oren op en neer gaan, rolde met zijn ogen, de feestgangers aanvurend net zo te doen als hij. Ten slotte liet hij zich, quasi-teleurgesteld, opzijvallen en bleef voor dood liggen. Het leek echt of hij dood was, je wist het na een tijdje niet zeker meer. Geen feest in de hele omtrek dat hij niet opluisterde. Kende iedereen, gaf boodschappen af voor dokter of dierenarts, kocht dieren, verkocht schilderijen met donkere zigeunerinnen, nam post mee voor Rha of Worth, kon met iedereen goed opschieten behalve met Proosdij. Proosdij vond hij een opschepper, een driftige grootbek. Proosdij was iemand die dacht dat Gods genade zo werkte dat deze kinderen met opzet in gereformeerde gezinnen geboren liet worden om ze gemakkelijker te kunnen uitverkiezen. Nee, met Proosdij had hij niet veel op, die dacht dat hij God zelf was. Die denkt dat hij alles kan, maar niets kan hij zo goed als opscheppen, want dat kan hij als de beste. Pappa was het met de judde eens.

Binnen zei de judde dat die arme Lea Pitlo in de loop van de middag in het ziekenhuis was overleden. Er was op dat moment net niemand bij geweest. Dat zag je bijna altijd. Een mens wil alleen sterven. Lea zou vanavond nog of morgenvroeg worden thuisgebracht.

Mamma haalde uit het buffet in de huiskamer twee glaasjes van geslepen kristal. Ze werden alleen gebruikt bij grote gebeurtenissen. Ze zette een fles citroen voor hem neer en een potje met kandij. De judde schonk in, liet een kandijklontje smelten. Mamma nam een anisette. De verpleegsters hadden niet gedacht dat de dood al zo snel zou komen, zei de judde.

'Eerst dat vreselijke ongeluk met de broer van Pitlo en nu dit,' zei mamma. De beide volwassenen staken een sigaret op. Mamma rookte alleen bij speciale gelegenheden. De judde liet de sigaret altijd tussen zijn lippen bengelen, maar mamma nam hem elegant tussen twee vingers en deed kleine trekjes. Ze hield de rook een tijdje binnen en blies hem dan uit in kleine ronde wolkjes. De judde rookte altijd *Bondstreet.* Op het bruine pakje stond een zwarte koets afgebeeld, getrokken door zes even zwarte paarden. Hij vertelde dat hij morgenvroeg aangifte zou doen van het overlijden bij het gemeentehuis van Worth. De burgemeester zou zijn best doen om Pitlo en pappa te pakken te krijgen, die beiden gemobiliseerd waren in de Peel, bij de *Belzengrens.* Vanavond nog ging hij naar de timmerman van Bahr. Buurvrouw Pitlo liet de keuze van de kist aan hem over. Het beste zou zijn een kist van eiken fineer, recht model, beslag van nikkel en een eenvoudige zijden bekleding. Er moest worden gezorgd voor twee bedienaars, acht dragers, strooibloemen, grafrechten, fooi ziekenhuis, rouwkaarten in couvert met postzegels en huur van Het Gebouw in Rha voor de maaltijd.

De judde hielp mamma de luiken van het huis te sluiten. In de gang bleef hij nog even met haar staan praten.

Lea zou over een maand zeven worden en heilige communie doen. Dat was nog een troost, dat ze nog zeven moest worden. Nu hoefden er geen aflaten gebeden te worden. Lea's zieltje hoefde niet door het vagevuur maar mocht direct door naar de hemel. Lea was nog onschuldig. De judde spotte vaak. Hij hield van spotten. Nu niet.

De judde ging naar de timmerman en mamma ging naar de buurvrouw. Het duurde lang. Toen ze terugkwam zei ze alleen dat de buurvrouw troost putte uit de gedachte dat Lea's zieltje nu al in de hemel was.

De volgende dag bleven de luiken van het huis gesloten. Het was of het nacht bleef. Alleen die van de keuken werden in de loop van de morgen op een kier gezet. Mamma wilde oog houden op de graswal; de 'dôweg', zoals zij hem vanmorgen al een paar keer had genoemd.

'Waarom dôweg, mamma?'

Je wist heus wel dat mamma zou zeggen: 'Omdat de dode Lea daarover vervoerd wordt.' Mamma had het nu veel te druk om antwoord te geven. Ze hield zelfs Hanna thuis van school zodat ze haar kon helpen en de kinderen bezighouden.

Mamma haalde de porseleinen kopjes uit de mahoniehouten kast in de kamer. Hanna waste en droogde ze voorzichtig af en wikkelde ze in krantenpapier. Ze zouden bij de begrafenismaaltijd worden gebruikt. In de kelder onder het blauwgeschilderde luik met de ring, in de hoek van de keuken, stonden zakken met grauwe erwten en rozijnen. Ze droegen pannen met lauw water naar de kelder, waar de erwten in werden gedaan; over een paar uur zouden ze al zo dik zijn als kleiknikkers.

In de keuken waren mamma en zij net begonnen om de rozijnen uit te zoeken toen mamma in de vriesnevel de brik in de gaten kreeg.

Ze sloegen een donzen sjaal om en gingen buiten staan. In de verte naderde op de dôweg de zwarte brik, in gerinkel van belletjes. Over het paard hing een zwart kleed. Onder de koets schommelde een lantaarn waaruit rossig licht straalde. Uit de bak staken sparrentakken. Voor de koets uit liep de judde, die met een stok voelde waar de kuilen en spleten zaten. De brik schokte en knarste. Zo van bovenaf was het net of de koets een dikke, zwarte traan was die over de wal rolde.

7

Buurvrouw Proosdij kwam hun pad op. Haar adem woei naar achteren over haar schouders. Ze was mager en had een smalle mond waar altijd afkeuring uit leek te spreken. Op verjaardagen zei ze alleen het hoognodige en dan nog met de grootste moeite. Mamma had liever niet met haar te maken, maar ze waren op elkaar aangewezen.

De buurvrouw zei dat Alie direct zou komen om op de beide jongens te passen.

Alie kwam en de twee vrouwen vertrokken met Hanna naar het huis van Pitlo. De karrensporen waren hard van de vorst en op de wetering zat een dikke laag ijs. De wind in de hemel was bevroren en de lucht was stijf en wit als het wasgoed aan de lijn. Omdat de vorst zonder veel gekwakkel onverwacht was gekomen, zou hij ook lang aanhouden. Er was een vuurrood zonnetje dat geen enkele warmte gaf. In een paar achteloze stappen zou het de hemel oversteken en ondergaan.

Ze liepen in de sporen die de koets voor hen had gemaakt. De wilg die ze passeerden zag grijs van de kou. Voor de diepe gleuf van zijn opengebarsten kroon hingen, als een kralengordijn, vastgevroren waterstraaltjes.

De oprijlaan van de Pitlo's was direct herkenbaar aan de rij wilde kwetsen waarvan de kromgegroeide stammen waren witgekalkt. Onder de bomen lagen slordige stapels gehakte wilgentenen, die in het najaar al weer waren uitgelopen, een casco van een oude roeiboot, verse mest, een raamwerk zonder glas, en dichter bij het huis sneeuw ondergestoven door hooistof. Uit de dakranden hingen plukken veren en stro en flarden van vogelnesten. Buurvrouw Proosdij zei niets, maar Hanna wist hoe ze over het bedrijf van Pitlo dacht: een omheinde woestenij. Daar kwam nog bij dat de Pitlo's een dwaalleer aanhingen. Het vastgevroren zonnetje dat de hele weg boven hen had gehangen, verdween achter sneeuwwolken.

Buurvrouw Pitlo ontving. Ze drukte Hanna tegen zich aan onder het crucifix en mompelde dat Lea er op die leeftijd net zo had uitgezien. De buurvrouw sloeg een kruis met twee vingers tegen elkaar gedrukt. Haar hand was helemaal paars en de huid van haar pols had kippenvel. Toch was het heet in huis, je kon de vlammen in de kachel horen.

Lea lag in het smalle, raamloze vertrekje tussen de huiskamer en de ouderlijke slaapkamer, in een antiek bed met donkere zijkanten en een hoofd- en voeteneinde van heel licht kersenhout. Boven het bed hing een plaatje met een engel, met gespreide vleugels op een wolk. Om de brandende kaars die op een tafeltje naast een bakje met een groen takje stond, hingen kransjes van gestolde was. Over de dode lag een paarse sprei, met kant afgezet en met de letters J.C. erop. Hanna dacht aan Jezus die nu met onhoorbare passen achter het verduisterde raam door de tuin liep. De buurvrouw stak haar handen onder de sprei en begon de voeten van Lea te wrijven. Ze mompelde een paar keer: 'Mijn liefje, mijn liefje...' Toen zuchtte ze heel diep en heel lang en het leek of ze haar hele ziel uitblies.

Lea droeg de kerstjurk van vorig jaar. Ze mocht vandaag de kerstjurk aan omdat ze onschuldig was gestorven. Hanna wist dat buurvrouw Proosdij dat allemaal poespas vond. Het was geen poespas. Lea had nog net niet de jaren des onderscheids bereikt en hoefde nog niet te worden vergeven.

Een schaduw viel over het voeteneinde. De oudste zoon die voor priester studeerde, in gezelschap van de pastoor van Rha. De zoon verspreidde wierook en de pastoor zei: 'Wees gegroet, o zoete allerzoetste Maagd Maria, vol van genade. Gij zijt de gezegende onder de vrouwen en gezegend is Jezus de vrucht van uw schoot. Heilige Maagd, moeder van God, bidt voor ons zondaren, nu en in het uur van onze dood. Amen.'

Buiten klonken stemmen. De timmerman van Bahr kwam met de kist binnen. Hij zette de lichtgebeitste kist op de grond en opende hem. De kist was met wit satijn bekleed. De knecht van de timmerman kwam binnen met schragen en planken, alle zwart gelakt. Het antieke ledikant werd opzijgeschoven, de planken werden op de schragen gelegd en bedekt met een zwart kleed dat tot op de grond hing.

De timmerman liet toen behoedzaam zijn ene hand onder het lichaam van de dode glijden en tilde het voorzichtig in de kist op de baar. Allen keken naar de rustige, zekere bewegingen van de timmerman. Het was zijn taak te kisten, zoals hij ook uit oude stronken mooie vogels sneed.

Hij vouwde beide kanten van het onderlaken over Lea, sloeg het terug bij haar gezicht, alsof ze een kind was dat hij instopte, toedekte voor het slapengaan.

Die dag en de twee volgende gingen snel voorbij met alle voorbereiding. De nachten waren helder en de sterren talrijk als maïskorrels. De begrafenis was op vrijdag, een week voor Kerstmis. De nacht voor die vrijdag stond de maan zo vol, zo helder boven de tuin dat je er donkere vlekken op kon zien. Dat moesten de bergen en vulkanen van de maan zijn. Het leek wel dag. Je zag elke trede van het tuinpad. En na een tijdje zelfs de korte schaduwen van uitstekend dakstro. Hanna keek met verbazing naar die verstarde, spookachtige, door maanlicht overgoten wereld. Het was zo koud dat van de onverwarmde kamers de ramen rinkelden en de muren kreunden. De dôkar zou om acht uur van het sterfhuis vertrekken.

In de schemer blies een ijskoude noordenwind. Het paard werd op de deel aangespannen. De kist stond in dik stro en was afgedekt met sparrentakken. De kleine stoet mensen stelde zich op. Het paard brieste een paar keer. Uit een van de stallen rond het achtererf was het gehoest van een koe te horen. Lea's dood had misschien voorkomen kunnen worden. Pitlo vond het niet nodig vrijwillig lid van het veefonds te worden. Pappa en ook Proosdij hadden op hun deurpost een wit emaille plaatje; hun vee was tbvrij. Dom, zo dom van Pitlo. Bij de verplichte controle werden de dieren in het oog gedruppeld en als ze positief waren, begonnen de ogen na een uur te etteren. Die dieren werden afgemaakt. Pitlo was zo dom! Hij waste zijn dieren de ogen uit met azijnextract of waterstofperoxyde. Het ging toch om de bescherming van mensen! Pappa en mamma konden zich daar erg boos over maken. Lea, gestorven door eigen schuld. Zo mocht je natuurlijk niet denken. Voor zulke gedachten kon het noodlot je treffen. Ons zal niets overkomen, dacht ze. Je moet oppassen, vermaande ze zichzelf, voor zulke gedachten kun je ook gestraft worden. Dat was trots. Ze raakte steeds meer vervuld van trots.

De judde klauterde op het met rood leer beklede bankje van de koets, en strekte zijn benen die omwikkeld waren met doeken. Hij trok een deken over zijn schoot. Pitlo was niet gekomen. Ze moesten nu weg, wilden ze om half elf in Rha zijn.

Tegen de bruine, modderige helling van de wal waren planken gelegd. De planken klapperden onder de wielen.

Ze liep aan mamma's hand. Aan de horizon schoot een stoet ruiters voorbij. Ze joegen voort, zwart en dreigend, en verdwenen in blauwgrijze nevel.

Soms stapte het paard op nog niet platgereden harde randen van het pad en schudde dan met zijn hoofd. Onder het zwarte haam zat het koperen belletje dat voortdurend klepperde met een iel, bevroren geluid. Een paar keer zei mamma: 'Wat een bezoeking!' Ze stapten over blootgewaaide stenen en graspollen en drukten de dikke gebreide dassen tegen hun keel.

Na een uur maakte de zon zich los uit ijskoude rokende damp. Toen waren ze al een kilometer of vijf voorbij de boerderij van Proosdij. Hier hield de graswal abrupt op en was er alleen land.

Op de dijk naar Rha groeide de stoet aan. Schapen stonden twee aan twee met hun achterwerk tegen elkaar, hun snuiten berijpt. Ze snuffelden in de bevroren pluis van de bermmossen en aan verdorde takjes die met doorzichtige vleugels uit de sneeuw staken.

'Schapen zijn sterk,' merkte mamma op, 'maar met dit weer is het geen doen...'

De grote katholieke kerk van Rha kwam in zicht en men verliet de dijk. Het leek of het hele dorp zich nu bij de stoet voegde. Het zag zwart van de mensen. Hanna raakte een beetje opgewonden. Ze moest zich beheersen om niet een danspasje te maken. De kist werd op het kerkplein van de wagen getild en Hanna schaamde zich. Ze liep op het paard toe waarvan de benen werden gekluisterd. Zijn wijde neusvleugels trilden, zijn snuit was wit van de rijp en waar het haam zat, was de hals vaal en afgesleten. Ze aaide het paard en toen ze het dier wilde zoenen, wendde het koket zijn hoofd af. Het kreeg een zak haver over zijn hoofd en begon snuivend te eten.

Na de dienst vormden de mensen vanzelf weer een stoet. Over de lengte van de kuil lag een laddertje. Daarop werd de kist gezet. De randen van de kuil waren afgedekt met sparrentakken.

De wind was minder geworden en het was een beetje gaan sneeuwen. De lichte vlokken bleven lang zweven, vielen ten slotte op de kist en de takken.

Ineens was de plechtigheid voorbij. Hanna had met haar hakken twee kuiltjes in de sneeuw gemaakt. In de kuiltjes stond wat dooiwater. Mamma gaf haar het mandje met strooibloemen. Iedereen snikte. Sommige vrouwen huilden luid. Het leek op de lange weemoedige fluittoon van de wind.

Het Gebouw was naast de kerk. Er waren broodjes met ham en rosbief. De vrouwen die bedienden, droegen witte schorten op zwarte jurken. Tegen buurvrouw Pitlo werd verschillende keren gezegd dat de kleine in de hemel was, en iedereen was lief, behulpzaam, begrijpend.

Op de terugweg begon de sneeuw dichter te vallen en de kou nam iets af. Als je omhoogkeek, kreeg je sneeuw in je ogen. Hanna drukte haar vingers tegen haar ogen.

'Afschuwelijk,' mompelde mamma. Hanna dacht dat mamma het over Lea's dood had. 'Het is afschuwelijk,' zei mamma een tijdje later. Misschien doelde ze op de afwezigheid van de buurman.

'Dat van de buurman...?'

'Ja, dat ook.'

'Dat van Lea...?'

'Natuurlijk, ook van Lea. Maar nog erger bijna vind ik wat Puyman in Het Gebouw gezegd heeft...'

Mamma zweeg.

'Wat heeft Puyman dan gezegd?'

'Och, iemand had opgemerkt dat Lea nu in de hemel zou zijn. Puyman had toen direct gezegd: Dat is nog maar helemaal de vraag. Dat zal de Heere God zelf wel uitmaken. Daar mag een mens niet over oordelen.'

Hanna moest denken aan het grijze konijn van Simon. Zijn vader had het op een morgen heel vroeg, toen Simon nog sliep, aan een opkoper verkocht. Simon had het konijn van jongs af opgefokt. Uit school ging hij altijd eerst zijn konijn eten geven. Hij had er voor de klas over verteld en op elke tekening van Simon kreeg het een vooraanstaande plaats. Op een keer had Hanna op die verkoop gezinspeeld. Simon was afwerend geweest: ze hadden thuis elke cent nodig...

De schemer viel. Ze naderden de heuvel met de dode populier. Kleine schaduwen vielen samen met een dikke, zwarte schaduw, binnen in de kruin, zodat het leek of daar bovenin een gedaante zat. De hemel was als het water van de rivier: licht en wit vlak boven haar, donkerder naar de bodem.

'Ik ga niet dood,' zei Hanna.

'Pas op, val maar niet, en wrijf niet zo in je ogen!'

'Ik ga niet dood,' herhaalde Hanna, koppig, heel zacht. De sneeuw joeg om hun oren en niemand hoorde haar.

Daar was het achtererf. Door een rukwind was de deur van het kippenhok opengewaaid. De wind blies de veren van de kippen uiteen en je zag hun kale huid.

Ze zochten een paar stevige stenen om de deur vast te zetten. In de loods stond de eg met zijn blinkende tanden. Hanna dacht: Verdedig ons maar goed. Op de deel kraakten het kaf en de haver, en de koeien verzetten hun poten op de gladde vloeren, zwiepten met hun staart, legden hun koppen over het schot alsof ze een praatje met je wilden maken. Het licht van een stallantaarn glansde op de warme, witgekalkte muren en op de waterdruppels tegen de halfronde raampjes. Af en toe viel een te zware druppel naar beneden.

Door het raam naast het spoelhok zag je de boerderij van Pitlo. De ramen waren verlicht. Onder het afdak brandde een lantaarn. Zo was dus de dood. De dood was heel ernstig en heel erg.

Wacht maar, dacht je, wacht maar. Je was heel vechtlustig. Samen met mamma liep je over de gebarsten vloer van de deel, te midden van gerinkel en geschraap, in die lekkere zoete lucht. Je aaide een koe over haar voorhoofd en je hield tegelijk de hand van je moeder vast. De dood was heel ernstig en heel erg, tegelijk deed de dood er niet toe als je moeder je vasthield en je een dier over zijn vel aaide.

Mamma legde harsspaanders op het vuur. De keuken rook naar lampolie, kruiden en vers hout. Mamma maakte een teiltje met lauw water. Je stak je voeten in het water en je kon wel krijsen. Mamma's handen waren zacht als dons, ze leken wel de zachte poten van een poes. Ze wreef voorzichtig Hanna's voeten, de tranen vielen zo uit Hanna's ogen. Langzaam verdween de snijdende pijn.

Mamma maakte anijsmelk. Ze dronken anijsmelk uit geëmailleerde kommen.

8

Het werd Kerstmis en nieuwjaar. Tussen oud- en nieuwjaar was geen verschil te ontdekken. De dagen gingen voorbij als tevoren, met nog meer sneeuw. Nog was het stil, donker en warm in het tot aan de dakrand toegedekte huis.

Op een dag viel de dooi in. De hele dag lekten druppels van het dak, de vastgelopen sneeuw naar stallen en achtererf werd doorzichtig en spiegelglad, het land werd nat en glimmend, kreeg de tint van taptemelk, de paden werden roestbruin en de ijspegels aan de grendelbouten spitser. Soms, met oorverdovend lawaai, bezweek een tak onder de last. De wetering begon weer te stromen, een zachte zuidenwind golfde op en neer, over het rieten dak. Mamma borg de voorzetramen op. Het voorjaar kwam.

Mamma liet de schapen buiten. In het donker bewogen ze hun

witte koppen achter de egelantier. De schapen waren nog niet buiten of de regen begon. Opeenvolgende, kille regenbuien. De vogels staken hun kop onder elkaars vleugels. De lente barstte echt los.

De dagen werden langer en mooi. Aan de horizon leek het licht niet te willen ophouden en de toch snel vallende schemering maakte de hemel nauwelijks donkerder. En het was al weer morgen. Niet zo'n vuilgrijze. Het grijs was warm en vol, bijna blauw, met wat goud, opeens. Dat was de zon.

Om de zoveel maanden kwam pappa met verlof thuis. De vrouwen en kinderen stonden op de dijk te wachten. Na lange tijd begon de dijk zacht te beven. Aan de horizon verscheen een donkere streep. Dan een donkere muur. Een stofwolk die in de zon van die blinkende morgen op het brandend braambos leek. De dijk met zijn duizenden zonnevlekjes trilde. Hanna zag silhouetten van paarden, wagens. De metalen glans die het geverniste staal van wielen en assen gaf. Soldaten sprongen uit de wagens. Met beenwindsels en hoge petten met oranje gespen. Korte bevelen. Pappa, buurman Pitlo en anderen. Omhelzingen. Pappa zette zijn blauwgroene kepi achter op Hanna's hoofd, tilde haar op. Twee dagen bleef pappa thuis, liep over de graswal, beklopte de 'bees' op het land, timmerde voor Hanna's celluloid babypoppen een poppenhuisje, vertrok weer in dezelfde stofwolk.

Mamma had een glimlach op haar gezicht; ze glimlachte tegen de kinderen, tegen het brood op tafel dat ze de vorige avond had gebakken, tegen het nieuwe gaskousje dat ze in de lamp had gedaan, tegen de glazen stolp met kaas, tegen de drijfschaal met Oost-Indische kers, die ze net in de tuin geplukt had. Dacht ze aan pappa?

Mamma reikte naar het potje lippenstift op het plankje naast de bijbel en maakte voor pappa's scheerspiegel haar lippen op. Daarna hurkte ze op één knie om de jas van de kleinste dicht te knopen. Hanna zag de blanke onderkant van haar nieuwe schoenen en haar zwarte kousen die door haar gebukte houding een beetje rimpelden bij de enkel. Ze stond op en voor ze die zondagochtend met z'n vieren de binnenplaats overstaken om op weg te gaan naar Bahr, deed mamma haar korte overlaarsjes aan. Ze reeg ze dicht met lange, zwarte veters, die ze stevig aantrok.

Er woei een lekker zacht windje en de hemel was roze, met hier en daar plekjes lichtgrijs en blauw. Hij was helderder dan op de mooiste zomerse dag.

Hanna opende en sloot hekken, op vlondertjes bleven ze even staan en keken naar vissen die door het water schoten. Ze hadden alle tijd. Het was zo stil dat ze, halverwege, de haan nog konden horen. Vóór hen de blauwe toren van Bahr.

In de kerk schoven ze altijd de derde rij in. Eerst mamma, dan de twee jongens, dan Hanna. Mamma draaide zich voortdurend om of boog naar voren om bekenden te groeten.

De dominee kwam uit een portaaltje, voorafgegaan door een ouderling, die hem aan de voet van de preekstoel de hand schudde. Iedereen ging staan, iemand fluisterde mamma nog gauw in het oor dat de vrouw van Puyman nog wel had tegengestribbeld... De dominee beklom de preekstoel, spreidde direct zijn armen als arendsvleugels en vroeg om Gods bijzondere zegen voor deze dienst en voor het gezin Puyman.

De gemeente ging zitten en zong de opgegeven psalm, terwijl de dominee wat in de bijbel bladerde. Soms zong hij een regel mee. De dominee vouwde zijn handen en bad voor deze kleine gemeente die hier samengekomen was. Hij bad ook voor het gezin Puyman dat zich uit liefde voor de God die hier werd verkondigd, gedwongen zag deze kerk te verlaten.

De kleine Lex stak zijn wijsvinger door het ruitje van de bank voor hem en kon hem er niet meer uitkrijgen. Mamma, na een beetje wringen, kreeg de vinger los. Lex beet op zijn lippen en zag bleek. Het was niet de eerste keer dat zijn vinger in de kerk klem zat. Mamma keek niet boos, om mamma's lippen zweefde een glimlach. Wat had ze toch? Och, mamma was mamma, ze had zo haar geheimen!

Jij had een duidelijk verlangen in je om groot te worden, je keek naar die tijd uit, je was er niet bang voor. Je wilde als mamma zijn.

Hadden de beide buurvrouwen van mamma ook zo'n geheimzinnige glimlach? Jij kon je dat niet voorstellen.

Van de preek ving ze geen woord op. De dominee kondigde de collecte aan. Het was de kunst om je geld in het kerkzakje te laten vallen zonder het rode fluweel aan te raken. De twee jongens deden haar na.

De ouderen bleven voor de kerk napraten. Men had ook gehoord dat Puyman misschien van plan was zijn kinderen van school te halen en ze op de openbare te doen in Worth. Men vroeg zich af wat Puyman toch in de Nederlands Hervormde Kerk miste. Mamma merkte op dat Puyman zo'n besluit wel niet lichtvaardig zou hebben genomen, al was ze het niet met hem eens. Hanna dacht: Puyman verkoopt stiekem het grijze konijn en hij wil niet langer bij de kerk blijven. Hadden die twee dingen iets met elkaar te maken misschien?

De kinderen, die tikkertje op het kerkhof speelden, achter de kerk, of in de schietkuil, werden geroepen. Al gauw was het kerkplein leeg.

Hanna keek mamma aan.

'Goed,' zei ze en lachte. Het betekende dat mamma van de zondag een extra feestelijke gebeurtenis wilde maken. Ze holden de Kerkstraat op naar de dijk en sloegen linksaf in de richting van het veer.

Het erf van Puymans huis was verlaten. De ramen schitterden en ze konden niemand onderscheiden. Psalmgezang klonk. Mamma wist dat bij Puyman huisdiensten werden gehouden.

De veerman tilde de jongste in de boot. Hanna mocht op het driehoekige bankje in de punt zitten, die hoog uit het water opstak. Ze liet haar hand door het water gaan. Het was lauw. Met haar vingertoppen kon ze het basalt voelen dat dicht bij de oever vlak onder de oppervlakte lag. Mamma keek steeds achterom. Ten slotte verbood ze Hanna zich zo ver voorover te buigen. Hovestad vroeg of mamma al wist dat Puyman zich had laten uitschrijven. 'Het schijnt dat hij via een schipper in de ban is geraakt van een dominee Poort. Die Poort stuurt zijn discipelen op Puyman af. Ik heb er heel wat overgezet, altijd in het zwart, altijd met een koffer vol boeken... Zijn vrouw moet wel hebben tegengestribbeld...'

'Ik heb met haar te doen,' zei mamma. 'Ze komt overal buiten te staan.' Hovestad gaf even geen antwoord, want de boot was uit de luwte van de krib gekomen, lag nu dwars op de stroom en dreef snel af. Het lichaam van de veerman lag bijna horizontaal en zijn gezicht was rood van inspanning. Ze keken alle vier naar de klonters opgedroogde modder op zijn manchesterbroek en op zijn rood behaarde handen. Het leek of de boot stillag, niet meer afdreef maar ook niet verder kwam. De kribben, de zandbanken, de andere oever zaten vol meeuwen. Net witte vlinders, vanaf het midden van de rivier gezien. De boot kwam in rustiger vaarwater, Hovestad ging rechtop zitten. Afwisselend liet hij de linker of de rechter riem in het water hangen om bij te sturen. De boot gleed over zand en dood riet. Hij hielp hen eruit en ze liepen samen de veerweg op.

'Hier zag ik hem voor het eerst,' zei de veerman. 'Jouw oudste was er toen nog niet eens. Je had zelfs nog nooit van Hans Innemee gehoord.'

'Wie?' vroeg mamma.

'Schuit, die aanhanger van Poort. Hij wilde overgezet worden. Ik dacht dat hij naar het koningsfeest wilde, maar hij was op weg naar Puyman. Hij zei dat het gezin Puyman in grote nood verkeerde, dat daar behoefte was aan het woord van de levende God...'

Mamma en de veerman liepen over de smalle middenstrook van gras, de kinderen in de diepe wagensporen aan weerszijden. De veerman bleef staan. 'Een dag later werd Hans Innemee koning...'

Een reiziger naderde die overgezet wilde worden. De veerman liet hen alleen.

9

Slechts drie stenen treden. Maar wat een andere wereld! Drie treden van rode steen. Dan een adembenemend halfduister. Het leven daarvoor, het alledaagse leven daarvoor, had opeens geen betekenis meer. Dezelfde geuren en geluiden als bij de rivier, maar hier vermengd met die van bloemen, versgeverfd hout, olielampjes op de tafel en het sijpelende water van de vijver.

De kinderen juichten. Ze gingen eerst aan een tafeltje zitten dat met zijn poten diep in het grind stond en van planken gemaakt was waarin harten en namen waren gegraveerd, en kozen toch ten slotte, als altijd, een tafel op de overdekte veranda. Ze keken over de rivier en toen naar de ramen van het veerhuis, die vol leven waren door de weerspiegeling van witte wolken en bewegende takken.

De kleine, dikke vrouw van de veerman kwam het huis uit. Ze kregen allemaal een hand. Mamma bestelde ijs en een sifon spuitwater. In de verte, midden op het water, was de veerman te zien. Toen de vrouw naar binnen ging om de bestelling klaar te maken, zei mamma zacht dat ze toch blij was dat pappa geen veerman was.

'Waarom niet, mamma?' vroeg Hanna. Als antwoord haalde mamma uit haar tas een pakje *Bondstreet* te voorschijn. Je zult dat plaatje met koets en ruiters nooit vergeten. Mamma stak een sigaret op, nam een lange trek en liet de rook voorzichtig tussen haar lippen ontsnappen, in kleine blauwe wolkjes die omhoogkringelden en oplosten. Mamma genoot.

De vrouw kwam het huis uit met een groot dienblad waarop zilveren coupes met roomijs stonden, glazen met grenadine en een blauwe sifon. De twee jongens wilden met het ijs en de limonade toch liever op de rand van de vijver gaan zitten. Mamma wilde het eerst verbieden, maar liet ze gaan.

De vrouw schoof een stoel bij. 'Puyman was hier gisteren nog...' begon ze. Ze wachtte een hele tijd en boog zich naar mamma toe. 'Weet je wat hij tegen me zei? God zendt zijn engelen niet naar de aarde om ze door mensenhanden te laten afbeelden... Toen keek hij vol afschuw naar onze engel. Puyman was erg boos.'

'Het is erg,' zei mamma vaag. Wat bedoelde mamma precies? Dat was niet helemaal duidelijk. Hanna dacht dat mamma er niet zo veel zin in had om met alle anderen partij te kiezen tegen Puyman. Hij was tenslotte noch gereformeerd, noch katholiek.

De jongens bliezen op hun rietjes en er verschenen witte belletjes in de limonade. Ze sabbelden op de rietjes tot mamma zei dat ze daarmee op moesten houden. Daarna maakten de jongens ruzie om de oude schommel achter in de tuin. Mamma zei dat ze gingen opstappen. Voor ze de theetuin verlieten, keek Hanna de lange donkere gang van het veerhuis in, die door zijn glanzend geboende tegels tot aan het einde toe roodachtig glom.

10

Te blauwe ochtenden! Slecht voorteken voor de namiddag en de avond. Ze kondigden onweersbuien aan, verwoest gewas, gebroken takken, modder.

Nog was het kalm. Op een avond stond Hanna op de hoge graswal en scheerde steentjes over het water. Ze spitste haar oren om te weten waar ze het oppervlak raakten. De duisternis slokte ze op en ze wachtte, maar er volgde geen geluid. Ze had de indruk dat ze verdwenen waren in een nog dichtere duisternis, dat ze waren binnengegaan in de een of andere wereld waar de dingen nooit meer vielen.

Toen ze thuiskwam, stond er een man in de keuken, die zo groot en breed was dat hij het hele vertrek vulde. Hij droeg een bruine pelsjas die bijna tot op de grond hing. Oom Wijnand was een verschijning.

'Dat is dus mijn achternichtje,' zei oom, en die vriendelijke, zachte stem paste niet bij zijn grote gestalte. Oom bleef eten. Hij vertelde over zijn reizen naar Polen en Rusland, waar hij hout kocht. Het hout werd via de Oostzee naar Rotterdam vervoerd. Met rijnaken kwam het ten slotte in Heuven waar hij een houtbedrijf had. Oom was laat getrouwd en had twee jonge kinderen die Ine en Coen heetten. Voor hij wegging zei oom dat Hanna wanneer ze van school kwam maar bij hem in huis moest komen. In dat grote huis was altijd gebrek aan hulp.

'Later misschien,' zei mamma. 'Ik houd Hanna nog graag een paar jaar bij me.'

De buien kwamen. Een kraai zat te jammeren in de winddichte takken van de bessenstruiken. Het slechte weer hield aan.

Op een van die dagen verveelde Hanna zich en ging de trap op naar de zolder. Op een schap lagen haar poppen, in alle maten, getooid en dood. Soms waren er op verjaardagen kinderen die met haar poppen wilden spelen en dan luisterde Hanna naar het eentonige gebabbel, het gemopper, de vriendelijke tikjes op de wang waarmee kinderen de volwassenen imiteren. Toen ze daarnet de trap op liep had ze, licht ongerust, de deur naar de zolder opengedaan, maar nu keek ze zonder ontroering naar de twee baby's van celluloid, voor wie pappa zelfs een speciaal huisje had getimmerd dat ze een tijdlang overal mee naar toe genomen had.

Zonder ontroering keek ze ook naar de mooiste en liefste van haar poppen, een van porselein, die een kamer voor zich alleen had, met wit en blauw geschilderd meubilair en van wie ze heel lang had geloofd dat ze een blik en een ziel bezat. Zonder ontroering nog steeds vond ze in een schoenendoos het kaalgestreelde stoffen konijn, met zijn lieve versleten neusje. Ze was verbaasd omdat ze zich niet meer het moment herinnerde dat al die betoverende wezens porseleinen, celluloid, stoffen lichamen waren geworden, het moment dat haar fantasie opeens verdwenen was, opgedroogd, niet genoeg kracht meer bezat om hen te bezielen...

Het werd september. Rijk aan vruchten. Zwarte bessen, witte bessen, tomaten die van rijpheid barstten, de vroege zomerperen die zo snel voos in het hart waren en op het grind kapotvielen.

Toen was de oorlog afgelopen. November. Demobilisatie. Morgen kwam pappa voorgoed thuis.

Twee

I

De achttienjarige Hanna had ijverig maar luchthartig voor de reis gepakt. Alles was lang tevoren nieuw ingekocht – ondergoed, kleding, schoeisel. Ze was zelf verbaasd over het speelse gemak waarmee ze zich op de grote verandering had voorbereid. Misschien ging het allemaal vanzelf omdat het zomer was.

Ze ging het huis uit. Uit huis gaan betekende dan wel zoiets als de eerste stap in een onmetelijke diepte, maar ze ging natuurlijk niet naar volstrekt vreemden, al had ze oom nog maar één keer gezien – en hoe lang was dat niet geleden – en tante nog nooit.

Mamma hield niet op te herhalen: 'Ik ben in ieder geval blij dat ik weet waar ze terechtkomt.' Ook zij had tante nog nooit gezien, maar die familie daar in Heuven was door het vermaarde bedrijf een legende.

Mamma hield ook niet op met de bagage na te kijken. Was er nou echt niets vergeten? Keer op keer kwam ze uit de keuken via het trapje Hanna's hogergelegen slaapkamer binnen, deed de koffer weer open.

De zware koffer zou in de loop van de middag door pappa naar het veer worden gebracht. Oom zou ervoor zorgen dat hij met een koeriersdienst in Heuven werd afgeleverd.

Hanna had alle tijd. Als pappa van het melken terugkwam, zouden ze samen ontbijten. Hanna liep het pad af naar de graswal en keek of haar vader er al aankwam. Ze rende over het hoge talud, en haar benen, waar het harde gras tegen zwiepte, werden met kleine, witte druppeltjes bedekt. Ze rilde even, omdat de kille ochtenddauw ook in haar sokken drong. Al gauw kreeg de zon meer kracht, de vogels schoten kwetterend uit pollen gras of uit de meidoorn, doken er met nog meer lawaai in terug, een raaf kraste. Een raaf hoorde je altijd, maar je zag hem nooit. Boven het water en boven de vochtigste plekken in het gras gonsden wolkjes muggen. Hanna sprong eroverheen of dook eronderdoor, dacht aan de platte kar die Lea vervoerde, die trilde en kraakte in zijn ijzeren onderstel en over de sneeuw stof verspreidde, dat uit de bodem van de kar viel. Lea, met haar kleine lakschoentjes voor altijd in de hemel, zou nu al twintig geweest zijn. Buurvrouw Pitlo was na Lea's dood nog een keer bevallen van een jongetje dat niet levensvatbaar bleek te zijn. Het was bij Lea, in hetzelfde graf, begraven. Aan dat idee kon Hanna moeilijk wennen. Twee kinderen uit één gezin in één graf.

De buurvrouw was sindsdien steeds dikker geworden, hoewel ze almaar minder ging eten. 'Ik kom van water al aan,' zei ze vaak tegen Hanna's moeder. De benen van buurvrouw Pitlo waren het hele jaar door ontstoken en mamma ging er dagelijks heen om ze opnieuw in te zwachtelen. Mamma vertelde wel eens als ze thuiskwam dat in de oude zwachtels hele stukken huid zaten, die afschuwelijk stonken. Het leek wel of buurvrouw levend aan het verrotten was. Er was daar één troost. Van de drie jongens die nog thuis waren, zou de jongste ook naar het seminarie gaan. Een gezin waaruit twee priesters geroepen waren... het was toch heel zeker dat God dit gezin ooit welgevallig zou zijn.

Hanna was de boerderij van de Pitlo's ongemerkt genaderd. Ze moest weer denken aan de doodskar, aan dat traag voortstappende paard, in het zwartgelooide tuig en dat zwarte overkleed, aan de met sparrentakken beladen kar die zich een weg ploegde door de zo dichte en in-witte sneeuw. Ze herinnerde zich wat buurvrouw Pitlo eens had gezegd op een bruiloftsfeest: 'Een vrouw heeft niet meer nodig dan even aangehaald te worden... een vrouw even strelen en ze begint al te spinnen en kruipt op je schoot.' Wat een baarlijke onzin! Mamma was nog nooit op pappa's schoot gekropen en als pappa eens lief deed tegen mamma, haar even aanraakte, dan keek mamma heel verliefd, dan kreeg ze zo'n grappige, verzaligde uitdrukking op haar gezicht. En voor de rest zaten pappa en mamma 's avonds bij goed weer samen op de bank en keken zwijgend over het land, dat geleidelijk aan onzichtbaar werd. Kruip ik later bij de eerste de beste liefkozing op de schoot van een man? Ze kon zich dat in de verste verte niet voorstellen.

De dokter had tegen mamma gezegd dat de benen van buurvrouw sterk gedegenereerd waren, dat het lichaam dat die benen moesten torsen, veel te zwaar was.

Het weiland ging over in vlas. Het vlas was dicht en gelijkmatig opgekomen. Nog enkele weken en het zou in bloei staan en het land zou dan even blauw zijn als de hemel. Ze streek met een arm over de aren, die doorbogen. Zo zag ze pappa dat altijd doen en zo kon je voelen of het gewas er goed bij stond. Het stond er goed bij dit jaar. Bijzonder goed zelfs. Ze plukte een aar, telde er de korrels van. Ja, het jaar dat zij het huis uitging, was een goed vlasjaar.

Even voorbij de boerderij van de Pitlo's maakte de wetering een lange bocht en liep het land in, richting horizon. Volgens pappa kwam ze ten slotte toch in de rivier uit. Misschien was het ooit de bedoeling geweest die hoge, natuurlijke wal door te trekken, en was dat ook gebeurd als zich verderop nog iemand had willen vestigen. Maar achter Pitlo's bedrijf was alleen maar land.

Hanna ging tegen de glooiing zitten. Onder haar de wetering. Ze gooide een paar grasprietjes in de bruisende stroom; ze veroorzaakten kleine golfjes, eerder kringetjes, die te weinig kracht hadden om de oever te bereiken. Hanna volgde de sprietjes tot ze om de bocht verdwenen. Toen trok ze een stuk bast van een wilg en gooide het in het water.

Ze liet meerdere bootjes vlak achter elkaar in het water glijden en herinnerde zich dat spelletje van vroeger, met Lea, waarbij ze elkaars bootje met stenen tot zinken probeerden te brengen. Een heerlijk leventje! En als jouw boot als eerste de bocht omging, begon je te dansen van plezier.

Vanuit het land kwam een lichte wind opzetten, de wilde duiven koerden, alles was zo licht en fris. In het hoge gras hingen sliertjes hooi, die zelfs van heel dichtbij op muizenstaartjes leken.

Op de terugweg viel de zon in lange, schuine stralen. De lucht was vol roze bloesem van de meidoorn. Dan een schittering die over het land gleed. Het kon de weerschijn van een wolk in het water zijn, of de weerschijn van de zon op een rij melkbussen. Dan een grijs straaltje licht: een veldmuis. Een massa grijs: een egel met een rits jongen. Dan: grazende schapen, voetstappen op grind, stemmen. De geluiden van de gewone dingen, vandaag tegelijk scheller en gedempter dan anders.

Mamma bad hardop en na het ontbijt zei ze: 'Pappa, reik me de bijbel aan.' Mamma las een paar verzen voor. Ze deed dat in een snel tempo. Voor jou was het gewoon dat je moeder aan het hoofd van de tafel zat, uit de bijbel las en hardop bad. Waar je ook gegeten had, bij Proosdij, bij Puyman (één keer, in de tijd dat Simon en jij op dezelfde school waren), altijd zat de vader aan het hoofd van de tafel, las uit de bijbel en bad hardop. Alleen bij Pitlo werd nooit uit de bijbel gelezen.

Mamma stond op, pakte haar handtas en haalde daar een pakje uit dat in bruin papier zat gewikkeld. 'Dat geven we je mee.' Het was een zakuitgave van het Nieuwe Testament. Mamma zei dat ze iets op het schutblad had geschreven. Hanna las: 'Gedenk de weg uwer jongelingschap, eer de kwade dagen komen, waarin gij geen lust hebt...'

Ten slotte: 'Ja goed,' en na alle omhelzingen: 'ga nou maar.'

Ze zwaaiden Hanna uit vanaf het achtererf. Pappa, mamma, de beide jongens en Alie Proosdij. Hanna keek om. De boerderij zonk al weg in het groen. Ze kwam geen mens tegen, ze was alleen. Wel zag ze, aan de horizon, silhouetten van mensen, bezig op het land. Ze had deze weg zo vaak gelopen, kende elk hek, elke brug, kende de geluiden die ze maakten.

Binnen een uur was ze op de dijk en overzag in één blik de hele streek. Er voer een konvooi diep geladen schepen stroomopwaarts. Groenachtige golven overspoelden de smalle zandstranden. Aan de overkant, hooggelegen, het veerhuis, nog hoger het kasteel, de bossen, de hellingen.

Hanna dacht aan de villa waar oom en tante woonden, aan de twee kinderen voor wie zij zou moeten zorgen omdat oom en tante weinig tijd hadden, aan de kamer waar ze vannacht zou slapen.

Ze dacht ook een moment aan Simon Puyman, toen ze zijn ouderlijk huis passeerde. Het dijkhekje sloeg achter haar dicht, ze zette zich schrap om niet uit te glijden op de scherpe steenslag.

De veerman wachtte haar op, zette haar over. Hij zei dat haar fiets al klaar stond.

Aan lijnen die boven de veerweg gespannen waren wapperde wasgoed. 'O, ben je daar eindelijk,' zei de vrouw van de veerman. Ze was bezig de bewerkte koperen handvatten van de schuiframen te poetsen. Hanna wilde meteen de tocht voortzetten om zo gauw mogelijk in Heuven te zijn. Maar de vrouw van de veerman zei: 'Ik heb je ouders beloofd om goed voor je te zorgen. Je hebt toch zeker honger. Je voeten zullen doorweekt zijn van het natte gras. Ik heb je vader goed verzorgd toen hij hier voor het eerst kwam, het zal ook jou aan niets ontbreken.' En nog voor Hanna iets kon zeggen, begon de vrouw haar witte sokken uit te trekken, sloeg ze uit tegen de muur en hing ze aan de waslijn om te drogen. Daarna ging ze het oude veerhuis binnen en kwam even later terug met boterhammen en warme melk. Ze schonk de melk in een beker, nam er zelf een slokje van om te proeven of hij niet te heet was. Terwijl de vrouw glimlachend toekeek hoe Hanna at en dronk, vertelde ze dat het vandaag feest op het kasteel was. Een dochter ging trouwen. De hele week had getimmer geklonken. Ze hadden een drijvend plankier getimmerd. Daarop zou vanavond bij lampionlicht een diner worden geserveerd. De gasten gingen daarna gondelvaren over de vijvers van het kasteel. 'Maar denk erom,' zei de vrouw quasi ernstig, 'als je het kasteel in zicht krijgt, snel doorfietsen. Je weet toch dat de tuin behekst is.'

Dat wist je niet. Je had ook weinig zin om het verhaal nu aan te horen, want je wilde naar oom en tante. Maar je luisterde aandachtig om haar ter wille te zijn.

'Een vrouw, die vroeger op het kasteel woonde, lang voor deze familie, had de gewoonte om 's nachts stiekem de tuin in te gaan, om bij een van de fonteinen haar minnaar te ontmoeten. Ze had ook de gewoonte om zich ergens in die grote tuin te verbergen en dan moest haar minnaar haar proberen te vinden. Op een nacht is zij weer de tuin in gegaan en hield zich verborgen achter een hoge cascade. Haar minnaar is die nacht niet komen opdagen. Ook de volgende nacht niet. Ze heeft hem nooit meer teruggezien, misschien had hij er genoeg van gekregen haar steeds weer te moeten zoeken. De vrouw is gek geworden van verdriet en heeft zich in een van de vijvers verdronken. De cascade was de volgende dag een ruïne en is nooit meer opgebouwd. Haar geest waart daar nog rond.'

Kippen kwamen luid kakelend de theetuin in. De vrouw wees op de damesfiets tegen de boom. 'Het is mijn fiets geweest,' zei ze. 'Hovestad heeft hem voor je opgeknapt. Hij is als nieuw. Hovestad heeft het met je vader verrekend.'

De blinkende torens van het kasteel kwamen in zicht. Ooit zou daar de Zonnekoning een nacht gelogeerd hebben. Hanna keek naar de zware, raamloze muren die uit het water oprezen. De Zonnekoning had die muren ook gezien. Dat te weten gaf haar even een vreemd gevoel van kracht en trots. Ze stelde zich de Zonnekoning voor – een man met een pruik, met grote, donkere, uitpuilende ogen, op hoge hakken, in een hermelijnen mantel. Misschien regende het toen of was er mist, misschien keek hij een beetje afwezig, een beetje dromerig, net als zij, een zekere Hanna Innemee.

Een calèche kwam over de oprijlaan op haar afgereden, de kap was teruggeslagen, de lantaarns glommen. Dat was natuurlijk de calèche voor het bruidspaar.

2

Villa Benvenuto. De voordeur stond op een kier. Het was in en om het huis zo stil geweest dat Hanna niet had durven aanbellen. Aan de kapstok in de hal hing ooms mantel van marterbont. Op de vloer, in het midden van de hal, lag een tijger. Zijn lichaam was zo plat als een dubbeltje, wat zijn zware kop nog beter deed uitkomen, een bovenlip opgetrokken, opengesperde neusgaten en twee scherpe hoektanden, aan weerszijden van de tong, die roze en hard was, vol barsten en kloven. Boven op zijn schedel was de tijger bijna kaal, misschien gewoon omdat hij heel oud was of misschien was hij daar te veel gestreeld. Hanna raakte even het plekje achter zijn oren aan. Ze wist van haar konijn dat daar het zachtste plekje was.

Op de hal kwamen een heleboel donkerbruin geverfde zware eikenhouten deuren uit. Je deed een van de deuren voorzichtig open. Je zult dat moment nooit vergeten. Zo'n schittering van mahonie, van donkerrood leer, van ontelbare geslepen glazen balletjes en staafjes, die bewogen en een tinkelend geluid maakten en vonken schoten dat je er verlegen van werd.

De blinden waren gesloten, de kieren waren smalle, bleke stroken licht. Dat viel via de vitrage in golfjes op het parket. Je zette een stap, de aan de binnenkant met groen vilt beklede deur viel met een zacht geluid achter je dicht. Je keek in de ovale spiegel die iets naar voren hellend boven de schoorsteenmantel hing en wat je zag was even onwaarschijnlijk als de zachte, lichtgevende muziek van de kroonluchter. Na een staande klok met een koperen Atlas die een groene aardbol droeg, maakte de kamer een rechte hoek en begon een serre. Daar zaten zeker vijftien mensen, diep gebogen, de handen gevouwen, volstrekt roerloos, in gebed verzonken. Een zwaarbehaarde man met een gezicht vol groeven stond achter een lessenaar en maakte trage, dwangmatige, maar bijna majesteitelijke bewegingen met zijn hoofd. De voorganger opende zijn ogen en de gelovigen kwamen heel langzaam uit hun verstarde houding overeind. Ze zagen er allemaal dor en zwaarmoedig uit. Het gebed had hen niet vrolijk gemaakt.

Hanna wilde de kamer verlaten en buiten wachten tot de bijeenkomst voorbij zou zijn. Maar ze hoorde zeggen: 'Wie is daar? Ben jij het, Ine, lieveling? O, ik zie het al, jij bent ons nichtje. Je hoeft niet in de kamer te blijven staan. Kom gauw hier...'

Tante stond op en kwam haar tegemoet en gaf haar een kus op beide wangen. 'Ben je niet moe, je hebt een lange reis achter de rug, maar we zijn net met een getuigenisdienst begonnen, zal ik je eerst onze vrienden voorstellen... ik wist dat je vanmiddag zou komen... wacht, ik zal een stoel bijschuiven, maar misschien wil je onze dienst niet bijwonen en ga je liever naar je kamer...'

Men schoof op en je kreeg een plaats tussen twee vrouwen, die met hun handen in hun schoot zaten en het hoofd gebogen hielden. Het was de houding van allemaal.

Tante deelde liedboeken uit. Het *Liedboek voor elke dag* bevatte driehonderdvijfenzestig liederen. Ze zongen lied honderdvier. 'Zijt gij vermoeid te leven, dat gij in ijdelheid leeft, Jezus belooft u te redden, als G'u aan hem overgeeft.' Het zingen was bescheiden en vals, een onzeker zoeken van de vreemde melodie, terwijl de prediker met luide uithalen voorging. De preek begon. Hij las een tekst uit Handelingen negen, waarin wordt beschreven hoe Tabitha, een discipelin, overlijdt en door Petrus uit de dood wordt opgewekt. 'Die Tabitha,' legde de man uit, die ook tijdens het zingen en voorlezen langzame op- en neergaande bewegingen met zijn hoofd maakte, 'was een goede naaister, zouden wij in onze tijd zeggen. Zij maakte lijfrokken en was een steun voor die jonge gemeente. En toen ze gestorven was, lieten de anderen zien wat zij allemaal met haar handen gemaakt had. Haar handen drukten de toestand van haar hart uit. Niet om zó de hemel te verdienen, want ze had zich allang met hart en ziel aan God gegeven. En, lieve gemeente, weet u wat mij die tekst ook te zeggen had? Petrus bidt om verlenging van dit leven, bidt God om dit leven weer in het aardse bestaan terug te zetten. En Tabitha staat op. Wonderen zijn nu niet meer zo zichtbaar. God kan het natuurlijk nog wel. En we mogen ook wel bidden om genezing. Maar we zeggen daarbij: Om Gods wil. Want we willen niet voor Gods voeten lopen. We moeten ons onderwerpen. Want dat vooral, lieve gemeente, had de tekst mij te zeggen: God heeft zo'n twintig jaar via Jezus en zijn discipelen tekenen gegeven en toen moest men het maar geloven. En toen ik die tekst thuis las, dacht ik: Ja, we zijn zo gauw geneigd te zeggen dat we geloven in het verzoenend sterven. Ja dat ook, natuurlijk. Maar het gaat toch vooral om het zich onderwerpen. Geloof en dan de onderwerping, aan Jezus Christus, de door God gezalfde. Jezus was gehoorzaam aan God, wij moeten gehoorzaam zijn aan Jezus...'

Hanna keek naar de lelijke, slappe kalkoenenhuiden van de gelovigen om haar heen, terwijl ze luisterde naar de eentonig uitgesproken woorden, die slaperig maakten als sneeuw die bij dooi van de takken viel.

'Weet u wat deze tekst mij nog meer te zeggen had? Vlak voor deze bijeenkomst dacht ik: Wie ben ik zelf? Ben ik wel bekwaam om deze dienst te leiden? Ik voelde me zo onwaardig. Dat zien we toch zo vaak, wie iets van Gods grootheid heeft gezien, voelt zich onwaardig. Niettemin, Jezus is gewillig. Onze bekwaamheid is uit God. Maar wat moet het voor God moeilijk zijn om iemand te zegenen. En nu gaan mijn gedachten even naar koning Hizkia. Hij werd hoogmoedig en geslagen door melaatsheid. Hij dacht als koning alle macht te hebben, maar het is allemaal uit God. Dat is een ding dat we goed in het oog moeten houden. Hij regeert.'

De kleine gemeente in de warme serre leek in diepe slaap. Alsof ze nooit meer wakker zou worden. Toen kwam het gebed. '...Dankbaar dat wij hier samen mochten zijn, dankbaar bovenal voor Uwe Zoon. Opdat wij deel hebben aan het heil. Wij gaan uit elkaar. Breng ons weer tezamen als het uw wil is.'

Hanna zocht in de diepe vouwen van 's mans gezicht en kon er geen enkel gevoel op lezen. Bij geen van de gelovigen. Ze stonden onmiddellijk na het gebed bijna geruisloos op, met kleine ritselende geluiden, diep in slaap nog, zo volslagen onbezield of ze nooit hadden geleefd, en toch zo bezeten van wat in hun oren was gekomen dat ze nu in de rij stonden om met gebogen hoofd tante voor de ontvangst te bedanken. Met nog dieper gebogen hoofd verlieten ze vervolgens de serre, schuifelden weg tussen de stoelen van de huiskamer, en wierpen tersluiks een blik op de magistrale luchter, die bij elk tochtje zong en opvlamde. En jij, Hanna, in die kleine haag van mensen, met glimmende plekjes witte huid op hun kruin en dun grijs haar? Jij wist niet wat je ervan moest denken, voelde je een hummel omdat je er niet bij hoorde, voelde je een resolute hummel, omdat je wist dat je hier nooit bij zou horen. 'O, lieverd,' zei tante, 'nou heb je onze dienst meegemaakt terwijl je waarschijnlijk veel liever naar je kamer was gegaan, maar je had best naar je kamer mogen gaan, de bijeenkomsten gebeuren elke week, en als je niet wilt hoef je er echt niet bij te zijn, maar als je gehoorzaam aan de Heere wilt zijn en dus indirect aan God, O het gaat om gehoorzaamheid... het is zo als we gehoord hebben: men kiest zich predikers naar eigen begeren en hun harten worden vet, en het is zoals onze voorganger zei: alles wat de wereld opbouwt, wat niet volgens het plan van God is, moet worden afgebroken. Het geldt ook voor de werf van mijn man. Hij bouwt en bouwt, er zal nog veel gebouwd worden op de wereld en er zal nog veel afgebroken moeten worden. Als men een boom velt, blijft een tronk over. Die tronk is het heilig zaad. O lieverd, ik verveel je, Gods wijsheid is groot, hij weet al of hij je op het oog heeft, ik zal je je kamer wijzen. Nee, ik blijf in de serre, met die hitte heb ik zo'n last van mijn enkels...'

Je zag inderdaad dat de enkels grote, dikke uitwassen waren die over de schoen heen vielen.

'De kinderen komen zo thuis, zij zullen je je kamer wijzen.'

3

Hanna had in de eetkamer de tafel gedekt. Er was een kom met bosbessensaus en de steel van de lepel stak uit de sauskom. Coen glipte met zijn hand tussen de hoge glazen, die Hanna net met ijswater had gevuld, bereikte het midden van de tafel, gapte een paar mintwafels en doopte snel zijn vinger in de kom met saus.

Hanna, die de eetkamer binnenkwam, zag het.

'Je hoeft niet bang te zijn,' zei ze toen ze zag hoe hij schrok. 'Ik zal niets zeggen.'

'Ik deed het in opdracht van Ine,' zei de jongen blozend. Bij die woorden hoorde Hanna het meisje de trap ophollen.

4

Ine riep vanuit de hal dat ze geen jas aan wilde. Hanna antwoordde rustig: 'Jij wilt wél een jas aan. Want het is erg koud. En je hoeft niet zo te schreeuwen, want ik ben niet doof.'

Ine stond stokstijf tussen de wantenmand en de kapstok, met haar rug naar Hanna toe.

Ine was moeilijk.

'Je hebt zelfs je laarzen nog niet aan,' zei Hanna. Ze had de met schapenvacht gevoerde laarzen vanmorgen al bij de kachel gelegd, met de schachtzijde naar het vuur.

'Ine, kom hier!' beval Hanna.

Achterwaarts lopend, tergend langzaam, de rode tegels vermijdend, kwam ze in die wijde hal Hanna's kant op. Ine was een klein, mager meisje, met vlechten tot op haar middel, waarin Hanna vanmorgen grote witte strikken had geknoopt. Ze was te mager voor haar elf jaren, maar je kon er bijna geen eten in krijgen. Te gespannen.

'Jíj moet me helpen,' zei het meisje mokkend.

Hanna deed haar de laarzen aan en het korte bontjasje en wikkelde een gebreide sjaal om haar nek.

Coen liet intussen de losse tanden van de sabeltijger klapperen in de harde bek. Hij had zijn jasje wel aangetrokken, maar Hanna moest het nog dichtknopen.

'Doe vast je wanten aan,' zei Hanna tegen hem. 'Jullie pappa wacht.' De jongen liet de tijger los en viste zijn wanten uit de mand. Hij was gezeglijker.

Buiten, zichtbaar door het glazen paneel van de voordeur, wachtte oom. Hij droeg zijn lange bontmantel, die hij eens in Rusland had gekocht.

Het lukte Coen niet zijn wanten aan te trekken. Hanna hielp hem, zette de glazen tussendeur met een haakje vast, deed de voordeur open en liet de kinderen naar buiten.

De sneeuw op het gazon was bezaaid met schubben van dennenappels. Hier en daar lagen zelfs trosjes groene naalden. Het dennengroen liet los door de aanhoudende strenge vorst. Coen gleed uit, oom ving hem nog net op. Ze hielden elkaar vast en liepen met kleine schuifelende pasjes over het grind dat met een dun laagje ijs bedekt was. Oom droeg de tas met schaatsen.

'Kan mamma eigenlijk schaatsen?' vroeg Coen.

'Jazeker,' antwoordde oom.

Niemand kon zich dat goed voorstellen. Tante had zulke dikke enkels, zonder de magnetiseur die wekelijks kwam zou ze niet eens kunnen lopen.

'Droeg mamma rijglaarsjes, pappa?' vroeg Ine.

'Ja, zwarte rijglaarsjes.'

'Hoge, pappa?'

'Ja hoge.'

'En hoe oud was jij, pappa, toen je leerde schaatsen?'

'Zo oud als onze Coen, denk ik.'

Ze keken alle drie naar die grote, brede man. Was hij ooit als Coen geweest? Even klein, even blond en net zo tenger als zijn zusje?

Ze kwamen door een straat waar veel werknemers van de werf woonden. De huizen waren eigendom van oom. Coen vroeg of dat later allemaal van hem werd. Zijn vader gaf geen antwoord. Om het goed te maken zei de jongen: 'Jammer dat mamma niet meer kan schaatsen.'

'Je bedoelt: jammer dat mamma er niet bij is,' verbeterde Ine.

Tante had de hele zondag bijeenkomsten.

Ze kwamen bij het kanaal. Oom en Hanna hielpen de kinderen de schaatsen onderbinden. Ze hadden het ijs voor zich alleen. Een konvooi schepen op weg naar de werf zat vastgevroren. Daar was het ijs donker en vol ribbels. Hanna gleed over dat ijs, terwijl ze met zo laag mogelijke stem 'A-A-AO' riep. Haar stem kreeg een trillende hoge klank en kietelde aan haar verhemelte. De kinderen deden haar na.

'Het kietelt zo gek!' gilde Ine, en haar stem trilde net als die van Hanna heel hoog. Coen viel languit op het ijs, bleef om zich een houding te geven rustig liggen en begon het ijs om zich heen met zijn wanten glad te wrijven. Soms kraakte het ijs van oever tot oever, dat weerklonk vlak onder de oppervlakte. Het geluid deed denken aan de meterslange zagen op ooms werf.

Hanna leerde Ine achteruitschaatsen.

Oom kon nog steeds hardrijden. Aan de muur van de directiekamer hing een ingelijste foto van zijn hockeyploeg. Nu zette hij af met een paar krachtige slagen, zodat ijsschilfers sissend opsprongen, volgde even de oever van het kanaal, deed met kleine sprongetjes beentje over, reed vlak langs de vastgevroren schepen, toen met grote snelheid langs Hanna en de kinderen. Ze keken naar hem. Hij hield de handen op de rug en voor hij een bocht nam, boog hij zijn lichaam naar binnen, maakte zijn rug nog ronder, eer hij weer aan een lange serie sprongetjes begon. Vlak voor hen stond hij onverwacht stil en het geluid dat hij bij het afremmen maakte, leek op dat van een mes dat werd geslepen. Zijn wangen waren helemaal rood, in de hoeken van zijn ogen zaten grote tranen en rond zijn mond witte rijpvlekken alsof zijn huid daar was bevroren. Om uit te blazen legde hij zijn handen op de schouders van Hanna en zijn dochter. Coen wilde toen zijn vader nadoen, gooide zich woest naar voren, met gebogen knieën, viel direct. Iedereen lachte.

Er kwamen meer schaatsers. Er was een vrouw in een wit bontjack en met rode handschoenen, die ingewikkelde figuren maakte. Ze gleed op één schaats naar voren en midden in die beweging draaide ze zich plotseling om, als een iepenblaadje, dacht je, dat zonder merkbare wind kantelt. Toen begon ze met een serie slagen achterwaarts, drukte haar polsen tegen elkaar zodat haar handen een rode tulp vormden die uit haar witte bontjack leek te komen. Ineens stond ze onbeweeglijk stil, op de punten van haar schaatsen, ademde diep in en liet zich naar beneden zakken, met een draaiing van haar heupen, draaide steeds sneller. In die werveling, gehurkt, strekte ze één been naar voren, draaide zo als een tol, kwam toen langzaam omhoog, nog steeds om zichzelf draaiend tot ze eruitzag als een wazige pilaar of een wervelstorm. Ze strekte haar armen boven haar hoofd, bracht haar handen weer bij elkaar en die handen in de lucht deden denken aan het oog van een hele grote naald. En stond stil, in geruis van ijsschilfers die alle kanten opvlogen. Applaus van wandelaars op de oever, applaus van de andere schaatsers. Een speld was uit haar haar gegleden. Het blonde haar lag over haar schouders uitgespreid. Ze was omgeven door witte damp.

Waarom dacht je op dat moment aan Lea Pitlo, het buurmeisje dat met kanten en strikken en lakschoentjes in een kist van geschaafd blank hout ter aarde was besteld, Lea die niet de kans had gekregen een jonge vrouw te worden, dood door 'ziek meningitisvocht', en waarom dacht je aan buurvrouw Pitlo, die met haar zieke benen steeds dieper en dieper naar de grond boog, nog even en ze zou ter aarde vallen, in het gat waar ook... Zo mag je niet denken, vermaande je jezelf. Waarom zou je zo denken, Hanna? In jouw gedachten speelde de dood toch geen rol!

De vrouw die zulke mooie pirouettes had gemaakt verwijderde zich snel naar een geheel in het zwart geklede man die tegen een van de ingevroren schepen geleund op haar wachtte. Ze reden samen weg, druk pratend, een arm om elkaars middel.

Coen klaagde over koude voeten, Ine zei dat ze geen gevoel meer in haar handen had. Niemand had meer zin in schaatsen. Ze staken de brug over naar café-restaurant De Sluis. Coen liep tussen Hanna en oom. Ine bleef achter. 'Kom nou bij ons,' zei Hanna die omkeek. Ine draaide haar hoofd opzij en gaf geen antwoord. 'Ze heeft weer haar kuren,' zei Coen op een eigenwijs toontje.

Ze passeerden het sluiswachtershuisje waarvan de ruiten bevroren waren. In het restaurant werden ze door de eigenaar verwelkomd. Oom had hier zijn zakenlunches, hij kwam tussen de middag nooit thuis. Tante zei van hem dat hij met de werf getrouwd leek.

De eigenaar ging hen voor. Het café-restaurant, gebouwd in een hoek gevormd door rivier en kanaal, telde drie smalle zalen, als kamers 'en suite'. Ze lagen op verschillende hoogte.

Ze dronken warme chocolademelk. Ine stond op de brug naast het sluiswachtershuisje en weigerde binnen te komen, ondanks gebaren van oom en Hanna. De rivier stroomde onder de zaal door. Je hoorde het water tegen de pilaren slaan. In de warme zaal werden ze alle drie een beetje slaperig. Coen zoog op de duim van zijn want, die ten slotte een zwart toverhoedje werd. Hij viel in slaap tegen Hanna's schouder.

Hanna zag aan de overkant van de rivier de glinsterende torens van Rha, Worth en Bahr. Ine tekende met haar vinger op de bevroren ruiten van het sluiswachtershuisje.

Oom zei dat hij in Engeland, in Manchester, een zaag had besteld van meer dan twintig meter lang. De tanden van die zaag waren meer dan een halve arm lang. Coen werd wakker en vroeg of mamma nu al thuis was. 'Je mamma heeft zondags toch twee diensten,' zei Hanna.

Oom rekende af. Toen ze buiten kwamen, was Ine verdwenen.

Ze zagen haar heel in de verte op de rijksweg, waaraan 'Benvenuto' lag. Ze passeerden het sluiswachtershuisje. Op de bevroren ruiten stonden woorden: *Ik haat pappa en mamma. Ik haat iedereen.*

Thuis zei oom dat hij nog even op de werf ging kijken. Ine wachtte bij de voordeur. 'Kom gauw,' zei Hanna en maakte de deur open. Coen hing zijn jas netjes aan de kapstok. In het begin lieten ze hun kleren zomaar op de grond vallen waar ze ze uittrokken, een ander raapte ze wel op. Dat had Hanna ze snel afgeleerd. Ine, die over haar hele lichaam beefde, liet zich gewillig haar jas door Hanna uittrekken. 'Mijn handen doen zo'n pijn,' piepte ze. Ze had geen stem meer van de kou. Hanna begon haar handen te wrijven. Coen kwam er ook bij. Hanna wreef vier handen tegelijk.

Je maakte licht in de kamer, zette de verwarming hoger. Je dacht: Ik zal later altijd thuis zijn als ik kinderen heb.

5

Hanna was in de keuken bezig. Ze hoorde Coen schreeuwen: 'Hou op!' Ze ging kijken. Coen lag languit op de grond en liet soldaten over een geïmproviseerde brug lopen. Ine sprong van een stoel en de soldaten vielen van de brug. 'Hou op, Ine!' 'Ik doe toch niets!' 'Je maakt alles, alles kapot...' Coen begon te huilen, botste tegen Hanna op, die vanuit de hal had toegekeken. 'Kom mee,' zei Hanna en ze liep met het ventje de kamer binnen en ging op de leren bank zitten waaruit sissend lucht ontsnapte. 'Kom hier, Ine.' De kinderen zaten links en rechts van haar.

Hanna deed of ze haar oren spitste.

'Wat is er? Hoor je wat?'

'Ik dacht dat ik wat hoorde.' Hanna deed haar ogen bijna dicht zodat de kinderen twee geheimzinnige spleetjes zagen die hen bespiedden. 'Ik heb een plannetje,' fluisterde Hanna en maakte haar stem zo donker mogelijk.

'Wat dan?'

'Zullen jullie wel zien.' Ze liet haar stem nog geheimzinniger klinken. In haar ogen verschenen ontelbare lichtflitsjes.

'Wat dan? Zeg iets!' Ines onderlip begon te trillen, ze kon ieder ogenblik gaan huilen.

'Nog even nadenken,' zei Hanna, stond toen snel op en rende naar de hal. De kinderen holden achter haar aan, haalden haar in onder de brede trap die naar de verdiepingen voerde.

Gehurkt keken ze alle drie angstig naar boven, naar de duisternis van het trapportaal. 'Hou je maar aan mij vast,' zei Hanna. Gebogen, behoedzaam, zonder nog iets te zeggen, begonnen ze zich een weg te banen door de donkere lanen van de wereld die 'Benvenuto' heette.

Ze waren op het trapportaal. Vanuit de hal beneden scheen door de balustrade zwak licht op de muur. De afwisselend lichte en donkere strepen vormden een trillend hekwerkje. Gebukt slopen ze, achter elkaar, maar elkaars hand vasthoudend, langs de balustrade en keken naar de strepen op hun lichaam.

'Echte boeven,' zei Hanna zacht.

'Waar gaan we ons verstoppen?' vroeg Ine die doorkreeg wat Hanna van plan was.

'In pa's slaapkamer!' zei Coen. 'Of bij jou, Hanna!'

'Ja, onder jouw bed!'

'Ssst,' beduidde Hanna.

Ze beklommen twee trappen en kwamen op zolder.

'Gaan we ons hier verstoppen?' Het was de kinderen verboden op deze overloop te komen. Er stond een stoel met armleuningen die gebeeldhouwd waren als leeuwenpoten. Ze kwamen langs een rij kleine vertrekken die helemaal leeg waren en naar droog ceder roken. Dan een kamertje met de verzameling uilen van gebloemd porselein en massief glas en één grote van koper, hol van binnen, waarvan de kop kon bewegen op een scharnier. En tekeningen, platen, gravures met uilen. Sinds haar bekering had tante alle interesse daarvoor verloren. De kinderen, niet langer bang in het licht dat vanuit de hemel naar binnen viel, deden wie het verst zijn ogen kon opensperren. Aan het einde van de zolder was een trapje van enkele treden naar beneden dat naar een tussenkamertje leidde, dat ooit als linnenkamer dienst had gedaan. Ook hier mochten ze niet komen.

'Zo,' zei Hanna, die licht maakte. Op schappen lagen stapels verschoten handdoeken, washandjes, servetten. Op een beddenspiraal, overtrokken met een moltondeken, waren dekens en kussens opgestapeld. De spullen roken naar lavendel en mottenballen. Hanna pakte een handdoek, vouwde hem uit, hij was zo hard van het stijfsel dat het leek of je droog papier in je handen had. 'Ik hoor wat,' zei Hanna, trok snel de deur dicht en deed het licht uit. 'Wat hoorde je?' vroeg Ine angstig. 'Ik dacht voetstappen.' Even was het doodstil, je hoorde ieders ademhaling. 'Ik heb me denk ik vergist,' zei Hanna. 'Het spijt me dat ik jullie aan het schrikken heb gemaakt.' Ze deed het licht weer aan. 'Jullie moeten me helpen de spiraal op zijn kant te zetten. Zie jij lakens, Coen?' Ze spanden lakens over de spiraal, kropen gedrieën in de tent, het licht ging uit, ze zaten lekker tegen elkaar aan, in de tent, in de linnenkamer, in het grote huis. Soms kraakte een plank of een oud stuk linnengoed. Van spanning slikten ze luidruchtig speeksel door, spitsten dan weer hun oren bij een vermoed geluid. Nu hoorden ze toch echt wat. Voetstappen. Weer vals alarm.

'Hanna, wat gaat pa doen, denk je?' vroeg Ine. Ze glimlachten alle drie in het donker, stelden zich zijn verbaasde gezicht voor als hij niemand in het verlichte huis aantrof. Ze stelden hem zich voor, kijkend achter de leren bank, waar ze zich zo vaak verstopt hadden, in de naaikamer, de speelkamer, de keuken, de serre, dan zou hij de trap opkomen... 'Stil, ik hoor echt wat,' fluisterde Hanna. Ze hoorden zijn zware voetstappen in de hal. 'Pa...' Coen jammerde bijna van angst '...en als hij ons vindt?' 'Pa vindt ons nooit.' Ine lachte met haar mond dicht. 'En als hij ons vindt...?' 'We zullen wel zien,' stelde Hanna hem gerust, 'het gaat er nu om zo stil mogelijk te zijn.'

Een stapeltje goed gleed van een schap en dat gaf al het geluid als van een zwaar ding. De voordeur viel met een klik in het slot en je voelde het hier. 'Ik dacht dat hij al binnen was,' zei Coen. 'Hij heeft misschien de deur laten openstaan,' antwoordde Ine. Overal weerklonken nu stappen. Toen was het een hele tijd stil. Daarna: 'Waar zijn jullie?' De kinderen stikten bijna van het lachen. 'Zou hij naar boven komen?' vroeg Ine zich af. 'Wat denkt pa nu?' vroeg Coen zich hardop af. 'Dat we in het niets zijn verdwenen,' zei Hanna. Oom riep weer. Hij stond op de overloop van de eerste etage. 'Bijt op je onderlip,' fluisterde Hanna, 'of trek aan je teen...' Nu zou hij boven komen. Tot hun teleurstelling hoorden ze hem weer naar beneden lopen. 'Waarom zoekt hij niet verder, Hanna?' vroeg Coen. Hanna onderbrak hem met een snel 'ssst'. Zij was ook teleurgesteld. 'Mijn voet slaapt,' klaagde Coen. 'Hij zit in de kamer de krant te lezen,' zei Ine.

Ze bleven nog even zitten. 'Misschien zit pa nou te snurken,' zei Coen. 'Hij had toch wel even door kunnen zoeken,' vond Ine. Het leek Hanna bijna of ze huilde.

Ze stonden moeizaam op, verstijfd van het ongemakkelijke zitten. Toen gilde Ine zo afgrijselijk hard, en Coen begon te krijsen... Langzaam ging de deur van de linnenkamer verder open, ooms postuur verscheen. Hanna maakte licht. Tegelijk werd ze duizelig en proefde bloed op haar lip, proefde ook bloed op haar tanden. Oom hield haar hoofd achterover en vroeg Ine om een nat washandje te halen.

Hij waste haar gezicht en haar polsen. Hanna zei dat de duizeligheid al wegtrok. 'Ik heb vroeger zo vaak een bloedneus gehad. De dokter zegt dat mijn bloed een beetje dunner is dan dat van anderen.'

Ine was heel geïnteresseerd, ze had Hanna verteld dat ze later dokter wilde worden.

Op het laken van de tent zat bloed en op een handdoek die op de grond was gevallen. 'Doe alles in die mand,' zei oom. 'Ik neem het mee naar de werf.'

Op de werf heeft oom het laken en de handdoek verbrand.

6

Er zat verandering in de lucht. Nog even en het voorjaar zou overgaan in de zomer. Maar de lente aarzelde nog. In de populier waarvan de lange schaduw over het dak viel, broedde een ooievaar. Hij zat daar al weken en kwam haast nooit van zijn nest. Soms ging hij een tijdje met zijn vleugels staan klapperen, soms steeg hij op, vloog met machtige slagen boven het land en landde in een lange glijvlucht weer op het nest.

Hanna's moeder was jarig. Mamma was voortdurend in de weer. Kinderen werd allerlei lekkers toegestopt. Hanna schonk bowl, anisette, citroenjenever, Hanna deelde zoute koekjes rond. Al die mensen bij elkaar, in een grote kring in de voorkamer, pappa, mamma, de beide broers, de familie, de buren, de judde: vertrouwd, warm, behaaglijk.

Ze spraken over je. Je was toch een meisje dat men opmerkte, je had iets bijzonders in je gebaren, die manier om steeds even met de pink van je rechterhand naar je neus te gaan en dan te verstrakken, toch nog snel een knijpbeweging te maken... altijd bang onverwacht een bloedneus te krijgen. En die manier om het hoofd een beetje schuin te houden, zodat je brede mond zo goed uitkwam, en je wimpers zo vanzelfsprekend lang en donker waren. Ze vonden je knap, vriendelijk, zonder pretenties. Ze waren ook verbaasd. Je leefde in die grote villa van Wijnand Innemee. Oom had je ook al eens meegenomen naar de houtbeurs in de stad. Bestond er ook niet een lnnemee-bos? Dat bestond. Het lag achter Heuven, een perceel tussen twee hellingen in. Daar had oom zijn eerste boom gekocht. En je was de rechterhand van tante. Een tante die zich weinig aan het huishouden en haar kinderen gelegen liet liggen. Die helemaal op Hanna steunde en de hele dag met het geloof bezig was. Een bijzonder geloof.

Hoe heette de kerk waar tante deel van uitmaakte? Dan vertelde je dat tantes kerk geen naam had. Je had het zo vaak aan haar gevraagd. Ze gaf altijd hetzelfde antwoord: 'Paulus zegt het toch duidelijk genoeg: U heeft geen andere naam dan die van christen. Wij zijn christenen, Hanna. Dat is de naam van onze kerk.

God zoekt geen naam voor zijn volk, God zoekt een volk voor zijn naam, Hanna.' Jij vroeg op jouw beurt: 'Hoe kunt u zich dan van anderen onderscheiden? Hoe weet u wie bij elkaar horen? Je moet elkaar toch kunnen roepen! Want er is in Heuven een gebouwtje dat De Haven heet en daar staat met grote letters op: JEZUS REDT EN GENEEST. Als je nog niet in God gelooft, hoe weet je dan waar je zijn moet. Alles heeft toch een naam!' Tante antwoordde dan: 'Je herkent in een natuurlijk gezin toch ook je broer of zus. Zo herkennen wij elkaar als kinderen Gods en wij weten door de geest wie bij elkaar behoren...'

De familie en de buurt vonden het maar een vreemd geloof. Een geloof buiten de kerk om. Net als bij Puyman. Toen zei de judde: 'Met Simon gaat het niet zo goed.'

Wat was er dan met Simon? Die zou toch naar de normaalschool gaan? De meester van de openbare lagere school had hem extra les willen geven, want hij stak met kop en schouders boven de andere leerlingen uit! Daar was even sprake van geweest. De meester was thuis bij Puyman geweest, maar die had het allemaal onzin gevonden. En als zijn zoon vanwege zijn astma dan niet in de boerderij kon, dan moest hij maar iets in de tuinbouw zien te doen. Simon was toen een tijdje naar het westen geweest om in de kascultures te gaan werken, maar ook daar had hij last van zijn adem gehad. Ze hadden hem enkele keren de kas uit moeten dragen. Simon voelde zich nog het best op de rivier. De judde trok een ernstig gezicht en vertelde toen dat er nog heel wat ernstigers met Simon aan de hand was. Zijn rug groeide scheef. Nee, geen bochel. Bij lange na niet. Geen bochel. Zo mocht je het niet noemen. Misschien het begin van een bochel, maar hij droeg wijde truien... Hij was in het westen naar een dokter gegaan. Die had gevraagd of hij misschien een ernstig ongeluk had gehad. Hij had op vier plaatsen botvergroeiingen geconstateerd.

'Simon is hier uit de perenboom gevallen,' zei mamma. 'We zijn toen vreselijk geschrokken. Maar Simon kon zelf weer naar huis lopen. Hanna is met hem meegegaan.'

'Puyman heeft er nooit een dokter bijgehaald. Simon klaagde toch nergens over?'

Ze keken allen naar de kacheltegels van aardewerk. De lichtblauwe tulpen liepen vanaf het micaschuifdeurtje naar boven en net onder het deurtje bogen de bloemen aan de lange stengels naar elkaar toe. Ze keken naar buiten, waar het land lag te schitteren. Een groot, groen blad voor het raam trilde. Er scheen licht doorheen, op een van de blauwe theekopjes. Toen Hanna klein was, hield ze die een voor een bij het brandende gaskousje. Sommige bleken doorzichtig te zijn.

Pitlo had al die tijd niets gezegd. Hij was alleen, want buurvrouw lag al weken in het ziekenhuis in de stad. Een van haar benen was afgezet. Ze waren van hem gewend dat hij weinig of niets zei. De schemer viel. Mamma schonk de glaasjes bij. De anderen keken door het enige raam van de kamer. Het was door roeden in veertig kleine ruitjes verdeeld, witte en groene, om en om. De mannen rookten. In het halfduister gloeiden de sigaretten bij elke trek op.

Het was nu buiten helemaal donker geworden. Mamma stak het licht nog niet aan. Het was de gewoonte om zo lang mogelijk te schemeren. Pitlo dronk zijn glas leeg. Na een tijdje begon hij ineens te praten: 'Vergeet niet, het bot zit dicht onder het vlees. Het bot is hard. Hoe hard, dat kun je zien als de vilder met een dood beest bezig is. Hij heeft een bijl nodig om erdoorheen te komen. Dus we hoeven nergens bang voor te zijn. En we hebben ook nog spier en spierweefsel. Daar kunnen we ook blij om zijn. Maar al die gaten! Neus, mond, oren, ogen en al die andere gaten! Er siepert van alles doorheen en langzaam worden bot en zenuw aangetast. Zoveel gaten!' Hij zweette op zijn bovenlip, zijn tanden waren ouder dan de rest van zijn gezicht. Het waren de woorden die hij soms sprak na een paar glaasjes. Hij kon helemaal niet tegen sterke drank, pappa wist dat hij ze had gehoord tijdens de mobilisatie, en als een deuntje dat maar in je hoofd blijft hangen, zonder dat je je ervan los kunt maken, kwamen ze bij een beetje alcohol op gezette tijden terug. Buurman Pitlo staarde naar de gloeiende punt van zijn sigaret.

Iedereen wachtte. Pitlo was nog niet klaar. Hij bleef naar zijn sigaret staren en mompelde voor zich heen: 'De mens is een jutezak. Meer niet. Slechts gat en bot en schachtvlees.'

Lex en Alie Proosdij renden elkaar achterna langs het raam.

'Gelukkig,' zei mamma, 'die spelen.'

'Wat onverstandig van Puyman dat hij toen niet meteen met Simon naar de dokter is gegaan,' merkte pappa op.

'Nu is het te laat,' zei de judde. Alles is al vergroeid.'

Mamma dacht dat die val uit de perenboom al zeker zes jaar geleden had plaatsgevonden.

Lex en Alie kwamen weer langs het raam.

'Die spelen altijd samen,' zei mamma.

'Dat wordt nog eens wat,' meende de judde.

Niemand ging op die opmerking in. Mamma en pappa zouden niet graag zien dat Lex later iets met Alie begon.

'Ze zijn nog zo klein,' meende mamma.

'Ik wou dat ik een kip was,' verzuchtte Pitlo, 'ik zou 's morgens een ei onder de kwetsenhaag leggen en er de rest van de dag in een kuiltje naast gaan liggen, en soezig worden van alle zacht vallende kippenstront.'

'En jij, Johan, moet jij helemaal niet buiten spelen?' vroeg de judde.

Nee, Hanna's oudste broer zat bij de volwassenen. Dat was altijd al zo geweest. Glimlachend keek hij rond en luisterde naar al hun verhalen en zei weinig of niets. Hij was zo anders dan de jongste. Opmerkelijk was dat hij de laatste tijd zo duidelijk liet merken op Hanna gesteld te zijn. Tijdens verjaardagen hield hij naast zich altijd een stoel voor Hanna vrij, en als ze klaar was met opdienen of inschenken, ging ze altijd naast hem zitten. Dan keek hij haar heel tevreden aan en niemand wist wat hij dacht. Mamma had eens tegenover de judde haar ongerustheid uitgesproken over Johan; hij speelde niet als alle kinderen, was zo zwijgzaam. Toch was hij niet ongelukkig. De judde had toen gezegd dat Johan innerlijk ommuurd was. Die uitdrukking had hij ergens bij de Duitse grens opgevangen. Dat woord was rondgegaan: Johan Innemee zou innerlijk ommuurd zijn. Niemand wist precies wat men zich daarbij voor moest stellen.

Hanna kwam met broodjes warm vlees. Daarna begon de wandeling over het bedrijf. De mannen liepen voorop. De vrouwen volgden. Proosdij merkte op dat je je bestaan op aarde moest verwerven door hard te werken. Pitlo's adamsappel bewoog driftig. De vrouwen lieten hun hand door het eerste fijne wortelloof gaan, de mannen wezen op het eerste lila blaadje van de koolraap. In de oksels van de bladeren lagen heldere waterdruppels.

Jij dacht aan de tijd van je jeugd, herinnerde je vooral de zolder waar 's winters vanaf drie uur al de eerste schaduw viel. De winter bestond vooral uit verwachting, verwachting van de zomer. Pappa en mamma spraken altijd lang over die heerlijke voorbije zomer en dachten al aan de nieuwe die komen zou. Je hoorde een van de vrouwen tegen mamma zeggen: 'Hanna, die pikt op een dag daarginds een man op...' Jij moest om die woorden lachen. Je dacht: Ik wacht op het geluk, als een geschenk. Na die gedachte voelde je je tegelijk heel jong en heel volwassen.

Ze liep op mamma toe, die juist alleen stond. 'Weet je nog dat ik bang was voor onweersbuien 's nachts en dat ik niet meer in een ijzeren bed wilde slapen omdat ik bang was dat het de bliksem zou aantrekken?' Natuurlijk wist mamma dat nog. Pappa heeft toen een nieuw bed voor je gemaakt. Van gevernist hout! Een te groot bed. Een bed op de groei!

Hanna keek omhoog naar de blauwe lucht, zag een mus die zijn kop onder een dakpan uitstak en hem snel weer terugtrok: een medebewoner van ons huis. Hanna zag dat alles en ze voelde dat het van belang was die dingen te zien. De kop van de vogel verscheen weer en Hanna sprak hem toe: 'Jij redt je wel, jij en alle anderen in dit huis.'

7

Het was al weer zomer. De vlinderboom vlak voor tantes serre stond in bloei. Er was een beetje wind en de paarse trossen bewogen. De dagpauwoog liet zich niet verjagen. Hanna was bezig een jas van Ine om te zomen. Tante zat aan haar schrijftafel en schreef een brief. De zonneschermen waren neergelaten. In het getemperde licht leek tantes haar nog fijner. Tante moest vroeger een knappe vrouw zijn geweest, met fijne polsen en fijne enkels. Ze droeg een wijde donkere jurk die alle vormen verhulde, met opzij twee grote strikken van blauw fluweel. Met haar bekering was ze alle interesse voor uiterlijkheden kwijtgeraakt. De strikken hingen neer, net als buiten de bloemtrossen van de vlinderboom waar tante zo van hield.

Tante hield op met schrijven, keek Hanna aan, haar hoofd een beetje schuin, zodat de zon door haar zachte haar viel: 'Jullie zullen allemaal de Heere als jullie Verlosser aanvaarden, nu staan jullie nog buiten.' Vol liefde hield ze haar blik op Hanna gericht. Tante geloofde dat Jezus over niet al te lange tijd definitief zijn intrek in dit huis zou nemen. De telefoon ging. Tante nam op. Het was oom die zei dat hij over een uur thuiskwam om met tante naar de regatta te gaan. 'O nee, Wijnand, ik kan echt niet naar de regatta. Die partijen duren altijd zo lang. Nee, echt niet, lieverd. Maar waarom neem je Hanna niet mee?' Tante keek haar vragend aan. 'Voor haar zal het een uitstapje zijn. Zij heeft de regatta nog niet eerder meegemaakt, ze zal genieten van de wedstrijden.' Ze hing op.

'Maar het is een feest voor u en oom...'

'Je zult genieten, Hanna, het is echt iets voor jou...'

De kinderen kwamen thuis. Ze hoorden dat je met pa naar de regatta ging en waren blij voor jou. Toen je bezwaren maakte, drong vooral Ine aan: 'Doen hoor... Pa houdt er niet van alleen naar zoiets toe te gaan.' De porseleinen knop van de serredeur glansde, het geboende parket in de serre glom, op de luifel van gebrandschilderd glas boven de serredeur gonsden tientallen vogels die daar hun nest hadden en die daar van tante niet mochten worden gestoord, en de rijksweg, net zichtbaar onder de rand van de zonneschermen, was een witte streep waarin de zon weerkaatste. Natuurlijk wilde je graag met oom naar de regatta!

Het was gewoonte dat de dames zelf bloemen voor het partijtje meebrachten en die schikten tot boeketten. Omdat alle dames in villa's met grote tuinen woonden, waarin bijzondere rozen werden gekweekt, was de roos favoriet.

Hanna fluisterde Ine iets in het oor. Samen liepen ze in de richting van het kanaal.

‘Zo afgezaagd, die rozen,’ zei Ine.

‘Vind ik ook,’ zei Hanna.

‘Ik hou niet van rozen,’ zei Ine. ‘Ik zou alle rozen van de wereld willen veranderen in slangen.’

Ine had de vreemdste gedachten.

‘Hoe dan?’

‘Je haalt een bepaald gedeelte uit een rozenzaadje weg en je plant er iets van een dier in... Bij mensen die gek zijn wordt een stukje uit hun hersenen gehaald en dan zijn ze weer gewoon. Je kunt mensen in een schaap veranderen of in een plant...’

‘Wil jij later chirurg worden?’

‘Ja, en nog veel meer.’

‘Nog veel meer?’ vroeg Hanna, verbaasd.

‘Ik wil alles doen... Maar het liefst haal ik stukjes uit de hersenen van mensen...’

Wat moest er van Ine terechtkomen! Ze kwamen bij het kanaal. In de berm plukten ze cichorei, wilde schorseneer, die zo mooi geel bloeit, klaprozen. Thuis schikten ze de bloemen tot kleine boeketten, deden natte watten om de stelen en wikkelden ze in zilverpapier. Tante kon niet komen kijken want ze lag op de sofa, waar ze werd behandeld door de magnetiseur.

Je ging je verkleden. Je wist wat je aan zou trekken. De witte jurk, met de opvallend grote oranje bloemen. Je had hem eens in de stad mogen uitzoeken. Cadeautje van oom en tante. Bijzondere jurk, ook door de verlaagde taille en de brede ceintuur. Oom reed de auto voor. Je keek uit het raam van je kamer, op de tweede verdieping. De lichtblauwe Mercedes had maar twee plaatsen, de linnen kap stond open.

Hanna liep de trap af. Men wachtte haar op in de hal.

‘O, wat mooi,’ riepen de kinderen.

Hanna nam afscheid van tante.

‘U wilt echt niet mee..?’

Oom reed langzaam de straat uit. Hanna hield de boeketten op schoot. Al gauw werd de rijksweg een donkere tunnel, want de dubbele rij oude beuken liet geen zonlicht door. De onderste takken van de bomen hingen tot vlak boven de akkers. Daar stond het koren laag. Direct buiten de schaduw van de takken baadde het land in een fel licht. Nu en dan passeerden ze een boerderij. De boerderijen hier hadden alle rode luiken.

De bomenrij eindigde onverwacht, de weg maakte een scherpe bocht, oom reed de parkeerplaats van De Roskam op.

De tuin van het café-restaurant lag aan de overkant van de rijksweg en liep af naar de rivier. Op sokkels stonden vazen met grote, versierde oren. Daar waren veel mensen. De vrouwen droegen jurken in lichte tinten: citroengeel, roze, wit. Hanna oogstte bewondering. De wilde bloemen oogstten bewondering. Met de andere dames schonk ze thee, serveerde moskovisch gebak. Jij voelde je hier net zo op je gemak als overal.

Grappig waren de stenen monsters die op de hoeken van lanen stonden. Monsters van blauwe steen, met lange, smalle oren, een dunne gebogen rug, die een vinger voor de lippen hielden. Ssst, niets zeggen! Wat wilden die kleine mannetjes met hun geheimzinnige blik verborgen houden?

Grappig, eerder een beetje gek, was het gedeelte van de tuin waar buksboompjes een partijtje tennis uitbeeldden: een man in korte broek serveerde een rondgeschoren groen balletje en een vrouw, in korte rok, met gebogen knieën, een racket in beide handen geklemd, wachtte gespannen op de bal. Die nooit zou komen. Heel knap gedaan, maar ook een beetje belachelijk.

En waar je ook liep, overal hoorde je het water dat tegen basalt sloeg. Van die kant kwam ook het rumoer van de klapperende zeilen, van lijnen die tegen elkaar sloegen, van vlaggen. De bootjes bewogen zich om elkaar heen, gingen naar de ene kant overstag, of naar de andere kant. Oom zei dat ze zich in een goede positie manoeuvreerden voor het vertreksein. De boten voeren nu op de startlijn af, die was gemarkeerd door rode boeien. Al gauw was de dubbele bocht van de rivier vol kleurige zeilen, weerspiegelend in het water. Er werd vaak geapplaudisseerd. Voor Hanna was het onduidelijk wie voorlag. Ze klapte ook in haar handen. Ze genoot van het schouwspel.

Jij daar! Het beviel je. De mannen die zo fijntjes glimlachten onder hun kortgeknipte snorren, de vrouwen die gebaren maakten en de veel lichtere onderkant van hun armen lieten zien, terwijl witte pluizen van de paardebloem over het water zweefden. Je keek achterom en zag het hotel aan de overkant. Het leek of het onder water stond en de golven langs de ramen gleden. Een raam ging open boven een van de balkons, zeilen werden trillende vlekken helder licht, werden glazen vogels.

Na de middagwedstrijden werd op houtvuur vis geroosterd. De winnaars kregen bekers uitgereikt. Ze zaten aan houten tafels. Een orkest van drie man speelde jazzmuziek en een vrouw zong. Ze had een bloem op haar wang geschilderd.

Voor ze naar huis reden, ging oom bij de werf langs. Hij parkeerde zijn auto voor het grote toegangshek, waarnaast een immens reclamebord oprees, dat van ver zichtbaar was: HOUT-INNEMEE. Oom opende een poort in de muur die het hele terrein omringde en ze liepen over het maanverlichte stammenveld. Soms bleef oom even staan bij een partij hout en klopte tegen het hart van een stam, die vol en zwaar klonk. Ze stapten over de rails van een spoorlijntje dat vol kiepwagens stond. Het was een aftakking van het officiële spoor. Ze liepen om het schuurtje waar oom zijn eerste boom tot planken had gezaagd. Het was de boom die door de bliksem was geveld en die hij voordelig had kunnen kopen. Daaromheen waren de loodsen gebouwd waar gezaagd en gedroogd werd. In een van de gebouwen was het kantoor gevestigd. Hier werkten meer dan dertig mensen, vooral boekhouders. Op een matglazen deur stond: DIRECTIE. Oom keek een loonlijst in, bladerde een dossier door, bekeek een blauwdruk voor een nieuw te bouwen slijperij. Hij wilde een bloeiend en modern bedrijf voor zijn zoon achterlaten.

'En Ine?' vroeg je.

'Ine krijgt de helft van de waarde uitgekeerd. Ze mag zelf kiezen in welke vorm.'

'En als Ine in het bedrijf wil?'

'Ine wil chirurg worden.'

'Zij heeft de oudste rechten. Dan zal ze de helft van de waarde aan haar broer moeten uitkeren.'

'Hoe?' vroeg je.

'Nooit een bedrijf in tweeën hakken. Twee kapiteins op één schip, ook fout.'

'En jij, wat ga jij later doen?' vroeg oom toen ze terugliepen naar de auto. Je zei dat je dat nog niet wist. Toen begon oom weer over zijn bedrijf. Hij vertelde dat hij nieuwe stapelaars in dienst ging nemen. Ook was er plaats voor hakkers en slijpers en uitvoerders. Hij was van plan aangrenzende terreinen aan te kopen en de botenaanlegplaats te vernieuwen... Oom was nu al, in de familie, in Heuven en ver daarbuiten, een legendarische figuur.

8

De dag erop, een zondag, was het nog warmer. Tante moest al vroeg naar een dienst. Oom zei lachend bij het ontbijt dat ieder er maar op zijn eigen manier voor moest zorgen zalig te worden. 'Lieverd,' zei tante en kuste hem. Ze zei dat ze geen betere man had kunnen treffen. Ze raakte hem nog even aan met haar hand, met een lieve glimlach, haar blik werd dromerig... Opeens kreeg ze haast, pakte haar grote, zware tas en keek Hanna aan.

Ze gaf tante een arm, hielp haar de drie treetjes van de serre af, samen staken ze de rijksweg over die geheel verlaten was. Aan de overkant lag het station. Hanna dacht: Misschien bleef tante vandaag wel liever thuis. Die gedachte kwam bij haar op, toen ze tante, nog geen vijf minuten geleden, dromerig naar de grond zag staren. Wat had ze de hele zondag toch te zoeken bij die slaperig makende evangelisten van haar kerk? Of hunkerde tante juist naar die diensten? Soms vroeg ze: 'Wie gaat er met me mee?' Niemand had zin om mee te gaan. Tante werd daar nooit verdrietig om, begon dan wat te lachen, excuseerde zich voor haar verzoek en eindigde altijd met de woorden: 'Och natuurlijk, jullie zullen ook gelukkig worden. Jezus de Heer is voor allen gestorven.' Dan trok over haar gezicht de liefste en vriendelijkste glimlach die Hanna ooit bij vreemden had gezien; een hemelse glimlach, alsof engelenkoren zongen.

Een trein kwam binnenrijden en tante stapte in. Tante zwaaide, de trein verliet de overkapping.

Hanna liep met de beide kinderen door de korte smalle straten van Heuven. Ze drukte hun handen steviger vast en dacht: Later heb ik zelf kinderen en ga ik op zondagmorgen met ze naar de kerk.

De kerk lag aan een driehoekig plein dat uitzag op de rivier. Het plein lag in de volle zon en de blauwe stenen glansden als staal. In de kerk was het wit en koel. Ze liepen naar hun vaste plaats, de derde rij van de zijbeuk. Ine deed het bewerkte deurtje van glad eikenhout open. Uit een rekje dat aan de binnenkant was vastgeschroefd, zochten ze uit een stapel drie psalmboekjes die het minst verfomfaaid waren. De jongen ging naar binnen, toen Hanna, en het was Ines taak om het deurtje weer te vergrendelen. Ze zaten alleen in deze rij, en hadden elk voor zichzelf een lila kussentje waarop een druiventros was geborduurd die door slijtage nog maar nauwelijks herkenbaar was.

De gemeente ging staan, want de dominee kwam binnen, voorafgegaan door de dienstdoende ouderling. De dominee was erg mager, zijn nek leek op die van een zwaan. De beide mannen betraden het rode tapijt voor de preekstoel. Ook in de kerk van Bahr was het tapijt rood. Als kind had Hanna altijd aan de Rode Zee moeten denken.

De dominee spreidde zijn zwarte vleugels uit en heette ieder welkom op deze prachtige morgen. '...En wij geloven dat er een enig Wezen is, dat wij God noemen, eeuwig, onzienlijk, onveranderlijk, oneindig, almachtig, volkomen wijs en rechtvaardig...' Dit was het moment dat Hanna zich heel dicht bij het mysterie voelde en er niet aan twijfelde dat God onder hen was. Dit heilige moment probeerde ze altijd zo lang mogelijk vast te houden door zo sterk mogelijk aan het heilige te denken, dat wil zeggen aan niet-wereldse zaken. Vandaag lukte dat maar een paar minuten. Er kwam door de hoge ramen zoveel licht naar binnen en het tapijt was in het zonlicht zo dieprood, en daar hoog in het zijraam zweefde, volkomen bewegingloos, een meeuw die zich aftekende tegen de blauwe lucht, met opgetrokken poten... De dominee gaf gezang één op. De gemeente zong staande: 'Halleluja, Lof zij den Heer! Aanbidt de vader, geeft Hem eer.'

De preek begon. Hanna's gedachten dwaalden af. Simons ruggengraat was vergroeid, Simon had een kromme of hoge rug, maar het was geen bochel. Het was het begin van een bochel, maar er was niets van te zien. Was het haar schuld dat hij lang geleden uit de perenboom was gevallen? Waarom had men bij Simon geen dokter laten komen? Haar vader vond dat Puyman onverantwoordelijk met zijn kinderen omging...

De collecte. De kinderen probeerden geld in het zakje te doen zonder het fluweel aan te raken. De dominee sprak de zegen uit.

Buiten wachtte oom met de zwemtassen.

9

Ze liepen de drie zalen van café-restaurant De Sluis door, daalden een steile brandtrap af naar een mooi zandstrand. Er waren cabines om je te verkleden. Hanna en de kinderen waren het eerst klaar en renden naar het water.

De eigenaar van De Sluis bracht ligstoelen die hij *transatlantiques* noemde. Oom bracht de hele middag, in een geruite bloes tegen het verbranden, en op zijn gezicht zijn uitgespreide zakdoek met de letter w, op een ligstoel door, die hij *transat* noemde.

Hanna zwom tot de lijn met kurken dobbers, dook eronder door en voelde al geen bodem meer. Soms kwam een boot voorbij, een tijdje later begon het water te golven.

Ine wees op een grote donkere vis die op hen toedreef. Het bleek een stuk hout te zijn dat pirouettes op de kop van de krib maakte, steeds sneller om zijn eigen as ging draaien. Op dat moment werden ze alle drie door een grote golf opgenomen en kwamen proestend weer uit het water. Iedereen had plezier.

Oom stuurde Ine met een boodschap naar de eigenaar van het strand. Deze kwam terug met een fototoestel. Hij was vroeger beroepsmilitair geweest en beval: 'In de houding!' Op volgorde van leeftijd. Ze haastten zich, vergisten zich alsof ze hun leeftijd niet meer wisten, stonden ten slotte op de juiste plaats. 'Houding!' riep hij weer, en daar stonden ze, handen strak tegen het lichaam, kin en buik ingetrokken. 'Rust!' commandeerde hij en ze mochten hun voeten uit elkaar doen, hun handen op de rug. Oom bedankte hem. Hij was nog niet weg of Ine nam haar broertje apart, maakte gebaren en fluisterde als een samenzweerster. Daarna gaf Coen antwoord met dezelfde gebaren. Het was duidelijk dat ze een strategie bespraken. Toen stuurde Ine haar broertje met een duidelijk omschreven boodschap naar haar vader. Oom bukte zich en stak zijn hand uit naar de zwemtas, waar hij zijn colbert in had gedaan. Uit de binnenzak haalde hij een oud portemonneetje waarvan het doublé afgebladderd was. Het werd ook door de kinderen gebruikt als ze boodschappen moesten doen. Hanna zag dat oom hem geld gaf. Coen holde terug naar zijn zus, bij elke stap zand opgooiend. Oom legde zijn colbert op de tas, die hij onder de *transat* schoof.

De kinderen beklommen de steile brandtrap naar het terras. Ze kwamen na een tijdje terug met drie sorbets ijs waaruit kleine parasols van rood geribbeld papier staken. Hanna vroeg of oom geen ijs wilde. Hij zei dat ijs niet goed voor hem was, dat hij van Ine misschien straks het laatste hapje wilde en dat ze vooral van het ijs moesten genieten.

'Je krijgt van mij ook het laatste hapje,' zei zijn zoon.

'Eet nou maar door.' Bij Coen liep het ijs al over de rand. Ine ontdekte dat je aan de parasol kon zuigen. Alle drie slurpten ze zo langzaam mogelijk het ijs en de aardbeiensaus naar binnen. Om hen heen lag het gele, korrelige zand te blinken. Oom zag dat ze genoten.

'Wilt u al iets?' vroeg Ine.

'Nee,' zei haar vader.

'Echt niet, pa?' vroeg Coen. Hanna had een beetje ijs voor oom bewaard, maar ze durfde het hem niet aan te bieden. Ine vroeg of mamma ook van ijs hield.

'Vroeger zeker,' gaf haar vader toe.

De kinderen brachten de glazen weg. Toen ze terugkwamen zei oom dat ze naar het fort gingen. Hanna had alleen over het fort gehoord, maar had het nog nooit gezien. Ze staken een paar weilanden over en kwamen bij een langgerekte verhoging in het terrein die alleen bij laagwater vrijkwam. Oom vertelde dat het oorspronkelijk deel had uitgemaakt van de Hollandse waterlinie. Uit blokken steen stak hoog wuivend gras. Coen wilde weten waar de soldaten precies hadden gezeten. De kinderen lieten zich daarna van de zanderige helling rollen, met de armen stijf tegen het lichaam. 'Als mummies,' riep Ine. Of ze klommen op smalle steenklompen en hielden zich met moeite in evenwicht. Na het fort liet oom hun het verzonken slot van Heuven zien. Hij wees hen op een dal met laag wilgenhout en veenplassen. Hij wist ook waarom het slot niet meer bestond, zei hij, trok een peinzend gezicht en keek naar de grond. 'Nou, vertel dan,' drong Ine aan. En hij vertelde dat hier vroeger een ridder had gewoond die erg rijk was. De wielen van zijn rijtuig hadden zilveren banden. De voeten van zijn paarden waren beslagen met gouden hoefijzers. Niets was hem weelderig genoeg. Hij vierde vaak feest, maar aan de armen gaf hij niets. Op een middag kwam een oude pelgrim op het slot en vroeg of hij even mocht rusten. De ridder lachte hem uit en hitste zijn honden tegen hem op. Toen kreeg de dochter van de ridder medelijden met de pelgrim, joeg de honden weg en leidde de man uit het slot, waar hij buiten gevaar was en vergezelde hem een eindje. Ze namen afscheid. De oude man zei: 'Ga terug naar het kasteel, haal op wat je lief is en kom bij me terug. Ik wacht hier op je.'

'Maar waarom?' vroeg het meisje. 'Ik hoor op het kasteel.' De oude man gaf haar de tijd tot zonsondergang. Het meisje ging terug, maar sloeg de waarschuwing in de wind. De pelgrim wachtte tot zonsondergang. Toen de zon onderging, beklom hij dit heuveltje hier, keek naar het slot, zwaaide zijn stok en sprak een vervloeking uit. Als bij toverslag verdween het kasteel. Met iedereen erin. Geen spoor bleef over.

Ze verkleedden zich in de cabines. Onderweg naar huis merkte oom opeens dat hij zijn portemonnee kwijt was. Hij vroeg zich af wanneer hij hem het laatst had gebruikt. Oom stopte. Ze keken de zwemtassen na.

'Misschien is hij gestolen,' opperde Coen. 'Zat er veel geld in?'

Ze zochten in de auto, vonden een handschoen die al lang zoek was.

Oom keerde om en loofde een beloning uit aan wie de portemonnee vond. Ze keken in de cabines. De eigenaar hielp ook met zoeken. De kinderen holden heen en weer over het strand. Toen hoorden ze Coen roepen, bij de waterlijn, niet ver van een wilg met blootgewoelde wortels. Hij zwaaide met de portemonnee en riep: 'Ik heb hem, ik heb hem!'

Ze kwamen allen naar hem toe. Zijn gezicht drukte blijdschap en aarzeling uit. Ine vroeg waar hij hem gevonden had en hij wees op de wilg.

'Ja, dat is hem,' zei oom. 'Geef maar.' De jongen keek strak naar de portemonnee en niet naar zijn vader. Oom vroeg of alles er nog in zat.

'Ik heb niet gekeken,' zei de jongen. Zijn blik was op het zand gericht. Oom liet de portemonnee heen en weer gaan in zijn hand en soms trommelde hij erop met zijn vinger. Op zijn hoofd verscheen een dikke ader... Oom zag er vreemd en ontsteld uit. Net of hij gehypnotiseerd was of wakend droomde... met die hoog opgetrokken wenkbrauwen, die ader die almaar dikker werd...

'Nou...' begon de jongen, 'ik heb hem dus gevonden, ik heb dus recht op een beloning.' Oom knipte de portemonnee open, knipte hem weer dicht, trommelde weer op het fijne rasterwerkje. Hij keek er niet in. 'Nou,' zei de jongen weer. 'Dat is hem toch!' Hij probeerde te glimlachen, maar hij moest aan de anderen zien dat de situatie niets komisch had. Toen zagen ze op Coens gezicht paniek verschijnen, ze zagen de trekken ervan langzaam uit elkaar vallen. Het was alleen nog maar een vreemde grimas. Hij zou nu onder de grond willen wegkruipen, moest denken dat ze zich allemaal op hem wilden werpen. Dat wilde niemand. Ze hadden nu het gevoel dat ze hem zoveel mogelijk moesten helpen, ze wilden allemaal dat dit niet was gebeurd.

Daarom gooide oom de portemonnee met een luchtige beweging omhoog, ving hem op in zijn hand, liet hem expres op de grond vallen. Ooms ogen glinsterden niet meer van ontsteltenis, maar van luchtige blijdschap. Perfect speelde hij luchtige blijdschap.

Hij bukte zich om de portemonnee op te rapen; Ine was hem

voor en rende weg. Oom ging achter haar aan. Al die gebaren moesten het incident uitwissen.

10

Die avond picknickten ze op het gazon voor de serre. Hanna had met de kinderen sandwiches met ham en rosbief gemaakt. Oom schonk rode wijn in voor Hanna en voor zichzelf. Tegen de muggen stak hij een sigaret op. Hanna rookte ook. Hun rook steeg omhoog.

Het werd donker. Er waren veel sterren. Ine zei dat ze niet in God geloofde, maar misschien wel in de sterren. In de tuin hing een vredige stilte. Van de jasmijn kwam een sterke, zoete geur, die met de duisternis leek toe te nemen. Aan de overkant van de rijksweg lag het verlichte station.

Een trein reed binnen.

Hanna haastte zich om tante af te halen. Ze liepen de tuin van Benvenuto in en tante zei dat ze even bij hen kwam zitten om nog wat van de zachte avond te genieten. 'O, maar jullie roken,' zei ze toen ze de asbak zag. Tante verdroeg geen rook. In huis mocht niet gerookt worden. Als oom zin in een sigaret had, liep hij naar buiten. 'En wijn!' Tante was tegen sterke drank. Ze keek niet boos, haar blik was juist heel toegeeflijk, alsof ze zeggen wilde: Jullie zijn nog onwetend, jullie die zonder het ware geloof zijn...

Hanna kwam met een gemakkelijke stoel naar buiten. Tante ging in de kring zitten.

'Ik geloof in de sterren,' herhaalde Ine uitdagend.

'Wie zoekt, zal vinden,' antwoordde tante rustig en keek haar dochter liefdevol aan.

Hanna zag dat tante het koud kreeg, haalde uit de dekenkist in de hal twee Schotse plaids en wikkelde er een om haar benen en een om haar bovenlichaam. Ze liet er alleen het donkere en tegelijk bleke gezicht uitsteken, donker het haar en bleek de huid, bleek waren ook de handen die de plaid strak om haar heen hielden. De kinderen moesten lachen. Coen vond dat mamma net een piramide was of een dik torentje van groene en rode wol.

'Nee, mamma is een sfinx,' vond Ine.

Oom moest, zoals meestal, nog naar de werf. Net toen hij de tuin had verlaten, merkte Ine op dat je nooit vond wat je zocht, dat je dus beter kon doen of je niet zocht want dan vond je het vanzelf.

Tante schudde vriendelijk haar hoofd. 'Je bedoelt: Zoekt en gij zult vinden, klopt en u zal worden opengedaan.' Ze had vaak zulke vreemde, niet te volgen gedachten.

Hanna zei Ine dat ze op moest houden.

Maar het meisje was al niet meer te stuiten en vertelde wat er die middag gebeurd was. Haar stem klonk steeds valser. Tante begon geluidloos te huilen, haar gewone reactie als ze niet direct een toepasselijke tekst wist.

'En jij weg hier!' riep Hanna boos tegen Ine. Hanna zelf begon snel op te ruimen en liep met een dienblad vol glazen naar het hoge, verlichte huis, dat daar rustig lag te drijven op de duisternis van de tuin. Daarna kwam ze terug om tante op te halen, die nog steeds huilde, maar geen woord zei. Boven maakten de kinderen ruzie.

11

In de serre zette Hanna de stoelen klaar voor de bijeenkomst van de gemeente. Het onderwerp was de wedergeboorte. Tante legde op elke stoel een liedbundel. Hanna vroeg haar hoe je tot prediker geroepen werd.

'Je zegt het al: je wordt geroepen. Het komt niet uit jezelf. Het komt van de Heer en de Heer kan iedereen gebruiken, Hanna.'

'Maar wie stelt een prediker aan?'

'De Geest, Hanna. Alleen de Geest en niemand anders!'

'Er bestaat toch wel een lijst van predikers? En een lijst van alle leden van deze kerk?'

'Nee, er is geen lijst. Wij doen niet aan lijsten en lidmaten en kerken. In de bijbel wordt helemaal niet over een kerk gesproken.

Dat is iets dat mensen hebben bedacht. Wij geloven in een God die zichzelf heeft gegeven, en die God heeft gezegd: Gaat uit en verkondigt mijn Woord... Maar hij heeft niet gezegd: Ga lijsten maken van predikers en van lidmaten en bouw een kerk met een toren.'

'Iemand moet toch tegen een prediker zeggen: Jij gaat hier het evangelie verkondigen, en tegen een andere: Ik wil dat jij daarheen gaat. Er moet toch iets van organisatie zijn?'

'Wij geloven, lieve Hanna, o wat begrijp je er nog weinig van, in een God die zijn bloed heeft gegeven, en Hij deelt ieder mee waar zijn plaats is.'

'Ik vind het allemaal zo geheimzinnig...'

'Er is niets geheimzinnigs aan. Ieder mag onze diensten bijwonen.'

'Waar is deze groep christenen dan ontstaan?'

'Ze vindt haar oorsprong in Christus.'

'Zijn deze christenen ook buiten Nederland?'

'Er zijn kleine groepjes over de hele wereld...'

'Noemt u eens een land?'

'In Nieuw-Zeeland, in Zuid-Afrika...'

'Verdienen de predikers geld?'

'Nee, want er staat: Gaat de wereld in en laat u niet betalen. Bekommert u om niets en alle dingen zullen u toegeworpen worden.'

'En als een prediker een nieuwe bril nodig heeft, of nieuwe kleren?'

'Ze komen niets te kort. Paulus zegt dat in alle eenvoud: Slaat niet af waar men u uitnodigt.'

'Hoe bent u tot dit geloof gekomen, tante?'

'Ik heb belijdenis in de Hervormde Kerk gedaan, maar de kerkgang voldeed me niet en ik zocht verder. Ik wachtte op iets, maar ik wist niet waarop. Elke zondag ging ik naar een andere kerk, maar ik bleef onvoldaan en onrustig. Op een dag zei iemand tegen me: Ga vanavond met mij mee. Ik ging mee, zonder hoop. Die avond vergeet ik nooit meer. Voor het eerst heb ik werkelijk mijn knieën gebogen en ik heb gehuild en gesmeekt:

Neem mij, Heere, hier ben ik. Die avond heb ik besloten God te dienen...'

'Hoe ging dat? Ik bedoel, hoe wist u opeens heel zeker...?'

'Je denkt: Hoe bestaat het? Het kan immers niet! Maar God kan het. Je wilt voor God leven, maar het lukt je niet. Het kan ook niet. Het kan alleen als je Hem toelaat. Dan ontdek je dat Jezus om twee redenen in de wereld gekomen is: om de zonden te reinigen en om te leven door Hem...'

De prediker las een gedeelte uit Johannes.

'Weet u wat mij die woorden te zeggen hebben? De wedergeboorte gebeurt maar één keer, net als de echte geboorte, maar bekering is vaker nodig, want we willen steeds weer afdwalen. Bekering betekent afkeer van eigen gedachten. Weet u wat ik onlangs hoorde? Een vader en zijn zoon waren aan het zwemmen in de rivier. De zoon kwam in moeilijkheden en de vader zei: Blijf rustig, geef je aan mij over. Maar de zoon raakte in paniek, wilde zichzelf redden en verdronk. En de redding was zo nabij.'

De mannen en vrouwen om Hanna heen zaten met gebogen hoofd. Eerst leefden ze in zonde, wasten hun kleren, wiedden onkruid, maakten eten klaar, en waren onvoldaan. Dan was er plotseling de Goddelijke Boodschap. De Heer verscheen hun persoonlijk. Bekering. Eeuwige voldoening. Eeuwig leven. Voor jou was geloof geen serre met een rij stoelen, maar een echte kerk, met een lichtblauwe toren die je al van ver zag schitteren, geloof was klokgelui, geloof was de hele dag wegblijven, ijs eten in de theetuin van het veerhuis... Nog een week, dan ging je weer naar huis. Je had zin om naar huis te gaan. Je ging net als de anderen voorover zitten, de handen gevouwen in de schoot. Je viel in slaap...

Je stond aan de oever en wachtte op de veerman. Uit de wind, lekker in het zonnetje zat een donker, vormloos beest. Toen ze een stap dichter naar de boot toe zette, zag ze dat het een pad was. Hij zat daar absoluut roerloos. Waar kwam hij vandaan? Waar wachtte hij op? Het was niet mogelijk daar achter te komen. Hij zat daar maar in zijn sombere bruine huid. Alleen zijn ogen bewogen, rode, bolle ogen die van de ene naar de andere kant draaiden. De zon scheen recht in de ogen en het leek of ze bloedden. Hanna hurkte bij de pad. Zijn poten waren net handen. Tussen de gespreide vingers zat een broze, dunne huid. Die poten hadden ook wel iets van zwemvliezen. Geen dier, geen vis, geen mens. Een gek, onaf wezen, dat nog niet helemaal bestond, maar tóch al probeerde te leven. Hij vouwde even zijn handen open, trok ze snel krampachtig weer samen, net of hij er geen raad mee wist. Alsof hij zijn vuisten balde omdat de Schepper hem nog niet helemaal had voltooid. Hij zat daar maar, week en vochtig. Hij hield wel van de zon. Kijk, met kleine tastende bewegingen begon hij zich voorwaarts te slepen. Elke beweging leek hem grote moeite te kosten. Toen een sprongetje, het leek eerder of hij viel. Hij was onder de plank van de aanlegsteiger verdwenen. Het touw van de boot zat met een lus om een scheefgezakt paaltje. Het was duidelijk dat de boot al lang niet gebruikt was. Het blikbeslag op de bodem was verroest. Hanna haalde de boot naar zich toe en op het moment dat ze instapte schoot er een vis onder vandaan, keerde zich met zijn bonte buik naar boven en sloeg met zijn staart zo hard op het water dat links en rechts van de boot kleine zilveren visjes opspatten. De boot schommelde. Hanna duwde hem naar het midden van de rivier, waar hij door de stroom werd opgepakt. Ze stond rechtop, haar benen schrap gezet tegen de bodemlat. De rivier raasde en kolkte, de boot begon een tollende beweging te maken, die sneller en sneller werd. Ze liet de riem los en ging op het middenbankje zitten, in een bui van vermetelheid, leunde zelfs achterover, met roodgloeiende wangen. 'Ik ben niet bang,' zei ze tegen zichzelf en onderging de bedwelming van de snelheid. De rivier werd een draaimolen: draken en paarden liepen steeds sneller op de schuine draaischijf en gleden ten slotte een trechter in. Ratelend reed de boot over een rail een donkere schacht binnen, terwijl uit een kerkorgel sombere klanken kwamen. Tegelijk werd een gierende wind hoorbaar, doken overal zwakke schijnsels op, boden dwergen in een kabaal van hagelbuien geheimzinnige lekkernijen aan. Fel licht scheen opeens over een bodem met koraalriffen waar de afgeknaagde graten van vissen lagen, nog zwaaiend met hun staart. Een geraamte in een vuurrode mantel rende in blauw licht met wapperend haar voor de boot langs, verdween weer even snel als hij gekomen was.

Toen werd het bijna stil. Water borrelde onder de boot. Voor haar repte een snippenpaar over het ribbelende water, trippelde even tussen het riet bij de oever, werd door de lichte wind opgenomen, zweefde over het water. Het was nog niet verdwenen of een grappig gevlekt vogeltje vloog op de uiterste punt van de boot, die was vastgelopen in een veld wateranemonen. De bloemen verspreidden een bedwelmende geur. Het vogeltje draaide met zijn staart en zijn kleine omhoogstekende vleugels waren net stukjes glas. De wind speelde ermee. Het vloog door de zwerm insecten die vlak boven de witte anemonen zweefde, en verdween. Je zou hier altijd willen blijven...

'...hoe kan een mens geboren worden als hij oud is? Kan hij dan voor de tweede maal de moederschoot ingaan en geboren worden? Och, weet u wat dat woord mij te zeggen had? Dit: Wat uit het vlees geboren is, is vlees en wat uit de geest...'

Na de bijeenkomst ruimde Hanna de stoelen op en ging naar de keuken om het eten klaar te maken. Aan tafel vertelde oom dat hij zich meer ging toeleggen op het maken van eindproducten zoals bruggen en gordingen. De toegevoegde waarde ervan maakte de fabricage aantrekkelijk. Wat waren dat, gordingen? 'Constructies, die damwanden moeten rechttrekken.'

Oom was iemand die altijd weer nieuwe dingen bedacht, die direct warmliep voor nieuwe dingen, die genoot van wat hij deed. Je kon met plezier naar hem kijken. 'Natuurlijk,' zei hij, 'gaat er niets boven het zagen van een stam. Hoe haal je het kernhout eruit? Hoe verwijder je het spint? Waar zit het jonge hout? Een goede zager is goud waard. Die bepaalt de opbrengst van een boom! Heb je zin om morgen naar de houtbeurs in de stad te gaan?'

Natuurlijk had je zin.

Oom zei dat hij ook van plan was om in Engeland, in Manchester, een tweede zaag aan te schaffen. Nog moderner, met een diep, afgeschermd zaagbed, dat meer veiligheid bood, en met nog grotere tanden. Hij was er zeker van dat hij anders niet zou kunnen voldoen aan de vraag naar dukdalven, damwanden en brugdekdelen. Hij pakte alles aan en alles lukte.

Hij vroeg of je te zijner tijd ook zin had om mee te gaan naar Engeland. Natuurlijk had je daar zin in. Met oom zou je de hele wereld willen rondreizen. Niet met tante, noch met de beide kinderen. Maar dat sprak toch vanzelf? Je voelde je bij oom Wijnand op je gemak.

12

Er zat al een tijdje verandering in de lucht. De herfst was lang en warm geweest. Onverwacht viel de winter in. Wekenlang hield een kale vorst aan. Snijdende wind gleed door de takken van de perenboom, die hoog bovenin zo gevorkt waren dat ze leken te bidden.

Net voor de vorst inviel was Hanna thuisgekomen om de verjaardag van haar beide broertjes te vieren, die daags na elkaar jarig waren. Ze was al meer dan twee weken thuis. Mamma en pappa vonden het niet goed dat ze met dit weer terug naar Heuven ging.

Ze maakte met pappa een wandeling over de graswal. Vergeefs probeerde ze een beijsde bezem die in het water zat vastgevroren los te trekken.

In de verte was Pitlo bij de wetering bezig. Toen ze dichterbij kwamen, zagen ze dat hij met een knots op de lichte plekken van het oeverijs sloeg, in een regelmatig, rustig ritme. Tussen het riet verstopte zich de meeste vis. Hij sloeg zo kalm en regelmatig om de vissen langzaam te verdoven. Je zag ze van angst en sufheid nog dichter tegen de oever kruipen; ze zwommen zich vast in de messcherpe rietstengels, waaraan ze zich sneden. Het water begon helrood te worden.

De buurman trok een kanjer van een vis op de wal. De vis draaide zich op zijn vuilwitte buik en zijn staart kromde zich op het bevroren gras. Zijn ogen zagen geel van de kou. Hij klapte met zijn kieuwen en de dikke, lichte ringen onder zijn ogen zwollen van angst, leek het wel. Even raakte de vis door het dolle heen. Pitlo gooide hem met de andere in een kruiwagen.

Samen met pappa liep je terug. De tranen rolden over je verkleumde wangen. Door de kou kon je geen woord uitbrengen. Soms dacht je dat in de verte op de berm een zwarte hoed lag, maar als je dichterbij kwam, begon de hoed te bewegen en maakte zich met grote sprongen uit de voeten. Vastgevroren stenen, vastgevroren bezem, meterslange ijspegels. IJskoude lippen.

Thuis schonk mamma voor de judde hete koffie in. Hij was nog geen minuut binnen. Op zijn jas lag een dun laagje witte verse sneeuw. Terwijl hij naar de berijpte, verstijfde takken van de boom keek, zei hij bijna achteloos dat in Worth een gezin getroffen was door tb. Alle drie de zoons moesten kuren. Voorlopig hadden ze zes maanden gekregen. Je wist wat dat betekende.

'Een katholiek gezin?'

'Ja, een katholiek gezin in Worth.'

'Afschuwelijk,' zei mamma.

'Waren ze lid van het Veefonds?'

'Nee,' zei de judde, 'en bij de tb-controle' (je wist hoe die controle verliep: de dierenarts spoot tuberceline in de ogen van de koeien!) 'zien ze toch altijd weer kans de ogen uit te spoelen.'

'Ze lopen met oogkleppen voor,' zei pappa.

'Ze denken alleen aan de koe die geruimd wordt,' zei de judde. 'Dat kost geld.'

'Ze besmetten wel de hele veestapel... Lea Pitlo had nog geleefd als... Dat moet ik Proosdij nageven, hij is even precies als ik...' Pappa kon zo boos worden op mensen als Pitlo en die in Worth. Zelfs als een koe hoestte of taai molk, wilden ze niet van ruimen weten... Domme mensen. Pappa's veestapel was tb-vrij. Mamma vroeg in welk sanatorium die jongens uit Worth kuurden.

'Niet in een sanatorium. Thuis. Dat is nieuw. Ze liggen thuis, maar buiten. Dag en nacht. In een tent die met de zon meedraait, onder een oranje zeildoek. Net een zonneterras.'

'Afschuwelijk,' zei mamma.

De judde zei dat die kant uit een tb-epidemie over het land joeg.

'Als het maar niet hierheen komt,' zei mamma. Ze stond bij het fornuis en was bezig appels te bakken. Lea, die drie jongens, die ze dan wel niet kende... Leed. Leed dat beter paste bij de Pitlo's en bij die in Worth. Hanna geloofde dat pappa en mamma er ook zo over dachten. Zoiets zou hen nooit treffen. Dat kon je natuurlijk niet hardop zeggen. Het was misschien zelfs onverstandig om zulke gedachten te hebben en in de zomer zou ze op zo'n moment de vlierstruik zeker wat extra water hebben gegeven. Ze was niet bijgelovig, maar er waren tijden dat je alle geluk nodig had.

De judde moest weer verder en mamma liep met hem mee tot aan de deel. In het halfdonker glansde het koper van de pomp. Een beeld dat je nooit zou vergeten.

Mamma kwam terug in de keuken, keek toevallig door het raam en zei dat daarginds iemand deze kant op kwam. Mamma had alles in de gaten.

Hanna zag na enig turen een zwarte stip die bewoog. Op de wal naderde een man.

Hij sprak pappa aan waar het tuinpad tegen de wal opliep. Die twee hebben lange tijd met elkaar staan praten. De onbekende droeg een wijde jas die tot op zijn voeten hing. Mamma vroeg zich af wat pappa allemaal met hem te bepraten had. Ze was er niet gerust op.

Hij kwam ten slotte het pad op, langzaam. Misschien was hij oud. Een zigeuner, een zwerver, een koopman. Zijn kraag stond hoog op en hij had een hoed met slappe randen, die zijn gezicht bijna onzichtbaar maakte.

Mamma wachtte hem bij de deur op. Hanna kon niet verstaan wat ze met hem te bespreken had.

Toen ze binnenkwamen, hield de onbekende zijn hoofd afgewend. Mamma schoof een stoel bij en de man zei hees, nauwelijks verstaanbaar: 'Goedenavond.' Mamma schonk koffie in en zei dat de man vannacht van de logeerkamer gebruik wilde maken. Toen verliet ze snel de keuken. Op dat moment herkende je Simon. Simon had er altijd al van gehouden zich te vermommen. Knap zoals hij dat speelde...

'Hoe gaat het met je?' vroeg Hanna.

'En met jou?'

Hij hield zijn wijde, versleten jas aan, maar je kon zien dat zijn rug vergroeid was. Zijn borst stak naar voren.

'Het gaat dus goed met je?'

'Met mij wel'

Gewone woorden. Maar zijn gezicht, zijn stem, waren vertrouwd.

13

Villa Benvenuto. Stoelen in de serre.

De gelovigen en de prediker. Derde bijeenkomst over de wedergeboorte. Tante gaf ze allemaal een hand, legde vaak ook nog haar andere hand op hun arm, als extra blijk van zusterlijke liefde. Ze waren allemaal zo eenvoudig dat ze tante zelfs niet aan durfden te kijken. 'Hoe kan een mens andermaal de moederschoot binnengaan en opnieuw geboren worden? Weet u wat mij die woorden te zeggen hebben?' vroeg de prediker de aanwezigen. Na afloop stopte tante hem wat extra's toe.

Hanna ruimde de stoelen op.

Bij het avondeten vertelde oom over de houtkranen. Ze functioneerden goed, ondanks de sneeuwval, maar ze krijsten en knerpten als ze over wissels reden. En de zagen gilden met dit weer. Het was vandaag een hels kabaal geweest. Toen zei oom dat hij overmorgen naar de houtbeurs in Krasnapolsky moest, en hij vroeg of Hanna meeging.

Ze zouden, als er tijd over was, doorrijden naar Zandvoort, want oom wist dat ze nog nooit de zee gezien had.

O ja, ze wilde graag mee.

'En ik dan?' riep Ine.

'En ik?' riep Coen.

De kinderen waren verontwaardigd.

Jij stelde voor dat oom de beide kinderen mee zou nemen. Je had nog genoeg in huis te doen.

'Geen sprake van,' zei oom. 'Ik heb jou dat uitstapje al eerder toegezegd. De kinderen gaan vaak genoeg uit. Ine is al eens op de beurs geweest en Coen zal er later, als hij in het bedrijf zit, nog heel vaak komen...' Ooms stem klonk vastberaden.

Ine liep boos van tafel weg. Coen liet als een klein jongetje de lepel op zijn bord vallen zodat de soep alle kanten op spatte. Oom deed of hij niets in de gaten had, herhaalde alleen dat hij overmorgen dus met Hanna naar Amsterdam ging, en naar Zandvoort.

Tante hield zich buiten de discussie. Ze vroeg na het afruimen alleen aan Hanna of zij het geld had zien liggen. Oom was toen al weer naar de werf toe.

'Welk geld, tante?'

'O, ik had honderd gulden in de bovenste la van mijn schrijftafel gelegd.'

In de la lag vaker geld. Maar ook op de schoorsteenmantel, of in een oude vaas of op de fruitschaal. Tante liet geld altijd rondslingeren, wist nooit waar ze iets neergelegd had.

Hanna zocht. Daarna dacht ze aan Simon en niet meer aan het geld.

De volgende ochtend vroeg tante weer naar het geld. Ze had het bestemd voor haar gemeente. Je zocht opnieuw. Intussen kwam een taxi, die tante langs een aantal gemeenteleden moest rijden. Je hield op met zoeken en ging naar boven om je eigen kamer en die van de kinderen op te ruimen. Je vond de honderd gulden toen je je kussens opschudde. Je bleef even naar het bed staren waar je al die jaren geslapen had. Je liet dit moment zo diep mogelijk tot je doordringen want je wist al dat je hier nooit meer een nacht zou doorbrengen, dat je de houtbeurs nooit vanbinnen zou zien. Je legde het briefje van honderd op je kussen en begon snel je tas in te pakken.

14

Je vluchtte weg van villa Benvenuto. Nooit eerder had je zo hard gefietst. Woedend was je. Je wist niet dat je zo woedend kon zijn. In je herinnering kwam het eerste uitstapje naar boven. 'Ja, Hanna,' vleide tante, 'ga jij met mijn man mee? Hij heeft er zo'n hekel aan alleen ergens naar toe te gaan. Doe het dan voor mij!' O, wat klonk tantes stem toch lief. Maar tante had natuurlijk geen zin om naar die regatta te gaan. En de kinderen hadden ook geroepen: 'Je doet het toch, Hanna, doe het voor pa!'

Je naderde De Roskam. Je zag de jachten in de haven al en de eilandjes die op hooioppers lijken. Het water was vlak als een spiegel, en in een bootje zonder zeil zat een man te vissen. Een houtsleep zwoegde tegen de stroom op, naar ooms werf; het bootje begon te dansen op de golven.

Jij bleef gewoon doorfietsen. Weg uit Benvenuto, weg uit Heuven. De stenen van het fietspad glansden; in de lucht hingen een paar wolkjes. Soms moest je je bukken om een laaghangende tak te ontwijken; je stak je arm uit, rukte een dor blad af. Je was verbaasd, want je wist niet dat je zo kwaad kon zijn.

Je beet op het dorre blaadje, liet het kraken tussen je kiezen en de harde nerven plakten tegen je verhemelte.

In de verte verschenen de torens van het kasteel. Als je in dit tempo doorfietste, zou je binnen een halfuur bij het veer zijn. Wat voor gezicht moest je trekken als de vrouw van de veerman je aanhield?

De Roskam. Net een Zwitsers chalet met zijn veranda helemaal rondom en zijn balkonnetjes van groengeverfde planken.

Doodgemoedereerd was je toen met oom meegegaan, in je mooiste jurk. Voor je in de auto was gestapt, had je nog tegen tante gezegd: 'Gaat u toch mee, dat heeft oom veel liever. Iedereen zal nu vragen waarom u niet bent meegekomen.'

Je stapte af. Je kunt je verfrissen in De Roskam, de toiletten hebben daar wastafels van rood koper en uit de kranen komt koud en warm water. Ook schenken ze er heerlijke koffie en het uitzicht over de dubbele bocht van de rivier verveelt nooit. Je kunt er een beetje nadenken over dat kleine, geheimzinnige dieptepunt in je leven. Het eerste. Op je vierentwintigste. Je kunt je afvragen of zoiets te voorzien was geweest.

Je raakt er wel even flink van in de war... zo'n kwaadaardigheid die zich in het geheim lijkt voor te bereiden, met het doel om jou te treffen.

15

Ze dronk koffie. Ze was nog steeds boos, dat dacht ze tenminste. Eigenlijk was ze vooral geschrokken. Zoiets kon je dus overkomen. Hoe moest het nu verder? Ze had met oom te doen. Hij zou erachter willen komen wie van beide kinderen die streek had uitgehaald. Ze zouden zwijgen en hij zou hen apart nemen en op hun gevoel werken, hen proberen te vermurwen. Want hij zou de waarheid te weten willen komen en bij hun aanhoudend zwijgen zou hij hen opnieuw aanmoedigen te bekennen, hen lokken, week maken, dingen beloven, hen met zijn doorborende blik aankijken. Die blik zouden ze arrogant doorstaan. Hanna's lippen begonnen te trillen als ze zich die scène voorstelde. Met tante had ze ook te doen. Tante zou zacht voor zich uit huilen en dan troost zoeken in haar gemeente.

Een moment overwoog je om terug te gaan naar Heuven, oom op de werf op te zoeken en alles te vertellen. Oom zou ontzet zijn, zou nooit toestaan dat ze uit Benvenuto vertrok, dat ze op die manier vertrok, en alles in het werk stellen om haar daar te houden.

Hanna rekende af, verliet het restaurant en fietste kalm in de richting van het kasteel. Een zwart bokje met donzige, witte oren rende in een weiland, een blauw meesje steeg omhoog in de blauwe lucht en was al gauw niet meer te zien. Als het zich maar niet in die ijle hoogte verslikte! De wind gleed over het land en overal bewogen schaduwen. Het leek wel of troepen dieren op je afkwamen. Vlak voor je fiets glipte een slang het gras in. Alles was heel raadselachtig.

Boven de vijvers van het kasteel dreven repen mist. Naar de rivier toe werd de mist dichter. Hij was gemaakt van ontelbare kleine druppeltjes die langzaam je huid, je kleren, je gedachten binnendrongen. Je dacht aan niets meer. Op de veerweg waren niet eens de toppen van de meidoorns te zien en het hele land rondom was grijs en wit; wat aan vogels op de takken zat was van een donkerder grijs en wit, maar maakte een flink kabaal. Een vogelpaar landde op de sloot naast de veerweg, duwde luidruchtig water voor zich uit, waar een scherpe geur vanaf kwam.

Een zeerover, in een wijde, gele mantel, sprong te voorschijn, versperde je de weg. Je herkende hem direct.

'Hallo, Simon.'

Je was heel verbaasd.

'Hoe wist je dat ik vandaag thuis zou komen?'

Dat wist hij niet, hij had het gehoopt. Gewone woorden, maar je wist al heel zeker dat je bij hem hoorde, en met dezelfde zekerheid wist je dat hij dat net zo voelde.

Simon verdween met een sprong in de mist. Gekke Simon. En daar was hij al weer, in zijn eigen kleren. Natuurlijk, er was iets niet helemaal in orde met zijn rug en borstkas, maar Hanna zag dat al niet meer. 'Mamma,' had ze lang geleden gevraagd, 'hoe weet je zeker dat jij van pappa hield?' Mamma had diep nagedacht: 'Dat weet je, dat voel je, dat is alles.'

Hanna had nog nooit tegen een jongen gezegd: 'Ik hou van je,' ze had wel eens geprobeerd om van iemand te denken: 'Ik hou van hem.' Dat had ze al een belachelijke gedachte gevonden.

Simon, die een hand op je borst legde en over van alles en nog wat praatte, en die hand daar hield terwijl hij zijn plannen voor de toekomst ontvouwde... dat was dus de liefde, de echte, zuivere liefde... de hand van een jongen op je borst voelen en toch gewoon doorgaan met praten, in een volmaakt, absoluut begrip...

Drie

I

Simon dacht even na, zei toen: 'Kaartje voor een reis? Illusie inbegrepen bij de prijs!'

'Prachtig,' vond Hanna.

'Dat teken ik in sierletters...'

'En het bord moet van grote afstand zichtbaar zijn!'

Toen zwegen ze ineens, bijna onthutst, omdat de toekomstplannen die ze gekoesterd hadden – Hanna heel vaag, Simon minder – er zo geheel anders hadden uitgezien.

De rentmeester van het kasteel ging jullie voor door het huis. Je rilde van spanning, je zou een warme jas willen aantrekken, terug naar buiten gaan, waar de zon lekker scheen.

Simon volgde met zijn vinger de lijn van een muur, van een balk, een deurstijl.

Ze gingen weer naar buiten, liepen achter de rentmeester aan, om het oude veerhuis heen, dat al een tijdje leegstond en door de eigenaar van het kasteel te koop was aangeboden, plus veerrechten.

Die mortel zou vernieuwd moeten worden, deurklinken moesten worden vastgezet, het houtwerk was zo verveloos.

De woorden kwamen als vanzelf uit hun mond, ze hoorden zichzelf die woorden uitspreken, terwijl ze hand in hand over de overal verzakte grond liepen.

De rentmeester prees de opstal aan.

Ja, ja, maar de vijver in de tuin was zelfs lek en de engel van Bethesda had geen hoofd meer. En kijk die stapel tafels en stoelen eens! Oud roest. Dat moest allemaal worden vernieuwd!

En het terrein genivelleerd!

Al dat opgeschoten hout moest weg. De haag was een woestenij. Er kwam nog nauwelijks zon in de voormalige theetuin. De theetuin zou in ere worden hersteld. Dat was zeker.

Ze gingen opnieuw het koude huis binnen. De keuken zou zo gehandhaafd blijven. De kamers beneden ook. Aan die eeuwenoude, zo beproefde indeling hoefde niets te worden veranderd. Maar op de verdieping zouden de vertrekken voor nachtlogies verdwijnen. Daar zou ruimte moeten worden vrijgemaakt voor de kinderkamers. In gedachten waren ze al aan het inrichten, aan het krabben en verven; maar ze hadden nog niets gekocht.

De rentmeester sloot het huis af. Ze gingen op hun tenen staan om door de ramen naar binnen te kijken. Het huis was hun al vertrouwd, ze waren al eigenaar. Ze keken toen de tuin in, die aan alle kanten was omgeven door die dichte, nooit gesnoeide meidoorn, en knipoogden tegen elkaar.

Ze kenden beiden het genot van bezit: oude bomen, oude muren, een besloten tuin... dat hadden ze niet van een vreemde. Ze zouden tuin en veer exploiteren, voor henzelf, voor hun kinderen. Tuin en veer, zoals het altijd geweest was. Dan sneed het mes aan twee kanten. Misschien badcabines. Meer bedrijvigheid zou meer reizigers lokken.

Natuurlijk, er waren plannen om twintig kilometer stroomopwaarts een vaste oeververbinding te bouwen voor het toenemende autoverkeer. Maar steeds meer kinderen uit Bahr en het land daarachter zouden in de stad naar school gaan. Ook de rentmeester was er zeker van dat voor het veer een grote toekomst was weggelegd. Zo dacht ieder die ze hadden geraadpleegd. In een gelukkige stemming verlieten ze tuin en huis, blij, gewonnen al, definitief gewonnen. Dit was het huis waar ze wilden wonen. Hadden ze dat ooit kunnen denken! Maar het was nog niet zover.

2

'Het veer bedienen? Veerman? En jij, serveren in de theetuin!' De ouders van Hanna schrokken toen ze het hoorden. Dat was toch zeker het laatste wat ze hadden gedacht! Jij moest toegeven dat je in je stoutste dromen niet had kunnen denken dat je daar je geluk zou gaan beproeven.

Ten eerste die Simon. Wat kon hij haar bieden? Geen vak geleerd, astmatisch, bijna mismaakt... En zou ze zich thuisvoelen bij die familie Puyman? Puyman was ooit landarbeider geweest die zich had moeten verhuren, en had toen die kleine boerderij kunnen pachten. En dat geloof? Allemaal onzekere factoren. En als er later kinderen kwamen, waar werden ze gedoopt, naar welke school werden ze gestuurd? En zouden de kinderen van iemand die toch bijna een bochel had, ook daar iets van meekrijgen? Onzin natuurlijk. Je was ook flink kwaad geworden. Ze hadden Simon toch al lang geaccepteerd, moesten lachen om zijn verkleedpartijen... Simon was altijd vrolijk. De judde zei het ook: met Simon kon je lachen.

Veerman? Een veerman – dat was altijd al zo geweest – werd in het veerhuis geboren. Het was een beroep dat overging van vader op zoon. Een veerman was niet van het land, niet van de stad, hij bewoonde een grensgebied en zorgde ervoor dat men van de stad naar het land kon komen en omgekeerd. Een veerman was altijd katholiek of ongelovig, want hij erkende geen zondag.

De ouders van Simon? Van hen had je eigenlijk nog meer tegenwerking verwacht. Een onverbiddelijk, oudtestamentisch nee. Puyman stond op het punt zijn zoon te vervloeken. 'De Heere God –'

'Vader...' zei Hanna heel lief. Puymans stem, die in Hanna's afwezigheid toch al minder vast, minder dwingend, minder vaderlijk klonk, zweeg nu helemaal. 'Vader, het wordt een mooi, modern veer en wat de zondag betreft, Simon zal natuurlijk alleen in noodgevallen varen. Een andere oplossing is dat hij ervoor zorgt dat op zondag aan beide oevers een boot ligt zodat wie dat wil er gebruik van kan maken.' Halfbeduusd keek hij haar aan. Hanna gaf hem een zoen op beide wangen, hij hield haar beide handen vast, bleef houterig voor haar staan en wist niets anders te zeggen dan: 'Wat ben je een mooi meisje.' Simons moeder, met een klein, mager lijfje en een gezicht dat altijd onder de rode vlekken zat, sloeg haar ogen neer.

3

Geen echte tegenwerking van de ouders. Een groter probleem was het geld. Voor de overname van opstal en veerrechten moest veel geld op tafel komen. Puyman bezat geen geld, en Hanna's vader wilde al het geld in de boerderij houden, wilde zich zelfs niet garant stellen bij een banklening. Geef het maar toe, Hanna! Dat viel je erg tegen. Je stond op het punt in tranen uit te barsten. Mamma had het wel in de gaten, trachtte pappa's woorden nog te verzachten door te zeggen dat ze er misschien een andere keer nog eens over konden praten. 'Nee, er valt niet over te praten,' was pappa's reactie onmiddellijk geweest. Van die ongewoon harde houding begreep je niets en je dacht – en dat was een troostrijke gedachte: Als ik later kinderen heb, zal ik ze in alles helpen. Nooit zullen ze vergeefs bij mij aankloppen. Anders was pappa altijd vol begrip, zo trots op zijn eigen dochter, voor wie hij tegenover anderen niets dan lof had... Nee, je begreep het echt niet.

Hanna had geld gespaard in Heuven, de afgelopen jaren, en het zolang ze in Benvenuto woonde bewaard in een oud theeblikje in de kast op haar slaapkamer. Ze had geen duidelijke plannen gehad wat ze met het geld ging doen. Het was voor later. Toen ze tantes geld onder haar kussen vond, had ze direct in de kast gekeken. Nee, van het theeblik, verstopt achter linnengoed, hadden Ine en Coen geen weet gehad. Ze had met plezier naar de gestage groei van dat geldbedrag gekeken; oom gaf haar geregeld een extraatje en ze had weinig voor zichzelf nodig.

Ze deelde Simon mee hoeveel ze kon bijpassen; ze wilde hem niet alles geven, wat achterhouden voor als de nood aan de man kwam. Simon was blij verrast geweest, wilde eerst niet dat het in het bedrijf zou gaan, maar zij stond erop. Toch was er alles bij elkaar nog te weinig. Toch moest er nog veel geld bij. Op een dag liet de rentmeester hen weten dat er meer gegadigden waren, dat zij natuurlijk recht van eerste koop hadden... Ze stonden in de vervallen theetuin, op het groen uitgeslagen in de grond getrapte grind, en waren bijna van plan om alles maar op te geven.

Een houtsleep voer stroomopwaarts. Zou oom Wijnand geld willen lenen? Ze had hem en tante in die tijd een lange brief geschreven. Oom was een paar maal bij pappa en mamma geweest om alles uit te praten... de kinderen hielden vol dat zij het niet hadden gedaan. Hij had er zelf erg mee gezeten. Hanna had al lang niets meer van hem gehoord.

Er kwam een oplossing. De rentmeester mocht de prijs van de kasteeleigenaar wat laten zakken, omdat er erg veel achterstallig onderhoud was, en hij bemiddelde ook bij de Van Ranzows Bank in de stad.

4

Op een ochtend moesten ze op het kantoor van de notaris verschijnen. Daarbinnen leek de kachel extra opgestookt. Hanna en Simon keken elkaar aan, wisten zich het voorhoofd af. Het leek wel of hun doodvonnis werd voorgelezen.

'Maar als we de vaste lasten niet kunnen opbrengen?' onderbrak Hanna. Want de eerste lening zou misschien door een tweede – een kleinere – gevolgd moeten worden. De aanlegsteigers waren verrot, dakveren moesten worden vernieuwd... Simon viel haar bij, kwam met andere tegenvallers aandragen. De problemen werden in enkele minuten levensgroot, onoverzichtelijk. Het ene nog groter dan het andere. De aspirant-kopers wilden liever eerst nog wat nadenken. Anderen raadplegen. Alsof ze over één nacht ijs waren gegaan en niet alles zorgvuldig hadden overwogen.

De rentmeester was verbaasd.

De notaris leek iets dergelijks min of meer verwacht te hebben, had hen na elke passage al doordringend aangekeken. Nu staakte hij de voorlezing definitief. Ze moesten er nog maar eens rustig over nadenken. Hij bleef heel voorkomend, heel beleefd, liet hen uit.

Ze stonden buiten op straat, dachten aan dat oude veerhuis, de tuin met de oude beuk, koperkleurig glanzend in deze zon... Ze hadden er toch al bezit van genomen! Hadden het zich al toegeeigend. En niet zoals je dat doet met een bed waar je slechts een nacht gaat doorbrengen: je gooit er een kledingstuk op, nog een kledingstuk, gebaren die het voor jou tijdelijk bewoonbaar moeten maken, maar je daarmee nog geen recht op die plek geven.

Een sterk eigendomsinstinct. Dat was heel vanzelfsprekend. Toch was niet alleen dat instinct aan de orde. Het was ook het verlangen om aan een bepaalde plek een precieze vorm te geven...

Ze stonden daar op de stoep van het deftige notarishuis, keken elkaar aan en hadden al spijt. Onmiddellijk belden ze weer aan en kochten op die vrijdag voor Pasen veerhuis en rechten van het voetveer.

De notaris feliciteerde, de rentmeester overhandigde de sleutel van de voordeur.

Heel verbaasd fietsten ze terug. Een veerman was iemand die overzette. Zonder hem was de overkant onbereikbaar. Op een veerman keek je misschien niet neer, maar hij was zeker van een andere orde. Zo hadden ze er zelf altijd over gedacht. Nu was dat idee op slag veranderd. Het was iets bijzonders een veer te bedienen. Je kon ook zeggen dat zij er iets bijzonders van gingen maken. Het veer betekende geluk, belofte, uitdaging.

Wie zou hen dwarszitten? Ze hadden geen vijanden. Waarom zou de wereld hun vijandig gezind zijn? Ze hoefden nergens bang voor te zijn. Wie hier kwam, wilde naar de overkant, wilde in de tuin genieten van een kopje ijsthee. Het was hier altijd stil. De stilte van een grensgebied. De stilte was nog nadrukkelijker op de grens van de seizoenen. Onbeweeglijke bomen, de moerasspirea, de rode wilg, de purperwilg, die rode streep aan de horizon, het land dat steeds roder werd, het rood dat steeds meer uitvloeide, in lange golven, het witte zonnetje dat zich moeizaam losmaakte uit de mist. Je kon daar een vogel horen die honderd meter verder op een tak vloog; de lange gesprekken die de eenden voerden; de zachte plof van een zwart verdroogd appeltje dat het jaar tevoren in zijn val was blijven hangen; de haas die met zijn voorpoten snuivend zijn gezicht begon te wassen en je verwonderd aankeek: 'Zeg nou zelf, dat is toch te gek?'

5

De eerste morgen. Ze overzagen hun bezit. Hun territorium. Zij gingen de lijnen uitzetten, op hun maat. Och, de familie was sceptisch. Daar kon toch niets goeds van komen?

Die eerste morgen. Schok van houweel op steen. Bijl op stronk. Er moest strijd worden geleverd. Tegen verzakte muren, verrot hout, gestort vuil. Ze werkten hard. Modder, cement, pleister. Glas, balken, steigerhout. Basalt, basalt, basalt. Drie bijlslagen, soms vier. Een boom die al jaren geen blad meer droeg werd geveld. Soms twijfelden ze. Maar het pad moest breder, de tuin zonniger. Niet al te fijngevoelig zijn. Ze lieten alles staan wat gezond was en niet in de weg stond. Het was koud in die maand. IJzig koud. Ze bliezen in hun handen en dikke adem hing voor hun lippen als ze spraken.

Mei was warm. Simon timmerde van een paar kromme planken een wachthuisje zodat men kon schuilen voor de regen. Vernieuwde ook het belhuisje aan de overkant. Hun gezichten werden bruin.

Intussen bediende Simon het veer. Hij werd met de dag sterker. In het begin van hun verlovingstijd kon hij er onverwacht moe uitzien, met blauwe wallen onder zijn ogen. Nu was hij nooit moe. Zijn astma was verdwenen.

Ze sliepen nog thuis. Hanna bracht koffie mee. Ze dronken de koffie zo uit de fles. Soms deden ze op een oud kleed een slaapje onder de bomen. Een halfuur later waren ze weer aan het werk. Ze overlegden waar de afrit naar de steiger moest komen. Ze bespraken alles samen, en stelden langzaam orde op zaken.

Simon bracht elke dag brood mee. Tegen etenstijd spreidde

Hanna een theedoek uit op de grond. Ze vouwden hun handen en baden voor het eten.

Op zondag gingen ze naar de hervormde kerk van Bahr.

Soms, bij erg mooi weer, sloegen ze een dienst over. Dat ging altijd van Simon uit.

Met grote omwegen, om niet gezien te worden, dwars door weilanden heen, ontmoetten ze elkaar op de plaats van afspraak: het belhuisje. Simon zette over, terwijl de kerkklok luidde en ze voelden zich op aangename wijze schuldig. Nu hoorden ze in de kerk te zijn.

Maar terwijl ze het gebied naderden dat van hen was, hadden ze toch zin om eerbied te hebben, lust om te respecteren en ze baden ieder voor zich. Na het gebed liet Simon zijn riemen los en drukte haar tegen zich aan. Het was zijn haar dat in haar ogen kietelde, het was zijn slaap die geen weerstand bood aan de druk van haar wang.

's Zondags werkten ze niet. Rangschikten wat werktuigen, zetten een omgevallen ladder recht. Hanna dacht aan de kinderen die ze zou krijgen. Ze zouden zeker komen. Ze had iemand eens horen zeggen: 'Alle gedachten die je aan je kinderen wijdt als ze er nog niet zijn, dat is comfort. Die gedachten leveren de beste gevoelens op.' Ze kon dat niet beoordelen. Het leek haar in eerste instantie onzin, tot ze opeens aan de kinderen in Heuven dacht.

Kinderen. Proberen huis en veer vrij op naam te krijgen. Kinderen iets nalaten dat waarde had. Dat was het bijzondere van hun onderneming. Je deed het voor nu, en je deed het voor later. Zo was dat ook altijd geweest. Dingen doen voor hen die je naam dragen.

De volgende dag spijkerde Simon een vel papier op de boom. VANDAAG: VEER DICHT: 10.00-14.00 UUR.

Juist de rustigste tijd van de dag.

'Kom, we gaan,' zei hij tegen Hanna en sloeg een arm om haar heen. Waar ze heen gingen? Hij wilde het niet zeggen. Wat maakte het uit. Ze gingen ergens naar toe.

Samen fietsten ze de veerweg af.

6

De steenhouwer had zijn bedrijf halverwege de stad, tegen een van de hellingen. Ze hadden hun fiets bij het grote toegangshek laten staan en waren een pad naar boven opgelopen. De onderneming was veel groter dan ze hadden gedacht. Links en rechts van het pad lagen hoge, nog niet bewerkte blokken steen. Ruw bewerkte marmertegels waren slordig op elkaar gestapeld. Ze lieten hun vingers over de versteende lichtplekken gaan, over de blauwe doorzichtige aders, de donkere slijpgaten.

'Wat vind ik dat mooi,' zei Hanna, 'een pad van zulke tegels!' Ze tikten tegen het marmer en het gaf een volle, heldere toon. Ze waren verrukt.

Ze kwamen bij de steenhouwerij, die op een plateau lag. Onder grote afdaken waren arbeiders bezig steen te bewerken; er was het geluid van snelstromend water dat door goten liep.

Het kantoor was in een vierkant, wit gebouw gevestigd. De hal was versierd met medaillons marmer in verschillende tinten. Hanna zei dat ze siergrind voor de theetuin zochten. De eigenaar liet hun het bedrijf zien. Hij vertelde dat ze hier steen uit alle gebergten ter wereld bewerkten: graniet, leisteen, travertin. Hanna vroeg waarom hij zijn bedrijf hier had gevestigd.

'Vanwege het zandsteen,' antwoordde hij. 'Die wordt hier gevonden. Het zandsteen wordt tot poeder vermalen en gebruikt om de harde steen te zagen.' Het was Hanna al opgevallen dat er werd gezaagd met een zaag zonder tanden.

Ze waren zo verrukt door de schoonheid van alles wat zij zagen, dat ze behalve grind voor zestig vierkante meter ook tegels bestelden voor het pad in de tuin, rode tegels die uit Italië kwamen, een soort rood moiré, met weerschijn die veranderde al naar gelang de lichtval, zelfs tot helblauw en helgroen kon worden.

De volgende dag werd alles geleverd, zoals afgesproken. De keitjes hadden drie tinten, roze, blauw en grijs. Ze gingen direct kruien en verspreiden. Het gaf in enkele uren een ander karakter aan de omgeving, die levendiger werd. Zelfs het huis veranderde, lichtte op, werd tegelijk strakker, preciezer en vager, zachter.

Een lichte regen begon te vallen en de tinten werden nog dieper. Met die zachte tinten, het knerpende geluid van hun voetstappen, hun voeten die weggleden... ze waren ontroerd, een beetje opgewonden.

De tijd ging snel met dit werk. Alle grind was verspreid. Plakken cement, gaten, sleuven verdwenen.

Een reiziger wilde overgezet worden en Simon liep met hem mee. Hanna ging het veerhuis binnen. De kamers boven waren de afgelopen week geschilderd. Ze liep naar boven om de ramen open te zetten.

De vlakke, naar het water aflopende zandstrandjes, schuimkoppen die rusteloos over elkaar heen rolden, een boot die midden op de stroom rook uitblies, wolken en meeuwen die zich in de rivierwind lieten rondslingeren en als ze eenmaal een zekere hoogte hadden, hun vleugels niet meer bewogen, maar onrustig met hun koppen en nekken schokten alsof ze onophoudelijk tegen iets opbotsten. Een eendenpaar verscheen, vloog langs de oever, draaide spiedend rond, plonsde in het water, opgewonden kwakend. Misschien vanwege die zachte regen. En, aan de overkant, de hoge steile oever, het belhuisje op het hoogste punt, en daarachter, nog hoger, de dijk. Dat alles trapsgewijs.

Haar blik kwam terug, dwaalde langs het glooiende zandstrand, de likkende golven, de rij meeuwen die zat te dromen op een aangespoelde balk. Uit het wilgenbosje waggelden een paar ganzen naar het water, een koppel patrijzen vloog op, een watersnip rende heen en weer. Daarginds Simon, op de rivier. Hanna zei tegen zichzelf dat ze dit wilde. Ja, dit was wat ze had gewild.

7

De oude boot van Hovestad kon niet meer opgeknapt worden. Hij bleef water maken.

De eigenaar van de botenwerf in Worth ging hen voor. Boten in alle stadia van constructie. In touwen voorstevens, een waaier roeiriemen in houten stellingen vastgezet... De eigenaar liet zien hoe het hout werd gebogen, sprak over klampen, doften, boegsels, spanners en krommers.

Ze kochten de sterkste boot die hij had. Een Bovenlandse Vlieger. Simon rekende af.

Hanna vroeg de eigenaar waarom de werf 'Contr'Escarpe' heette. Hij zei dat het een herinnering aan de Franse tijd was, dat 'Contr'Escarpe' 'tegen het talud' betekende. De werf lag tegen een oude vestingwal. Hanna moest denken aan de Zonnekoning in het kasteel, en talud herinnerde aan graswal en veeroever. Ze wist al een naam voor de boot.

Een week later werd de 'Contr'Escarpe' afgeleverd. Een glimmend gelakte boot van lichtbruin eiken. Snel, slank, scherpe voor- en achterplecht, gemakkelijk wendbaar. Een prachtboot.

De eerste overtocht maakten ze samen. Simon gooide het touw los, zette zich schrap, duwde de boot met een spaan van de kant, de stroom pakte hen mee, voerde de boot door de geul tussen de nieuwe pontons van de afbakening.

Er hing dichte mist die ochtend. Het dak van een hooischuur dreef verscheurd boven de mist en er zaten spreeuwen op; ze staken hun buik naar voren en schudden zich uit en kwetterden in het morgenlicht.

Ergens ruiste de rivier, maar waar ze ruiste was niet te zien. De rivier prevelde wartaal. De mist begon op te lossen, een gele zon verscheen. De oever aan de overkant werd zichtbaar en Simon durfde over te steken.

De boot kraakte in zijn nieuwe voegen. Hij was snel.

De verhuizing vond plaats in augustus. Het veerhuis was geheel leeg toen ze het kochten. Ze hadden vitrage en gordijnen kunnen overnemen. Uit dat verwaarloosde huis? Hanna wilde nieuwe vitrage, nieuwe gordijnen.

Ze hadden bij een meubelveiling in de stad tafels en stoelen gekocht en die opgeslagen bij hun ouders. Op een dag werd alles wat ze bezaten gebracht. Ze keken er zwijgend naar, een beetje beteuterd. Zo uitgeladen en buiten neergezet, die achterkanten van kasten waarop met grote krijtletters cijfers en initialen stonden, herinneringen aan oude boedelscheidingen... Ze schaamden zich een beetje, waren verbaasd, transpireerden.

Ze droegen de spullen naar binnen. Zo ging die dag voorbij.

Ten slotte lag of stond alles op zijn bestemde plaats. Huis, tuin en veer waren scherp afgebakend, met hagen, schuttingen, palen, wegen, pontons. En wat daar verder omheen lag, de wereld, die kon je toch niet in zijn geheel omvatten, die lag in Gods hand. Alleen Hij, die het geheel overzag, vanuit Zijn grote hoogte. Hij was vrolijk om alle vrolijkheid, en leed om alle leed, en alles wat Hij zag, diende wel ergens voor. Dat geloofde Hanna.

Maar alles wat de mens tot zijn beschikking had, wat van hem was, van veerboot tot hor, van deurklink tot drevel, moest bekend zijn. Vanwaar het kwam, wanneer het was gekocht, waarom het hier stond en niet daar. Alles in volgorde ondergebracht – de volgorde van het leven zelf. En in dat leven de seizoenen, de dagen – de werk-, rust- en feestdagen.

Tegen de boom, in het affichekastje, hing de volgende aankondiging, gedrukt op nieuw, stevig papier: BAHRSE OVERZETVEER. MAXIMAAL LAADVERMOGEN 750 KG. MAXIMAAL AANTAL PERSONEN 8. DOOR DE WEEK GEOPEND VAN 5 TOT 22.00 UUR. ZONDAGS ALLEEN IN NOODGEVALLEN.

Simon liet alles verzekeren bij de Eerste Onderlinge. Verzekerd waren huis en opstal, boot. Tegen schade door storm, orkaan, windhoos, cycloon, brand, bliksem en explosie en alle andere van buiten onverwacht aankomende onheilen, als vorst en sneeuwdruk.

8

De avond voor de bruiloft richtte Hanna's vader met hulp van de buren de erepoort op. Gele en rode gladiolen in het donkerste dennengroen. *Voor het bruidspaar*. Op de binnenplaats werd aan het podium voor het orkest getimmerd.

Mamma waste vaatwerk af.

Hanna onttrok zich aan dat werk, ging de ouderlijke slaapkamer binnen, trok de deur achter zich dicht. Hier ging je vroeger naar binnen als er onmiddellijk gevaar dreigde. Je klopte dan zacht op de deur, zo zacht dat niemand iets kon horen. Pas als de angst toenam, durfde je harder te kloppen, de deur open te maken en in die grote, stille kamer te komen, dat grote bed te naderen. Heel onduidelijk onderscheidde je de donkere massa dekens, twee donkere hoofden. Mamma leunde al op haar elleboog, je zag de vierkante hals van haar nachthemd, de brede schouderbandjes. 'Wat is er?' Dan vloog je in haar armen. Geen gevaar meer. Alles was al goed, behalve dat je huilde. Maar je had ook zo eng gedroomd en zoveel geluiden gehoord.

Later was ze hier een paar keer teruggekomen om te luisteren naar wat pappa en mamma buiten op de bank tegen elkaar zeiden. Hun gemompel was altijd onverstaanbaar. Meestal zwegen ze, keken uit over het land. Eén keer had ze gezien dat ze elkaars hand vasthielden. Pappa en mamma hielden van elkaar. 'Maar hoe wist je het mam?' 'Dat weet je, Hanna, dat is alles.' Mamma had gelijk, dat wist je.

De dominee sprak over de liefde. 'Zij kwetst niemands gevoel, zij zoekt zichzelve niet en wordt niet verbitterd; zij rekent het kwade niet toe...' Buiten was de dag weergaloos; schaduwen als fijn kantwerk; bomen in krijtwit licht; de hemel, laag na laag van een ander blauw; tegen de wind in zweefde een meeuw, zwart, poten opgetrokken als krammen.

Op de bank voor de avondmaalstafel Hanna's ouders, het bruidspaar, Hanna's twee broers, Johan en Lex... Vanaf het kleine gemeentehuis aan de dijk, tussen Rha en Worth, begaf de stoet zich naar de twaalfde-eeuwse kerk van Bahr. Vlak voor de ingang van de kerk waren Puyman en zijn vrouw uit de stoet gestapt. Ieder dacht dat zij in Het Gebouw, dat ernaast lag, van de wc gebruik wilden maken. Alle bruiloftsgasten waren in de kerk. De dominee stond al op de preekstoel. Je aanstaande schoonouders waren nog niet verschenen. Ze zouden ook niet verschijnen. Simon stond op, sprak met de ouderling van dienst, die het trapje van de preekstoel beklom om met de dominee te overleggen. De bruidegom verliet de kerk. Na tien minuten kwam hij terug, zei tegen Hanna: 'Vader wil niet binnenkomen, hij wil niet Adam voor God worden, te midden van deze waanchristenen...' 'Zal ik naar hem toe gaan?' 'Je blijft hier. Hij wacht met moeder in Het Gebouw.' 'Al ware het dat ik met de tongen der mensen en der engelen sprak,' las de dominee, 'maar had de liefde niet, ik ware schallend koper of een rinkelende cimbaal...'

Het bruidspaar knielde.

Het bruidspaar verliet de kerk, gevolgd door alle gasten. Op het kerkplein kreeg elk steentje, elke voetafdruk, elke grasspriet precies afgepast zijn ochtendschaduw toegemeten.

De receptie was in Het Gebouw.

'Ik feliciteer je heel hartelijk,' zei Puyman tegen zijn schoondochter. Hij wilde haar kussen. Hanna trok haar gezicht terug.

'Vader, jij had er ook bij moeten zijn. Met moeder!'

'Ik heb gebeden, lieve kind. Je leeft nog. Een godswonder.' Die kleine vader van Simon keek haar ernstig aan, maar in zijn blik lag werkelijke opluchting.

'Een godswonder, vader?'

'Ik heb Simon niet op het rechte pad kunnen houden. Zolang de dienst duurde, heb ik gebeden. De kerk is niet ingestort.'

'Maar waarom zou de kerk boven ons instorten?' Hanna's schoonvader wendde zijn blik af. Hij wilde niet discussiëren, maar een oude man die zich aanvankelijk had opgehouden in een hoek van de feestzaal (Hanna dacht dat hij de eigenaar was van De Roskam, die de receptie verzorgde), kwam snel op haar toe. Hij had een glad, vol gezicht, maar zijn lippen waren rood alsof ze met rode aalbes waren ingesmeerd, en net boven zijn boord, waarop bloed lag van het scheren, zaten ter hoogte van zijn linkeroor twee uitwassen, twee kale, witte bobbels, van verschillende grootte. Maar de kleinste had nog de vorm en afmeting van een duivenei.

Hij deed nog een stap naar voren en zei tegen Hanna, terwijl hij naar de grond keek: 'Wij hebben gebeden, mevrouw, er is een groot wonder geschied. Wij wisten niet beter of het dak boven u allen zou instorten. God heeft dat verhoed. Mevrouw, een kerk vol waanchristenen, naamchristenen, schijnchristenen, bijna-christenen. Mevrouw, een bijna-christen is een hele heiden.' Zijn stem klonk zo vlak en eentonig dat hij evengoed in een droom had kunnen spreken. Hij gaf haar een hand met de woorden: 'Christus zij met u, de Heere zij met u.' Daarna trok hij zich terug in de hoek van de zaal. Puyman volgde hem gedwee.

'Wie is die man, Simon? Ik ken hem niet.'

'Een vriend van vader. Vroeger kwam hij vaak bij ons thuis.'

'Maar ik ken hem niet!'

'Hij heet Schuit...'

'Wat moet hij hier, Simon?'

'Vergeet hem.'

Ze kon hem niet vergeten, dacht tijdens de receptie steeds aan die grote vleesknobbels. Toen moest ze even in zichzelf glimlachen. Het waren de dode vulkanen van de maan.

Een tafel vol cadeaus. Veel felicitaties.

'Nu genieten, kind.'

'Dank u, tante.'

'Zo genoten, zo gesloten.'

'Gefeliciteerd, meisje.'

'Dank u, buurman.'

'Uurtjes van korte duurtjes.'

Je keek op, want het was opeens helemaal stil in de feestzaal van het gebouw. Daar stond oom Wijnand, in zijn arm een groot boeket bloemen, een te groot boeket, dat alle andere nietig maakte. Hij kwam op Hanna toe.

'Dat is Wijnand uit Heuven,' werd er gefluisterd.

'Is Hanna daar in huis geweest?'

'Die kwestie van dat geld...?'

'...is nooit opgelost.'

'Je kunt aan hem zien dat hij een groot zakenman is...'

'Men zegt dat hij aan percelen bos al over de honderd hectare bezit.'

Oom boog zich naar je toe, kuste je voorzichtig op beide wangen, overhandigde het boeket. Wat zou het in bepaalde situaties goed zijn te weten wat je moet doen! Ze wist het niet. Even was ze versteend geweest, daarna was ze gaan beven en nu huilde ze.

'Hou op met die gekkigheid,' zei oom. In het knoopsgat van zijn colbert had een witte anjer gezeten. Hij zei dat het met tante niet zo goed ging. Het lopen viel haar steeds moeilijker en ze had een lichte attaque gehad. En Ine, die was met haar studie medicijnen bezig, maar ze had een vervelende operatie moeten ondergaan, en Coen zat nu in de zaak. Was altijd onderweg.

Het feest op de binnenplaats was in volle gang. Soms viel een glas kapot. De lampions bewogen licht in de avondbries. Er was een heldere hemel met veel sterren, die op de besloten binnenplaats altijd zo dichtbij leken. Er ontstond enige beroering en hilariteit toen vleermuizen laag over de tafels scheerden of in glijvlucht op een glas afkwamen. Een kletterde er tegen de muur, viel als een steen omlaag tussen de borden. Pappa pakte hem op met een servet, liep er een eindje mee weg en gooide hem weer in de lucht boven de stallen.

'En nu jullie Johan nog...' zeiden de buren.

'Ja, wanneer onze Johan...' zuchtte mamma.

Simon was druk en beweeglijk en liep de hele avond heen en weer. Johan zat stil naast zijn pasgetrouwde zus. Hij keek maar naar haar, glimlachte soms, maar zei nauwelijks iets. Hanna voelde zich op haar gemak bij hem. Ze had altijd meer met Johan opgehad dan met Lex, juist om zijn zwijgzaamheid. Lex moest zich altijd laten gelden. Zoals nu.

Het orkest begon te spelen en hij was als eerste met Alie Proosdij op de dansvloer.

Ergens op de binnenplaats klonk luid gelach. Hanna herkende Simon. Een van zijn onstuitbare lachbuien. Hij was de hele dag al in een echt vrolijke stemming. Gelukkig, dacht je, hij geniet.

'Kijk die Simon eten,' was onder de maaltijd gezegd. 'Die is thuis te kort gekomen.' Ja, hij had het zich goed laten smaken.

Hanna had er ook met welgevallen naar gekeken. Maar zelf had ze die dag geen hap door haar keel kunnen krijgen.

9

De klandizie kwam in golven. De grootste drukte lag 's morgens tussen vijf en zeven en 's avonds tussen vijf en zeven. De oude klanten waren de arbeiders van de steenfabrieken, de inwoners die een dagje naar de stad gingen om inkopen te doen. Nieuwe klanten waren jongens en meisjes die voor vervolgonderwijs op de stad, en dus op het veer, waren aangewezen. Dat doorleren zou alleen maar toenemen...

De nieuwe theetuin lokte. Nog dagelijks was ze bezig hem aantrekkelijker te maken. Onlangs had Hanna aan weerszijden van het middenpad de ouderwetse, ronde perken vervangen door rechthoekige en ze beplant met rode begonia's, die weinig zon nodig hadden en mooi bij het bruinrood van de beuk pasten. Onder het affichekastje had ze een eigenhandig geschreven drankkaart geprikt. 's Zondags was de theetuin gesloten.

In de stad nam het gebruik toe om op mooie dagen naar het veer te fietsen, over te steken. Men fietste over de bandijk, deed de plaatsjes Bahr, Rha en Worth aan, kwam terug en rustte uit in de theetuin. Als men afrekende, betaalde men bijna altijd met papiergeld en zei, als Hanna wilde teruggeven: 'Zo is het goed, hou de rest maar.'

Mondreclame deed de rest.

Hanna bestelde extra tafels en stoelen om niemand teleur te hoeven stellen.

Toen op een zeker moment alle plaatsen in de tuin bezet waren, en Hanna vanuit haar hogergelegen keuken naar buiten keek, naar de rustige gasten op de toch verspreid staande stoelen, overviel haar het merkwaardige gevoel dat de theetuin op een kerk in de open lucht leek. Voor haar de rijen gelovigen; de overdekte veranda was de ouderlingenbank; de vijver met engel en fontein was het doopvont, en zij ging voor. Waren de gasten daarom altijd zo stil in de tuin?

Een kerk met doorlopende dienst, als de Cineac, die ze eens met oom Wijnand in de stad had bezocht. De hele dag op de meest onverwachte momenten kwamen er mensen binnen, via het poortje dat net als vroeger vanzelf met een zacht plofje tegen het vernieuwde leerkussentje achter je dichtging. In hun eentje, echtparen, kleine groepjes, met onregelmatige tussenpozen. Je wist nooit hoe de dag zou worden. Er waren dagen, zelfs mooie, dat je geen mens zag. Dan weer was geen stoel onbezet. Zo ging het ook in de kerk van Bahr.

Simon hield zich niet aan de tijden op de affiche, was altijd bereid over te zetten, ook op zondag. Zijn lichaam werd taai, gespierd, gebruind. Zijn misvorming werd er des te zichtbaarder door. Hij was Hanna er nog liever om.

Ze zetten zich in voor het jonge bedrijfje, dat bij allebei aan een sterke innerlijke behoefte beantwoordde; te lang had hun leven een zelfde, stabiele, onveranderlijke koers gevolgd, zonder dat er hoge eisen aan hen werden gesteld.

De herfst duurde kort. Grote hitte werd gevolgd door harde wind. Al het blad viel in één week. Hanna deed in die tijd weinig anders dan harken.

Eind november begon de sneeuw al te vallen. Hanna stapelde de stoelen en tafels op onder de veranda, probeerde speels alleen in haar eigen voetstappen te lopen.

Uit de hemel vielen grote sneeuwvlokken. Ze stond in de keuken, het vertrek dat ze het beste warm kon stoken. Hanna dacht, terwijl ze de tuin inkeek: Mijn voetstappen zullen weer gauw door de sneeuw bedekt zijn. Opeens schrok ze. Had ze niet geweten dat het bloemperken waren, dan zou je ze voor iets heel anders hebben aangezien! Ze lachte grimmig.

Ze gooide een handvol berkenbast in de kachel en het vuur knetterde vrolijk; de kachelringen werden gloeiend heet.

De wind werd gemener, heviger. Sneeuwmassa's hoopten zich op. Waar in huis niet werd gestookt, en dat was overal behalve in de keuken, zat dik ijs op de ramen. Onbarmhartig weer. Weinig inkomsten. De weerschijn van de kachel bewoog spookachtig over het keukenraam, dat in de vroege ochtend, als de vorst op z'n strengst was, alleen in het midden was ontdooid. Hanna en Simon leefden hier zoals hier eeuwen was geleefd. Ze sloten de gordijnen als de avond viel. Waarna alle geluid op de weg min of meer verdacht werd.

De wind rommelde de hele dag alsof er aardappelen in de kelder werden gestort. Als je buiten kwam en je wilde iets zeggen, was het alsof je stem bij je mond werd afgesneden.

Gezien de rode horizon, de strakke oostenwind en de vorst zou dit weer nog wel een tijdje aanhouden. Simon timmerde van hard grenen naast het wachthuisje een afdak voor de nieuwe boot, Hanna naaide gordijnen voor de kinderkamer, want ze was in verwachting.

Op een ochtend werden ze wakker – het was doodstil. Een vreemde stilte, na het gerammel, gebeuk, gehuil van de wind, en jagende sneeuwwolken. Verdovende, bijna angstige stilte. Het hoogste gedeelte van de veerweg was tot op de rode steenslag blootgewaaid; ook het ijs aan de oever was kaalgeblazen en zo donker als een wak.

Dagen later zag je de eerste aarzelende beweging over het land gaan en de hemel wijder worden. Met hese, maar vrolijke en levendige stoten op de scheepsfluit hakten de schepen door het ijsgruis.

Dat was al de lente.

Simon kalkte het botenafdak. Hanna had een handvol zout in de kalk gegooid. Voor extra glans. Er waren die dag nog dikke mistvelden en de hemel leek gewikkeld in zilver. Hanna maakte, terwijl ze keek hoe haar man bezig was, met haar hak een gat in het zand. Ze liet wat fijn zand over haar benen glijden. Op dat moment verscheen een ijle oranje gloed aan de rand van al dat zilver.

Je lachte, alsof het kleine meisje dat je eens was geweest weer te voorschijn was gekomen. Nu had je zin om te zingen, om te schreeuwen, want van de aarde kwam een sterke, rauwe geur. Te veel leven, na die lange winter, in jou. Om je heen. Je duwde Simon omver om uiting te geven aan die gevoelens, de kalkpot viel uit zijn handen, je rende weg, hij kwam je achterna, deed of hij boos was, maar hij was nooit boos, en bij het water bleef je staan, met de rug naar hem toe, hij hield stil achter jou, legde zijn armen om je heen – Simon hield van je, je wist het zeker, hij zou altijd van je houden – en samen keken jullie naar de zwerm krijsende meeuwen, bezig een brasem leeg te pikken die ze naar ondiep water hadden gejaagd. Eén van de vogels was zo gulzig dat hij zich verslikte, plat op het water viel en dood wegdreef. Hij moest zijn gestikt.

Niet lang daarna begon het te regenen. Het regende zoals het alleen daar kan regenen. De greppels zagen grijs van het water, het liep in stromen over de veerweg, en er was geen kip te zien vanaf het huis tot aan de horizon. De regen ging 's nachts vaak in hagel over en het was of er duizend emmers om het huis heen stonden waarin kletterend melk spoot. Het water in de rivier werd hoger en wilder, overstroomde de oevers. Simon voer met zijn boot over de veerweg en bracht de weinige reizigers tot halverwege het kasteel, tot aan de voet van de hellingen. Hij vroeg dubbel tarief, maar voor de overtocht had hij een uur nodig. Hij zou een tiendubbel tarief moeten vragen.

In april zakte het water. Eerst kwamen gedeelten van de veerweg te voorschijn. Van de oever waren stukken weggespoeld. Tegen aanlegsteiger en pontons lag een woud van ontwortelde wilgenstruiken, knoestige stronken wortels, stammen die zich aan elkaar vastklemden. Daar liepen warrige, wilde stroompjes doorheen waarin kleine visjes zwommen. Wekenlang hield zich in die kluwens plantenresten een snoek schuil. Soms kwam hij even met zijn snuit boven water, hapte aan een zwartvermolmd stuk hout of probeerde met zijn lippen een vlieg of een larf te pakken.

Een groen waas lag over het land. Het echte voorjaar. Hanna zette alle ramen open, lapte de ruiten die onder de strepen en vlekken zaten, sopte plinten, schrobde en liep om de zoveel tijd zomaar, knipperend tegen het eerste schelle licht, de tuin in.

Tot in de donkerste hoeken bloeiden longkruid en wilde primula. Op het schuine dak van de veranda zat een bonte specht zijn snavel wat schoon te maken en op de nok, een twee meter verder, nog een, het wijfje, bezig haar snavel te scherpen. Zo, de snavel was schoon en het mannetje vloog op de nok. Het wijfje had haar snavel aangescherpt. Wat zagen ze er allebei voldaan uit! Lekker gegeten, fris glimmend, gewassen. Hanna hoorde ze de hele dag tegen elkaar kwebbelen, praten, zuchten.

10

Hanna's vader was de zestiende juni jarig. Die viel op een zondag. Hij had gevraagd of ze 's morgens al wilden komen. Het was zo warm dat de vissen niet meer dartelden. Het water stroomde traag. De smalle blaadjes van de rode wilg hingen omlaag van het vocht. Het basalt was met dik blauw mos begroeid, waaruit damp opsteeg. Zelfs een dichte zwerm muggen viel loom uiteen; er scheen vaal licht over de rivier; de zon was onzichtbaar.

Simon tilde de fietsen uit de boot. Met de fiets aan de hand liepen ze achter elkaar over het smalle pad naar de dijk. Daar stapten ze op.

Simon reed voorop, omdat er zoveel slechte stukken in de dijk zaten. Onder Hanna's banden knarste het van de zwarte en blauwe kevers. Ze kwamen met dat weer altijd uit de berm. Als je er een ternauwernood ontweek, reed je er zes andere dood. Waarom wilde pappa dat ze vroeger kwamen? Ze had geen idee. Een verrassing? Ze was nog steeds niet vergeten dat pappa hen op geen enkele wijze op weg had willen helpen. Simon was daar gemakkelijker in. Die weigering speelde in zijn gevoelens geen rol. Hij was altijd even hartelijk voor zijn schoonouders.

Mamma serveerde koffie en eigengemaakt appelgebak. Ze zaten voor het huis. Na een tijdje zei pappa dat hij hun iets mee te delen had.

'Waar zijn Johan en Lex?' vroeg Hanna.

Mamma en pappa keken elkaar aan.

'Lex is naar Proosdij...' zei pappa.

'Niet boos worden, Hans,' zei mamma.

'Lex laat zich helemaal door hen inpalmen,' zei pappa. 'Lex wil dat niet zien. Dit is de derde zondag dat hij met haar naar de gereformeerde kerk gaat...'

'Maar je wilde wat meedelen,' onderbrak mamma hem. 'En Johan?' vroeg je.

'Het gaat juist over Johan,' antwoordde mamma.

Pappa vertelde dat hij een maand of wat geleden de judde in de arm had genomen. De judde was op zoek gegaan en had een vrouw voor Johan gevonden. Hanna's oudste broer was intussen achtentwintig. Je kende het probleem. Pappa en mamma maakten zich daar grote zorgen over, omdat hij pappa later zou opvolgen. De judde kende iedereen in de streek. Hij vond een vrouw die wat ouder was dan Johan, nooit eerder getrouwd, hervormd, afkomstig uit Worth.

'Hoe vindt hij haar?' vroeg Hanna.

Pappa en mamma keken elkaar aan.

'Ik denk dat het lukt,' zei pappa. 'Ik zag ze net op de waterput zitten, en ze spraken met elkaar.'

'Wanneer heeft hij haar voor het eerst gezien?'

'Vanmorgen om tien uur,' zei mamma. 'We hebben het hem niet durven vertellen. We waren bang dat hij haar niet zou willen ontvangen.'

Boven het veldje asters gonsden bijen.

'Dus, ze kwam vanmorgen hier binnen...'

'Toen zag hij haar voor het eerst...' zei pappa, 'en als ik het goed heb gezien was Johan aangenaam verrast. Na de koffie zijn ze opgestaan. Ik heb tegen Johan gezegd dat hij haar het bedrijf maar moest laten zien, en de directe omgeving...'

Nu hoopte pappa dat de strategie zou lukken, en hij volgde de 'geliefden' op de voet in hun doen en laten. Ze waren al gesignaleerd op het door de zon wit uitgedroogde deksel van de waterput. Je was geïrriteerd. Waarom? Omdat de strategie zo concreet, zo helder was uitgewerkt? Liefde had toch met geheimzinnigheid te maken! Kon er sprake zijn van liefde als een buitenstaander twee mensen bij elkaar bracht?

Johan was het verrukkelijkste kind geweest dat ouders zich maar konden wensen. Een genot om naar te kijken. Een fijn, klein ventje dat nooit het huis uit wilde, dat altijd bij mamma was en met zijn lome, blauwgrijze oogopslag onder zijn donkere haar zogenaamde boosheid probeerde uit te drukken als ze de was opvouwde terwijl hij er niet bij was en hij het wasgoed dus niet had kunnen aanreiken en niet had kunnen zien hoe mamma zijn witte sokjes tot een balletje rolde. Hij was later vooral pappa's lieveling geworden.

Daar had niemand een verklaring voor. Johan kon moeilijk tot werken worden gebracht. Op het hooiveld viel hij in de koffiepauze al tegen een opper in slaap. In alles was hij traag.

Maar pappa wilde dat de oudste hem opvolgde en niet Lex, die in alles meer op hemzelf leek.

'Daar zijn ze,' zei mamma.

Boven het groen stond een grote zon die net was doorgekomen. Het leek of het dagen had geregend. De twee liepen daar onder die grote, gele zon en Hanna zag al dat zij een hoofd groter was dan Johan, en breder.

'Nettie is fors,' zei mamma, 'en pittig.'

Hanna dacht: Als ze hem maar geen slome duikelaar vindt! Ze kwamen langs het keukenraam. Johan liep harkerig als een houten pop, zij heel parmantig. Maar ze hielden elkaars hand vast.

'De ochtend is wijzer dan de avond,' zei pappa.

Ze kwamen binnen. Er werd gezoend, gehuild. Pappa moest vertellen hoe de judde Nettie had benaderd. Johan, met licht geamuseerde blik, een beetje ineengedoken als altijd, keek van de een naar de ander.

Opgelucht door alle tranen gingen ze aan tafel. Johan zat naast Nettie, die een mosgroene deux-pièces droeg. Haar tanden had ze allemaal nog, maar ze had ze al jaren niet meer gepoetst, want ze waren geel als van een beest. Maar die gele tint betekende ook kracht, werd gezegd.

Mamma had koolbladeren gevuld met fijngemalen walnoot. Nettie, die boven iedereen uittorende, bezat een soort vechtlustige spraakzaamheid. Ja, ze wilde hier graag introuwen. Ze zou ook een goedgevulde linnenkast meebrengen, en... het was ook direct goed geweest tussen haar en Johan.

Na het eten bood Nettie aan om af te ruimen. Pappa vroeg of je even met hem meeliep.

Je stond met hem op de binnenplaats.

'Je moet zelf maar weten wat je ermee doet,' zei hij, en gaf je duizend gulden. Genoeg voor een wieg, en voor alle aflossingen van meer dan een jaar, dacht je.

II

De zondag daarop zei Hanna dat ze liever thuisbleef; het was na hun huwelijk gewoonte geworden de zondagmiddag afwisselend bij Hanna's ouders en bij die van Simon door te brengen.

'Dat zeg je juist nu het de beurt is om naar míjn ouders te gaan,' was Simons reactie. Hanna's gezicht betrok.

'Simon, het heeft niets met jouw ouders te maken. Ik wil alleen maar vanmiddag thuisblijven. Met jou.'

'Je kent pappa. Om de minuut loopt hij naar buiten of je er al aankomt.'

'Goed, dan gaan we zo!'

'Als het zó moet... ik ga wel alleen. Je gaat niet naar je ouders uit plicht, je gaat erheen omdat je... dat wilt.'

'Ik wil erheen, met jou!'

'Net wilde je nog thuisblijven.'

'Ik blijf met jou thuis of ik ga er met jou heen...'

Het eerste meningsverschil. Je had geen zin in discussie. Vooral geen discussie. Maar van het een kwam het ander en wat je zei wilde je helemaal niet zeggen, omdat het van geen enkel belang was.

'Jouw vader is ook niet altijd aardig voor je geweest,' merkte jij op. 'Wie verkoopt er nou het konijn van zijn zoon? En hoe is je vader tegenover je moeder? Op zaterdag moet ze de aardappels schillen voor zondag, want op zondag is dat verboden. En waarom mag ze niet breien als je vader een preek voorleest?' Je wilde het niet, maar het was sterker dan jezelf en je ging onstuitbaar verder: 'Jouw vader vindt dat werk van jou maar niets, nooit zal hij ernaar vragen, nooit toont hij enige belangstelling. Over mezelf praat ik niet eens. Heeft hij ooit een opmerking gemaakt over de baby die we krijgen? Nee. Zeker omdat het kind in zonde is ontvangen en geboren zal worden?'

Ze zaten buiten voor het huis.

Bij die laatste woorden stond Simon op en ging naar binnen. Onmiddellijk zweeg je, hoorde toen pas de hardnekkige koorts van de insecten boven de spirea, en de hommel die niet-aflatend tegen het keukenraam botste.

Je stond ook op, ging naar binnen.

'Ik ben klaar, ga je mee?'

'Goed,' zei Simon, 'maar je laat thuis niets merken van...' Hij had het woord 'ruzie' niet durven uitspreken.

Pas tegen de ochtend, toen de hemel wit werd achter het glas, viel je in een lichte slaap.

In de loop van de nieuwe dag was Simon onverwacht achter haar komen staan toen ze de begonia's in de perken water gaf. Ze rook zijn frisse gezicht. Hij had zich net geschoren en een nieuw overhemd aangetrokken.

'Nu komt alles in orde,' zei hij. Ze keek naar zijn handen om haar middel die diepbruin waren van het leven op het water. Ze begreep hem niet.

'Alles is toch in orde,' zei je. 'Wij houden van elkaar, wij houden van onze vaders, schoonvaders...'

Hij zei niets, streelde nu haar nek. Simon had zich alleen wat onhandig uitgedrukt. Wat hem betrof was alles weer in orde. Natuurlijk was dat zo. Maar was het nodig om een toespeling te maken op wat er was gebeurd? Ze was ontroerd. Misschien was ze juist ontroerd omdat hij daar iets over had gezegd. Daarom zei ze ook maar niets meer, liet toe dat hij haar streelde en kuste, zolang hij wilde, en voelde zich opeens rustig, gekalmeerd, een beetje slaperig zelfs en langzaam liet ze haar lippen vaneen gaan...

En daar stapte ze dan, midden op de middag, glimlachend naar de zon die in de stenen van de weg weerspiegelde, blij. Blij omdat ze een ideetje had en ze wilde dat gauw gaan vertellen. Gisteravond had Hanna opeens gezegd: 'Als het een jongen wordt, gaat hij Arne heten.' 'Een mooie naam,' vond ook Simon. 'En weet jij al hoe de baby zal heten als het een meisje wordt?' vroeg Hanna, verleidelijk. Ze hadden afgesproken dat zij de jongensnaam en hij de meisjesnaam zou bedenken. Jij was er niet voor, want je wist niet anders of ouders bedachten samen de naam voor hun kind. Maar Simon had erop gestaan dat het zo gebeurde. Simon zei dat hij twee namen in gedachten had, dat hij nog geen keuze had gemaakt. 'Zodra je het weet, zeg je het me dan?' 'Misschien.' Zijn stem klonk niet eens plagerig. 'Maar ik kan het wel een vreselijke naam vinden!' Hij was er zeker van dat zij het met zijn keuze eens zou zijn.

's Nachts had je daarover liggen piekeren. Jij wist ook mooie namen voor meisjes. Je kwam op een idee: je zag af van 'Arne' en wilde dat een jongen 'Simon' zou heten. (Hoewel je op die voornaam minder stond dan op het *recht* een naam voor een meisje te mogen kiezen!) Jij zag af van Arne, en hij moest jou zijn twee meisjesnamen bekendmaken, zodat jullie daar samen een keus uit konden maken.

Een milde dag.

Eind september vlamt dit gebied nog een korte tijd hevig op. Vooral door de rode zuring, met zijn fijne harde blaadjes, zo klein dat ze nauwelijks te onderscheiden zijn van de bloemen. Dan wordt het grasland donker van tint en wordt het korstmos nog blauwer en steekt zelfs tegen het basalt af.

Simon was er niet. De boot lag aan de overkant. Het belhuisje op het hoogste punt van de oever gaf een spitse schaduw. Ook daar was hij niet. Maar hij school daar ook alleen bij slecht weer en als hij wist dat van die kant nog een reiziger moest komen.

Op de waterlijn, met hun poten in het slib, staarden een paar koeien over het water. De oude boot lag, wat hoger, met de kiel naar boven gekeerd. Hij was toegedekt met zakken, zodat er geen zand in zou slaan. Simon probeerde er een nieuwe bodem in te zetten. De laatste weken had Hanna hem minder horen timmeren. Er zat een rijtje huilende meeuwen op. De meeuwen kregen in de gaten dat achter de steiger een dood visje, met beurse plekken, wat ronddraaide. Ze pikten hem op uit het water, vochten met veel gekrijs. Gulzige beesten. Zonder meeuwen zou het stil zijn aan het water. Ze klapperden nu rustig boven Hanna's hoofd, in afwachting van meer.

Hanna ging op een mooi vlak strandje, tussen de gladde stenen, in de zon zitten wachten.

Ten slotte ging ze staan en wachtte als wachtte ze op Christus' verschijning op het water. Soms haalde ze alleen maar even haar schouders op, alsof ze wilde zeggen: Ik sta hier en kijk uit over het water, als die koeien van daarnet, wat is daar voor bijzonders aan?

Thuis trof ze Simon aan.

'Waar was je?'

'Bij het water...'

'Ik zag je niet en de boot lag aan de overkant.'

'Je controleert me!'

Waarom zei Simon zoiets? Je wilde met hem praten over de naam van jullie kind.

'Natuurlijk controleer ik je niet. Ik wilde je even zien.' Simon was zelf ook geschrokken van het woord 'controle'. Hij zag er wat aangeslagen uit.

Ze gingen eten. Uit zichzelf zei Simon dat als het een meisje werd, ze Liesje moest heten. Nou ja, Liesje was wel een lieve naam. Jij zou die naam niet gekozen hebben. 'En wat was jouw andere naam, want je had er toch twee?' Die andere naam wilde hij niet vertellen. Het leek opeens of hij zich voor zijn kinderachtige gedrag schaamde, en hij begon de topjes van haar vingers te zoenen.

13

Op een zondagmorgen niet lang daarna ging de poort open. Hanna en Simon, die buiten op de bank zaten, zagen Johan de tuin inkomen. Ze stonden beiden direct op om hem te verwelkomen. Er kwam weinig bezoek omdat ze aan deze kant van de rivier woonden. De poort viel achter hem dicht. Hanna en Simon keken verbaasd, want ze dachten dat hij met Nettie was.

'Alleen?'

'Nettie is niet meegekomen,' zei hij met zijn trage, zachte stem. Hij droeg als altijd een overhemd met te lange mouwen, waarin zijn vingers bijna geheel verdwenen.

'Ik kwam kijken hoe het met je ging,' zei hij tegen zijn zus. Ze zaten op de bank, met Johan tussen hen in, en keken de tuin in. Het was rustig weer. De bladeren van de beuk waren rood, geel, donkergeel. De rode beuk in het najaar is een geweldig vuur. En soms dwarrelden in die windstilte zomaar een paar bladeren naar beneden. Vonken die snel doven. Straks, morgen, overmorgen, als de wind opstak, zouden de bladeren in dichte zwermen om het huis zweven. Dan zou de regen komen, en tot het winter werd zou van onder de haag de bittere, bedwelmende geur van verrotting opstijgen.

Zover was het nog niet.

'Je hebt de boot aan de overkant dus gevonden,' zei Simon. Hij had hem gerepareerd.

Hanna vertelde dat ze de hele dag wel zure appels kon eten. Volgens de dokter was dat een goed teken. Ze voelde zich ook goed. Soms een beetje duizelig, maar dat trok altijd snel weer weg.

'Ja, ik ben alleen,' zei Johan, 'want Nettie werkt thuis met haar moeder aan de bruidsjurk. Nee, geen echt witte bruidsjurk, want daarvoor vindt ze zich te oud, maar een pakje.'

Ja, hij ging dus trouwen. Vader had gezegd dat nu het eenmaal zover was, ze er maar geen gras over moesten laten groeien.

'Vader is, geloof ik, bang dat ik toch liever niet wil...' zei hij met een glimlach.

'Maar je wilt toch wel, Johan?' vroeg Hanna.

'Ja,' zei hij, hij wilde echt, nee... en hij knikte heel vaak achter elkaar... nee, dat moesten ze van hem geloven... Nettie en hij zouden over acht dagen al *in het huwelijk treden*. Hij beklemtoonde ieder woord van die formele uitdrukking.

Hanna en Simon feliciteerden hem. Ze dronken koffie en Simon vroeg hoe het met de ruilverkaveling stond. Er was een nieuwe ruilverkavelingswet in de Kamer aangenomen, want de oude voldeed niet meer.

Johan vertelde dat Gedeputeerde Staten Proosdij tot voorzitter van de Plaatselijke Commissie hadden benoemd.

'Dat zal pappa niet leuk vinden,' zei Hanna.

'Vader heeft zich erbij neergelegd. Die ruilverkaveling zal toch doorgaan...'

Ze maakten een wandelingetje om het huis. Hanna vroeg zich af of haar broer werkelijk op die onbekende vrouw verliefd was. Zou Johan dat vreemde gevoel kennen dat Hanna zich zo goed herinnerde: je was verliefd en je verbaasde je over de onverschilligheid van de anderen, die rustig doorgingen met hun werk, de krant lazen, het pad bijharkten... Nee, ze geloofde niet dat hij verliefd was.

Hanna liet hem de babykamer zien, die helemaal klaar was. Johan voelde aan het zachte cretonne waarmee het wiegje was bekleed.

'Mooi,' zei hij bijna onverstaanbaar, 'mooi, mooi...' en hij bleef maar aan die zachte roze stof voelen.

Hanna liet ook de aankleedtafel zien, de handdoeken, waarop figuurtjes geborduurd waren, in felle tinten. Daarna zei Johan: 'Ik moet je iets vertellen.'

Hanna dacht direct dat hij over Nettie wilde praten. Hij zweeg een hele tijd.

'Gaat het over haar?' vroeg je zacht.

'Nee,' zei hij, 'het gaat over vader.'

'Over pappa? Hij is toch blij...'

'Vader heeft gisteren met ons, met mij en haar, gepraat.'

Hij mocht natuurlijk niets vertellen, hij wilde ook zeker Lex erbuiten houden, die zich altijd gauw versprak en dan zou laten merken dat hij al iets wist... Maar Hanna moest het toch weten. Want hij was het niet eens met vaders plannen en dat had hij niet kunnen zeggen eergisteren toen het allemaal besproken was en Nettie er ook bij had gezeten... want wat vader wilde, was juist heel gunstig voor hem en Nettie.

Je vermoedde waar het over ging.
'De erfenis...?'
Ja, de erfenis.
Pappa had al lang geleden gezegd dat hij de erfenis zou regelen als Johan eenmaal getrouwd was. Was er dan zoveel te regelen? Pappa en mamma leefden toch allebei nog? Gelukkig. Later, veel later, als een van hen er niet meer was, zou een kindsdeel moeten worden uitgekeerd, en als beiden er niet meer waren, zouden bepaalde dingen moeten worden verdeeld... sieraden van mamma...
'Vader wil geen kindsdeel uitkeren,' zei hij, 'al het geld moet in de boerderij blijven...'
'Dat mag niet eens,' zei Hanna, 'kinderen hebben recht op een kindsdeel.'
'Dat heb ik ook gezegd.'
'Vader zegt dat hij het allemaal geregeld heeft...'
Toen hoorden ze Simon, onder hen, in de tuin.
'Wat vindt Nettie ervan?'
'Die is het met vader eens.'
'Natuurlijk.'
'Zeg nog maar niets tegen Simon. Vader wil het vóór de bruiloft geregeld hebben. Je krijgt een uitnodiging van hem...'
'En mamma?'
'Die gaat hierin met vader mee...'

14

Pappa haalde, streng en onbewogen, de documenten uit een map en legde ze voor zich op tafel.
'Dat zijn ze,' zei hij, met zijn scherpgesneden gezicht en dat verzorgde, dunne grijze snorretje van hem. Hanna had pappa altijd een knappe man gevonden. Hij herhaalde in het kort waar alles op neerkwam: 'Johan en Nettie verzorgen moeder en mij tot aan onze dood, in dit huis. Er wordt geen geld uitgekeerd. Ook als moeder en ik er beiden niet meer zijn. Lex heb ik laten leren, hij heeft een mooie baan, want ik wil niet dat de boerderij, zo-

als onlangs nog bij Pitlo is gebeurd, in tweeën wordt gehakt. Een boerderij moet een minimale oppervlakte hebben van zo'n veertig bunder... Johan is mijn opvolger, hij moet alle kansen krijgen, zeker met de op handen zijnde ruilverkaveling.'

Mamma, naast pappa, slaakte een zucht en durfde niemand aan te kijken. Johan, aan de andere kant van pappa, kneep zijn lippen samen. Hanna en haar jongste broer zaten tegenover hen. In die plechtige stilte keken ze allemaal naar mamma, die met de nagels van haar vingers bezig was een dode vlieg in het pluche weg te schuiven.

Hanna had vooral zitten luisteren naar de manier waarop pappa formuleerde. Ze had bewondering voor zijn kalmte. Zijn plannen waren zo concreet, zo helder uitgewerkt, en tegelijk zo tegen alle regels in, dat ze hem eigenlijk nog maar half geloofde. Want ze konden het geld binnenkort goed gebruiken; de duizend gulden waren – en het bedrag had zo onuitputtelijk geleken – opgegaan aan aflossingen en de wieg.

Maar haar jongste broer, die in de stad op de ulo was geweest, daarna een boekhouddiploma had behaald en bij een slachtveeorganisatie werkte, had nog geen woord gezegd.

En Hanna bedacht opeens ook dat ze, als pappa wel een kindsdeel zou uitkeren, een leuk bedrag zou kunnen storten op een spaarbankboekje van de baby. Waarom deed hij dit? Waarom weer op zo'n manier? Het was geld waar zij recht op hadden, en die onbekende Nettie zou er nu van profiteren.

Gelukkig, Lex nam het woord.

'Pappa, u kunt dat niet doen, we hebben recht op een kindsdeel...'

'Wie mij hierin tegenwerkt,' zei pappa toen, 'is niet meer welkom onder dit dak, en de dingen gebeuren zoals ik ze in mijn hoofd heb.' En hij zei ook nog dat Lex een opgewonden standje was, dat hij met een andere vrouw had moeten aankomen... In pappa's ogen kwam werkelijk een vervaarlijke woede. Pappa liet zich zelden gaan, maar als men hem dwarszat in iets waar hij zijn zinnen op had gezet, kon hij alle kalmte verliezen. Daarom zei je: 'Pappa, daar hadden we niet op gerekend.'

Het geweld in pappa's ogen verdween. Terwijl hij zijn jongste aankeek, zei hij nog: 'Wat zou ik er veel voor over hebben als ik je kon dwingen die Alie Proosdij op te geven.' Op Lex' gezicht verscheen een blos van nijd. Pappa schoof Hanna de documenten toe. Hanna tekende. Wat kon je anders? Je wilde ook geen ruzie. Maar de eerste weken had je geen zin om bij ze langs te komen.

Lex tekende ook.

Daarna verdween alle uitdagendheid van pappa. Hij wist tevoren dat er scherpe kritiek zou komen. Wat hij had gedaan was wijs beleid. Mamma schonk de glazen vol en ze brachten een dronk uit op de overeenkomst. Pappa zette na de eerste slok zijn glas neer en staarde voor zich uit in de spiegelende panelen van de kast, recht tegenover hem. Hij zag er opeens oud uit.

Pappa borg de documenten op.

Pas toen ze in bed lagen, vertelde Hanna aan Simon wat pappa had besloten. Simon mompelde dat dat eigenlijk niet kon, maar... hij wilde nu gaan slapen, ze waren al laat. Hij sliep al.

Simon maakte zich nooit zo druk om dat soort dingen. Hij kon ook altijd slapen.

15

De bruid droeg een hooggesloten zijden bloes, waarop een zilveren broche in de vorm van een paardenkop was gespeld. In de kerk droeg Nettie een mof van wit konijnenbont en Hanna moest de hele dienst door aan het konijn van Simon denken. De mof was trouwens zo gemaakt dat hij nog steeds erg veel op een levend konijn leek.

Aan tafel was er veel rood vlees.

'Zal ik voor u opscheppen, vader?' vroeg de bruid.

Pappa keek tevreden om zich heen. Zo had hij het gewild.

Een paar stoelen verder zat de lange, magere Proosdij, met zijn schriele, rode baardje. Hij praatte met zijn aanstaande schoonzoon, pochte op het aantal 'goede' boeken dat hij de laatste tijd gelezen had, op de herziene ruilverkavelingswet, waar hij in deze streek vorm aan ging geven. Er was een essentieel verschil met de oude van '24. Bij de herziene wet ging de ruilverkaveling door als een minderheid van voorstemmen een meerderheid aan grond bezat. De dubbele meerderheid was niet meer nodig. 'Nu zal er een stroom van aanvragen loskomen. Daarom moeten we nu beginnen.' Hij was al bezig een plan van toedeling te maken en binnenkort zou de eerste wenszitting worden gehouden. Zeker was dat de streek ontsloten moest worden. Met de ruilverkaveling zouden ze waterleiding en elektriciteit krijgen en verbinding met de openbare weg. En betere waterlopen en dus betere waterbeheersing... Hanna zag pappa denken: Proosdij regelt de ruilverkaveling, maar ik heb voor mijn jongen een pittige, betrouwbare vrouw gevonden.

Simon was niet bij de huwelijksinzegening. En toen de maaltijd op de binnenplaats al aan de gang was, vroeg pappa lichtelijk verwijtend: 'Simon is er nog niet?'

Pappa hield alles nauwlettend in de gaten.

Jij had hem ook allang verwacht.

Simon moest twee grote gezelschappen overzetten, zei je, het was misschien wat later geworden.

Halverwege het diner was Simon gekomen. Hij was de rest van de avond wel opgewekt geweest. Soms lachte hij ook wel.

Toch zei pappa aan het eind van de avond: 'En onze komediant...?' Nee, Simon had zich niet, als op andere feesten, vermomd en gekke toespraken gehouden!

16

De laatste warmte, de avondzon die precies door het gat van een schuttingplank viel waar de noest uit was verdwenen en een rood plekje maakte op het grind aan haar voeten, de stilte van de avond, de geur van verkruimelde zomerse mest, dat alles was zo vreedzaam, zo precies als in haar kindertijd, dat ze zich een moment weer thuis waande.

Waar bleef Simon toch?

Ze stond op en tuurde de veerweg af in de richting van de rivier. De laatste reiziger was al een uur geleden voorbijgekomen.

Daar was hij. Ze wachtte hem op. Het was tegen elven.

'Ik wist niet waar je bleef.'

'Ik ben nog even bij vader en moeder geweest.'

'Gisteren ook...'

Natuurlijk mocht hij dat. Het was normaal om even bij je ouders langs te gaan, zeker als je zo dichtbij woonde. Maar ze was niet gewend dat hij alleen ging.

'Jij bent toch laatst ook alleen naar je ouders geweest?'

'Dat hadden we afgesproken.'

Ze wilde geen ruzie! Het was het niet waard! Als om zich te verontschuldigen zei ze: 'Ik maakte me ongerust, je bleef zo lang weg. Er is toch niets te bepraten?'

'Wat zou er nou te bepraten zijn...?'

Ja, dat wist je ook niet. Iets met... Je dacht na. Je zou niet weten waarover Simon met zijn ouders zou moeten praten. Misschien vond hij opeens dat hij er te weinig heen ging, terwijl hij toch zo dichtbij woonde. Je had geen idee. Nee, je had geen idee.

En Simon zei dat hij naar bed ging, want het was al laat.

17

Toen was het de eenendertigste oktober, een datum die niets dreigends of veelbelovends heeft, die zijn geheim tot het laatst toe wist te bewaren. Of waren er tekenen geweest, onmiskenbare tekenen, die ze niet had opgemerkt, niet had begrepen?

Een dag als alle andere. Behalve dat de kerk Luther herdacht omdat hij op de eenendertigste de vijfennegentig stellingen op de kerkdeur van Wittenberg had gespijkerd.

De dag begon bewolkt. De laatste webben zakten tussen de planten naar de grond, korstmos hing in franjes aan de takken, al berijpte weidezwammen met verfrommelde oranje trechtertjes kraakten als glas. De wilde eenden in het wilgenbosje gingen de hele ochtend al tekeer. Die waren zich reisvaardig aan het maken.

Lijsters kleefden in grote zwermen aan een lijsterbes, een ekster klapwiekte zorgeloos.

Hanna liep daar zo vrolijk over de veerweg. Het was een wandeling waar je nooit genoeg van kreeg.

Ze had de kamers gedaan, moest even met beide handen op tafel leunen omdat ze een onaangename steek in haar zij voelde. De pijn trok weg.

In de keuken had ze het puddingschaaltje klaargezet dat de vorm van een vis had. Ze had zin om Simon te verrassen. Griesmeelpudding met bessensap. Simons lievelingstoetje. En toen ze de pudding in de vorm had gedaan, had ze zin gekregen om naar Simon toe te gaan. Ineens wilde ze hem zien, even iets tegen hem zeggen.

Hanna liep opgewekt verder. De licht bevroren plassen vol zolderijs schitterden op de weg, en kraakten als ze erop stapte. Achter de hagen lag verstomd land, hopen hooi op grijs besneeuwde velden. In de verte hoorde ze de meeuwen huilen en de ganzen klagen, bijeen op het hoogste punt van de weg, waar hij steil afliep naar de rivier. En door een brede gleuf in het land kon ze al het natte glinsterende basalt van de kribben zien. Triest en verkleumd zaten daar een stel snippen en veermannetjes, onrustig, de koppen in de nek. Het water daar streek ruisend over het steen, vormde kolken en een zacht kolkend geluid, niet dreigend. Daar wierp het water zich slingerend op die blauwe massa steen, stortte weer neer, bruiste en kookte, in een blauw gordijn van waterspatten. Simon... ik wil je ook nog zeggen dat ik Liesje een mooie naam vind, natuurlijk vind ik Liesje een mooie naam, ik moest alleen even wennen... we kennen geen Liesje in de familie, ik ken helemaal geen Liesje, daarom vind ik je naam steeds mooier...

Een dag als alle andere. Gewoner kon de dag niet. Bijna windstil, niet koud. Simon was vanmorgen als altijd om vijf uur het huis uit gegaan.

Nog voor ze de rivier zag, hoorde ze een stem die haar onbekend was, een stem die harde dwingende woorden sprak: 'Dit nu is het geloof: besef hebben van de betrekking die er is tussen God en de ziel.'

'Dat besef ik.'

Simons stem was bijna onherkenbaar, klonk astmatisch. Soms ontsnapte een fluittoon aan zijn borstkas. Simon had het afgelopen jaar niets meer van zijn astma gemerkt. Die leek verdwenen met het leven op het water, met het huwelijk.

Hanna deed nog een stap, maar hield zich verborgen achter het wachthuisje. De beide mannen zaten aan de oever, tegenover elkaar, op twee basaltblokken, Simon hield de handen gevouwen, de ander had zijn handen plat op zijn knieën gelegd en keek Simon recht in de ogen.

'Van nature is de mens God vijandig gezind. God moet dus in de zondaar met wie Hij in gemeenschap wil treden, die vijandschap breken.'

De onbekende man droeg een pak dat zwart en glimmend was als carbonpapier, hij droeg ook een zwarte hoed, en naast hem, tegen zijn voeten, stond een koffer van donkere stof.

'Dat besef ik, ja.'

'De ziel moet zichzelf als vijand van God leren kennen. Weet dat goed.' Hij had de laatste woorden met nog meer nadruk uitgesproken, ook harder, zodat ze tot ver over het water klonken. Hij fronste zijn zware wenkbrauwen, keek Simon niet aflatend recht in de ogen, in starre afwachting, zonder enig blijk van vriendschap, liet zijn grote gele tanden zien, krabde onder de rand van zijn zwarte hoed die recht op zijn hoofd stond, bleef hem maar aanstaren.

Hanna's lippen begonnen te trillen. Ze dacht eerst dat het kou was, want ze had het kippenvel op haar armen staan; maar ineens besefte ze dat het angst was. Angst die je niet gemakkelijk aan een ander kon uitleggen.

'Ik besef de geestelijke doodsstaat. Door de val in het paradijs ben ik vijand van God geworden. Ik ben *vijandig* dood.'

Simon sprak op een trage, dwangmatige, quasi plechtige manier. Zo sprak hij alleen als hij iemand imiteerde. Simon keek gedwee op naar de man tegenover hem.

Hanna beet op haar lippen, tot bloedens toe, en liet haar handen over haar buik glijden. Ze begon haar lichaam te voelen; iets dat heel zwaar was drukte op haar; ze voelde pijn in haar botten en schouderbladen en werd weer duizelig. Iets dat bitter smaakte liep in haar mond.

Het was of niet alleen Simon in dit verlaten gebied vernederd werd, maar zij ook. Simons ogen stonden verwilderd. Ze zag hoe hij bang en nietig terugdeinsde toen de ander zich naar hem toe boog, hoe zijn handen zich steviger om elkaar klemden. Nu trok hij ze uit elkaar om zijn gezicht af te wissen. Hij transpireerde, ondanks de kou.

'Het onvoorwaardelijk kiezen voor God brengt de ziel ertoe de wereld vaarwel te zeggen, en heilig te leven.'

Simon luisterde vol overgave naar die woorden en was bang ze aan te horen.

'Ik wil nietig leven, ik wil de *hebbelijke* heiligheid ontvangen...'

De man ging staan en terwijl hij zijn blik over het water liet gaan, riep hij met luide stem: 'Wie kan bestaan onder zijn blik! Wie?'

Simon boog het hoofd.

Woorden die nergens op sloegen, woorden die onafwendbaar kwamen, als de hik. Woorden die ze niet begreep... Hoe zou ze? God zelf had er de hand in.

Hanna was allang weer op de terugweg. Geen blijdschap meer, geen geestdrift, alleen angst en ongeloof om wat ze had gezien. Ze was zo in gedachten verzonken dat ze niet in de gaten had dat ze haar huis voorbij liep. Een klein stekend zonnetje was doorgebroken.

De weg daalde licht tussen weilanden en steeg weer langzaam. Eerst ging het lopen als vanzelf. Alleen haar tong prikte en begon weer vies te smaken. Ook had ze het gevoel of iemand om de paar meter, even maar, heel licht, een stekelige borstel in haar zij stak. Ze was nu bijna bij het stoomgemaal, een gebouw van gele zandsteen dat vlak aan de weg stond. Daar zou ze even tegen kunnen leunen.

Want dat sterke lichaam van Hanna leek alle houvast te verliezen. Haar benen en armen waren zo slap dat ze het gevoel had dat alleen de huid en de kleren alles nog bij elkaar hielden.

Duizelig, happend naar adem, liep ze over het grauwe, vlekkerige asfalt, dat steeds onbetrouwbaarder werd. Ineens de ongekende gewaarwording te worden opgetild en weggevoerd, met de angstige zekerheid dat ze elk moment van grote hoogte kon neervallen op het wegdek. Met haar linkerhand steunde ze tegen de koele muur van De Volharding, en met de andere hand boven haar ogen probeerde ze de zonnestralen van zich af te houden.

Bitter maagzuur kwam in haar mond. Je verbrandde vanbinnen. Je buik begon zo'n pijn te doen dat je tanden dansten en je kaken klapperden. De hand die de zonnestralen moest afweren bewoog, zodat de bovenste helft van je bleek geworden gezicht in het licht kwam. Heel in de verte klonk muziek. Pijn schoot nu in vlagen door je hele lichaam. Je kreeg moeite met slikken, tranen sprongen je in de ogen, daarna kwam te veel lucht in je longen en je dacht dat je opgeblazen werd en als een luchtballon op een feestdag ergens heen dreef.

Je werd wakker op een divan in een kamer van het kasteel. Een meneer die lekker rook – een lekker zoet luchtje dat kleine kinderen soms bij zich dragen – boog zich over je heen. De dokter bette je gezicht met watten die gedrenkt waren in azijn of alcohol. 'Zucht,' zei de dokter, 'zucht, zo diep mogelijk. Zo, heel goed. En niet meer huilen. Kun je weer ademhalen?' De dokter lichtte met zijn vinger haar kin op. 'Beloof je me dat, niet meer huilen hoor. Kun je goed ademhalen?'

Je wilde zeggen dat je nog nooit zo goed had kunnen ademhalen, dat je je geluk niet op kon met zo'n ademhaling. Je wilde zeggen dat je blij was dat die afschuwelijke pijn over was, maar je durfde niets te zeggen want er zat iets in je mond dat bedorven was... Daarom drukte je je gezicht tegen die witte jas, die zo fris rook, geurig als het water van de rivier in het voorjaar.

De dokter veegde langdurig zijn handen af aan een handdoek en jij viel weg in een diepe, maar onaangename slaap. Je slaapt, maar het is of je alles voelt en ziet en tegelijk kun je geen hand verroeren en ben je niet in staat je ogen open te doen. Je hersenen werken heel traag en je bent in die verre wereld heel hardnekkig bezig, je waadt zonder vaste grond onder je voeten, in een diepe stilte, waar alles zich in een halfdoorschijnend licht bevindt, je zet een stap, een tweede, een derde, je komt langzaam terug in de wereld die je al kende, alle dingen krijgen de vaste, nadrukkelijke vorm van voorheen, jij keert weer terug, je loopt, je voelt de grond onder je blote voeten, de liefkozing van het hoge gras tegen je benen, de vertrouwde zon die lekker brandt op je huid... Nee, het was toch niet echt een sprookje. Steeds datzelfde gevoel: een nagel die inscheurt, een mes dat onophoudelijk in je wordt gestoken... Je was levend gevild, leeggehaald, door een te nauwe koker getrokken.

De dokter zag dat.

'Ze lijdt, die arme.' Hij gaf haar een injectie.

Net voor je zou wegzinken in bewusteloosheid zag je dit beeld: je pony van vroeger, die je likte om je wakker te maken. Hij wilde je waarschuwen voor hij stierf.

18

Zonder goed te beseffen wat ze ging doen, fietste ze de veerweg af. Ze had wat geld bij zich gestoken, tegen de boom het bordje GESLOTEN gehangen en op de keukentafel een briefje neergelegd: 'Ik ben een dagje weg.'

Dat had niets met wraak te maken. Want niemand was schuldig. Het was alleen dat ze zich een beetje buiten gebruik voelde. Net of ze haar leven al geleefd had. Ze moest nog drieëndertig worden.

Hanna zag haar weerschijn in de ruit van het stoomgemaal, maakte een gebaar met haar vlakke hand als om haar beeld te wissen.

Het was een rustige, nogal donkere winterdag. Ze passeerde het kasteel. In een van de vertrekken brandde een kroonluchter, die een blauwe wand verlichtte. In de tuin stonden groen geschilderde banken, die al heel oud moesten zijn. Net als de zware balken van het koetshuis. Het hek van het kasteel had grote sloten en handgrepen van koper. Er hing een verkleurd bord met oude, bijna onleesbare letters. Dat alles dateerde van heel lang geleden.

Daar hield ze van. Soms vroeg je je af of de dingen nog lang zouden blijven zoals ze waren.

De hemel was machtig, weids, vooral zoals nu, vol wolken die de toppen van de hoge bomen binnendrongen en de stammen nat maakten.

Voor de ramen van café-restaurant De Roskam brandde op elk tafeltje een lamp met een bronzen voetje en een laaghangend kapje van groene bloemzijde. Hanna keek naar het groene licht met de vaag vermoeide en vredige uitdrukking van iemand die de dagtaak erop heeft zitten. Alle tafels waren leeg. Waarom zou ze niet naar binnen gaan, plaats nemen aan een van die knusse tafeltjes aan het raam en iets gebruiken?

Terwijl ze met het kartonnen onderzettertje speelde en op de warme chocola wachtte, voelde ze de eenzaamheid heel dichtbij, ze voelde die als het ware op haar huid. Met haar blik volgde ze een bochtige weg die door akkers slingerde en zich net voor een lage helling in de verte verloor. Ze herinnerde zich een warme dag in juni toen pappa hooi binnenhaalde en in een elzenbosje vlakbij gekoer van houtduiven had weerklonken. Het was zo warm dat de peren, uitgehold door wespen, in doorzichtige vliesjes aan de boom hingen. Gek, zo scherp als ze dat voor zich zag; ze voelde de warmte gewoonweg op haar huid.

Ze liet haar hand over de bronzen voet van de lamp glijden en dronk van de chocola. Een luidruchtig gezelschap in feestelijke kleding kwam binnen, verdrong zich rond de tafels bij het raam die altijd het meest in trek waren... Hanna verkeerde in een milde stemming en stond haar plaats af, zodat het gezelschap bijeen kon blijven. Men was even verbaasd als zijzelf. Dit was geen gebaar dat zij juist nu van zichzelf zou hebben verwacht. Misschien was er in ieder mens, bedacht ze laconiek, waar ook ter wereld, dus ook in haar, een schemerig gebied waar alle gebeurtenissen van het leven heen vluchtten, om te blijven bestaan, een blinde zone die je bleef beïnvloeden, maar waar je zelf geen invloed op had.

Wat gaan gedachten vlug, dacht je zonder overgang, en je constateerde opnieuw, met verbazing, die afstand tot jezelf, en je zag tegelijk, vanaf de plaats waar je nu was gaan zitten, dat er op het dak van de roskamer – een schuur die aan voor- en achterzijde open was – vooral bij de nok, dikke kussentjes mos op de oude pannen lagen. Om dit bijgebouw was een steiger gebouwd en mannen waren bezig de muren te witten. Anders vielen haar die dingen ook wel op, nu zag ze alles met ongewone helderheid. Je had blijkbaar verschillende manieren van zien.

Het was gaan motregenen. De mannen die aan het witten waren, hielden op met hun werk en klommen van de steiger. De schuur lag, net als het land dat opliep naar steile hellingen, zilvergrijs in het licht van de ochtend. Een koppel patrijzen schreeuwde en schudde zijn veren uit onder een struik, precies onder het raam waar Hanna zat.

Het gezelschap was erg schreeuwerig. Soms keek Hanna hun kant op, en ze begreep nu niet goed waarom ze haar plaats had afgestaan. Ze zag hoe een man met brede schouders zijn kopje optilde en de suiker van de bodem slurpte. Een ander wijdde zich enige tijd aan het opsteken van een sigaret, een derde schokte met zijn hoofd: hij moest niezen, zijn omgeving wachtte gespannen, maar het niezen bleef uit. De man met de brede schouders zei dat de nieuwe brug over de rivier... Hanna kon hem niet verder verstaan omdat er nu toch werd geniesd. 'Wat is er met de brug?' vroeg degene die geniesd had. 'De nieuwe brug over de rivier komt nu twintig kilometer deze kant op...' 'Nou en?'

Het werd buiten nog donkerder, het was of de avond al viel. In het restaurant werd meer licht gemaakt, waardoor buiten de duisternis weer toenam... Ze rekende af.

Hanna liep stevig door. De straatlantaarns stuurden kleine cirkels van bleek licht door de regen. Om zich heen hoorde ze verward gebrom van verkeer, langzaam gedruppel van water vanaf de overkapte portieken op het trottoir, zacht gesis van gaslampen, geluid van voetstappen.

Van villa Benvenuto was geen raam verlicht. Een dik gordijn sloeg tegen een raamkozijn. Vanaf de villa maakte iedere vierde straatlantaarn een oranje lichtplek op het saaie grijs van het trottoir. Ze stak een verlaten, opgebroken straat over waar een rood waarschuwingslicht glansde. De uitlaat van een vrachtwagen brulde luid en zijn koplampen beschenen een witte bakstenen muur waarop scherpe flessenhalzen staken.

Oom zou opkijken. Haar neus rimpelde van plezier. Ze had een licht gevoel achter haar voorhoofd, alsof haar bloed dunner en lichter was.

De mist was ook iets dunner geworden, ijle slierten damp waaierden in de lucht boven het donkere water van het kanaal, waarop een laagje olie glom. De ijzeren omheiningen van de werf doemden aan haar linkerhand op. Ze wilde wel een sprong maken van puur genot en hard gaan schreeuwen. Maar haar triomf moest ook een onbehaaglijk gevoel onderdrukken: er waren plannen om de nieuwe brug twintig kilometer deze kant op te bouwen, dat wilde zeggen, in het zicht van het veer... Ze keek naar het geelachtige zand van de weg en zag een kat behendig een klauw in een veldmuisje slaan. De kat liet de muis los, die achter Hanna's voetzool ervandoor ging. Ze joeg de poes weg, raapte het muisje op; het bloedde uit zijn nek en snuitje. Ze wist niet wat ze met het diertje moest beginnen, streelde het over zijn neus, veegde het bloed weg. Even later passeerde ze een huis dat al een hele tijd leeg stond en waarvan de deur was ingetrapt. Ze ging naar binnen en zette het muisje op de gebroken en gescheurde schoorsteenmantel, en toen ze weer buiten kwam had ze het gevoel een leven te hebben gered. Ze glimlachte stiekem bij die gedachte.

Hier en daar lagen boten aangemeerd. Ze waren bedekt met geteerd zeil en deinden op het water. Twee vrouwen liepen voor haar uit, in lange, donkere rokken, het haar opgenomen in een kleine wrong die door kammen was vastgezet. De bomenrij langs het kanaal, met de hier en daar neergestrooide lichtjes, leek een bataljon schimmen. De beide vrouwen voor haar sloegen een hoek om. Soms nog de schorre, gesmoorde klank van een misthoorn, het geluid van een knip die voor een deur werd geschoven.

Ze liep nauwelijks verbaasd door de poort met de enorme, verstrengelde maar halfvergane, halfuitgewiste letters HOUTINNEMEE, begon het stammenveld over te steken, bleef steeds weer even staan, in de motregen, in de wind, liep de eerste de beste loods in die ze tegenkwam en zag met verbazing en afschuw die kille mistroostige ruimte, waarvan de meeste ruiten gebroken waren, op een hoop gesmeten zaagbladen, kettingen en verroeste autoskeletten. Juist achter haar kletterde in het donker een straal water uit een gesprongen buis in de gapende diepte van een vloeistofbad.

Ze wendde zich af. Een groezelige wolk hing in de nok van het hoge gebouw. Zacht geritsel op het dak van golfplaten kondigde nieuwe regen aan.

Ze verliet de loods, stak een modderig terrein vol dooiplassen over, liep snel in het schemerdonker, alsof ze zo vlug mogelijk een totaalindruk wilde krijgen, vond moeiteloos haar weg tussen hoge stapels rails die nooit waren gelegd, naast nog hogere stapels bielzen. Het was al lang ooms plan geweest een dubbel spoor op het terrein aan te leggen voor een nieuw type automatische kiepkarretjes. Hij had daar met haar over gesproken op een van hun uitstapjes.

Ze stapte over stukken rail, ademde de geur van nat staal, van natte roestplakken, van oude regenplassen in. Stapte over ongelijke klinkers.

Weer bergen afval.

Ze was niet van plan zich te laten ontmoedigen, liep met kalme nieuwsgierigheid in de richting van de kantoren, terwijl ze haar ogen liet gaan over die voorgoed stilgelegde machines, de zo geroemde diepte- en oppervlaktezagen, de stellages die tot het plafond reikten en bestemd waren voor de monteurs van de takelbanen, over de blinde woekering van het onkruid over al dat schroot – en herinnerde zich het bedrijvige geroezemoes van vroeger, terwijl de wind toenam en zich met sprongetjes meester maakte van de werf en de ene hangar na de andere veroverde en de daken deed buigen onder hun eigen gewicht en het geraas en geloei.

Struikelde bijna over de ineengedoken gestalte van een vrachtwagen, die met zijn wielen diep in de modder was weggezakt. De kap was doorgeroest en de motor lag bloot.

Ze liep verder onder de wirwar van roestige takelbanen boven haar, liet haar hand gaan over een stapel groen uitgeslagen planken die met zwammen aan elkaar waren gegroeid.

Passeerde een reusachtig, gloednieuw gebouw vol onbegrijpelijke machines, die nog nooit gebruikt waren, voelde de druk van haar voeten op vochtig zaagsel, kwam langs de zagerij waar oom zijn eerste boom tot planken had gezaagd en dacht: wanneer de oude roestige zagen als bij toverslag ineens in werking werden gezet, zouden ze breken. Ze stelde zich dat geluid voor en hield de handen tegen haar oren.

Ze kwam op een kruispunt van wegen. Hier lagen de kantoren. Maar ook het woord 'kantoor' was niet van toepassing op wat ze zag. Loshangende plinten, bureaus met versplinterde poten, metalen ordnerbakken die vooroverlagen, een doorgesneden telefoonkabel (misschien had zich de eerste klant via die kabel gemeld!), roze en groene vellen vloeipapier drijvend in een plas water. Hier leek de chaos nog groter.

Achterkamertjes vol dossiers waarin de wind vrij spel had; door kapotte ruiten woeien ijskoude druppels motregen naar binnen, op zwart carbonpapier, tegen haar wang. Ze luisterde even naar de wind en regen, raapte een blaadje op met een offerte van eikenfineer. Ze had zin om te lachen, ze wilde iemand tegenkomen of iets doen dat niemand ooit zou begrijpen. Ze gaf een zetje tegen een klapper die op de rand van een archiefkast lag en genoot van die kalme, opgetogen woede in haar, droomde van een kamer met holle wanden die bestonden uit gezichten van predikers en colporteurs.

Ze beklom een paar treden van een ijzeren spiraaltrap, maar bleef staan toen ze zag dat de muren ineens ophielden en de trap verder ging, de lege ruimte in. Hoe had dit allemaal zover kunnen komen?

Weer in de hal van het kantoor las ze de donkere letters op het matglas van de deuren. Daar DIRECTIE. Daar HOOFDBOEKHOUDER. Daar PLANNING. Voor haar voeten woei een blauwe doorslag waarop machine-onderdelen stonden getekend. Ze stak de doorslag in haar jaszak, hief langzaam haar hoofd op, luisterde naar de wind, naar de afwezigheid van oom, en ze had zelfs de indruk dat ze de heimwee kon horen die in haar buik en botten was gekropen. Ze herinnerde zich de hoofdboekhouder met zijn sleutelbos – een bijna kinderlijk belachelijke hoeveelheid sleutels.

Ze opende de deur waarop DIRECTIE stond. Daar zat oom, sterk, onverwoestbaar. Hij leunde met zijn schouders tegen de muur, dacht na over nog onbekende dingen, plannen die hij zou uitvoeren, overzag wat hij al verricht had. Eikenhouten bureau, eikenhouten kasten, roodbruin tapijt. De directiekamer van een miljoenenbedrijf. Persoonlijke dossiers alfabetisch gerangschikt – talloze telefoons, op uitschuifbare platforms van gevlochten staaldraad, waarmee hij contacten legde met mensen in andere delen van de wereld; de wil nog groter te worden – de uren die hij hier werkend en nadenkend doorbracht! Transacties. Boten en treinen, die in ondenkbare landen op schemerige namiddagen volgeladen werden en deze kant op kwamen. Kwaliteit van het hout; technische snufjes – een cirkelzaag, die altijd scherp bleef. Beginbod, concessies, uiterste prijzen bij onderhandelingen. Opbrengst opkrikken. Nieuwe loodsen.

Ze keek hem nieuwsgierig aan, misschien met een glimpje van voorpret in haar donkere ogen. Oom die ook had geloofd dat hij niet geboren was om te sterven maar om te winnen en die het leven zag als een onbegrensd, oneindig gebied, waarin het zaak was om vooruit te komen.

Ze luisterde naar de regen. Zo zaten ze daar. Heel vanzelfsprekend, alsof ze hier al jaren zaten, en bijna geamuseerd. Als de hoofdboekhouder binnenkwam, zou hij denken dat oom net een sterk verhaal had verteld.

Oom zei dat alles nog onzeker was. Hanna kwam overeind, beduusd, besluiteloos, terneergeslagen, zocht vergeefs naar een houding, maakte toen maar met haar hand een beweging naar haar gezicht. Misschien was het waar dat niets nog vaststond, maar ze voelde zich opeens verloren, vermoedde dat oom geen andere woorden meer zou zeggen en dat het tijd was geworden om te gaan.

Ze slenterde terug langs de verlaten paden en buiten de poort stelde ze zich het geraas van de instortende muren voor, het stof dat opsteeg. Eerst viel er nog regen, maar al gauw veegde een dartel windje de hemel schoon en het zou niet lang meer duren of er zouden veel sterren zijn. Hanna was na ruim een uur al weer thuis. Ze zag direct dat Simon in die tijd niet in huis was geweest en dus niets van haar afwezigheid had gemerkt. Ze verscheurde het briefje met de boodschap, haalde het bordje met GESLOTEN van de boom, deed haar schort voor en begon voor het eten te zorgen.

Vier

1

Er zijn mensen die zeggen: Er bestaan geen verrassingen in het leven. Tenminste niet voor wie goed om zich heen kijkt. Proosdij was die mening toegedaan. Hanna had goed om zich heen gekeken. Het is duidelijk dat je het niet altijd voor het zeggen hebt.

Eerste tekenen. Opeens bemerkte je dat hij al een hele tijd had gezwegen. Helemaal gesloten en hij zag grauw. Je had het gevoel dat je hem als je iets zei stoorde, lastigviel. Een lege ruimte tussen hen, zoiets. Het gevoel dat de kamer waar ze zaten opeens tien keer zo groot was. Een moment later kon zijn kleur dan weer bijtrekken en vertelde hij over een klant die hij had overgezet.

De onbekende had ze sinds de miskraam niet meer gezien. Misschien was haar schrik ongegrond geweest, toen. Was Simons bekering niet doorgegaan? Of was hij bekeerd en, met uitzondering van die afwezigheid soms, dezelfde gebleven? Hij was als altijd. Vrolijk, attent. Als dat dan die bekering was waar ze zo bang voor was geweest... Het was ook al weer een hele tijd geleden, lang voor de geboorte van Peter, dat ze hem iets had willen vragen en naar het veer gelopen was, en hem daar had aangetroffen in zijn wachthuisje, lezend in een boek. Verschrikt had hij haar aangekeken en het boek onmiddellijk dichtgeslagen en onder zijn houten bankje gelegd.

Een reiziger wilde overgezet worden.

Hanna had niet kunnen nalaten het boekje in te kijken. Het papier was verweerd, het omslag was bruin en vlekkerig. Het heette *Kleine Genadegaven* en was geschreven in 1696 door J. van Lodensteyn. Ze sloeg het open op bladzijde honderdvijftig en las: '...het bloot leggen van de staat der ziel in de gebeden is de Heere Christus zeer aangenaam...'

Er waren meer reizigers gekomen.

Ze legde het boek onder Simons zitbankje, en veegde haar handen af aan haar schort. Ze was een beetje vies van het beduimelde boek, waar een oude, muffe geur uit opsteeg. Wie hadden niet allemaal boven deze bladzijden zitten ademen?

En daarna?

Hun eerste kind was thuis geboren. Toen de weeën hevig werden, had Simon haar hand vastgepakt. Maar juist op dat moment had ze haar handen vrij willen hebben, de enige lichaamsdelen waar ze nog macht over had. 'Laat me los, Simon...' en omdat hij niet snel genoeg deed wat ze vroeg, had ze zich losgerukt. Simon had toen even heel boos gekeken en zich van haar afgewend. Daarna was het kind gekomen. Heel in de verte van de slaapkamer had ze Simon zien staan. 'Gefeliciteerd, een zoon, meneer Puyman.' Maar hij had met zijn figuur geen raad geweten; hij was wel bij haar komen zitten en had naar het kind gekeken maar had niets tegen haar gezegd, en zij had niet durven zeggen: Ik wil dat je nu mijn hand vasthoudt...

2

Zeven weken na de geboorte zou Peter gedoopt worden in de hervormde kerk van Bahr. Omdat Simon nergens over begon, zei Hanna op een dag dat er binnenkort doopzitting zou zijn.

'Zal ik een afspraak met de dominee maken?'

'Moet dat?'

'Natuurlijk moet dat.'

'Maar...' Zijn houding was onwillig, hij wilde niet met haar over dit onderwerp praten. '...Is het nodig dat hij gedoopt wordt?'

Je keek hem heel verbaasd aan.

'Natuurlijk is dat nodig. Onze kinderen worden gedoopt. We hebben daar nooit over gesproken omdat het zo vanzelfsprekend was. Niet? Simon...!'

Hij was zonder iets te zeggen naar buiten gelopen. Ze had hem nageroepen, maar hij had net gedaan of hij haar niet hoorde.

Je belde de dominee van Bahr op en vroeg wanneer de eerstvolgende doopzitting was. Je maakte een afspraak. Je zei dat je man misschien niet kon meekomen in verband met het veer.

Die avond zei Hanna tegen Simon dat ze een afspraak voor de doopzitting had gemaakt. 'Je hoeft er niet bij te zijn, maar ik zou het wel graag willen. Man en vrouw horen samen naar zoiets te gaan. Het gaat om ons kind. Simon, wij zijn toch ook gedoopt in die kerk?'

'Als jij het wilt doorzetten, dan moet jij maar gaan...' zei hij onverschillig.

'Als ik het wil doorzetten...' Je bedwong je ergernis, onderdrukte je angst, je zei weer tegen jezelf: Geen ruzie maken.

Gelukkig luidde de bel. Simon moest naar de overkant. Na een halfuur kwam hij terug. Je had Peter net naar bed gebracht en stond op de overloop wasgoed te strijken. Je bleef die hele avond boven, liep van de kinderkamer naar de slaapkamer, zocht werkjes, durfde niet naar beneden.

Simon ging tegen halfelf naar de keuken. Om Hanna niet te storen kleedde hij zich daar aan en uit. Zijn pyjama lag in een van de aanrechtkastjes.

Over een paar minuten zou hij bovenkomen. Het was ook een gewoonte sinds hun huwelijk dat ze voor ze gingen slapen gezamenlijk knielden; ieder voor zich vroeg de zegen voor de nacht en betoonde dankbaarheid voor de zegeningen die de dag had gebracht.

Hanna kleedde zich haastig uit, poetste haar tanden, bad snel en ging in bed liggen. Toen hij naar boven kwam, deed ze het licht uit.

Zonder het licht aan te doen, zonder te bidden, zonder een woord te zeggen kroop hij in bed, trok de dekens over zich heen. Hij lag met de rug naar je toe. Na een tijdje begreep je aan zijn regelmatige ademhaling dat hij sliep.

Jij lag op je rug, je ogen wijd open van angst. Als iemand je op dat moment had gevraagd om op te staan, had je waarschijnlijk geen beweging kunnen maken. Je was verlamd en begon te beven. Je beefde over je hele lichaam. Ten slotte hield het beven op; je was in slaap gevallen.

3

Midden in de nacht werd Hanna wakker. Simon lag niet naast haar. Ze voelde met haar hand, zijn bed was koud. Op de wekker met de groenverlichte wijzers zag ze dat het drie uur was. Ze zat rechtop in bed, spitste haar oren, ving behalve het gelijkmatige, rustige ademen van Peter (de deur van hun kamer en die van de kinderkamer bleven 's nachts open) geen geluid op. Hij was dus niet naar beneden gegaan om een kop thee te maken of een glas melk te drinken.

Hanna stapte haar bed uit, liep naar het raam en keek tussen de gordijnen door naar buiten. De tuin werd tot in alle hoeken door de maan verlicht. Plekjes licht dansten levendig op de achterwand van de veranda. Het leek of de engel van de vijver gehurkt in de vlammen stond te kijken. Tegen de stam van de boom stond een bos schorsloze bonenstaken als ijzeren spiesen. De wind klaagde een beetje in de kroon van de beuk en de nog bladerloze meidoornhaag tekende onregelmatige patronen in het grind, dat ze gistermiddag nog had geharkt. Simon was niet in de tuin.

Net toen ze de overloop op wilde gaan, hoorde ze zijn voetstappen op de trap. Minutenlang bleef hij op de kinderkamer, Hanna lag languit in haar bed, de armen gestrekt langs haar lichaam... Ze wilde zich zo smal mogelijk maken. Zo lukte het ook om haar enigszins gejaagde ademhaling in toom te houden. Simon moest denken dat zij gewoon sliep, zij wist nergens van.

Hij kwam de slaapkamer binnen. Haar ogen waren zo aan het donker gewend geraakt dat ze elke beweging van hem zag, dat ze zelfs de lichte en donkere strepen op zijn pyjama kon onderscheiden. Voor hij in bed stapte, veegde hij met de mouw van de pyjama zijn gezicht af.

Hij lag weer naast haar in bed en ze rook het zweet op zijn voorhoofd.

De volgende nacht bleef je wakker. Tegen halfdrie verliet Simon in een zacht, maar radeloos zuchten zijn bed en ging nogal gehaast, leek het, naar beneden. Korte tijd later ging de buitendeur open, je hoorde hoe de tuinpoort van het slot werd gedaan, het zachte piepen van het leren kussentje... o, je wreef je ogen uit. Daar liep hij, een overjas over zijn pyjama, ja gehaast, als voor een afspraak, alsof hij bang was te laat te komen voor een belangrijke ontmoeting. Ze kon hem een tiental meters volgen over de veerweg. Het zand was wit in het maanlicht, alsof er zout was gestrooid. Simon werd opgenomen in de duisternis.

Zou ze hem achternagaan? Maar wat ging hij doen? Welke onaangename, welke afschuwelijke verrassingen stonden haar te wachten? En wat moest ze zeggen als ze hem zag? Ze kon natuurlijk zeggen dat ze wakker was geworden, ongerust, hem in bed gemist had, het hele huis had afgezocht en ten einde raad maar deze kant op was gelopen.

Je bleef maar voor het raam staan. De afdrukken van zijn voetstappen waren duidelijk zichtbaar in het scherpe witte zand. Misschien kwam hij nu terug. Dan hoefde ze die beslissing niet te nemen.

Hij bleef weg. Hanna ging eerst naar de kamer van Peter, snoof de weezoete geur van het slapende kind op, dekte de blootgewoelde beentjes toe. Liep de trap af. De onderste treden kraakten, ondanks de dikke loper. Dat was altijd al zo geweest.

Hanna, met een oude regenjas over haar nachtjapon, liep zoveel mogelijk in het donker. Door de toppen van de bomen straalde een witte maan. Langs het donkerste gedeelte van de hemel, in het westen, richting Heuven, staken kruisen de lucht in: de gevorkte toppen van een rij populieren. Over het land kwamen dikke mistflarden aanrollen. Het land was een zee van aarde, met golven van onbeweeglijke, sombere heuvels, hier en daar blauw in het licht van de maan.

De weg steeg, dwars door stapels basalt en graniet. Er was blauw boven de rivier en in de bedding glinsterde het licht, stroomde alsof het vloeibaar was.

Ze bleef staan. Ze zag hem, geknield voor de omgekeerde boot, en hoorde zijn woorden, op de lichte bries: 'Laat af, laat af, o Heere, vernietig de vijand, o Heere wil mijn ziel toch ontgronden...' En de licht gonzende wind die hier altijd waait, het trillende schijnsel van de lichtbakens, het onophoudelijk slaan van de golven... en later: het eerste getjilp boven het water. De adem werd je afgesneden door de kou, het lange wachten, de duizelingen, de wijde lucht boven je, het levende licht, levende wereld, dat schouwspel van die man... Het was of je de wereld voor het eerst zag.

Maar je was ook opgelucht, dat hij tenminste alleen was, zonder die massieve onbekende. Alleen, alleen met zijn God. '...gedagvaard voor de Goddelijke vierschaar, ik waarachtig onbekeerde, ik bekeerde onbekeerde...'

Arme Simon!

'...Heer, o Heer zie mij aan in mijn ellende...'

Arme Simon!

Je dacht aan de baby alleen in het grote huis. In je hoofd nog het gewoel van die woorden. Peter sliep.

In bed wachtte je op hem, met het licht aan. Langer dan een uur bleef hij nog weg. Hij had natuurlijk het licht op hun kamer zien branden, durfde niet boven te komen.

Hanna ging naar beneden.

'Maar waar ben je toch? Wat is er gebeurd?'

Hij zat aan de keukentafel, zijn haar in de war, zijn ogen stonden vreemd, op zijn gezicht zaten schrammen.

'Ben je gevallen?'

Hij stond op, want hij wilde niets zeggen. Op zijn aangeslagen gezicht lag norse koppige trots.

'Zeg dan wat er gebeurd is!'

'Ik dacht dat ik iemand bij de boten hoorde. Ik ben gestruikeld.' Toen wendde hij zijn hoofd af, liep langs haar heen naar boven. In bed raakte ze even zijn hoofd aan. Hij verdroeg die tederheid zonder protest.

4

'Ik ga morgen naar de doopzitting,' zei Hanna een paar dagen later. 'Je hoeft niet mee. Dat gesprek is uiteindelijk een formaliteit. Maar je gaat aanstaande zondag wel met me naar de kerk. Doe het dan voor mij, als je er niet helemaal achter kunt staan, als het waar is, zoals jij beweert, dat deze kerk niet pal voor de waarheid staat en dus nooit een zuivere doop kan bedienen. En als je het niet voor mij wilt doen, doe het dan als teken van dankbaarheid. We hebben een mooi en gezond kind.'

De dominee ontving Hanna in de consistoriekamer van de kerk, die uitkeek op Het Gebouw. Er waren nog twee doopouders. Hanna was de enige zonder echtgenoot. De dominee legde uit wat de doop inhield: de kinderen werden door de heilige doop lidmaten van de kerk.

Hanna moest een handtekening onder het doopformulier plaatsen. Er werden daarna enkele praktische zaken besproken. De doopouders brachten een halfuur voor aanvang van de dienst het kind in de consistoriekamer, waar het werd overgenomen door degene die het kind de kerk in mocht dragen. (Nettie, de vrouw van Johan, die zelf nog geen kinderen had, wilde dat zo graag doen en Hanna had daarin toegestemd.) Als de dienst begon, zaten de doopouders op de eerste rij in de kerk...

'Ik vind het niet leuk als Peter gaat huilen,' zei Hanna tegen de dominee. Hij was het niet met haar eens. Hij vond het juist goed dat de kinderen die gedoopt werden, flink krijsten. 'Hoe harder ze krijsen hoe beter. Dat is de menselijke natuur. Ze stribbelen tegen om bij Gods kerk te worden ingelijfd. Nee, ze moeten huilen en ik laat daarom wat extra druppeltjes over het gezichtje lopen...' De dominee knipoogde naar Hanna.

Die zondagochtend zei Simon geen woord. Al om negen uur staken ze, in hun zondagse kleren, de rivier over. Hanna had zich voorgenomen Simon niet uit het oog te verliezen. Ze was bang dat hij zich op het laatste moment aan de plechtigheid zou onttrekken. Toen Simon vlak voor het begin van de dienst de consistoriekamer uit liep, ging Hanna, die net nog wat aan de kleertjes van haar kind verschikte, dat al in de armen van zijn aangetrouwde tante lag, hem direct achterna. Simon stond buiten naar de hemel te kijken. Ze riep hem.

De dominee riep Simon en Hanna Puyman naar voren. Nettie overhandigde het kind aan Hanna. 'Ik doop u, Peter Arno Puyman, in de naam des Vaders, en des Zoons, en des Heiligen Geestes.' Het donkere haar van het kind was nat. Een enkel druppeltje gleed over zijn voorhoofd. Het huilde niet. De twee andere kinderen krijsten zo hard dat het weergalmde onder de oude gewelven. Hanna was trots dat het hare zich stilhield. Toen ze een steelse blik opzij wierp, zag ze dat het zweet op Simons voorhoofd stond.

De baby's werden weggebracht, de doopouders mochten op hun plaats gaan zitten, de dominee preekte over Handelingen 2 '... en de Heere voegde dagelijks toe aan de kring die behouden werden.'

Simon klappertandde alsof het ijskoud was in de kerk. Maar het was hier behaaglijk warm, de zon scheen door het hoge raam op het rode tapijt met het marmeren doopvont, dat uit de veertiende eeuw stamde. Jij was hier gedoopt, met je beide broers, en zovelen vóór jou. Hier had je sterker dan elders het gevoel deel uit te maken van een allesomvattende macht, in ieder geval van iets dat ver boven jezelf uit ging. Maar Simon klappertandde op deze eerste prachtige dag van het jaar, zijn brede, korte hals was overdekt met kippenvel en op de rand van zijn bovenlip kleefden trillend grote druppels, die eraf vielen als hij zijn lippen bewoog. Zijn gezicht zag asgrauw, hij keek strak voor zich uit.

Ze pakte zijn hand, boog zich naar hem toe.

'Je krijgt toch geen griep?'

Op zijn gezicht verscheen even een uitdrukking van lichte achterdocht, toen schudde hij ontkennend zijn hoofd.

De dominee gaf het slotgezang op. De gemeente zong, staande. Simon hield zijn lippen stijf op elkaar en onder de zegen – De Heere zegene u en behoede u! De Heere doe' zijn aangezicht over u lichten en zij u genadig! De Heere verheffe zijn aangezicht over u en geve u vrede! Amen. Mooiere woorden had de kerk je niet te bieden. Je luisterde intens – hield hij zijn ogen open, alsof hij een ongelovige, een atheïst, een godloochenaar was. Maar hij stond in ieder geval naast je.

Eenmaal buiten de kerk kreeg zijn gezicht snel kleur. De hele familie trok in een stoet die de breedte van de dijk besloeg in de richting van het veer. Nettie en Alie, die al in haar achtste maand was en met haar puntbuik een meisje verwachtte, duwden elk met een hand de kinderwagen. Hanna liep tussen haar ouders, arm in arm.

'Wie ben jij toch?' vroeg mamma al voor de derde keer. 'Hanna, ik ben Hanna!'

'O, ben jij Hanna.'

Mamma takelde snel af. Ze had ook geen besef van de doopplechtigheid gehad.

'Je moet weer eens bij ons langskomen,' zei mamma.

'Ik ben drie dagen geleden geweest, mamma. Helemaal gelopen, met de kinderwagen! Ik heb de wegenbouwers bezig gezien. Overal bouwketen van de Dienst Ruilverkaveling! Binnenkort kunnen we met de fiets tot het huis komen!'

'De wetering is weg. Ik had liever gezien dat de wetering en de graswal waren gebleven.'

Dat waren opflikkeringen van helderheid bij mamma. Hanna gaf haar gelijk. In plaats van de wetering was er een vaart gegraven met rechte kanten. De graswal was verdwenen. Daar kwam een brede asfaltweg.

Simon liep met Hanna's beide broers voor hen. Johan droeg zijn donkere zonnebril. Ze hoorden Lex over kadastrering praten. Hij had het flinke toontje van zijn schoonvader overgenomen.

Pappa zei dat hij zich zorgen om Johan maakte. 'Er komt bijna geen werk meer uit zijn handen. En wat hij in de gauwigheid doet, is er dan ook naar. Zonder Nettie...'

'Is hij bij de dokter geweest?'

'De dokter kan niets vinden. Hij eet bijna niets en zit het liefst binnen, vooral bij zonnig weer. Hij zegt dat hij het licht niet kan verdragen.'

Pappa dacht dat het met de oorlog te maken had. Johan was in '39 gemobiliseerd. Hij had deel uitgemaakt van de derde batterij luchtafweergeschut, en was tijdens de meidagen ingezet op de Grebbeberg. Door een verkeerd bevel waren ze met hun stuk 8-staal, een in 1889 gegoten vuurmond, in handen van de Duitsers gevallen. De Duitsers hadden hen als barricade gebruikt. Op enkelen na was de hele batterij door Nederlands vuur omgekomen. Hij had er tegenover zijn vader één keer iets over losgelaten. Daarna had hij nooit meer over de oorlog gesproken. Pappa wist zeker dat hij daar dingen had gezien die wij ons niet konden voorstellen.

'Wie lopen daar toch allemaal?' vroeg mamma met een klaaglijk stemmetje.

'Och mamma, die ken je toch wel!'

'Dat is Alie die met Lex is getrouwd en daarnaast loopt Nettie, de vrouw van onze Johan...'

Maar ze leek haar belangstelling al verloren te hebben. En ze was altijd zo bij de tijd geweest.

Ze naderden het huis van Hanna's schoonouders, die op de bank voor hun huis zaten, onder aan de dijk. De stoet liep de steile dijk af om hen te begroeten. Simons vader kuste Hanna op beide wangen, maar hij feliciteerde haar niet met de doop, wierp ook geen blik op de kinderwagen.

'Dag vader,' zei Simon.

Zijn vader groette niet terug. Hij nam het zijn zoon kwalijk dat deze de doopplechtigheid van zijn eigen zoon had bijgewoond.

'Wil je even met me meekomen?' vroeg hij Hanna, en raakte haar arm aan als om haar bij de anderen weg te trekken.

In de keuken gaf hij haar een klein pakje dat hij uit zijn broekzak had gehaald.

'Voor jou.'

'Maar ik wil niets hebben, pa.' Ze raakte in paniek. Ze wilde zeggen dat hij haar geen groter geschenk kon geven dan gewoon te doen tegen Simon.

En weer moest je aan het konijn denken!

Ze maakte het pakje open, dat in zwart papier met gouden letters was gewikkeld. Een juwelierszaak in de stad. In een groen doosje lag op lila fluweel een gouden slavenarmband. Ze keek er beduusd naar.

Je was niet in staat hem te bedanken. Je hebt hem nooit gedragen.

5

Ze voeren in twee boten de rivier over. Lex had gelezen dat de nieuwe oeververbinding toch op zeker twintig kilometer afstand zou komen. En waarschijnlijk zonder fiets- en voetpaden. Dus alleen voor snelverkeer. Om het gebied te ontsluiten.

'Wat is hij lief,' zei Nettie, die de baby op schoot had.

'Hij huilde gelukkig niet,' zei Hanna, 'zoals die andere twee.

Hoewel hij van mij wel een heel klein beetje had mogen huilen. Lief zacht huilen.'

'Ja, lief zacht huilen,' beaamde Nettie. Beaamde ook Alie. Ze zagen beiden tegen Hanna op. Ze was ouder, ze was de oudste en ze kon de dingen goed verwoorden. *Lief zacht huilen.*

Ze moesten er zelf bijna van huilen.

Hanna had het eten zoveel mogelijk de dag tevoren klaargemaakt. De tafeltjes in de tuin had ze vanmorgen gedekt. Haar omsloten tuinrestaurantje. Aspergesoep, varkensvlees, verse spinazie. De vorken en messen rinkelden zachtjes boven de wit gedekte tafeltjes. Lex had het hoogste woord. Hij wist dat de nieuwe wet op de ruilverkaveling al effect sorteerde, want het aantal aanvragen nam snel toe. Voor het ruilverkavelingsblok waarin het land van pappa en mamma viel, had het rijk duizend ongeschoolden ter beschikking gesteld. In totaal moest twaalf kilometer watergang worden gegraven. De voordelen van dat alles waren niet alleen verlaging van de productiekosten, maar ook een grotere melkopbrengst en veel grotere oogstzekerheid. In ieder geval, de baten overtroffen verre de kosten.

De malsheid van het vlees werd geroemd. Simon zat aan een tafeltje met Johan en Nettie. Hij zat smakelijk te eten. Een enkele keer had ze hem zelfs luid horen lachen. Of ze betrapte hem erop dat hij gedachteloos naar het grind staarde dat ze eens – wat lang geleden alweer – samen hadden uitgezocht in de steenhouwerij op de helling. In zichzelf verzonken. Zwijgend. Diep naar binnen starend. En ze herinnerde zich de godsdienst uit hun jeugd... Ze onderhielden zich familiair en vroom met God, studeerden in de schietkuil achter de school bijzondere kniebuigingen in, waren volmaakte gelovigen die geen duidelijk onderscheid maakten tussen de zichtbare en de onzichtbare wereld. Ze hadden een onsterfelijke ziel. De dieren ook. Daarom kwam Simons konijn ook in de hemel. Geen twijfel mogelijk. Ze waren van eerbied vervuld en stil voor de onmetelijkheid van het transcendente. En ze maakten plannen die tegelijk vaag en heel precies waren. Grandioze plannen waarin ze zich lieten meeslepen.

Ze hield van Simon en Simon hield van haar. Samen hadden ze een kind dat vandaag was gedoopt.

Ze hield ook van familiebijeenkomsten. Ze waren als de kerk. Ze gaven je het gevoel bij iets te horen dat boven jezelf uit ging. Iets onverwoestbaars dat uitsteeg boven kleine ruzies en twisten. Ook een wolk van getuigen. Een warm nest. Ze hield van iedereen, ze wilde iedereen alles geven. Peter kraaide in de kinderwagen, zijn voetjes staken boven de rand uit. Zo lief, zo bijdehand, zo beweeglijk. Hij kon je aankijken of hij alles begreep, alles doorhad.

Nettie hielp haar in de keuken het toetje klaar te maken.

'Wat het met Johan moet worden...' verzuchtte ze.

'Gelukkig heeft hij vandaag iets gegeten. Hij is ook erg op jouw Simon gesteld.' En in één adem door: 'Is het waar, Hanna, dat Simon het geloof van die Poort aanhangt?' Nog voor Hanna antwoord kon geven, voegde Nettie eraan toe: 'Ik ben blij voor je dat jullie vanmorgen samen waren.' Alie kwam de keuken in en vroeg of ze kon helpen. Met z'n drieën brachten ze de puddinkjes naar buiten.

Na de thee vertrok iedereen. Pappa stopte Hanna honderd gulden toe.

'Je zult het wel kunnen gebruiken.'

6

Een vriendelijke najaarsdag. De zon stond schuin boven de rivier. De rivier slingerde zich tussen de weilanden. Op de dijk, aan de overkant, blikkerden melkbussen in het zonlicht.

Simon schoor zich voor de keukenspiegel. Daarna zette hij op het grind de schragen klaar. Hanna zong een liedje voor Peter.

De zomer was kil en regenachtig geweest. Er waren weinig bezoekers voor de theetuin gekomen. Vaak ook hing Hanna het bordje THEETUIN GESLOTEN tegen de boom, onder het affichekastje. Ze had werk genoeg aan het huis en ze wilde alle tijd aan hun kind besteden.

De natte zomer zorgde voor stevige stronken andijvie met mooie, gele, kroezige harten. Simon sneed de andijvie in de groentetuin achter het huis.

Peter stond in de box onder de oude boom Hij keek toe hoe zijn ouders de andijvie door schoon water sloegen. Op het water in de teil dreef een laag grijze slakjes. Na de zesde keer spoelen bleef het water schoon. Hanna sloeg haar handen, die stijf en gevoelloos waren geworden, tegen die van Simon om het bloed weer een beetje op gang te brengen. Peter wilde ook meedoen. Hij mocht meedoen. Het jongetje gilde van plezier.

De andijvie lekte uit. Druppels vielen tussen de planken door op het grind. De jongen luisterde naar de tikkende geluidjes, probeerde ze te imiteren. Hanna kookte de andijvie in grote pannen. Op thermometers die aan een haak in de pannen hingen, las ze de temperatuur van het water af. Andijvie voor de inmaak werd gekookt in water van tachtig graden Celsius. Ze was de hele dag bezig, want er gingen twee stronken in een pan. Aan het eind van de middag was de andijvie ingemaakt. Op het grind stonden vier Keulse potten, afgesloten met een uitgekookte theedoek, waarop ronde, witte, platte stenen lagen om de druk te verhogen. Simon zou ze straks naar de kelder brengen.

Hanna was voldaan. Ze konden er de hele winter van eten. Ze had nu geen zin meer om in de keuken te gaan staan om het eten klaar te maken. Ze zette Peter in zijn wandelwagentje. Opzij van het huis, voorbij een boomgaard, had Hanna onlangs een paadje ontdekt dat tussen twee haverakkers kronkelde. Er slingerden veel paadjes door het land, ze liepen dwars door boomgaarden, langs oude muurtjes met leiperziken, je raakt er snel de weg kwijt als je er niet bekend bent. Hanna's nieuwe pad kwam langs een omweg ten slotte bij de rivier uit, drie kribben stroomopwaarts ten opzichte van het veer. Vanaf dat punt liep weer een pad dat nauwgezet de rivier volgde. Je passeerde een bunker en dan zag je het wachthuisje, de aanlegsteiger en de boten.

Ze had zin om naar Simon toe te gaan, opende de poort van de tuin. Ze liep op haar dooie gemak. Heel ver weg, in de richting van het kasteel, klonk het geratel van een kar. De andere kant op was de blauwe kerktoren van Bahr te zien. Ze stak schuin een boomgaard door, moest zich bukken om de lage takken, topzwaar van de appels en peren, te ontwijken, luisterde naar het zilveren lachje van de pimpelmees, volgde het vogeltje, dat acrobatische toeren verrichtte tegen de schors van een boom. In het gras aan haar voeten bewoog zich een toefje veren, roze en azuurblauw, met een lange staart. Het was een vogeltje dat ze nog niet eerder had gezien.

Hanna was vrolijk. Het kind in de wandelwagen lachte tegen haar, de zon kietelde hun wangen, het hele landschap lachte.

Ze bukte zich om tijm en peterselie te plukken. In de haverakker plukte ze korenbloemen en klaprozen. Het pad daalde af naar het laagste gedeelte van het land en kwam bij een heldere plas omringd door wilgenbosjes. Bij de oever verdrongen zich dichte plukken riet en dwergwilgen met blaadjes niet groter dan een vingernagel. Een koppel patrijzen vloog op, vlammend rood en groen in de zon. Gele irissen waren voor de tweede keer in bloei gekomen. Een scheefgegroeide zilverpopulier leek op een gebocheld mannetje in een harnas. Vissen met scherpe bekken hapten dicht bij de oever naar vliegjes, die misschien door de wind in het water terecht waren gekomen en naar de bodem waren weggezakt. De vissen brachten met hun staart het zand en slib in beroering of duwden met hun dikke onderlip – als met een kinderschepje – het zand weg. Of je zag ze heftig hun kieuwen bewegen, waar de opgewoelde watervlooien en wormpjes dan achter bleven steken.

Een meeuw zat met zijn felgele snavel zijn veren schoon te maken. Wat zag hij er weldoorvoed uit! Hanna plukte een handjevol wilde aardbeien, die ook voor de tweede keer vrucht droegen.

Achter haar zat een muisje in het donker molm uit een boomstronk te krabben.

Ze opende een hek van overdwars en overlangs getimmerde ruwe planken en keek over de rivier. Wat een beweging, wat een drukte en een verkeer op het water! Een komen en gaan van schepen. Aan masten en lijnen woeien heftig klapperende vlaggetjes. Kleine golven spoelden over de strandjes en kiezelveldjes.

Zon op je oogleden en de rivier kleurde purperrood. Het leven is mooi, Hanna, en je ziet er stralend uit en je lacht naar je kind. Het leven is mooi. Fanfares van tinten, van wilde kruidengeuren. Bataljons van geluiden, regimenten. In luisterrijke optochten. Onophoudelijk geschetter. Kijk, een vuurzuil in het water! Waarom blijf je nu opeens staan en waarom lach je niet meer? Wat een stilte opeens! Zwijgend alarm... Je gezicht betrok, je deed snel een paar stappen terug, zodat jullie niet zouden worden gezien.

Simon zat op een stapel basaltblokken. Voor hem stond een man in een zwart kostuum, met een zwarte hoed. Zijn bleke gezicht was overdekt met sproeten. Het leek, van die afstand, of er een zwerm rode mieren overheen liep. Ze herkende de man.

Hij nam zijn hoed af, legde die naast Simon neer en vouwde zijn handen, dat wil zeggen, hij bracht ze boven Simons hoofd bij elkaar. Ze kon niet precies verstaan wat hij zei. Soms kwam een zin op de milde bries mee: '...wee wie met zijn Formeerder twist en tot de vrouw zegt: wat baart gij...'

Naast hem stond een zwarte koffer, die was dichtgesnoerd met een brede stoffen riem. Naast Simon lag een stapel boeken.

7

Met Peter op de arm liep ze heen en weer in de tuin, begoot met een kindergieter de potten met fuchsia's. Er kwam een recht straaltje water uit, maar het viel naast de planten omdat hier opeens wat wind onder de bomen door trok, die het straaltje opnam en omboog. Je had het niet eens in de gaten. Je was totaal van streek, je beefde van woede. Je dacht: Ik wil die man niet meer...

Op de nok van de veranda zong een lijster. Hij riep iemand, het was zo duidelijk dat hij iemand riep. Hanna was ontroerd door de menselijke stem van de vogel. En er kwam een antwoord, lieflijker, maar even nadrukkelijk.

Op dat moment hoorde ze voetstappen en Simons stem, onderdanig. Hij sprak tegen de onbekende. Hanna, met het kind op de arm, stond als aan de grond genageld.

De tuinpoort ging open en ze kwamen op haar toe.

'Dit is Dijkstra,' zei Simon. 'Hij heeft een verre reis gemaakt. Hij gaat zo weer verder. Kan hij met ons meeëten?'

Ja, zijn gezicht was overdekt met sproeten. Sommige zo groot als lapjes stof in steeds lichtere tinten en dat witte, pigmentloze gezicht liep uit in een spitse, venijnige kin. Ergens zweefden twee rode snorpunten, waar hij op kauwde als hij niet sprak, en zijn linkeroog was dood, staarde je aan met zijn witte imitatie-adertjes. Dat glazen oog moest al heel oud zijn want de namaakadertjes waren op verschillende plaatsen groen uitgeslagen. Het andere oog leefde echter voor twee, straalde een eigen leven uit, waaraan de buitenwereld geen deel leek te hebben. Het blikkerde van ingehouden vuur, het flitste krijgshaftig in het avondlicht, het was van genadeloos blauw staal en van het zuivere wit van krijt, maar in plaats van dat dit alles Hanna in paniek bracht, voelde ze weer leven in haar benen komen, was haar stem tamelijk zeker toen ze hem een hand gaf en begroette. Het moest toch een koud kunstje zijn om Simon aan het verstand te brengen dat het niet de moeite loonde om het barre geloof van deze Eenoog te omhelzen.

Die gedachte maakte je zelfs vrolijk. Je had zin om te vechten, je had zin om te winnen. Je zou winnen. Je deed Peter in de box, je ging eten klaarmaken in de keuken. Via het open raam ving je door het lijstergezang heen flarden gesprek op. Maar je kon er geen touw aan vastknopen: '...altijd bezig zijn... in de profijtelijke grond voor de eeuwigheid in de bevinding te zoeken... in de hoop... en de overname des geloofs...'

Je diende op in de tuin. Althans dat wilde je. Simon durfde je niet aan te kijken toen Eenoog zei dat hij niet onder de blote hemel wilde eten. Dat zou de Heere een persoonlijke gruwel zijn.

Alleen de dieren des velds en de vogelen des hemels en de vissen in de zee vergaarden voedsel en namen het tot zich...

Dus aten jullie aan de keukentafel. Dijkstra vroeg of hij met gebed mocht openen. Hij bad hardop. Hij bad ook voor de kleine Peter, die in zonde ontvangen en geboren was. Na het eten dankte hij. Hanna zette koffie. De beide mannen zaten buiten op de bank, de open koffer tussen hen in. Simon koos twee boeken uit. Eenoog sloot de koffer, gespte de riem vast, nadat hij hem stevig had aangetrokken.

Na de koffie bedankte hij Hanna voor de gastvrijheid. Simon vroeg Hanna om dertig gulden. Hij had wat boekjes gekocht.

'Dertig gulden voor die twee!'

Hij zei dat het zeldzame boeken waren.

Je ging naar boven; van achter een stapel lakens in de linnenkast op de overloop pakte je een oude zwarte portefeuille en haalde er drie briefjes van tien uit. Het was geld dat je had gespaard in Heuven, bij oom en tante.

Je gaf het geld aan Simon. Hij overhandigde het aan Eenoog. Je dacht: Simon heeft wel tien boeken gekocht vandaag. Misschien wel voor een bedrag van meer dan honderd gulden. En het geld moet hier met dubbeltjes en kwartjes binnenkomen.

Jullie zaten samen op de bank voor het huis en toen kwam het moment dat je direct begreep: de strijd zou zwaar worden. Het was nog maar de vraag of je zou winnen. Simon stelde voor: 'Zullen we dat engeltje maar niet opruimen, Hanna? Zo'n groen uitgeslagen ding?'

'Hij is niet groen uitgeslagen...'

Dagen later kwam hij erop terug. 'Gij zult u geen gesneden beeld maken,' zei hij, 'noch enige gestalte van wat boven in de hemel noch beneden op de aarde is, noch van wat in de wateren onder de aarde is... Gij zult u voor die niet buigen.'

'Het moet zeker weg van die Dijkstra.'

Eerst gaf hij geen antwoord. Toen zei hij: 'Je gunt me dat niet.'

O, wat gebeurde er veel in dat jaar. Ging dat jouw krachten niet nu al te boven? Het was waar dat de lijsterbes prachtig opvlamde dat najaar...

8

In de loop van de week bedaarde Hanna's verontwaardiging. De volgende zondag was nog mooier. Land en rivier blakerden in de zon. De poes lag voor dood in de smalle schaduwstreep van de zijmuur en bewoog alleen haar oren als een vogel opvloog.

Hanna was boven bezig. Ze had Peter net in bad gedaan en aangekleed. Ze wilde hun bed gaan opmaken toen Simon riep: 'Kóm je.' Er lag iets dwingends in zijn stem.

'Wat is er dan?'

'Je hoeft toch op zondagmorgen geen bedden op te maken.'

Waarom niet, dacht ze. Ze zei: 'Ik ben nog met Peter bezig.'

'Ik wil wat voorlezen.'

'Wat voorlezen?'

Simon zei niets meer, maar bleef onder aan de trap staan.

'Kom je dan zo!'

Hanna gaf geen antwoord.

Ze kwam met Peter beneden, zette hem buiten in de box. Het was zo warm dat hij geen truitje aan hoefde. De zon scheen door de nog kale takken van de boom op zijn beentjes, die al bruin waren. Goed, dacht je, dat bed opmaken kan altijd nog, ik stoot toch altijd mijn tenen tegen die dikke eikenhouten poten. Het hoeft ook eigenlijk niet, nu dat bed opmaken.

Simon zat aan de tafel in de huiskamer, een boek opengeslagen voor zich. Zijn gezicht was bleek en diep ernstig.

Hij keek achterom naar de pendule op de schoorsteenmantel. Het was vijf over tien. Hij zei dat hij al om halftien had willen beginnen.

'Daar wist ik niets van,' zei Hanna.

'Zal ik Peter binnenhalen?' vroeg hij toen. Ze zag dat hij zich schaamde voor die woorden, want hij durfde haar niet aan te kijken.

'Hij mag toch wel buiten blijven? Dat weer is zo goed voor hem. Hij begrijpt toch niet...' Haar stem klonk zo licht, zo vleierig. Daar zou hij vast geen weerstand aan kunnen bieden. Ze ging nog verder toen ze zag dat hij aarzelde: 'Waarom ga je niet wat lezen buiten op de bank? Dan kunnen we ook nog van het mooie weer genieten. Simon, wat moet een kind nou met een rondzendbrief van Poort!'

Dat had ze niet moeten zeggen. Simon stond op.

Hij haalde het kind uit de box, trok aan de klink van de poort om er zeker van te zijn dat die op slot zat, en kwam naar binnen.

Hanna zat met Peter op schoot. Ze zongen psalm 25:1. ''k Hef mijn ziel, o God der Goden, tot u op!' Simon zong luid. Het moest op de veerweg te horen zijn. Hanna zong zo nu en dan een woord of een regel mee, onhoorbaar. Het jongetje greep steeds met zijn handjes naar het psalmboek.

'Ik lees nu een gebed van dominee Poort voor,' zei Simon. Zijn stem klonk wat onzeker. Hij vouwde zijn handen, Hanna vouwde de hare om de handjes van het kind. 'Ach volzalig en algenoegzaam en aanbiddelijk Opperwezen... Of het ons door Uw genade geschonken mocht worden, niet alleen onze handen, maar ook onze harten tot U op te heffen. Bij ons is geen goed. Bij ons is geen grond om op te pleiten. Gij zoudt recht hebben gedaan wanneer Gij ons voor eeuwig verstoten had...'

De preek begon. In het begin brabbelde Peter nog wat. Dan hield Simon zijn stem iets in, licht geërgerd, of haperde even. Maar het werd steeds benauwder in de kamer, waarvan Simon tevoren alle ramen had gesloten, en Peter viel al snel in slaap, zijn warme wangen tegen die van Hanna. Hanna soesde ook een beetje weg. Ving soms, even wakker schrikkend, woorden op die Simon hoog vanaf de huiskamertafel vurig verkondigde. 'En nu, geliefden, zult u vragen: Waar is Christus dan? Geliefden, hij is zo dichtbij. Hij is te vinden in het Woord. En hoe vindt u Hem in het Woord? Door u aan het Woord te onderwerpen.'

Kort voor twaalven schoof Simon het boek opzij. Ze zongen het tweede vers van dezelfde psalm: 'Heer, ai maak mij Uwe wegen...'

Ze zette het kind weer in de box en maakte koffie. Simon wilde de koffie binnen drinken. Hanna dronk haar koffie buiten op de bank, alleen.

9

De winter had dat jaar een grimmig karakter. De mussen hadden opgezette veren van de kou. In het voorjaar zou er weer een baby geboren worden. En weer hadden ze afgesproken, opnieuw tegen Hanna's zin, dat zij de naam voor een jongen en hij de naam voor een meisje zou bedenken.

Toen de eerste weeën kwamen constateerde de huisarts een stuitligging en durfde de bevalling thuis niet aan. Hij bracht Hanna zelf naar het gemeentelijk ziekenhuis in de stad. De weeën kwamen daar snel na elkaar, de artsen moesten inknippen. Pijnlijke bevalling, twaalf hechtingen, maar aan de baby, een gezonde jongen, mankeerde niets.

Alles was zo snel gegaan dat Simon er niet bij was geweest, en de dokter zelf had hem bij het veer de voorspoedige geboorte van zijn zoon meegedeeld. Simon had niets gezegd, was in de roeiboot gestapt en het water op gevaren. Hij had zich laten afzakken tot aan de steenfabriek. Pas twee dagen later was hij Hanna in het ziekenhuis komen opzoeken. Hij had zijn zinnen op een meisje gezet. Hanna heeft nooit begrepen waarom.

Deze baby schreeuwde vreselijk. Het gekrijs hield soms even op, eindigde op een gekke hoge toon, alsof iemand een zweep liet knallen. Na een lange stilte begon hij weer, in nog harder gebrul, dat weer onverwacht werd onderbroken omdat hij adem moest scheppen.

Er kon geen sprake van zijn dat op zondag gelezen werd. Het kind was alleen stil te krijgen als Hanna met hem ging wandelen of, zittend op de bank, de kinderwagen zachtjes op en neer bewoog.

10

Nee, ze heeft nooit begrepen waarom Simon zo verbeten een dochter wilde. Koningen, in geschiedenisverhalen, wilden toch altijd een zoon? Zelfs in deze tijd nam de sjah van Perzië een andere vrouw om die reden. Mensen met een bedrijf hadden ook het liefst een zoon, als opvolger.

Wat Hanna had verdrongen, maar wat in die dagen toch steeds door haar hoofd spookte, was de herinnering aan de miskraam: Simon had navraag gedaan – had ze pas later begrepen en was erachter gekomen dat hun eerste kind een meisje zou zijn geweest.

Daaraan dacht ze terwijl ze over de dijk fietste, met Erik in het zitje voorop en Peter op zijn eigen fietsje naast haar. Het water was stil en stond laag. Op de stukjes oever lag wit schuim, vlokkend als zeep.

Even voorbij de kerk begon een lange rij bouwketen met DIENST RUILVERKAVELING erop. Een kaarsrechte weg liep door het land. Hanna's moeder stond bij de oprit naar de boerderij. Ze was bezig met haar stok brandnetels opzij te duwen. Uit de bruuske bewegingen kon je opmaken dat ze ergens ontstemd over was.

'Dag mamma,' zei Hanna.

'Dag oma,' zeiden de kinderen.

Oma keek wantrouwend op. Ze vroeg: 'Waar is pappa toch?'

'Pappa zal wel binnen zijn,' antwoordde Hanna. 'Maar wie zijn wij dan?'

Haar moeder dacht diep na, wees toen met de stok op de beide kinderen.

'Wie zijn dat?'

'Och mamma, dat zijn Peter en Erik, de kinderen van Simon en mij!'

'Komt Simon ook?'

'Na het werk...'

'En waar kom je vandaan?'

'Van huis natuurlijk!'

'En Simon? Komt Simon niet mee?'

'Ja, die komt ook, na zijn werk.'

Hanna's moeder dacht na terwijl ze slikbewegingen maakte, en de pezen in haar hals spanden zich van het nadenken.

Ze gingen samen op weg naar de boerderij. Oma krakend in haar gewrichten, onverstaanbare woorden tegen de aarde mompelend. De kinderen holden vooruit. Oma streelde Hanna's handen, betastte haar gezicht. 'Ja, jij bent Hanna...' Ze deed een poging om te glimlachen. In haar ogen stond de herinnering aan een verre droom. Hanna keek naar die handen. Dwars door de versleten huid van haar kleine handen was elk botje te zien. En overal blauwe vlekken. Blauwe vlekken, in lagen boven elkaar. Mamma's lichaam had al geen kracht meer om een wondje met eigen bloed te genezen.

Johan zat in het donkerste hoekje van de kamer. Voor hem bleven ze binnen, ondanks het mooie weer.

'Komt er nou een nieuwe brug?' vroeg pappa.

De berichten waren tegenstrijdig.

'Simon zou er eens achterheen moeten gaan,' opperde Nettie. 'Die brug is broodroof.'

'Simon komt toch wel?' vroeg Johan.

'Hij heeft het me beloofd,' zei Hanna.

Pappa had ook gehoord dat oom Wijnand zich uit de zaak had teruggetrokken. Hij was eerst nog een tijdje commissaris geweest, maar Coen had het niet kunnen verdragen dat zijn vader elke dag op de zaak was komen kijken. 'Het gaat niet zo erg goed tussen die twee.'

'Heb jij ooit nog contact met ze gehad, Hanna?' Het was Nettie die die vraag stelde. Zou zij iets van die diefstal weten? Waarschijnlijk niet. Het kon Hanna ook weinig meer schelen. Het was halfacht en Simon was er nog niet.

'Nee,' zei ze kortaf. 'Met Eriks geboorte heb ik ook geen kaartje meer gestuurd.'

Oma keek verdrietig. Ze hield haar beker met beide handen vast en luisterde, daarna slaakte ze een diepe zucht, sloeg haar ogen op, stak haar beker naar voren en haar mond ging open. Iedereen dacht dat er wat zou komen, maar er kwam geen woord.

11

'Simon, ben je wakker?'

'Ja...'

'Ik maak me zorgen...'

'Waarom?'

Lang zwijgen.

'Om de brug die gaat komen. Iedereen praat erover. Je moet er eens achteraan. Simon, het is ons brood. Ga naar het provinciehuis in de stad of... Maar je moet iets doen.'

'Goed, ik ga morgen wel...'

'Simon, je hebt me mooi laten zitten! Waarom ben je niet gekomen? Iedereen vroeg waar je was.'

Simon zuchtte. 'Ik had andere dingen te doen.'

De toon waarop dat gezegd werd, tegelijk vastbesloten en onderdanig, was nieuw en kwetsend. Ze was te geschrokken om ernstig gegriefd te zijn.

'Simon...' hield je vermetel aan.

'Die brug kunnen we niet tegenhouden. Als hij komt, zien we wel weer.'

'Is die Eenoog hier geweest vandaag?'

'Waarom?...'

'Ik rook het toen ik thuiskwam. Hij heeft een doordringende geur om zich heen. Is hij hier geweest?'

'Ja, hij is hier geweest.'

'Mooie boel, ik in de late avond met twee kinderen over die stikdonkere dijk en jij met die éénoog aan onze keukentafel en de familie die natuurlijk denkt: Nou, die Hanna wordt mooi in de steek gelaten, nou, daar zit me een flinke worm in die mooie, glanzende appel. Ze hebben alles om gelukkig te zijn, wat hebben ze nog meer nodig?'

'De familie kan me niets schelen...'

'Dat meen je niet!'

In de nacht, jullie stemmen, die van Simon vreemd, afwijzend, verongelijkt; die van jou ijzig koel. (De enige manier om de angst te beheersen, om verhitte discussies die tot ruzie zouden leiden te vermijden.)

12

Peters nieuwe laarsjes die piepten, knarsten, kraakten van nieuwigheid, en die geluiden waren prettig. Prachtige laarsjes. Donkerblauw. Pittig kleurtje en lekker groot. Zeker twee maten over, voor viltzolen en een extra paar sokken. Laarsjes voor de winter. Maar hij mocht ze maar even aan, omdat Hanna ze net voor hem had gekocht. De jongen holde door de tuin.

Pas op. Val niet, dacht ze. Ze glimlachte.

'Kom je me helpen?'

De jongen maakte een kleine beweging met zijn hand en kwam op zijn moeder toe gelopen, die met een mand wasgoed en een drietrees-keukentrapje op de veerweg stond. Aan haar voeten speelde Erik in het gele zand. Een vlindertje met lichtblauwe, bijna vierkante vleugels fladderde over een veld witte akkermaalsbloemen en streek ten slotte neer op een steen.

Hanna hing was op, Peter reikte de kledingstukken aan, en hield het keukentrapje vast. Hij keek op naar zijn moeder.

'Goedemiddag.'

Hanna en de kinderen schrokken, keken alle drie tegelijk om. Een lange man, met een mager gezicht – een en al spier en bot, met wenkbrauwen van een duim dik, die vastgeplakt leken op zijn voorhoofd en vlak boven zijn neus bij elkaar kwamen, stond voor hen. Het was er weer eentje! Als het niet zo ontzettend triest was, zou je erom moeten lachen. Koffer, kostuum, hoed, alles zwart, alles van dezelfde glimmende stof. Je zou zeggen dat de colporteurs, behalve op hun afzichtelijke uiterlijk, op de tint zwart geselecteerd werden!

Van onder die zware wenkbrauwen, die het hele gezicht in beslag leken te nemen, priemden kleine zwarte ogen. De blik van de man was vol sluwheid op haar gevestigd toen hij vroeg: 'Hier kan ik toch de rivier over?' Hij sprak even behoedzaam als hij haar genaderd moest zijn. Bijna geluidloos.

Ze wilde zeggen: 'Nee, dit veer is opgeheven en mijn man is er niet. En ik heb geen tijd voor u.' En ze had het moeten zeggen met een harde, afdoende stem, terwijl ze hem onversaagd bleef aankijken, als om hem duidelijk te maken dat hij zo snel mogelijk diende te verdwijnen.

In plaats daarvan vroeg ze hem vanaf de hoogste tree van de trap wat hij in zijn koffer had. Hij maakte de riem los, knipte het slot open en ging gehurkt bij zijn koopwaar zitten. Kleine stapels boeken en tijdschriften, bijeengebonden met vliegertouw. Hanna las een paar titels: *De Vriend van Oud en Jong*, *De Heidelbergsche Catechismus*, *De Psalmen van Datheen...*

Hij toonde haar zijn koopwaar, stapeltje voor stapeltje, en keek haar aan, een diepe rimpel in zijn lage voorhoofd. Hij prees zijn vette, beduimelde, stukgelezen, tweedehands boeken aan, met een zachte, vriendelijke, maar heel nadrukkelijke stem, alsof hij een gehoorzame maar domme leerling moest onderrichten. Ja, ze moest wel vervuld raken van dankbaarheid dat hij zoveel heerlijks voor haar uitstalde.

'Heeft u daar belangstelling voor, mevrouw?'

Ze keek neer op de kale smalle schedel die door het dunne haar heen schemerde. Deze kon ze aan.

'Ik heb het al gezien. Ik neem niets. En mijn man ook niet. U houdt hem maar van zijn werk af. Bovendien ben ik vies van die oude boeken.'

Haar lippen trilden. Ze bleef naar hem kijken als om zich ervan te vergewissen hoe ver ze kon gaan.

'Ik wil u hier nooit meer zien.'

Achteraf was het natuurlijk makkelijk om te zeggen: Je had sommige dingen eerder moeten zeggen, sommige gebaren eerder moeten maken en dan zou dat alles zich van je afgekeerd hebben... Maar deze heb je dan toch flink afgepoeierd! Hij pakte tenminste zijn koffer in, trok de riem strak aan, zodat ruggen en hoeken van boeken door de stof zichtbaar waren. Er lag berusting in zijn blik. Hij nam de koffer op, maakte een lichte buiging naar Hanna en de beide kinderen.

Ze volgde hem met haar blik tot hij ten slotte achter De Volharding verdween. Zo, die zou niet meer terugkomen.

'Boze man,' stelde Peter vast.

'Ja, boze man, niets tegen pappa zeggen.'

In het schuine licht van die middag, dat uit een warme, ronde hemel viel, was Hanna er opeens zeker van dat wat met Simon gebeurde misschien niet catastrofaal was. Ze voelde zich gesterkt door haar eigen flinke houding en zei tegen zichzelf dat het nodig was om vertrouwen te hebben. Ja, vertrouwen. Niet in de God van de colporteurs, maar vertrouwen in jezelf, geloven dat de dingen uiteindelijk goed zullen komen.

Vorige week was hun trouwdag geweest. Ze had gedacht: Ik zeg er niets van. Simon was hun trouwdag niet vergeten. Peter had het cadeau mogen geven. Je kreeg een horloge, modern, met een fijngeschakeld gouden bandje.

'Maar dat is veel te duur!...'

Ontroerd kuste je eerst de beide jongens, toen liep je op Simon toe. Het was lang geleden dat jullie elkaar overdag een zoen gaven. Jullie waren er beiden verlegen onder en Simon draaide zijn hoofd half weg. Je was ontroerd. Het was precies het cadeau dat je had willen krijgen. Het horloge dat je op je achttiende van je ouders had gekregen, lag kapot in een la van de kast.

13

'En...?' vroeg Hanna toen hij op een dag tegen vier uur 's middags thuiskwam.

Ze had hem eindelijk zover gekregen dat hij naar het provinciehuis ging om meer informatie over de brug in te winnen en vanmorgen was hij na de vaste klanten te hebben overgezet met de fiets naar de stad gegaan. Hij droeg zijn lichtgrijze zondagse pak en zijn grijze hoed, die hem zo goed stonden.

'Ze kunnen nog weinig zeggen,' zei hij.

'Ben je daarvoor de hele dag weg geweest?'

'Ik heb dit meegekregen.' Hij gaf haar een gestencild blaadje, ondertekend door de Dienst Rijkswaterstaat. Hanna las dat de brug een doorvaarhoogte van 25 meter zou hebben. De brug overspande 172 meter, had een brugdek van 4816 meter en een staalgewicht van 260 kg per vierkante meter. De dubbele rijvloer zou worden uitgevoerd als orthtrope plaat, aan de onderzijde voorzien van trogvormige profielen, d.w.z. langsliggers... enzovoort.

'Maar heb je niets gehoord over de plaats van de brug, en wanneer ze met de bouw willen beginnen?'

'Dat was nog onbekend. Ze wisten niets. De plannen wisselen met de dag.'

'Heb je wel goed gezegd dat wij er direct belang bij hebben, dat die brug het einde van ons bestaan kan betekenen?'

'Einde van ons bestaan... altijd dat overdrijven.' Hij liep de kamer uit om zich te verkleden.

'Ik had beter zelf kunnen gaan...' Je zei niets meer, maar toen hij weer beneden kwam, liet je je ontvallen dat hij toch wel erg lang was weggebleven. 'Ik heb klanten moeten wegsturen. Sommigen hebben meer dan een uur hier in de tuin gewacht. Dat provinciehuis is toch alleen maar 's morgens open?'

'Je wilt het me extra moeilijk maken.'

'Je weet wel beter.'

'Je stelt vragen die je niet moet stellen.' Met die woorden liep hij in de richting van de rivier.

14

Een zondagochtend in juli. Al wekenlang was het warm. Over het land hing een doorzichtige lucht waarin je horzels al van heel ver aan zag komen. Het vlakke water, verweerd en bleekblauw, golfde nog maar nauwelijks merkbaar. Het gekwaak van kikkers was 's nachts en overdag te horen.

Simon, aan de eettafel, las hardop voor. Hanna, met Erik op schoot, keek naar het stilleven met klaprozen dat naast de schoorsteenmantel hing. De klaprozen waren goed getroffen, in realistische, warme tinten. De schilder had ze afgebeeld in drie fasen:

bloemen die nog in de knop zaten, bloemen in volle bloei en twee waren bezig uit te vallen. Op het lopertje met de doorzichtige vaas, half vol water, lagen een paar verwelkte bloemblaadjes.

'Het geloof, het oprechte geloof kan zo klein niet zijn of het is nog altijd het geloof der uitverkorenen Gods...'

Hanna droeg een lichte zomerjurk. De zon viel door een zijraam naar binnen. Fietsers kwamen voorbij om naar de ongewoon lage waterstand te gaan kijken. In de afgelopen week was er al iemand in geslaagd om, iets hogerop, wadend de rivier over te steken. Alle scheepvaart was gestaakt.

Hanna verbaasde zich over de stilte van de kinderen. Erik keek in een boek met plaatjes, en Peter, in zijn eigen stoeltje, tekende op velletjes papier. Ze verbaasde zich ook dat ze zich zo snel naar deze huisdiensten had gevoegd, ervoor zorgde dat de kinderen tijdig waren aangekleed, en ze had zelfs tegen Simon gezegd: 'Waarom begin je niet om halftien te lezen, of nog vroeger, met dit warme weer, dan is de ochtend nog niet helemaal weg.' Op dat argument had hij geen commentaar gegeven. Toch begon hij de laatste weken een halfuur eerder, en als de preek wat kort uitviel, konden de kinderen tegen twaalf uur naar buiten.

Hanna streek met een vinger langs Eriks oortje. Eriks ogen begonnen al dicht te vallen. Als gewoonlijk viel hij na een uur in slaap. De pendule, met de wijzerplaat van glimmend koper, sloeg met een helder geluid halfelf. Het boekje gleed uit zijn handen, Hanna ving het op. 'De Heere is God. Dus het gestorte bloed is het bloed van God... Hoe zullen wij ontkomen als wij op die bloedstorting geen acht slaan?'

Ze keek naar zijn gebogen, bruinverbrande nek. Hij droeg het blauwgestreepte overhemd met witte boord. Ze zou nu naar hem toe willen lopen en tegen hem willen zeggen: Hou toch op alsjeblieft, hou op, laten we proberen om nu te ontkomen! Maar Simons voorhoofd was even ondoordringbaar als de muren van dit oude huis. Wat kon haar tederheid daartegen uitrichten? De meeslepende vlucht van de woorden die hij las, deed hem alles vergeten. De woorden. Met een gezicht, bleek van angst en onverbiddelijke ernst, gebogen over het boek, las hij woorden die steeds hongeriger maakten.

Peter keek zijn moeder aan. Hij wilde buiten spelen. Ze gaf hem overtrekblaadjes die ze naast haar stoel klaar had liggen. Nog verdekter opgesteld, onder haar stoel, haar houten naaidoos. Ze trok hem naar zich toe. Peter volgde haar bewegingen, een vinger op zijn lippen. Hanna deed het deksel open. De binnenkant was bekleed met rood satijn, dat hier en daar was verschoten. In een smal vakje lagen twee schaartjes met zilveren ogen in de vorm van vleugeltjes. In datzelfde vakje lagen twee knoopjes van paarlemoer en een zilveren vingerhoed.

Om de tijd te doden deed ze wat verstelgoed, naaide een ingescheurd knoopsgaatje of legde een zoom uit. Als Simon een tijdje aan het lezen was, kon je zelfs fluisteren zonder dat hij het hoorde.

Weer verbaasde Hanna zich over zichzelf. Ze was nog gedweeër dan haar schoonmoeder. Die zat maar stil en gewillig en met blosjes op haar wangen (van de warmte of van grote innerlijke agitatie?) naar haar man te luisteren, en je hebt eens tegen jezelf gezegd: Simon kan zich duizend maal bekeren, zoiets zal mij niet overkomen! Maar bij jou is zelfs van innerlijke agitatie geen sprake. Je hebt je er zonder slag of stoot bij neergelegd dat je op zondag niet meer naar de hervormde kerk in Bahr ging. Het gewicht dat je elke zondagmorgen moet optillen... je doet het moeiteloos.

Ze hoorde buiten het geluid van stokken die hard op de weg tikten, en na een tijdje verdwenen. Boeren die het land hadden geïnspecteerd. Weer fietsers, een auto.

Onder de takken van de boom waren de blauwe kerktoren en de daken van Bahr te zien. Het dorp lag daar als verpletterd onder de hitte, en op het water van de vijver doezelden wespen. Zo doezelden ze ook op de oude wetering vroeger. De jongens van Pitlo hadden er een handje van die slaperige beesten met een knip van de vinger over het water te jagen. Na een meterslange vlucht vielen ze dood neer. Twee van de Pitlo's zijn priester geworden.

Simons stem, de ademhaling van de jongste die sliep, de wonderlijke kalmte waarmee Peter soms naar zijn vader luisterde als hij even ophield met tekenen... de zon al pal boven de tuin. Ze waren toch een gelukkig gezin! Waren ze een gelukkig gezin?

Hoorde ze nu iemand kloppen? Hanna luisterde.

'Simon, niet zo hard! Je schreeuwt bijna. Ik geloof dat er iemand is...'

Hij ging nog even door met lezen, hield toen op, maar keek niet om. Hij moest nu verstoord kijken, met rimpels in zijn voorhoofd en hoogopgetrokken wenkbrauwen.

'Er kan niemand zijn op zondag,' zei hij, en ging verder met lezen; misschien hoopte hij dat hij zo de komst van een bezoeker kon bezweren. 'Ons is voordelig het gebed van Saulus op de weg naar Damascus. Heere, wat wilt Gij dat ik doen zal. Dit is de overgave aan een God die in Jezus Christus voor de arme, schamele, schuldige, verdoemlijke mens geboren is en gezegd heeft: Wendt u naar mij toe!'

Het kloppen op de tuinpoort was duidelijk te horen. Klopt en u zal opengedaan worden, dacht Hanna en ze glimlachte, blij om de afleiding.

Erik werd wakker. Peter had zijn tekenspullen al neergelegd.

'Ik ga wel kijken,' zei Hanna. De kinderen gingen met haar mee. Het was Johan. Hij was zonder Nettie. Zij was vanwege oma thuisgebleven.

Ze dronken buiten koffie. Hanna was bang geweest dat Simon de preek had willen afmaken. Daar had Simon gelukkig van afgezien.

Johan vertelde dat hij naar de kerk in Bahr was gegaan. Het was in de kerk koel geweest, maar hij had het halverwege de dienst zo warm gekregen dat hij naar buiten was gegaan. Toen had hij het plan opgevat hiernaartoe te komen. Er had een boot aan de overkant gelegen, maar hij had zich te slap gevoeld om een roeispaan op te tillen. Hij was tegen een van de schotten van het belhuisje gaan zitten, uit de zon, maar in het beetje wind dat er was. Daar was hij wat opgeknapt en hij was er dank zij de lage waterstand toch in geslaagd met de boot naar deze kant te komen.

Hij zag er moe uit, hij liet zijn schouders hangen, zijn wangen zakten. Hij was nog geen veertig. Ook in de tuin hield hij zijn zonnebril op. Hij verdroeg het licht slecht. Een van Hanna' s scherpste jeugdherinneringen ging terug naar de tijd dat haar broer een paar jaar oud was en kinkhoest had. Ze had een hand in zijn bedje gestoken en zijn hele lichaam, nog naschokkend van een hoestaanval, was gloeiend heet geweest.

Nu ook. Zijn voorhoofd zweette.

Hij zat smalletjes tussen hen in op de bank, vel over been. Zijn schouderbladen tekenden zich hoekig af onder zijn colbert. De huid van zijn handen was strak gespannen. Het ging niet goed met hem. De dokters konden niets vinden.

Aan de top van een scheepsmast in het kleine haventje hing een doorzichtig wolkje. Daar steeg en daalde een vogel. Gefluit in de haag.

15

De warmste dagen waren voorbij. De eksters begonnen krijsend rond te vliegen. Het land werd een zee met grauwe, bruine golven.

Nog was de hemel bedekt met een dunne blikkerende golfplaat. Er hing ongewoon helder licht boven het land. Tegen het einde van de middag werd de hemel donker als op een schilderij. Schaduwen van daklijsten en boomtakken waren verscherpt. Een hond die over de veerweg rende wierp stof op, de poes liep bedwelmd rond, neus in de lucht. Alsof zich een openbaring ging aankondigen of in ieder geval iets dat de perken te buiten ging.

Eerst begon een beetje wind te ritselen in het gras van de berm en in de takken van de lijsterbes, die glanzende oranje vruchten droeg. Van de beuk bewogen een paar blaadjes. Het kalkwit van de muren begon nog feller te schitteren. Nooit had het veerhuis duidelijker tegen de steeds donkerder wordende wereld afgestoken.

In het matgroene duister van de haag wroette een of ander dier. Een veldmuisje? Een pad? Op de bodem van de vijver zag je in de grijze modder afdrukken van vogelpoten. Eendenpoten? Duivelspoten?

Een kar kwam voorbij, volgeladen met groente. Witte en gele rapen, lila kroten, winterwortels met weelderig fijn loof, sappige stengels van prei... Plotseling werd de kroon van de boom alle kanten op geworpen. Onweer hing boven de horizon, maar brak nog niet los. Een onverwachte donderslag. Direct daarna viel de regen.

Simon kwam haastig de tuin in. Drie mannen volgden hem op de voet. Ze herkende Eenoog en de man die ze, in aanwezigheid van de beide kinderen, had afgepoeierd. De derde had ze nooit gezien. Hij was ook in het zwart. Een kleine man met in diepe oogkassen glanzende oogjes, dicht tegen een grote haakneus aan. De mannen dronken koffie aan de keukentafel. Buiten raasde de storm, kolkte de wind, ging tekeer boven het dak, boven de veerweg, maar balde zijn grootste kracht samen op de hoge oevers van de rivier.

Het werd nagenoeg duister. Op de rivier en in de haven zag je de groene lampen van verre en verspreide schepen, die al weken voor anker lagen, glimmend als nestjes licht.

De mannen hadden ook honger en je maakte boterhammen met kaas en bakte zelfs eieren, met een hoofd barstensvol tegenstrijdige gedachten. Je sneed de boterhammen als sandwiches schuin door. Zo had je dat in Heuven geleerd.

Het onweer nam nog in hevigheid toe. Het leek zich uit alle richtingen boven het veer te verzamelen. Wind loeide over de weg. Regen stroomde op het huis neer als om het te vernietigen. Slagen knetterden door de regen heen. Hanna dacht aan de plaat in de statenbijbel. De wind klonk luguber. Misschien was het einde van de wereld nabij. De mannen baden tenminste. Eenoog, staande, bad voor. Je zou verwachten dat ze God vroegen het onheil af te wenden. Maar Eenoog, die gewend was met God te spreken, zei dat zijn hart zwaar was, dat alles wat in de wereld gebeurde niets was vergeleken bij wat God hem gedaan had. Hij haalde adem door zijn neus, had kleine witte pukkeltjes onder zijn ogen. De keuken werd een afgrond, waarin onpeilbaar diep werd afgedaald. De keuken met het zwarte assortiment mannen stond buiten alles, stond buiten de storm.

'In de dadelijkheid,' zei Eenoog.

'In de daadheid,' antwoordde nummer twee.

'In de hebbelijke heiligheid,' zei nummer drie.

Ze bazelen! Ze bazelen! Boerenbedrog. Godsbedrog. Houden zichzelf en anderen voor de gek! Gelukkig zei Simon niets.

Er werd op de tuinpoort gebonkt. Een stem riep dat een boot was losgeslagen. Een boot was door een blinde wieling meegenomen, op een krib gegooid, weer de oever op gestuwd!

Bij de aanlegsteiger verdrong zich een groepje mensen. Hoog op de veerweg stonden auto's van de mensen die zodra er een storm opsteekt, uit de stad hierheen trekken om de golven in de rivier te zien.

De mensen stonden daar in stille afwachting en in lichte opwinding, alsof ze voor de deur van een kerk stonden, die langzaam openging. Ze wezen over de warrige, grijze krulgolven die naar de oever dreven, stuksloegen op het basalt. Daar lag Simons dure boot. De Bovenlandse Vlieger. De wind was afgenomen. In de zomerbedding gorgelde onder het ondermijnde oeverhout het lauwe roerige water. Druppels gleden van de gladde, rode wilgentakken. Een strand vol dikke plukken riet, plantenstengels en ander vuil. Ook op de grof geplaveide helling. Een wrak, uit planken opgetrokken schuurtje waarin vissers hun spullen opborgen, had het begeven. De mooie glanzende boot stak als een slanke, bruine spriet omhoog op de kop van de krib.

De rivier sloeg en kletste. De regen viel niet, maar stond recht boven hen, hard, en blies bellen op het water, versplinterde het wateroppervlak. Hanna likte zich het water van de lippen. Ze was vrolijk. Ze wist niet waarom, misschien omdat het zo regende. Ze wilde iets vrolijks zeggen en ze zei tegen Simon: 'We zijn toch verzekerd.'

Even was een school vissen zichtbaar, met flonkerende, scherpe ruggen.

'Simon, de boot was toch aan vervanging toe.'

De ogen van Simon stonden ernstig, bedroefd. Ja, je zag het goed, en je herhaalde voor jezelf: Blauw, ernstig en bedroefd. Drie gevoelens, drie tinten, die drie boodschappen, en je dacht: Ik weet niet meer wie ik ben voor hem, maar ik zal de rol op me nemen die me toebedacht is. Wat moet ik anders?

Onder die doortocht van gevoelens, in die huivering vlak voor je een bijzondere prestatie gaat leveren – de rilling die je bij raspaarden ziet – kwam verlangen opzetten, tegelijk lust om te omhelzen en de behoefte om te respecteren.

Ze raakte zijn hand aan.

Het was zijn hand die geen weerstand bood aan de druk van haar vingers, terwijl met de grijze krulgolven ook warmte aanrolde en midden op het water dampwolkjes opstegen.

Je draaide je om. Hoog op de oever stonden de drie broeders, hun handen gevouwen. In hun kletsnatte, inktzwarte kostuums. Kouwelijke lijsters, druipend in de regen.

Nee, je wilde niet hardop lachen, maar je was vrolijk. Simon had haar hand in de zijne genomen.

Die drie daarboven kwamen je niet eens belachelijk voor. Je was plotseling te vrolijk en bevangen door een gevoel van dankbaarheid dat je was ontwend.

Je dacht ook: Mijn leven is deze man. Daar valt niets aan te veranderen. Het vechten is niet het probleem, noch de moed. Ik kan niet verhinderen dat om het huis zwarte mannen als soldaten patrouilleren, dat een kwaadaardigheid zich om de een of andere duistere reden hier heeft opgehoopt, heel zorgvuldig is bewaard en onderhouden. Of nee, geen kwaadaardigheid misschien! Eerder een vreemde macht die bezit heeft genomen van Simon, van het huis, van de tuin... Macht die als een dief in de nacht is gekomen, juist op een moment dat we even wegdroomden en niets in de gaten hadden...

Hogepriesters met slaperige kattentronies! Eerst stellen ze zich tevreden met omtrekkende bewegingen, maken gebruik van sluipwegen. Je hoort ze niet, ze zitten op plaatsen waar je niet bij kunt komen, zoals muizen in de spouwmuur, maar al gauw gaat het geluid van hun activiteiten maaltijden verstoren, gesprekken, nachtrust. Ze zijn ernstig en ze zijn plechtig, ze nemen de aarde in bezit en dan de mensen, zijn beleefd, hebben een zachte, bijna onhoorbare stem, maar zijn toch goed te verstaan, dringen in alles door en houden nooit op. Maar ze kennen geen haast. Nooit haast. Til een bemoste steen op. Daar zitten ze onder, de donkere geleedpotigen. Ze wachten, in kille vochtigheid. Zo slim. Zo boerenslim. Ze hebben het speciaal gemunt op de zwakke plekken, zoals de wezel het bij zijn prooi altijd gemunt heeft op die plekken waar het bot in kraakbeen overgaat: de nek, de hals, die tere plek vlak onder de ogen. Van daar zijn ze in een mum bij dat allerlekkerste: hersenvocht en hersenmerg.

Op een dag waren ze er. Ze leken van alle kanten te zijn gekomen. Zwart, glad, enorm. Van hun listen geen idee! Uitgehongerd leken ze. Dorst, hang, hunkering naar onbekeerde zielen. Slokten alles op. Goed georganiseerd. Krioelend, verterend, als insecten, veeleisend.

De kleurschakeringen in je ogen waren al bezig ineen te vloeien tot het diepe groen dat op de bodem van de rivier te zien is, groen overtrokken met een doorzichtig grijs waas. Een paar tranen op je wangen, groot als witte aalbessen. Heldere, grote tranen, zoals je die alleen bij kinderen ziet. Ze vielen in het zand, verstarden een moment en verdwenen spoorloos.

Je veegde je gezicht af; het straalde vastberadenheid uit en het besef van een bestaan waar jij alleen kennis van droeg.

'Er zal toch iets moeten gebeuren,' zei je. 'Zo kunnen we niet blijven staan! De verzekering moet gewaarschuwd worden en die kerels gaan weg. Zeg nu dat ze weggaan. Anders doe ik het!'

'Ga jij dan maar naar ze toe.'

Je stapte op hen af.

De mannen draaiden zich allemaal tegelijk naar je toe als een koppel eenden. Hun handen hielden ze gevouwen, hun ogen waren zonder uitdrukking.

'Genoeg gebeden,' zei je.

Het klonk zogenaamd speels, zo speels mogelijk, en dat viel je niet moeilijk want je had nog een klein beetje van dat vrolijke gevoel van daarnet. En het klonk dwingend, ook dwingend.

'Misdeeld in de tijd, mevrouw, is bedeeld in de eeuwigheid.' Hoe gedwee klonk Eenoogs stem.

'Dat kan allemaal wel waar zijn. Wegwezen!'

Ze dropen af.

Opperpriester Eenoog boog nog licht in de richting van Hanna. Door het wit van het gezonde oog liep een rood draadje van een gesprongen bloedvat. Hij voegde haar nog toe: 'De meeste mensen denken niet aan de Verlosser, zolang ze jong en gezond zijn. Ze herinneren hem zich later weer. Dan is het vaak te laat. Bekeringen op het sterfbed komen zo weinig voor, mevrouw.'

16

Erik had de pot met hagelslag omgegooid op de keukentafel. Peter probeerde het zo goed en zo kwaad als dat ging voor hem op te ruimen. Hanna zei tegen Simon: 'Kijk jij vast in het onderste laatje van het bureau. Daar liggen de verzekeringspapieren.' Ze gebood Peter de stofzuiger te pakken.

'Kun je alles vinden?' riep ze boven het geluid van de stofzuiger uit.

Nee, hij kon niets vinden. Hij had het laatje wel opengetrokken en er een paar mappen uitgehaald. Hij keek hulpeloos.

'Ik maak dit even af,' zei je. Maar je deed alsof je stofzuigde en hield hem via de openstaande deuren van keuken en kamer in de gaten, en je zag dat hij snel de grijze map met verzekeringspapieren achter het bureau liet glijden.

'Nog niets?' riep je.

'Nee, ik zie niets.'

'Simon, ga jij dan naar de rivier om te zien wat er met de boot gebeurt. Ik zoek die papieren wel op.'

Je viste ze op van achter het bureau. Peter moest je helpen het bureau opzij te schuiven. Je sloeg de map open. Was je op alles voorbereid? Maar je wist niet waarop je voorbereid moest zijn. De verzekeringspolis van de Eerste Onderlinge van 1848, een schadeverzekeringsmaatschappij in Den Haag, is een lang, smal, overzichtelijk document. Op de voorpagina de benaming van wat verzekerd is. In dit geval boten, aanlegsteigers en op de binnenpagina de afschrijvingen, de nieuwe jaarpremie, de verhoging der verzekerde waarden, de zegelkosten en de oranje-gele zegels met de leeuwen en Simons handtekening en datum.

Je zag dus met één oogopslag dat er sinds twee jaar geen premie was betaald. Door de afschrijvingen liep een dikke blauwe streep. VERZEKERING OPGEHEVEN.

Simon had ook niet gewild dat de kinderen op zuigelingenzorg werden gevaccineerd. Ze had niets gezegd en de vaccinaties gewoon doorgezet.

Ze legde de papieren op tafel, zodat hij ze bij thuiskomst dadelijk zou zien. Hanna had ogen waarin de Schepper wit en bruin en groen had uitgestrooid en waarin de ene kleur nog sterker was uitgevallen dan de andere. Maar Peter, die bij haar stond, kon nu zelfs geen tinten in de ogen van zijn moeder onderscheiden.

Er gebeurde te veel dat jaar.

17

Storm en regen waren opgehouden.

'Kom,' zei ze tegen de beide kinderen. Ze trok hun snel regenkleren aan.

'Waar gaan we heen,' vroeg Peter. Hij vond haar plotselinge haast verdacht. Hij begreep dat er iets mis was.

'Dat zul je wel zien.'

Ze fietsten naar het kasteel, sloegen daarna rechtsaf, richting Heuven. Misschien zou oom geld kunnen lenen om de eerste schade op te vangen. Halverwege maakte ze rechtsomkeert. Dit was niet het moment om om geld te bedelen, niet het moment om te huilen. Het was tijd om boodschappen te doen en thuis het eten klaar te maken, en ze moest de broeken van de jongens en Simon nog strijken.

Ze deden samen boodschappen, kochten voor de jongens een reep chocola. Ze hoopte dat Simon al thuis zou zijn en de papieren zou hebben gevonden. Ze wilde daar liever niet bij zijn.

Hij was thuis en zei alleen, met zijn rug naar haar toe, boven een boek aan zijn schrijfbureau: 'Je hebt ze dus gevonden?'

Ze reageerde niet.

Bij het avondeten was er groentesoep. Simon zat aan het hoofdeinde van de tafel. Hanna en de kinderen zorgden ervoor hem niet recht in het gezicht te kijken. Maar van tijd tot tijd wierpen ze tersluiks een blik op hem. Simon sloeg onophoudelijk zijn oogleden neer, alsof hij moeite had om wakker te blijven. Hij schaamde zich natuurlijk.

'Mmm,' zei hij zacht. 'Goed eten, jongens. Mamma heeft lekkere soep gemaakt.'

'Kippensoep, mamma?' vroeg Erik.

Hanna zat tegenover Simon. De kinderen zaten aan de lange zijde van de keukentafel tegenover elkaar.

'Dat weet je wel beter. Met groene erwten – nog lekkerder dan kippensoep.'

'Ik hou niet van erwten,' zei Erik.

'Je hebt nog niets geproefd. Je moet altijd proeven om te weten.'

'En als je erwten echt niet lekker vindt?' informeerde Peter.

'Kijk,' zei ze, 'pappa houdt er wel van.'

Nu hadden ze het *recht* pappa aan te kijken. Hij hield zijn hoofd vlak boven zijn bord en zijn mond leek te aarzelen boven de lepel soep. Ze hadden alle drie medelijden met hem.

'Hé, pappa,' zei Hanna, 'we kijken naar je.' Ze glimlachte en ze hield die glimlach die steeds smaller werd vast. Ze bleef geamuseerd kijken – speelde die houding – alsof Simon op het punt stond een sterk verhaal te vertellen.

Met ontsteltenis in zijn blik keek hij ieder een voor een aan. Hij zag zes aandachtige ogen, die terugkeken. Het leek of hij woorden op zijn lippen had, maar hij begon met kleine schepjes zijn soep op te lepelen, alsof hij nooit iets beters had geproefd. Ze zagen ook dat het hem niet echt smaakte.

Hanna en Peter brachten de soepkommen naar het aanrecht. Hanna schepte sla en aardappelen op.

Ze aten. Peter keek naar zijn moeder en glimlachte haar energiek toe. Daarna probeerde hij contact met zijn vader te krijgen.

Maar zijn vader merkte hem niet op. Toen pakte Peter zijn glas waarin nog een beetje water zat, hief het boven zijn hoofd en hield het ondersteboven. Het water viel over zijn voorhoofd, spatte een beetje op de rand van zijn bord.

'Laat die gekke streken,' zei Hanna.

Simon trok aan zijn stropdas, terwijl hij een bruuske beweging met het hoofd maakte.

'Het is benauwd hier.'

Erik lachte om wat Peter had gedaan. Aan het gezicht van zijn moeder zag hij dat het helemaal niet leuk was.

Hanna, zonder dat ze het in de gaten had, gaf met haar pink kleine tikjes tegen de tafelrand.

Als toetje was er griesmeelpudding met bessensap. Lievelingsgerecht van Simon en de kinderen. Ze aten zwijgend, zonder elkaar aan te kijken. Het was een tafereel dat de hele familie ongelukkig maakte.

18

Een klant die eens in de zoveel tijd van het veer gebruik maakte en uit Heuven kwam, zag Hanna in de theetuin bezig en stapte van zijn fiets.

Wist ze al dat Innemee dood was?

Nee, dat wist ze niet. Van die kant kwam weinig bericht. Een arbeider had hem 's morgens dood op de werf aangetroffen. Op het stammenveld. Zijn zoon en dochter waren beiden onbereikbaar geweest. Hij was zonder hun aanwezigheid ter aarde besteld. Het ging allang niet goed met de grote Innemee. Hij verdroeg het niet dat het bedrijf onder Coens leiding hollend achteruitging. En van zijn dochter heeft hij ook weinig plezier gehad. Ze heeft een hoop examens afgelegd, maar is nooit helemaal dokter geworden.

Hanna kon niet in slaap komen, dacht aan een oud spelletje: haar bed, vroeger, was een boot met alle denkbare comfort. De boot, overdekt met een sprei van rood rips, voer tussen dikke plakken algen waaruit vraatzuchtige vissen hun kop opstaken.

Het spelletje lukte en ze viel in slaap. Ze droomde dat ze met oom Wijnand door de stad wandelde. Ze liepen langs brede singels die langgerekte parken met beelden en strakke borders met bloeiende canna's omsloten. Ze staken pleinen over die met lange bochten op elkaar aansloten en steeds nieuwe vergezichten boden. De stad was mooi. Ze hield van de stad. Nergens veranderde het landschap zo vlug als juist daar. Hoe dieper je de stad in trok, hoe meer je je ook verwijderde in de tijd. Eerst zat je in deze eeuw, dan in de vorige en uiteindelijk kwam je in de Middeleeuwen uit. Ze hield ervan met oom door de steeds smaller wordende straten te dwalen, waar je alle oriëntatie kwijtraakte en je het plezierige, opwindende gevoel had in een doolhof te zijn. Tot je opeens op de kade uitkwam en voor de rivier stond...

Ze droeg in haar droom haar mooiste jurk, die met de grote oranje bloemen en de smalle zomen van stras. Oom Wijnand had zijn palmbeach kostuum aan.

Ten slotte reden ze in ooms blauwe sportwagen terug naar Heuven. Het licht viel bijna horizontaal. De motorkap was vol heldere lichtplekjes. Hanna's haar woei op, ze keek oom stralend aan.

Daar was Benvenuto.

De zonneschermen golfden in de hitte van die zomerse dag. De villa zag er tegelijk doorzichtig en massief uit.

'Ik ga nog even op de werf kijken,' zei oom en zette haar af.

Hanna liep op tante toe, die in de serre een brief zat te schrijven.

'Dag tante.'

Tante keek niet op, deed of ze niets hoorde. Het was duidelijk dat ze boos was.

Hanna rende het huis uit naar de werf. Daar hoorde ze van een van de boekhouders dat oom net was vertrokken in zijn auto. Hanna fietste over de straatweg, passeerde het kasteel en het stoomgemaal en zag tot haar blijdschap ooms auto op de veerweg staan. Ze was in een oogwenk bij hem. Oom gebaarde dat ze naast hem moest gaan zitten en hij deed het portier open.

'Nee, met Coen wordt het niets in de zaak,' zei hij. 'Coen jaagt er alles door...'

‘En Ine? Is Ine nog arts geworden?’ vroeg Hanna.

‘Ze heeft wel alle examens gedaan. Daarna is ze in de war geraakt. Ine heeft nooit gepraktizeerd...’

‘En tante?’

‘Tante?’ Oom lachte hardop. ‘Tante is allang dood! Maar dat wist je toch...?’

‘Kom mee naar binnen,’ zei Hanna. ‘Simon zal ook wel thuis zijn.’

Simon zat aan zijn bureau en mompelde wat hij las: ‘...dat de ziel niet langer getuchtigd worde, maar doorgeholpen en uitgeholpen en een toeknikje van God mag ontvangen, een kleine blijk van zijn gunst...’

Hanna zat op de rand van de gemakkelijke stoel bij het raam, half in het licht, haar silhouet in tweeën gedeeld door het rode duister van de mahoniekast en het rood van het behang. Oom stond achter haar. Ze luisterden naar Simon en buiten was het juli. Dat wil zeggen: de onbeweeglijke stilte, en soms het geluid van een verre auto. Ze zagen hoe Simon woord na woord uitspelde. Soms schreef hij in de marge commentaar. Toen zagen ze hem radeloos opkijken. Hij verstijfde, zijn gezicht splitste zich in rimpels en zenuwtrekken. De zon viel door het bovenraam op zijn bureau. Door de smoorhete rechthoek schoten snelle bitse vliegen met spitse achterlijven van groen metaal. Hanna draaide zich om naar oom en zei dat Simon bezig was steeds meer in het nauw te geraken. De dingen groeiden hem boven het hoofd. Was hij nu wel bekeerd, of niet bekeerd? Wilde God hem wel? Hij wist het niet. Wat hem was opgelegd, dreigde steeds onredelijker te worden en niet meer te overzien.

‘Ik moet gaan,’ zei oom. Hij gaf Simon een hand: ‘Het beste, kerel. Als je in geldnood zit, weet je me toch te vinden, hè?’ Oom sloeg hem joviaal op zijn magere schouders.

Hanna liet oom uit. Ze zwaaide tot hij uit het zicht was verdwenen. Weer binnen zei Simon: ‘Moest dat nou, juist op zondagmorgen?’ Zijn stem klonk niet boos, maar zacht verwijtend.

‘Simon, het is helemaal geen zondag...!’

Boos liep je de kamer door. In de keuken stond de mand met

wasgoed. In de plooi van een laken vond ze een brief.

Ze las de brief op de slaapkamer. Oom schreef dat tante hem vlak voor haar dood had bekend dat zij het geld onder Hanna's kussen had gelegd. Ze wilde voor ze stierf van die afschuwelijke schuld verlost zijn en het Hanna duizendvoudig terugbetalen. Op het spaarbankboekje van de Rijkspostspaarbank was honderdduizend gulden bijgeschreven. Voor haar beide kinderen was een boekje geopend met een mooi beginbedrag. Als handgeld had ze bij dit bericht van de overzijde tien briefjes van vijfentwintig gedaan...

Hanna wilde naar beneden rennen om het allemaal aan Simon te vertellen... Ze werd wakker, geloofde nog secondenlang in wat ze gedroomd had, zo echt was de droom geweest.

19

Voelen en denken kun je dus op heel verschillende manieren, dacht Hanna, alsof er even zovele verschillende personen in je bestaan. De omstandigheden veranderen die personen, laten soms de ene kant van een karakter zien, dan de andere. Hanna was energiek, vastberaden, én zwak en gedwee. Wie of hoe je was hing af, leek het wel, van de manier waarop de dingen in je hoofd op dat moment gerangschikt waren. Soms was alles ook zo georganiseerd dat je niets voelde, helemaal niets.

Ze noteerde een bestelling, liep naar nog een tafel. Het grind knarste onder haar hakken. Breed voorhoofd, smal gezicht, haar achterovergekamd en bijeengehouden door een rode kam. Ze was mooi. Ze was charmant. Vandaag liep de tuin aardig. Maar ze was er toch niet in geslaagd een vaste klantenkring op te bouwen. Door de geboorte van de kinderen en de lange wintermaanden was de theetuin te vaak gesloten geweest. Met aftrek van alle kosten was de opbrengst gering.

Uit de takken vielen druppels regen. Er was net een flinke bui geweest. De zon scheen weer, de regenwolken trokken weg boven de rivier. Er verscheen een regenboog, die met oogverblindende tinten huis en rivier omspande, aan de ene kant de daken van de boerderijen achter de dijk raakte, aan de andere kant de blinkende torens van het kasteel. Het blauw van de hemel werd steeds dieper en leger. Nog even en het zou weer dezelfde broeierige hitte van de afgelopen tijd zijn, waarin de sla opschoot zonder kroppen te vormen en de aardappelen het loof over de voren lieten hangen. De klei barstte en was hard als steen.

Hanna bracht de bestelling. Simon was thuis om koffie te drinken. Erik verschool zich achter de tuinbank waarop Hanna en Simon zaten.

‘Zeg mamma, heb jij Erik soms gezien?’

‘Nee,’ zei Hanna en speelde ook verbazing.

‘Waar zou die jongen toch uithangen?’

Erik kon zich niet langer inhouden, dook te voorschijn, gillend van plezier. Simon tilde hem op met een wilde zwaai, zette hem op zijn schouders en riep in opperste verbazing uit: ‘Nee maar, dat kan toch niet. Ben jij die kleine Erik Puyman, in eigen persoon?’

Dat was weer de ouderwetse Simon. Ook de gasten in de tuin moesten lachen om het tafereeltje.

En Hanna lachte met evenveel plezier als vroeger, en ze herinnerde zich dat Simon op de lagere school een tijdlang de gewoonte had gehad met kleine rukjes aan haar vlechten te trekken.

Daarna ging Simon weer aan het werk. Maar binnen een uur was hij al weer terug, met Peter. Hij verkleedde zich en kwam in zijn lichtgrijze zondagse kostuum beneden. (Simon hield niet van donkere kostuums!) Peter was intussen bezig de banden van hun fietsen op te pompen.

Hanna deed net of ze niets in de gaten had.

Peter wachtte buiten, met beide fietsen. Hij droeg elke zondag trouw een door Simon opgegeven psalmvers voor. Peter was een jongen die uit zichzelf een couplet meer leerde om zijn vader te plezieren. Hij had Simon zelfs toegezegd dat hij binnenkort alle achtentachtig coupletten van psalm 119 voor hem zou opzeggen, van ‘Welzalig zijn d’oprechten van gemoed’ tot ‘Want hij volhardt naar zijn geboôn te horen’. Deze opdracht die hij aan zichzelf had gegeven was zelfs Simon te gortig, en hij verbood het zijn zoon min of meer. Er sprak grootheidswaan uit. In ieder geval was het iets dat zweemde naar verzoeking. Peter kwam ook vaak op de rand van zijn bureau zitten, volgde Simons commentaren in de boeken en oefende de handtekening van zijn vader, die hij de mooiste vond van alle handtekeningen van alle vaders in de wereld. Idylle tussen vader en zoon.

De jongen wachtte buiten met de fietsen en de vader stond bij het aanrecht in de keuken.

'Ik neem Peter mee,' zei hij, schuw. 'Heb je wat geld voor de bus?'

Dus hij ging met Peter naar een dienst. Ze ging naar boven en haalde geld uit de zwarte portefeuille in de linnenkast. Het geld in de portefeuille raakte zoetjesaan op. Simon dacht dat het een onuitputtelijke bron was. De reparatie van de boot was met het geld betaald dat ze ooit in Heuven had verdiend.

Ze gaf hem geld voor de bus. Ze had geen zin hem iets in de weg te leggen. Hij zei dat hij nu ging; ze gaf geen antwoord.

Nog ging hij niet weg. Ten slotte mompelde hij: 'Ik ga maar.'

Je liep snel naar het zijraam.

Wat voelde je toen?

Niets.

Zijn gezicht stond verbeten. Hij begon direct druk tegen de jongen te praten en legde een arm om hem heen. Hij ging. Het leek of hij noodgedwongen ging, geen weerstand kon bieden aan die oproep, misschien zelf verwonderd dat het zover had kunnen komen, en een toevlucht zocht bij zijn oudste zoon om zich zo ook enige menselijke steun te verwerven...

Voelde je niets? Kom nou, je knieën knikten terwijl die twee zich op de fiets verwijderden.

Er was genoeg te doen in huis. De kast met glaswerk moest nodig eens schoongemaakt worden en het verschoten kastpapier moest worden vervangen. Gelukkig had ze niet zo lang geleden een nieuwe rol gekocht. Die kwam nu goed van pas.

Ze heeft al het glaswerk naar de keuken gebracht en daar afgewassen en fonkelend gepoetst, en zag steeds datzelfde beeld: Simon druk pratend met zijn zoon, om maar goed te laten merken dat hij tegen hem wél over die dingen kon praten en níet met haar, en hij had zijn arm om hem heen gelegd om haar maar goed te laten zien hoe roerend zij het eens waren... En hoe vaak de laatste jaren had de familie niet gevraagd als ze weer alleen met de kinderen was: 'Is Simon niet meegekomen? Simon komt toch nog wel?' Ze had altijd uitvluchten weten te bedenken: 'Simon heeft nog late klanten. Simon voelde zich vandaag niet lekker...' Ten slotte begreep men wel wat er aan de hand was en was het tegelijk iets gemakkelijker geworden. Ze hoefde hem niet meer te verontschuldigen. Ze keek op van de strakke logica waarmee de dingen plaatsvonden.

20

Een paar dagen later trof Peter haar in de keuken, alleen, tegen het aanrecht geleund. Haar duim ging heen en weer langs haar elleboog alsof ze hem wilde gladstrijken.

'Wat is er, mam?' Hij was in de deuropening blijven staan, wist even niet wat hij aan moest met die houding van zijn moeder. Op de grond lag een handdoek die Erik daar had laten liggen. 'Het is om pappa, hè?' Hij was dichterbij gekomen, had een arm om haar heen geslagen. Hanna zei dat hij zich niet ongerust hoefde te maken.

'Ik heb pappa gevraagd waarom je niet met hem mee mocht.'

Hanna begreep dat haar oudste tussen zijn vader en moeder in stond. Ze zei: 'Ik weet wel wat pappa gezegd heeft: ik zou er toch niets aan hebben.'

Ja, dat had hij gezegd. Met precies die woorden.

'Kom toch,' riep Simon ongeduldig, die al in bed lag. Hanna kwam in haar nachtpon binnen.

'Wat is er?' vroeg Simon. 'Heb je gehuild?'

'Ik...? Nee hoor! Ik had misschien iets in mijn oog.'

Simon draaide zich om. Hij ging slapen. Een gesprek! Dat gesprek dat alles voor altijd goedmaakte, dat een eeuwigheid daarna stand zou houden, kwam dus niet. Haar schuld?

'Simon,' begon je, 'ben ik dan zo moeilijk?'

Geen antwoord.

'Simon, misschien had ik wel mee gewild. Wat goed is voor Peter, is misschien ook goed voor mij!'

Geen antwoord.

Als hij iets had gezegd, was het dit geweest: Je had er toch niets aan gehad.

Begrijpt u het nu? Gewicht dat gaandeweg zwaarder wordt.

21

'Hoe is het buiten, Hanna?' vroeg Johan.

'Buiten is het mooi. En de zon komt je kamer binnen.' Ze wees hem op het zonlicht dat langzamerhand over de hoge muur van het ziekenhuis gekropen kwam. Hij keerde zich naar het raam. Ze zag zijn ingevallen borstkas in de open kraag van zijn pyjamajasje. Wat had ze veel aan hem verloren sinds hij hier een maand geleden was opgenomen.

'Ik dacht dat het net nog regende. Gek, je kijkt er niet meer van op. Net was er nog regen. Nu de zon.'

Hij had nu dag en nacht zijn zonnebril op. Aan de muur hing het rooster van de hobbykelder. Maar hij ging er niet meer heen. Ze lieten je de hele dag op behang schilderen en ze vroegen je steeds maar een nog mooier schilderij te maken. 'Er staan wel honderd schildersezels en tekenborden... Het is er altijd erg druk en de anderen zijn zo luidruchtig.'

Hanna stelde voor de tuin in te gaan. Ze gingen op een bank onder de glijbaan zitten. De glijbaan werd in de oorlog gebruikt om patiënten snel te evacueren. Het ziekenhuis had een paar keer in brand gestaan. Ondanks het rode kruis dat op het dak was geschilderd. Het rode kruis was nog steeds zichtbaar.

Johan praatte veel voor zijn doen.

'Het is hier niets gedaan voor jou,' zei Hanna. 'Jij hoort hier niet.'

'Nee, het is hier niets gedaan.'

'Eet je wel goed?'

'Ik krijg voldoende. De verpleegsters zijn heel streng.'

Hij liet zijn schouders hangen; ze zag hem voor haar ogen ouder worden.

'Herinner je je nog die keer dat we een koord over de wetering hebben gespannen? Alle kinderen uit de buurt stonden op de oever. Jij kondigde mij aan. Mamma had een kort rokje voor me gemaakt. Ik liep over het koord en jij ving me op. We waren vreselijk bang dat het zou mislukken.'

Natuurlijk wist hij dat nog. De kinderen van Pitlo, van Proosdij, hun Lex, een jaar of drie. Hoe zou hij die dingen kunnen vergeten!

'En jij kon al met drie jaar je schoenveter strikken en je kon op je vijfde met je ogen dicht je naam schrijven. Dat had ik je geleerd.'

Dat was hij vergeten, maar hij wist nog wel dat pappa de mooiste zeepbellen kon blazen door een rietstrootje.

'En de winter in dat ontoegankelijke land. Je kon nergens heen. Die gure, onberekenbare wind. De sneeuwvelden en de sneeuwstorm die de ramen dichtplakte, de sneeuw tegen de deur op joeg en ons opsloot. Er was niet zoveel om over te praten, alles was al bepraat. Als we buiten liepen toonde pappa ons hermelijnsporen en we zagen vossen, vel over been. In de namiddag zaten we in de vlammen te staren. Pappa met die manier van redeneren (en van zwijgen) die respect inboezemde. Het was dan zo stil buiten dat het opvliegen van een vogel al iets kapot dreigde te maken. Dat vond jij toch ook, dat alles op zo'n moment eeuwig scheen te willen duren?'

Ze glimlachten om een lang vergeten gevoel. Jij dacht eraan hoe vrij je was toen je nog niet zoveel herinneringen had!

'De gebarsten aarde van de dorsvloer, Johan? Waar de zon zo op stond te branden. En de sterren die tegen de avond in een klap de leegte vulden?'

Het was altijd heet.

Ze hoorden beiden het geluid van water dat over de lemen vloer werd gegooid en zagen de damp opstijgen. Dat geluid van water tegen de gloeiende muren. Mamma hield van verse bloemen in huis. Oost-Indische kers in de glazen drijfschaal op het blauw-wit geblokte zeiltje...

'En jij... de eerste keer dat je naar Heuven ging... wat waren we allemaal zenuwachtig. We keken met z'n allen uit naar de zaterdag dat je weer thuiskwam...'

Zijn gezicht begon te trillen, hij klemde zich met beide handen aan de bank vast, toen aan Hanna. Johan was opeens steenkoud, moest opeens bevangen zijn door een hevige angst. Hij klappertandde. De glijbaan maakte fijne donkere strepen op zijn inbleke gezicht. Hanna zag zichzelf in de glazen van zijn zonnebril.

Ze zaten weer op zijn kamer. Alle ramen stonden open, maar de gordijnen waren dichtgetrokken om de insecten buiten te houden. Je hoorde ze onzichtbaar en boos gonzen.

'De insecten,' zei hij, 'dat zoemen de hele dag, en dat licht...'

Ze nam afscheid van Johan.

'Komt Simon ook nog vanavond? Ik mag Simon wel. Hij zegt niet zoveel, maar ik heb hem graag bij me.'

22

Johan lag thuis opgebaard, in het raamloze tussenkamertje. Hanna's vader ging elke keer kijken, en ze hoorden hem dan zeggen: 'O, stom jong. O, stom jong.'

'Hoor je dat?' zei Hanna tegen Lex. 'Dat woord heb ik pappa nog nooit zo horen gebruiken.'

'Dat had pappa natuurlijk ook nooit kunnen denken, dat Johan eerder zou gaan dan hij en mamma. Dat strookte niet met zijn berekening.'

Mamma die bij de kachel zat en met haar handen wriemelde. Ze begreep dat er iets vreselijks was gebeurd, want ze vroeg steeds wanneer Johan toch thuiskwam.

Hij werd in Bahr begraven. Pappa hield zich goed. Maar de dagen daarna wilde hij niet eten. Ze zag ook aan hem dat, afgezien van het verdriet, hij er niet over uit kon dat het lot zijn plannen zo had gedwarsboomd. Hij had het allemaal zo piekfijn geregeld en het had hem nog genoeg verdriet bezorgd zo hard voor Hanna en Lex te moeten zijn. Nee, Johans dood was niet regulier. Hij klaagde zijn leed nergens, maar 's avonds bleef hij in de regen buiten zitten en zijn schoondochter hoorde hem 's nachts rond het huis en de stallen scharrelen.

Hanna's vader stierf voor de winter goed en wel begonnen was, en toen de dooi al weer inviel. Hij lag opgebaard in hetzelfde tussenkamertje, zonder zicht op de buitenwereld. Vier dagen later was de begrafenis. Het ingesluimerde land lag dof en witgrijs uitgestrekt en uit de knotwilgstammen en de sneeuwwallen liepen snelle stroompjes helder water. Onder de begrafenismaaltijd was een aanhoudend gedruppel te horen. Het leek ten slotte of Het Gebouw zelf door en door lek was.

23

Simon las voor.

'Kwam er maar iemand,' schreef Peter aan zijn moeder en schoof het briefje over tafel.

'Ken je je lessen al voor morgen?' schreef Hanna terug.

'Is oom Johan in de hemel?'

'Ja.'

Ze luisterden een tijdje naar Simon, die een vertaling las van een preek die was gehouden op de Dordtse Synode van 1618.

'Ik hou van jou en van pappa,' schreef Peter. 'En van Erik, natuurlijk. Van allemaal precies evenveel.'

'Ik ook,' schreef Hanna terug.

Ze luisterden weer. Peters gezicht stond oplettend. Hij knipoogde naar zijn moeder. Hun ongeduld! En Peters behoefte allen te geven wat allen toekwam. Ten slotte de stilte. Eindelijk. Je voelde het einde van de preek aankomen. Alles werd lichter. De kinderen wendden het hoofd naar je, dan naar Simon. Vrolijkheid maakte zich van jullie meester. Jij veegde je voorhoofd af.

De kinderen stonden op, Simon schoof zijn boek opzij. Jij ging naar de keuken en je zette koffie en maakte er beschuit met aardbeien en slagroom bij. Ook Simon kwam uit zichzelf buiten zitten.

Gelukkig. Wat zaten ze hier intiem, afgesloten van de wereld. Geen mens die je zien kon. Het beeld van een gelukkig gezin. Tuin gedrenkt in licht. Zoveel licht! Wat is de dood? We weten niet wat de dood is.

24

Hanna had een dag tevoren de groene saneringskaarten van Peter en Erik klaargelegd. De tandarts hielp je niet zonder saneringskaart. De kaart verviel als je je gebit niet elk jaar liet controleren.

Die ochtend vertrokken Hanna en de beide jongens om zeven uur van huis. Als het meezat, zouden ze misschien de eersten zijn. De tandarts begon elke morgen om halfnegen. De kinderen zouden slechts een halfuur van school missen. Hanna had de tandarts bij de laatste controle gevraagd of het mogelijk was dat ze met de beide jongens na schooltijd kwam. Ze vond het zo zonde van de gemiste lessen. Tandarts Teenstra had haar bijna meewarig aangekeken. Hoe kon ze zo'n domme vraag stellen! Nu moest hij ook nog tijd nemen om zo'n domme vraag ontkennend te beantwoorden. 's Middags deed hij alleen patiënten op afspraak. 'Maar uw vrouw doet toch de particuliere patiënten?' Mevrouw Teenstra-Vlieg had haar behandelkamer boven. Haar patiënten wachtten beneden in de hal op de smalle gebeeldhouwde bank, met de kleine, zwarte leren kussentjes, die zo diep zuchtten als je erop ging zitten. Nee, de tandarts kon hen alleen 's morgens ontvangen.

Ze waren iets voor halfacht gekomen. Toch had er al een rij van zeker vijftien mensen gestaan, met de groene kaart in de hand.

Het had dus nauwelijks zin meer om vroeg te gaan. De kinderen zouden niet voor elf uur op school zijn.

Ze sloten aan.

Hanna las op een bord van zwart marmer in gouden letters: TEENSTRA EN TEENSTRA-VLIEG. TANDARTSEN.

Peter had zijn leren schooltas opengemaakt en keek zijn aardrijkskunde na. Hij zat altijd te leren. Erik stond bij zijn moeder.

Om acht uur liet de assistente de rij binnen, die inmiddels was aangegroeid en tot aan het volgende pand stond.

Er was lang niet voor iedereen een stoel. Peter ging op de grond zitten, keek zo nu en dan naar zijn moeder die tegen de andere muur van de wachtkamer zat, met Erik op schoot. Hij knipoogde. Ze hoorden bij elkaar.

Ze knipoogde terug. Nee, ze was niet ongelukkig. Dagelijks genoot ze. Van de donkere, levendige ogen van haar oudste, die er altijd op uit was om het Simon en haar naar de zin te maken. Die haar op zondagmorgen thee op bed bracht en voor Simon zijn psalm leerde. Ook beweeglijk, nerveus. Te nerveus soms, op het vreemde af.

Elke morgen pakte hij tot tien keer toe zijn schooltas in, deed hem dicht. Maakte hem na een paar seconden al weer open, omdat hij er toch niet zeker van was of hij zijn geschiedenisboek wel had ingepakt. Zijn geschiedenisboek zat erin, en de tas ging weer dicht. Zat zijn geschiedenisboek er nu in, ja of nee? 'Mam, heb ik het er nou in gedaan, jij stond erbij?' 'Natuurlijk zit het erin, Peter. Jij bent zo precies met die dingen. Er kan toch niets misgaan.' Juist omdat Hanna zei dat hij zo precies was, wist Peter nu bijna zeker dat hij de verkeerde boeken had ingepakt en haalde ze er allemaal uit. Zo waren er ochtenden dat hij een halfuur bezig was, ten slotte de tas aan Hanna toonde en zei: 'Zo, nu zit alles erin. Mam, kijk maar!' Hij liet haar zijn tas zien. 'Nee, niet alleen kijken, je moet hem ook voelen.' Ze nam de tas van hem over, voelde hoe zwaar hij was. Hij nam voor de zekerheid alle boeken van alle vakken mee. 'Mam, alle boeken zitten er toch in? Hij is toch zwaar genoeg voor alle boeken die erin zitten?' 'Mam, er zitten toch wel boeken in? Zitten er boeken in?' Dan begon hij snel te praten, was volledig onzeker, leek te geloven dat zijn tas vol bakstenen zat, trok bleek weg, wilde de tas...

'Ophouden, Peter, die tas blijft dicht!' Je moest even boos worden op hem. Erik was heel anders, nam altijd de verkeerde boeken mee naar school, liet zijn tas door zijn broer inpakken... Ze was verbaasd dat twee kinderen uit een gezin zo van elkaar konden verschillen: de oudste pendelend tussen haar en Simon, en Erik het moederskindje.

De wachtkamer morde. Negen uur. Nog was Teenstra niet begonnen. Op dat moment ging het rode lampje boven de deur aan.

Soms kwam een patiënt weer terug in de wachtkamer omdat hij moest wachten tot de verdoving goed ging werken. Men zei dat Teenstra graag trok. Voor extracties kreeg hij meer geld van de verzekering. Hanna bekeek de gebitten van de beide kinderen op de saneringskaart. Haar kinderen hadden gebitten waar niets aan mankeerde. Ze verbood hun te snoepen.

Erik was naast Peter tegen de muur gaan zitten. De jongste keek steeds angstiger naar het lampje boven de deur. Ze zouden zo aan de beurt zijn. Peter had een arm om hem heen gelegd en stelde hem gerust. Hanna bezag het ontroerend fijne gezicht van de jongste – het haar dat overal krulde, de lange kin, net een centenbakje, zoals Simon soms zei in een vrolijke, plagerige bui, al die trekken waarin je, door elkaar, tegelijk het gezicht van een jongen en een meisje kon lezen...

Hanna had als klein meisje lange tijd dezelfde droom gehad. Eerst ging die droom een hele tijd over niets, toen over een ziek meisje dat met hoge koorts bij de kachel zat. Het vuur in de kachel werd opgestookt met berkenschors dat niet getemperd werd door hard hout en dus hoog opvlamde. De kachelringen begonnen te gloeien. Het vuur was de koorts die uit het meisje wegtrok. Het meisje werd beter. Ze herkende dat verhaal van haar droom. Het stond in een boek dat ze met Kerstmis op zondagsschool had gekregen. In het boek betekende die droom een gelukkig huwelijk. Onzinnig natuurlijk. Toch was ze benieuwd hoe dat huwelijk voor haar er in een boek zou uitzien. Hanna droomde van een meisje dat de horizon wilde zien en op een dag haar huis verliet en op weg ging. Een verre weg. De horizon week. Ten slotte kwam ze bij een schuur midden op het land. Niets bijzonders. Waarschijnlijk een opslagplaats voor hooi of voederbieten. Ze deed de deur open door een grendel weg te schuiven en vluchtte direct weg van die plaats. Achter de deur was niets. Nee, dat was geen best voorteken. Ze vluchtte, want uit alle hoeken kwamen dieren, het leken bunzingen, op haar af, ze rende, viel, zakte weg, vloog door de bodem, sloeg tegen iets dat heel hard was, slingerde door een lege, stille duisternis. Ze was zo moe, ze wenste alleen nog opnieuw tegen dat harde aan te botsen om maar niet langer door die lege duisternis te hoeven slingeren. Uitgeput hoorde ze dat mamma de ketel op het fornuis zette. Ze was wakker. Mooi huwelijk stond haar te wachten.

Nee, ze is niet ongelukkig. Natuurlijk, de drie colporteurs zijn geregelde bezoekers geworden. Maar ze zijn vriendelijk en beleefd jegens haar en de kinderen. En Simon lijkt minder blind geworden voor de dagelijkse dingen. Vorige week waren ze samen naar het hoofd van de school geweest. Peter was een uitzonderlijk begaafde leerling. Het zou zonde zijn als hij niet naar het lyceum in de stad ging.

Ze wisten beiden dat hij goed kon leren, maar ze waren toch extra trots geweest toen hun dit werd meegedeeld. Maar, had het hoofd gezegd, er waren nogal wat kosten aan verbonden. Het eerste jaar moest voor enige honderden guldens aan boeken worden aangeschaft; er was ook de ouderbijdrage, enzovoort, enzovoort. Het kostte altijd meer dan je dacht. 'Als dat bezwaren voor u oplevert... het is mogelijk dat de provincie een studiebeurs verschaft...' 'Nee, nee,' had Hanna haastig gezegd. 'Ik denk dat we het wel zonder beurs kunnen redden.' Een beurs was haar eer te na.

Dat had ze wat te vlug gedacht. Bij nader inzien was het bedrag niet op te brengen. Hanna had papieren aangevraagd op het provinciehuis. Ze had het inkomen van Simon moeten invullen. (Ze had even geaarzeld om dat te doen. Waarom zou je je tegenover vreemden blootgeven over je inkomen? Dat deed je niet, maar het ging nu om haar zoon.) Het inkomen was zo laag en Peter was zo intelligent dat de beurs was toegekend. Na de zomervakantie ging Peter naar het Thorbecke-lyceum in de stad. Zoals vroeger de beide kinderen van oom en tante naar hetzelfde lyceum in de stad gingen. Hanna had dagelijks voor Ine en Coen een pakje brood klaargemaakt. Nu voor haar eigen zoon.

Elke morgen hoorde ze Simon nog wel op zijn knieën bidden voor de keukenstoel. Steeds diezelfde aanhef: Laat af, laat af, o Heere, vernietig de vijand in mij. De woorden hadden op haar niet meer het verontrustende effect van voorheen. En wist Simon zelf wel over welke vijand hij het had?

Ze glimlachte. Je dacht: Dat geloof van hem. Uiteindelijk staat dat terzijde van alles. Of heb je de neiging gekregen om sommige dingen toch niet te zien, terwijl het je natuurlijke aard is zoveel dingen zo helder waar te nemen! Drie colporteurs die minstens één keer per week in je tuin zitten, en bij slecht weer in de keuken, en over de afval der heiligen spraken of over de ziel, verkerend in 'ongestalten'. Wat dat dan ook mocht betekenen! Waarschijnlijk betekende het niets.

Maar Hanna, je wilde gelukkig zijn om jezelf niet te hoeven beschuldigen dat je ondankbaar was, bang om toch het lot te tarten, dat nog genoeg in reserve kon hebben aan werkelijke pijn en ziekte, pijn en dood. Nu was ze weer verontwaardigd over zichzelf. Het was in haar eigen ogen laf en belachelijk om over wat ook maar te klagen.

'Mamma, wij zijn aan de beurt.'

25

'...Dentaal. Molaar. Occlusaal...' mompelde de tandarts.

De assistente noteerde, gezeten aan haar schrijftafeltje. Teenstra, gebogen over Peters open mond, had een nek als een vogel die vloog, dun en gek vooruitgestrekt. 'Dentaal, posterior...' de assistente schreef en maakte een tweede kies zwart op de afbeelding van het gebit op de saneringskaart.

Erik, naast haar, keek naar buiten. De behandelkamer zag via een zijraam uit op de paardenstal met dubbele box van de tandarts. De twee zwarte hoofden van de paarden neigden naar elkaar. Hanna kwam het tandartsenechtpaar regelmatig tegen in de lanen rond het kasteel. De eerste keer dat zij ze tegenkwam, zij op de fiets en Teenstra met zijn vrouw in rijkostuum hooggezeten, had Hanna hen gegroet. Ze hadden de paarden juist tot draf aangezet. Ze hadden Hanna niet opgemerkt. Sindsdien groette Hanna niet meer als zij hen tegenkwam.

'Ja, die zullen er toch uit moeten,' mompelde de tandarts, terwijl hij nu de bovenkaak snel nakeek. Hanna moest met de assistente een afspraak maken.

'Zijn ze zo slecht?' vroeg Hanna, die opstond en naar de behandelstoel toe liep. 'Hij heeft zelfs nog nooit een vulling in zijn gebit gehad.'

'Ze zullen eruit moeten.' En, zich tot Peter wendend: 'Jij snoept zeker veel?'

'In mijn huis wordt nauwelijks gesnoept,' antwoordde Hanna voor Peter. 'Ik vind het erg als een jongen van twaalf al twee kiezen verliest. Zijn leven begint pas. Hij moet met dat gebit nog een heel leven doen.'

'Daarom juist, mevrouw. De omliggende kiezen kunnen ook worden aangetast.' Hanna dacht aan het roze, gezonde tandvlees van haar zoon. Daar zouden twee grote, bloederige gaten in getrokken worden. Bij de vorige controle was een jonge man naar buiten gekomen met een mond vol bloedige tampons en in zijn hand een enorme kies die er op het oog gezond uitzag. Aan de kies hing een wit stukje vel, dat eindigde in een blauw zeentje. Nee, geen extracties bij Peter.

'Het gebeurt niet,' zei ze. De assistente keek op. 'Ik kan me niet voorstellen dat die kiezen zo slecht zijn dat ze niet meer te redden zouden zijn. Als kleuter heb ik hem voldoende extra kalk gegeven.'

'Nou, mevrouwtje, u blaast wel hoog van de toren. Ik heb bijna tien jaar gestudeerd... Bent u verplicht of vrijwillig verzekerd?'

'Vrijwillig,' zei Hanna trots. 'Mijn man is zelfstandig ondernemer.'

'Nou, ik wil toch nog eens kijken...' De tandarts keek heel lang. Zijn nek leek nog dunner geworden. Hij onderzocht weer het hele gebit, klopte met een hamertje langdurig tegen de wand van de bedreigde kiezen. Nou, hij gaf ze allebei niet veel kans, maar als ze erop stond, wilde hij proberen ze te vullen. Of het zou houden was de vraag. De wand van beide kiezen was dun...

Hanna wist dat ze had gewonnen. Ze voelde minachting voor de tandarts. Peter mocht opstaan. Hanna kon een afspraak maken.

'Ik wil dat u ze nu vult. De beide jongens hebben al de halve dag van school gemist.'

Hij liet Peter weer plaatsnemen, en terwijl hij de boor naar Peters mond trok zei hij: 'U denkt, geloof ik, de hele wereld naar uw hand te kunnen zetten!'

Ze gaf geen antwoord. Hanna wist wel beter.

Peter was klaar en de tandarts bleef maar herhalen dat hij benieuwd was, heel benieuwd. Maar hij had een nieuw loodmengsel gebruikt, dat beter hield. Hanna kreeg de saneringskaarten terug. Voor een halfjaar waren ze weer van de controle af.

26

Hanna verbood de jongens in de rivier te zwemmen. De afgelopen jaren waren er drie kinderen verdronken. De oever van de rivier liep op sommige plaatsen steil af. Bij mooi weer wilden de kinderen toch het water in. Hanna ging met hen naar het overdekte sportfondsenbad in de stad. Voor de oorlog was het dak verschuifbaar geweest. In '44 was het gebouw door een bom getroffen; het dak kon nu niet meer opengeschoven worden.

Peter had zich het zwemmen zelf aangeleerd en had diploma A gehaald. Vijfenzeventig meter borstzwemmen, vijfenzeventig meter rugzwemmen en een minuut watertrappen. Hanna had op de tribune gezeten en geapplaudisseerd. Peter had zijn eerste diploma binnen.

Peter gaf les aan Erik. Hij deed precies de badmeester na, die in het ondiepe een groepje zwemles gaf. 'Buigen, langzaam buigen, wijd die benen en dan met een klap dicht. Niet te snel. Niet te snel. Denk erom, uitdrijven!' De badmeester, in een wit kostuum en op rubber slippers, schreeuwde tegen het kleumende groepje kinderen. Peter naast Erik in het water, zijn broer vasthoudend, riep met grote ernst zacht dezelfde woorden.

Hanna zat op het terras van het bad, aan een van de ijzeren tafeltjes, op een van de stoelen met een zitting van ijzeren vlechtwerk. De wanden van het zwembad waren bedekt met een laag vocht. Ze hoorde het slaapverwekkende geluid van vallende druppels, het gemurmel van water in leidingen, klaaglijk gesnor van een reinigingspomp, weer getik, maar nu haastiger, van druppels, ergens om haar heen...'Er is al lang geleden iets met uw man gebeurd,' had Eenoog haar onlangs verteld. Hij keek haar aan met zijn goede oog, dat alle licht aan zich trok en het dode oog nog doder maakte. Een oog dat, met zijn witte waas, steeds meer op een praline ging lijken die wit was uitgeslagen. Al in hun verlovingstijd zou de Heere hem in de woestijn hebben geleid. 'Maar daar was God niet te vinden natuurlijk. Maar uw man heeft Zijn hand ervaren, en vanaf dat moment is hij Hem smartelijker gaan missen dan ooit. Maar de ziel kan niet in enkele ogenblikken door de standen der genade heen gevoerd worden...'

'Buigen, langzaam buigen, niet te snel niet te snel klein rondje met de armen, groot rondje met de benen!'

'...Zoals hij met Paulus deed. Gods "ordinaire" weg met Zijn volk is anders. Er zijn in de bekeringsweg, mevrouw, twee werkingen te onderscheiden. Een zondaar die bekeerd wordt, wordt overgezet uit de staat des doods in de staat des levens – de staatverwisseling. Dit kan in één ogenblik gebeuren...'

'Hoofd boven water! Niet staan! Knieën onder water!'

'...het moment der wedergeboorte. God schenkt die eerste genade in het uurtje der minne...'

'Buik omhoog! Hoofd achterover! Buik omhoog! Hoofd achterover!'

'...de tweede genade is de rechtvaardigmaking – de ziel wordt er zich bewust van wat God aan hem gedaan heeft. Dit is de staat der volle genade. Hierna kan de ziel...'

'Kurk op de rug! Kurk op de rug! Uitdrijven!'

'Nu kan de ziel standelijk worden geleid...'

'Uitdrijven!'

'...de ziel moet standelijk vorderingen maken op zijn weg...'

'Maar,' vroeg je Eenoog, 'kan Simon dan nog verloren gaan?'

'In principe, mevrouw, is er geen afval der heiligen, maar ook Simon is in de verleiding om de voor het vlees aangenaamste weg te nemen...'

'Zoals?'

'Mevrouw, de verleidingen liggen op de loer. Uw man heeft de neiging om het stuk der ellende over te slaan...'

Het stuk der ellende... Ze had soms de indruk dat ze hun gedachtegang begreep. Om de herinnering aan dat gesprek en aan die dwergoortjes vol blond en bruin pluis van Eenoog wat uit te wissen, stond ze op en liep langs de wanden van het terras, die waren behangen met kasten vol bekers en vaantjes van de zwem- en poloclub 'Neptunus'.

Ze begon in zichzelf te lachen, omdat ze opeens aan Erik moest denken. Ze hadden aan het begin van de middag even voor de kassa van het zwembad in de rij moeten staan. Voor hen stond een meneer met een opgerolde handdoek onder zijn arm. Hij had aan de caissière een kaartje voor een stortbad gevraagd, en was toen een gang achter de kassa in gelopen waar stromend, vallend water te horen was. Daar had Erik ook naar toe gewild. Erik had het beeld gehad van een afgrondelijk diep bassin waarin zich watervallen naar beneden stortten. Peter had uitgelegd dat een stortbad een douche was.

Thuis hadden ze geen douche.

De beide jongens zwaaiden.

'Klein rondje met de armen, groot rondje met de benen,' riep de badmeester. Hanna begreep niet dat iemand van beroep badmeester wilde worden.

De kinderen kwamen het trapje op en liepen naar de omheining van holle buizen die het terras van het zwembad scheidde.

Erik stak zijn hoofd tussen de buizen door om zijn moeder nat te maken. Hij zoende de toppen van haar vingers. Kleine verleider.

'Hij leert het al,' zei Peter. Ze complimenteerde haar oudste.

Peter keek haar dankbaar aan.

Ze had twee kinderen, twee vrienden. Het water droop langs hun gladde lijven, langs hun sterke benen. Dit was zo'n ogenblik dat het haar leek dat niets ter wereld een vrouw gelukkiger kon maken dan de aanblik van mooie, sterke benen van eigen kinderen.

'Uitdrijven!' schreeuwde de badmeester, terwijl hij met zijn handen een toeter voor zijn mond vormde. Waarom werd iemand toch in vredesnaam badmeester!?

'Uitdrijven!'

Het huwelijk van Hanna en Simon? Een sprookje was het niet geworden.

De kinderen gingen weer het water in. Peter gooide zijn broertje liefdevol ondersteboven. Erik juichte van plezier. Erik was een aanhankelijk dier.

'Nog een halfuur,' riep Hanna. 'Ik wil nog kleren met jullie kopen. Voor de winter.' PEEK-KLEEDT-DE-JEUGD. OOK-IN-DE-WINTER!

'Nog maar een halfuur,' riepen Peter en Erik.

De oudste leerde de jongste hoe je het verkreukelde emaille bordje opdook, dat de badmeester hen had toegegooid. Ze lieten zich met veel gespat en gegil van een opgeblazen autoband afglijden.

Ze waren altijd samen. En thuis was Simon de aanlegsteiger aan het repareren. Hij had ronde, geschilde stammetjes laten komen, die hij nu aan het teren was.

Dat huwelijk van Simon en Hanna? Een sprookje. Hanna glimlachte tegen de van vocht druipende muren, want Eenoog had onlangs beweerd dat er momenten waren in zijn leven-zeldzame momenten, dat wel – dat hij zo sterk geloofde dat hij over het water van de rivier zou durven lopen. Hanna begreep niets van die onverwachte hoogmoed. Jezus had op het water gewandeld. Maar Jezus was Gods zoon. Dus wat Eenoog zei was nogal vermetel.

Nee, dat zag ze hem niet zomaar doen, op het water wandelen! Misschien was hij een valse prediker.

27

Die namiddag na het zwemmen.

Hanna fietste tussen haar beide kinderen in over de veerweg. De lucht was blauw en grijs. Blauwen grijs in het licht waren de weiden en de weg. Blauw en grijs en helder waren hun schaduwen die zich voortbewogen te midden van de schaduwen van takken. En onder een paar kromgegroeide vruchtbomen stonden twee jonge vaarzen zacht en zwart in het gras te glanzen. De wind woei door een toef bloeiende tijm. Hanna snoof de geur op. Hanna en de kinderen kwamen thuis in een vrolijke bui.

Onmiddellijk verdween de glimlach van Hanna's gezicht. Ze legde een vinger tegen haar mond. Zo stil mogelijk stapten ze alle drie af.

'Wilt Gij de overname! Wilt Gij de overname! Wilt Gij de overname!' Eenoogs stem, Eenoogs hoge stem galmde door de tuin, over de veerweg het land in, alsof hij onder gewelven sprak.

Simon beaamde zacht.

Hanna en de kinderen slopen voorbij de tuinpoort, die gelukkig dichtgewaaid was, en bleven achter de haag staan.

Kijk, daar was hij! Simon, haar man. Geknield in het grind, onder de appelboom die hij bij de geboorte van zijn jongste had geplant. En in een halve cirkel om hem heen, de handen gevouwen, vier zwarte lelijke mannen, waarvan er twee nieuw waren. Tegenover Simons hoofd, dat de grond raakte, stond Eenoog. Hij miste zijn glazen oog. In plaats daarvan was een bruine, kale spleet te zien. Eenoog – regisseur, ceremoniemeester – vouwde de handen en bad voor: 'Dat dit kind, O Heere, zich onder de wet der tuchtiging stelle. Want dit kind is een aangevochten kind. Tuchtiging is zoeter dan honing en honingzeem. Sla hem, O Heere, opdat hij een geoefend kind van U mag worden. Neem hem aan op Uw academie, op Uw hogeschool, op de school des

Geestes. Wat moet het heerlijk en vreselijk zijn een kind van U te wezen...'

Eenoog bad een flink kwartier.

Peter fluisterde in Hanna's oor dat ze zoiets vaker met pappa hadden gedaan. 'Ze vinden dat hij niet genoeg bekeerd is en ze bidden God of hij wat geloof van de anderen mag overnemen.'

Peter begreep hen beter dan jijzelf.

Weer zei Eenoog drie keer aaneen of Simon de overname wilde.

'Ja,' zei Simon en keek eerbiedig naar hem op. Wat was er overgebleven van de vrolijke, vrijheidslievende Simon?

Hanna voelde geen verdriet. Een onverschillig gevoel had zich van haar meester gemaakt.

Eenoog stelde toen de kwestie van het eeuwige leven. Die kwestie leek Hanna futiel. Hanna voelde een grote leegte vanbinnen. Het leek of haar nooit meer iets zou kunnen overkomen. Ze had het opeens erg koud. Het kon hier op de veerweg juist bij warm weer gemeen trekken. Maar boven op haar hoofd brandde de hemel met duizend zonnen.

'Mamma,' zei Peter, 'ze hebben over de engel van de vijver een zak gehangen.'

Peter zag altijd alles.

Wist je maar wat je doen moest! Ja, je zou de tuin in willen rennen en als Jezus de tempel schoonvegen van die zwarte indringers. Maar je wilt niet dat Simon weet wat je hebt gezien.

Natuurlijk, ze kon veel verachting in haar blik leggen, want ze was ervan overtuigd dat de hersenen van deze mensen scheefgegroeid waren, of dat ze een tijdje waren vergeten te groeien. Stakkers waren het. En wie bekeerd werd, veranderde in een treurige, angstige schim. Allemaal door dat fantastische aanbod van een jaloerse, wrede God die het heil om niet schonk.

Daar kwamen de mannen in die diepe, stille tuin vol doorzichtige schaduwen in beweging. In een oogwenk leek hij bezaaid met zwarte mannen, die zich ergens heen haastten, met koffers. Je zou haast zeggen dat het een knooppunt was van vele straten in een stad. Ze klauterden als kevers over tafels en stoelen en tastten met hun fijne voelsprieten de vochtige onderkant van het grind af.

Hanna aarzelde, keek haar kinderen moedeloos aan, alsof ze zich concentreerde op de smaak van de lip waarin ze beet. Toen maakte ze dat vertrouwde gebaar van haar pink naar haar gezicht, voelde zich weer zichzelf, nam toevlucht tot haar gewoonte spullen op te rapen die de jongens hadden laten slingeren. Wat je verteert vanbinnen – doet er niet toe wat, een visioen, een haat... – verteert je toch alleen omdat je er zelf toestemming voor geeft. Moment van diepe ontsteltenis. Dat was alles. Veegde haar gezicht af met haar mouw en hief het gekalmeerd op. Nog een keer dat gevoel, even omklemmend als verscheurend – bijna alsof ze een kind moest baren en uitgangen gesloten waren – het gevoel dat het nu pas begon, dat alles nog moest komen, maar al minder angstaanjagend, met de gedachte dat de God die ze in de Nederlands Hervormde Kerk had leren kennen Simon toch met het grootste gemak had kunnen beschermen...? Of waren mensen machtiger dan God?

Die kleine stoet van vijf mannen, met hun trage, haast majesteitelijke manier van lopen, voeten die behoedzaam voorwaarts schreden en niet van de grond loskwamen voor ze er volkomen zeker van waren een volgende stap te kunnen zetten, lichaam kaarsrecht, zichzelf als bij een processie bij elke stap afremmend, godsdienstige stoet die de zwaarte van het geloof droeg, een immens zwaar, maar onzichtbaar kruis. En ze vertrokken, allen met identieke gebaren, Hanna en de kinderen groetend. Allen met witte, o zo onschuldige gezichten waarin de vele diepe groeven als littekens afstaken, allen met vuile vingertoppen, en jij? Jij had je met het smalst denkbare glimlachje naar hen toegewend, een veelzeggende, openlijk berekende glimlach, terwijl je tegelijk hun wijsvingers zag die om een stompje sigaar waren geklemd, vingers met de kleur van oude kaas... Ze had weerstand geboden en vroeg zich af of het enige zin had gehad. De mannen liepen door de tuinpoort, met een stel rotte tanden en plat haar, net vilt, en zachte kleffe stemmen; Hanna, tussen haar beide kinderen in, glimlachte uitdagend, groette terug en herinnerde zich formuleringen die ze in haar tuin hadden gebruikt: christenen zonder christus, toegekeerde wereld, gedoopt, vleselijk christendom, beredenerend christendom, neo-gereformeerd christendom, naamchristendom... En achter haar de hardnekkige koorts van de insecten.

Toen waren ze vertrokken.

Hanna keerde zich om naar haar kinderen en zei opgewekt, op een manier alsof het allemaal niet zo ernstig was: 'Laten we proberen het niet nog lastiger te maken. Jullie hebben niets gezien. Jullie hebben niets gezien. Jullie hebben niets gezien...' Ze imiteerde, wellicht ongewild, Eenoog.

Simon was gelukkig boven om zich te verkleden. Hanna nam alle tijd om de kopjes af te wassen, bracht de keuken op orde, rangschikte wat in de keukenkast, legde buiten was uit. Ging toen ze Simon naar beneden hoorde komen snel de broodtrommel schoonmaken; Simon liep langs haar heen, getekend, zag ze in het voorbijgaan, als door een lange reis: van Simon was een brutaal, afschuwelijk toonbeeld gemaakt! Boven lachte ze om een blad dat opwoei tot op de vensterbank van hun slaapkamer, lachte om een spinnenweb bij een van de luiken, lachte om alles wat ze tegenkwam terwijl ze de kamers deed die allang gedaan waren, rende en rende, lachte en lachte, om maar niet te hoeven huilen.

28

Nou, wat was er eigenlijk? Zat haar iets dwars?

Nee, heus, er was niets.

Simon had haar zacht horen huilen. Daar schaamde ze zich voor, ze brandde van schaamte, maar ze had het niet in kunnen houden en er toen ook niet meer haar best voor gedaan. Ze had gedacht dat Simon de slaap der onschuldigen sliep.

'Nou, Hanna...?'

'Ik kon alleen niet in slaap komen.'

Ze zei dat ze aan mamma had liggen denken. Mamma die niets meer besefte, die waarschijnlijk niet eens besefte dat pappa er niet meer was, en aan Nettie, die de boerderij draaiende probeerde te houden, de ene koe na de andere verkocht, de tuin liet verwilderen omdat het geen doen was voor een vrouw alleen... Maar verder voelde ze zich goed, ze was alleen een beetje moe, maar ze zou zich morgen wel beter voelen.

Hij begreep het best... was zijn commentaar.

Hanna lag met haar handen in haar nek. Simon begreep het niet. Simon wist niet dat zij hem vanmiddag geknield in het grind had zien liggen. Buiten was het zo stil. Buiten bleef alles hetzelfde, gelukkig maar. De blauwe kribben met de roest van mos op hun scherpe wangen, de jonge wilgen uitgestrooid over de oever, en het water dat stroomde als voorheen. Ze moest tot rust komen. Helemaal tot rust komen. Het had geen zin haar hersenen vol te stouwen met angst en verdriet. Alleen wat heimwee toelaten. En voor de rest: je door de dingen laten meevoeren. Doen alsof je gewend bent aan sommige dingen. Doen alsof je je bij sommige dingen neerlegt. Hadden de jongens niet gisteravond bij toeval, onder een hoopje zwerfkeien, het nest van een kwikstaartje ontdekt? Ze waren allemaal gaan kijken en hadden er met z'n vieren omheen gestaan, ontroerd. Er bloeide op die plek, tussen de stenen, tussen het zachte, rode pluis van de bermmossen, al jaren een lila bloempje dat blaadjes had als kleine vleugels en een donzige stempel droeg, een margrietachtige bloem van een zachtpaarse tint, heel opvallend, omdat hij nergens anders voorkwam. Misschien was het een wilde anjersoort, overgewaaid uit de bermen van het grindgat, verderop.

Alleen wat heimwee toelaten.

29

De winter was op komst. Het gezoem van de muggen was in één keer afgelopen. Fijne sprietjes braken stuk als je ze aanraakte. De laatste bessen vielen op de grond. Op de rivier dromden grote groepen vogels samen en de zon maakte zich elke dag weer moeizaam los uit witte damp. De haag om de tuin had haar blad verloren en hier en daar zag je een nest in het donkere netwerk van takken. Soms klonk een schot. Het geluid verspreidde zich over de rivier en zonk daarna weg in de bedding.

Maar midden op de dag was de zon nog helder en warm. Met de fiets aan de hand liep Hanna het pad van haar ouderlijk huis op. Lex was de dag tevoren in het veerhuis geweest. Hij dacht dat Nettie het niet meer aankon, dat alles verslonsde, dat mamma niet de zorg kreeg die ze nodig had... De schaduw die het pad in tweeën sneed, maakte haar bijna onzichtbaar. De dichte schutting van latten was gedeeltelijk ingezakt. Op het land lag oud loof van aardappelen dat aan het rotten was. Er stonden hier en daar hoog uitgeschoten koolplanten. Aan donkere struiken hingen niet geoogste aalbessen, tomaten, mispels, allemaal zwart en verkrot. Winterwortels hadden zich met kracht half uit de grond gedrongen, waren overdekt met slap, geel loof. Nettie had er geen greep meer op, maar ze kon 't niet hebben dat je daar een toespeling op maakte.

Van de voordeur was het slot afgebroken. Hanna liep achterom, liep over het erf van haar jeugd. Er hing hier een hardnekkige, zure stank. Aan een stoelpoot kleefden veren. Geen enkele bedrijvigheid. De stallen waren leeg. Sprietjes hooi staken uit reten tussen planken en bewogen als muizenstaartjes.

Mamma zat ineengedoken in de keuken, frutselde met haar vingers. Haar handen waren koud en Hanna begon ze warm te wrijven. Een beeld kwam in Hanna op: mamma die neuriënd, met een scherp keukenmes, met de snijkant naar haar borst gericht, het eigengebakken harde roggebrood sneed, dat ze tegen zich aan hield... terwijl de hanen met hun geschreeuw de mist kapot leken te scheuren waarvan de wilgen in de wetering nog doorzichtige slierten tussen hun takken vasthielden en 's avonds zaten ze rond de kachel, waarin houtblokken opvlamden. Om hen heen de enorme donkerte van de andere vertrekken; maar de vlammen in de kachel verlichtten hun gezichten.

Hanna kreeg mamma's handen niet warm. Ze strekte een voor een de vingers terwijl de moeder achterdochtig de dochter aankeek. Aan de ringvinger droeg mamma haar eigen trouwring en die van pappa, boven elkaar.

'Waar is het ringetje van je pink?' Het was een fijn ringetje van zilver, met een briljant; mamma had het van haar ouders gekregen toen ze belijdenis had gedaan. Ze keek Hanna niet-begrijpend aan.

Hanna liep door de ongelooflijke stilte van het huis. Buiten begon een lichte donssneeuw te vallen. Ze was nieuwsgierig en argwanend, maar op een rustige, vredige manier. Op zolder trof ze haar oude ijzeren bed, met de losse spijlen, die bij het minste geringste rinkelden; de oude waskom, met een grote barst, van blauw aardewerk met een reliëf van groene waterplanten; de verweerde spiegel met vergulde guirlandes; prenten van herders...

Even later stond ze voor de mahoniekast, in de kamer, haar mond halfopen, een mond die bedeesd verlangen verried geen vragen te stellen. In de kast vond ze mamma's lege bijouteriedoosje.

Heel lang geleden had mamma haar de sieraden beloofd. Ze had toen een briefje geschreven en er haar mooie handtekening onder gezet. Het briefje had ze in een vaas op de schoorsteenmantel gestopt.

Hanna vond het briefje en legde het op tafel. De woorden waren nauwelijks meer leesbaar. Ze legde het briefje naast het bijouteriedoosje. Nettie zou het wel begrijpen als ze thuiskwam.

Wat deed ze hier nog? Waar wachtte ze op? Ze talmde. Waarom zou ze haar schoonzuster niet opwachten? Hanna voorzag de woordenwisseling. Nettie zou zeggen dat ze in dit huis al genoeg leed op haar nek had gekregen. Ze had een heleboel oud spul aan een opkoper verkocht en ze had – dat gaf ze toe – een paar aardige dingetjes voor zichzelf gehouden. Mocht ze misschien? Wat had ze niet allemaal gedaan in dit huis? Had ze het niet op zich genomen om twee oude mensen tot hun dood toe te verzorgen?! Alleen! Zonder man, zonder kinderen! Had ze dat kunnen denken toen ze hier introuwde?

Nettie had nog gelijk ook. Maar wie had daar schuld aan? En

gaf haar dat het recht zich dingen toe te eigenen die Hanna waren toegezegd? Ze had daar toch over kunnen praten met haar en met Lex?!

Hanna verliet het huis via het achtererf waar het allemaal ooit was: de spelletjes, de kachel die gekit moest worden, het zwaargekerfde houtblok waar pappa hout op kliefde. Hier was alles geweest, hier sneed pappa bieten en biggen. De biggen spoten straaltjes bloed op de gebarsten klei van het achtererf, holden gillend achter elkaar aan. 'Rennen maar,' riep pappa terwijl hij een nieuwe big tussen zijn knieën klemde, 'rennen maar! Want berenvlees is niet te eten.' Des te minder kans op infectie. Nu was het erf bedekt met een dun laagje witte, ongerepte donssneeuw, waaruit grassprietjes omhoogstaken. Er lag overal sneeuw, onwaarschijnlijk witte sneeuw, en overal zag je streepjes, kruisjes en uitroeptekens, wanordelijk in het rond, van vogelpootjes; er lag zelfs sneeuw in de onderste helft van de ijzeren ring van de staldeur en een smal strookje sneeuw op het smalle vensterbankje van een van de stalraampjes, en een bezem was geheel met sneeuw bepoederd.

Sneeuw, sneeuw, en nog eens sneeuw. Toen liep ze, net als in sprookjes waarvan ze zich vooral het geluksgevoel herinnerde als er obstakels waren genomen, weer het oude tuinhek door.

Ineens had ze haast: ze wilde Nettie niet tegenkomen. Toen ze op grote afstand was, stapte ze van haar fiets en keek nog een keer achterom. Ze had een geloof, naast het andere, gewone, kerkelijke geloof gehad: zolang dat huis daar stond, zou ze in de onvergankelijkheid van alle dingen kunnen geloven, zolang dat huis en erf intact in de wereld waren...

Die winter hield de sneeuw niet op. Het was snijdend koud. Mamma was op de dag dat Hanna de diefstal van de sieraden had ontdekt, voorgoed ingeslapen. Hanna voelde zich schuldig omdat ze mamma niet in huis had genomen. Nettie zou dat zeker niet hebben toegestaan.

Weer trok een begrafenisstoet over een smalle doodse laan, weer strekte het ingeslapen land zich in droevige naaktheid tot aan de horizon uit. Maar de hemel was rimpelloos blauw en dat maakte de stilte alleen maar dieper en droeviger. En vóór Johans dood was haar schoonmoeder overleden, en kort voor haar eigen moeder hadden ze Puyman moeten begraven, en steeds was er sneeuw geweest, en een beijzelde dijk, zodat op de spiegelgladde afrit naar de Kerkstraat asladen moesten worden leeggestort en de timmerman van Bahr houtkrullen strooide. En nog was Puymans begrafenis een levensgevaarlijke onderneming geweest.

30

Peter deed meer dan van hem op school, thuis en op het sportveld werd verlangd. Hanna's oudste zoon had een droom en een vast programma: zich omhoogwerken, voldoen in de ogen van zichzelf en in die van zijn ouders, het in materieel opzicht beter krijgen. Op zijn regelmatige gezicht lag een naïeve hoop en verwachting, hij was vol spontaan vertrouwen in iedereen. Hij werd door iedereen sympathiek gevonden, en hij vroeg ook om al die sympathie.

Bezeten door het verlangen alles te willen weten bracht hij iedere dag weer andere tweedehands gekochte boeken mee naar huis, meestal over literatuur. Soms gingen ze ook over psychologie en de geschiedenis der wijsbegeerte, voor zijn eindexamen vergeleek hij, in een scriptie, het existentialisme van Sartre met dat van Anna Blaman.

Zijn vader zei wel dat veel kennis ook veel verdriet en ongemak en vermoeienis van de geest meebracht, maar hij was toch trots op Peter.

Hanna, alleen thuis, las die boeken. Ze deed of de boeken haar ontstelden.

Ze las ze allemaal: *Eenzaam avontuur, Vrouw en vriend, Op leven en dood.* Ze begreep ze, ze herinnerden haar soms aan de sfeer die bij oom en tante in Heuven had gehangen; het waren boeken die je lichte opwinding bezorgden maar ook tot rust brachten. Soms maakte ze dagen later een toespeling op wat ze gelezen had en zei tegen haar oudste zoon over Erik: 'Hij heeft iets van die Stefan uit *Op leven en dood.*' Verbaasd had Peter haar aangestaard.

'Lees jij die boeken? O mamma, maar dat vind ik echt goed van je.' Hij had haar omhelsd en haar, bewonderend, even van zich af gehouden: 'Het is waar wat je zegt. Erik heeft wat van Stefan!' Peter bemerkte ook dat Hanna snel las, sneller dan hij, en zonder moeite de kern van een boek kon samenvatten.

'Je had ook naar het lyceum gekund, mam!'

Dat dacht ze ook wel. Maar daar was toen geen sprake van geweest. Ze was allang blij dat haar kinderen de kans kregen. Hanna hield ervan om naar hun verhalen over school te luisteren, zoals ze dat vroeger ook bij Ine en Coen had gedaan. Maar het was zo jammer dat Erik niets uitvoerde en voorwaardelijk naar de derde was overgegaan. De school liet hem onverschillig.

Peter nam vrienden mee naar huis. Kinderen van rechters, advocaten en leraren. Ze kwamen graag in het veerhuis. Bij mooi weer zaten ze tot laat in de tuin. Als Simon de tuin in kwam, klein, gebocheld, in manchester, stonden deze in lichte pantalons geklede jongens direct op om hem een hand te geven. Hij dwong respect af zonder er iets voor te doen. Zijn geloof, waarover Peter hun had verteld, zijn rustige, vriendelijke gezicht met de lichtblauwe, wat verbaasde ogen, zijn zwijgen – misschien vervulden al die dingen te zamen hen met ontzag. Ze vonden dat Peter misschien een wat wereldvreemde, maar wel een heel bijzondere vader had.

Peter was het met hen eens. Hanna ook. Deze tijd was misschien wel de mooiste periode van het avontuur met Simon en ze zou willen dat het nog lang zo bleef.

Eén keer per week ging Simon 's avonds naar een dienst, en soms zelfs maar eens in de veertien dagen. De colporteurs, althans twee van hen, hadden zich nog een keer op de veerweg vertoond. Peter had ze weggestuurd en ze te verstaan gegeven dat hij ze hier nooit meer wilde zien. Eén had via een omweg bij het veer willen komen. Peter was niet iemand die op de vuist ging en had een steen in zijn richting gegooid. De man had zich met zijn koffer moeten beschermen. Ten slotte waren beiden afgedropen en hadden zich nooit meer laten zien.

Peter las, studeerde; zijn jacht op aanzien kreeg iets grimmigs. Met dezelfde hartstocht volgde hij de belijdenis-catechisatie van een hervormde dominee uit de stad. In het jaar dat hij achttien werd, deed hij op Palmzondag belijdenis in de grote hervormde kerk van de stad. Al maanden tevoren had hij zijn vader gevraagd of hij ook kwam.

Simon had gezegd dat hij erover zou nadenken.

'Maar Simon,' zei Hanna, 'je oudste zoon gaat belijdenis doen... Moet je er dan over nadenken of je erheen zult gaan?'

Jij hoopte dat hij weer helemaal de oude zou worden. Zoals in jullie verlovingstijd.

Maar hij zou erover nadenken. Hij vond wel dat ze het hem erg moeilijk maakten. Dat begrepen ze. Hij wilde het wel doen voor Peter, maar hij kon het voor zijn geweten niet verantwoorden.

De dag voor Palmzondag drong Peter aan: 'Kom je nou morgen?'

'Doe het nou, Simon!'

Peter en Hanna dwongen hem om ja te zeggen.

Palmzondag was een zonnige voorjaarsdag. Peter moest al om negen uur in de kerk zijn om vragen te beantwoorden en een formulier te ondertekenen.

'Tot straks,' riep hij.

Zijn vader gaf geen antwoord.

Hanna zat in de kerk nogal achteraan. Ze zag wel dat Peter haar en de anderen zocht toen hij uit de consistoriekamer kwam en in een rij met andere catechisanten, voorafgegaan door een ouderling, de kerk binnenkwam en op het rode tapijt onder de preekstoel bleef staan. Hanna was verscholen in een zijbeuk gaan zitten omdat ze zich schaamde: noch Simon, noch Erik had ze mee weten te krijgen. Simon wilde voor zichzelf een preek lezen en Erik had geslapen. Die was in de vroege ochtend thuisgekomen. De klasseavond was uitgelopen.

Hanna zag hoe nerveus Peter was. Later vertelde hij haar dat hij op dat moment werkelijk had geloofd dat hij voor het front van de kerk in extase zou geraken en God zich persoonlijk tot hem zou wenden, ten overstaan van iedereen.

De dominee las het zo bekende formulier voor, al opgesteld in de kerkvergadering van Nicea, in het jaar 325 na Christus' geboorte: 'Wij geloven in één God, de Almachtige Vader, Schepper des hemels en der aard en aller dingen, zienlijke en onzienlijke. Ik verwacht de opstanding der doden en het leven der toekomende eeuw. Amen.'

Na de dienst werden de nieuwe lidmaten gefeliciteerd door familieleden.

Hanna zei tegen haar oudste dat ze de beide anderen met geen stok de deur uit had kunnen krijgen. Ze zag Peters teleurstelling. Ze fluisterde in zijn oor, te midden van de anderen: 'Had je misschien gewild dat het dak van de kerk naar beneden was gekomen?' Peter keek haar niet-begrijpend aan. Ze zei dat ze het hem onderweg naar huis zou uitleggen.

31

Dat was de eerste keer dat pappa op zondag niet voorlas. Hij maakte die dag ook geen enkele opmerking over Peters belijdenis. Ondanks het zachte voorjaarsweer en hoewel Hanna aandrong, bleef hij de hele dag binnen en las voor zichzelf, onderstreepte veel woorden, plaatste dikke uitroeptekens. Uit zijn bruinverbrande, gebogen nek sprak koppige stuursheid. Nam hij het zijn oudste zoon kwalijk dat hij belijdenis had gedaan in een kerk die naar zijn oordeel een onzuiver geloof verkondigde? Had hij er spijt van dat hij zijn oudste, zijn meest geliefde zoon moest teleurstellen? Hij was in ieder geval verlegen met de situatie geweest, want hij had die hele dag ieders blik ontweken.

Het was paaszondag en Simon zat om halftien klaar om te gaan lezen. Hanna was nog wel in de keuken bezig, maar maakte haast en stond op het punt de kamer binnen te gaan.

'Ligt Erik nog in bed?' vroeg hij geërgerd aan Peter die in een boek bladerde. 'Hoe laat was hij vannacht eigenlijk thuis?'

Peter ging boven kijken waar zijn broer bleef. Het kostte de grootste moeite hem wakker te krijgen en op het moment dat Erik besefte waarom hij wakker was gemaakt, had hij alleen maar gezegd dat dat *gedoe* hem koud liet.

'Doe het dan voor mamma!'

Die woorden hoorde hij al niet meer. Erik sliep. 'Geen wonder,' zei Hanna in de keuken zacht tegen Peter, 'hij kwam vanmorgen om zeven uur thuis.'

Simon sprak nog wel, toen Hanna en Peter eenmaal in de kamer waren, het gebed uit en las ook nog enkele regels van de preek voor, maar zijn stem klonk onzeker en trilde. Peter fluisterde op dat moment iets tegen zijn moeder, en je zou kunnen zeggen dat Simon die gelegenheid aangreep om met lezen op te houden.

Midden in een zin: 'Gij kunt alles missen, ook een kerk, maar God –' Toen schoof hij zijn boek naar het midden van de tafel, onder de lamp, en bleef een tijdje met zijn hoofd in zijn handen naar het tafelkleed staren.

Peter vroeg waarom hij niet verder ging. 'Mamma en ik willen de preek toch horen!'

Het duurde enige tijd voor hij antwoordde. Terwijl hij daar zo roerloos aan de eettafel zat en alleen zijn rechterschouder nauwelijks merkbaar iets op en neer ging, zei hij dat het lezen hem in dit gezin onmogelijk werd gemaakt.

Hij bleef naar de tafel staren. Zijn beide schouders schokten nu duidelijk, en je vermoedde dat hij in een afschuwelijke strijd was gewikkeld. Je stond op het punt om op te staan en naar de tafel te lopen, een arm om hem heen te slaan en te zeggen: 'Waarom maak je het jezelf toch zo moeilijk? Kom, laat dat boek voor wat het is en laten we met z'n allen naar de rivier gaan, of een eind gaan fietsen.' Maar je zei niets en je zag hem opstaan, met zijn boek, en naar zijn schrijftafel lopen.

Hij heeft de preek afgelezen, stil voor zichzelf. Dat was een eis die hij zichzelf stelde, maar hij heeft er extra lang over gedaan. Er waren bladzijden waar hij meer dan een uur op zat te turen. Je zag ook aan zijn houding dat hij het gevoel had gefaald te hebben. Hij behoorde het gezin te onderwijzen, en het lukte hem niet dat gezin onder zijn gehoor te houden. Hij faalde als de hogepriester Elie en daarom zou hij ook op de een of andere manier zijn nek moeten breken. Hij zou later ziek worden, en die ziekte zou hij dan beschouwen als een terechte straf.

Die middag zei Peter tegen Erik dat hij Simon zijn excuses moest aanbieden. Dat weigerde Erik. Hij had nergens spijt van. Al die onzin! Trouwens wat kon het hem schelen wat zijn vader van hem dacht! Hij haatte zijn vader, met geloof en al.

'Waarom dan? Pappa houdt evenveel van jou als van mij.'

'Die man had mij nooit mogen verwekken,' zei hij.

Peter was ontsteld.

'Je meent niet wat je zegt. Je kunt het niet menen, want dan zou je een onmens zijn. Ik vind het echt erg dat je zo praat...' Peter was zijn broer in zijn woede bijna aangevlogen en Hanna had tussenbeide moeten komen.

'Ik wens in ieder geval niet door jou berispt te worden,' was Eriks reactie. Hij had zijn fiets gepakt en was naar de stad gereden. Bij het avondeten was hij nog niet terug.

'Ik wist niet dat ik zo'n zoon had.' Dat was het enige dat Simon ervan zei.

Simon heeft nooit meer voorgelezen op zondagmorgen.

32

Een paar zondagen later zaten ze met z'n vieren aan tafel, de beide jongens tegenover elkaar. Hanna schepte eten op. Peter vertelde over de temperamentenleer, die gebaseerd is op lichaamsvochten. Bloed (sanguis), lymfe (flegma), gele gal (chole) en zwarte gal (mela chole). Eigenlijk was ieder mens een mengvorm met een dominante trek. Simon was nogal flegmatiek en Hanna eerder expansief, opgewekt, dus een sanguinicus, net als hijzelf. Erik een cholericus. Niemand reageerde. Toen zei Peter dat je mensen ook kon indelen naar de vorm van het gezicht. Het dikke, gezellig ronde gezicht, het zogenaamde pycnische type, hoorde bij de optimist. Het gezicht van Luther was daar een klassiek voorbeeld van. Daartegenover stond het asthenische gezicht, met sterk geaccentueerde trekken: hét voorbeeld in de geschiedenis was Calvijn. Pappa had daar wel iets van weg.

Die vergelijking stond Simon wel aan. Hij had meer op met Calvijn dan met Luther, al had de laatste dan de kerkhervorming ingeluid.

'Nu dooreten,' zei Hanna. 'Het eten wordt koud.'

Maar Peter wist van geen ophouden. Hij begon te vertellen over de ideeën van Plato, dat niet de individuele dingen bestonden – een koe, een paard, een schaap – maar alleen algemene begrippen – de koeheid, de paardheid, de schaapheid... dat de zintuigen bedriegers waren. En die ideeën bevonden zich in een bovenzinnelijke wereld, die alleen kenbaar was voor de ziel.

Simon was geïnteresseerd.

Maar Peter bleef doorgaan op dat chapiter, vroeg of Erik zich de 'schaapheid' kon voorstellen, en sprak het woord nog een keer uit, en nog een keer, tot Erik opsprong, zijn bord tomatensoep omgooide en op zijn knappe broer afkwam. Even sloeg hij in blinde woede op Peter in, maar Simon kwam tussenbeide.

Erik liep van tafel weg. Even later zagen ze hem de veerweg affietsen.

'Jouw schuld,' zei Hanna. 'Praat over gewone dingen. Je hebt er een handje van iemand het bloed onder de nagels vandaan te halen. Nu zat hij gewoon eens een keertje aan tafel, op tijd...'

Ze zagen Erik die dag niet meer terug. Hanna sliep pas in toen hij die nacht tegen drieën thuiskwam. Ze kon hem niet op tijd wakker krijgen voor school en belde de rector dat hij ziek was. 's Middags zat hij bij haar in de tuin. Ze had alleen uit hem gekregen dat hij in De Kameleon was geweest, een jongerencafé. Maar zoals hij bij haar zat, in de tuin! Het verrukkelijkste kind dat ouders zich maar konden wensen. Een genot om naar te kijken. Fijne botten, grijsblauwe ogen, waarover nog het waas van een pasgeborene leek te hangen, en zacht donker krullend haar. Dat was weer zo'n ogenblik waarop het haar toescheen dat niets ter wereld een vrouw zo gelukkig kon maken als de aanblik van zo'n mooie zoon, half jongen, half meisje. Maar waarom was hij zo uithuizig, op deze leeftijd? Miste hij hier iets? Wat miste hij dat hij elders aantrof? En waarom wilde hij niet werken voor school? Ze kon aantonen dat hij zeker zo intelligent was als Peter. Wat hij las, onthield hij. Met minimale inspanning ging hij toch nog over. Peter moest er hard voor werken. Waarom deed hij het dan niet?

Het echte probleem was natuurlijk niet die uithuizigheid, noch de weigering om op school echt zijn best te doen. Waar het om ging was dat hij weigerde een gebaar van liefde naar zijn vader te maken!

Over die dingen sprak ze niet met hem. Ze was niet in staat de minste aanmerking op hem te maken, hem de geringste berisping toe te dienen. Dat liet ze aan Peter over.

33

Erik was op zijn kamer. Hanna was buiten bezig het houtwerk van de veranda af te nemen. Een auto reed op de veerweg, keerde en stopte voor de tuinpoort. Een meneer die aan oom Wijnand deed denken, groot, met zwierige gebaren, in lichte zomerse kleren, kwam op Hanna toe.

Hij stelde zich voor. Hij was de voorzitter van de stedelijke zeilclub, die eigenaar was geworden van de kleine, verwaarloosde jachthaven.

'Mevrouw, wij zijn buren geworden.' Hij vertelde dat in de loop van het jaar nieuwe aanlegsteigers voor veertig boten zouden worden gebouwd. Ook zou een clubhuis verrijzen. Hanna hoefde nergens bang voor te zijn. Alles zou in goed overleg gebeuren. 'Mevrouw, u zult op geen enkele wijze last van ons ondervinden. En als er problemen mochten zijn, dan wendt u zich maar tot mij. Daarom kom ik nu kennismaken. Wij kennen elkaar nu van aangezicht tot aangezicht, dat maakt het contact gemakkelijker. Niet?'

Je deed wantrouwend. Al herkende je dat joviale van oom Wijnand.

De voorzitter van de stedelijke zeilclub keek met welgevallen de diepe, schaduwrijke tuin in.

'Heerlijke tuin, mevrouw. Die prachtige zwarte beuk. Zo zeldzaam. Je vraagt je af waarom in dit land alleen groene beuken in groten getale zijn aangeplant. Men zegt dat een kleurvariëteit altijd zwakker is dan haar gewone soortgenoten. Dat is niet te zien. Aan dit prachtexemplaar is dat niet te zien.'

Zo had oom nooit gesproken. Met zo'n overvloed van woorden.

Ze liet haar wantrouwen niet varen.

'Wat zou de club, mevrouw, graag een gedeelte van uw tuin kopen. Slechts een strook van tien meter. Voor het clubhuis. U mag bij wijze van spreken vragen wat u wilt.'

'Dat zal nooit gebeuren,' zei Hanna. Haar stem klonk strijdlustig. 'Die tuin blijft van ons zolang mijn man en ik daar zeggenschap over hebben.'

'Daar heb ik respect voor. Ik apprecieer eigendomstrots. Ik heb zelf een grote tuin en moet er niet aan denken dat ik er een meter van zou moeten afstaan.'

De voorzitter gaf Hanna een hand. 'Prettig met u kennis gemaakt te hebben, mevrouw.'

Hanna liep nadenkend naar binnen, dacht aan alle auto's die de rust van de veerweg zouden komen verstoren. Ze wilde geen buren. Ze had geen behoefte aan buren. Met die gedachten liep ze de keuken in. Ze had Erik gevraagd theewater op te zetten. Het theewater kookte. Hanna maakte thee en hoorde het zachte kraken van de deur van de linnenkast op de overloop. Simon had de scharnieren pas nog gesmeerd.

Hanna stond onder aan de trap. Erik wist niet dat hij werd gadegeslagen. Hij deed ook nauwelijks voorzichtig. Hij dacht dat zijn moeder buiten was. Hanna ging op de eerste tree staan, zag hem reiken, zijn hand verdween achter de stapel gevouwen lakens – lakens die hij haar gisteren had helpen vouwen –, vond de portefeuille en haalde er geld uit. Op dat moment werden zijn bewegingen gehaaster. Het geld stopte hij weg. Je hart ging tekeer. Je wist precies hoeveel geld er in de portefeuille zat.

Driehonderd vijfenveertig gulden.

Hoeveel had hij eruit gehaald? Wat heeft dat te betekenen? had je moeten zeggen. Dan had je zijn mooie, schuldige gezicht kunnen zien. Maar je kon geen woord uitbrengen. Was je bang voor een heftige reactie, een reactie die hem voorgoed van je zou vervreemden?

Erik legde de portefeuille weer terug. Aarzelde toen. Pakte hem weer om er nog meer geld uit te halen. Je deed een stap achteruit, zodat je weer op de begane grond stond. Je stond te trillen op je benen. Je was flink overstuur. Je kon je eigen kinderen dus niet vertrouwen. En je moest denken aan Coen, die ooms portemonnee stal en 'terugvond' om zijn gerechte beloning in de zak te steken, jij had altijd gemeend dat je zulke kinderen niet zou krijgen.

Vanaf het grind riep je naar binnen. 'Komt die thee nog, Erik?'

'Ja, mamma.' Zijn stem klonk normaal.

Hij schonk thee, jullie zaten samen in de tuin. Jij geloofde dat dit gedrag van tijdelijke aard was, jij was ervan overtuigd dat het goed zou komen omdat je geloofde in een niet zo zichtbare draad die hem met dit gezin verbond, dat er een verknochtheid was die het ten slotte zou winnen. Dat geloof was heel sterk en daarom kon je gewoon met hem praten.

Je vertelde dat er een meneer was geweest, de voorzitter van een zeilclub die de oude jachthaven in bezit had gekregen. En dat hij met meer dan gewone belangstelling naar de tuin had gekeken. 'Hij wilde daar veel geld voor geven.' Dat zei je expres.

'Als je die verkoopt,' zei Erik verontwaardigd, 'kom ik hier nooit meer.'

Zie je nou wel. Hij hield van de grond waar hij was geboren, waar zijn voetstappen stonden. De rest zou vanzelf komen.

Een paar dagen later, toen Peter om een tientje had gevraagd voor de sportkeuring, liet Hanna zich wel ontvallen dat ze dacht meer geld in haar portefeuille te hebben.

Peter was direct overstuur.

'Mamma, heb je wel goed gekeken?'

Ja, ze had goed gekeken. Een paar keer zelfs. Maar ze kon zich natuurlijk vergissen, het geld vloog je door de vingers.

'Mam, dat tientje hoef ik niet, ik kan het wel van iemand lenen,' zei Peter en wilde het haar teruggeven.

'Dat tientje krijg je van mij,' zei Hanna.

Erik reageerde niet, bloosde zelfs niet. Dat viel haar weer tegen.

Peter kwam die avond terug van de sportkeuring.

Hij keek geheimzinnig, zei niets, maar stroopte zijn mouwen op, balde zijn spieren. 'Waar is pappa?' Pappa was binnen, en Peter ging direct naar hem toe om hem te vertellen dat hij sterk en gezond was en buitengewoon ontwikkelde spieren had. 'En die heb ik omdat ik uit jullie ben voortgekomen.' Hij was de sterke telg van sterke ouders. Peter bleef een onnozel klein kind, hoe ver hij het ook zou schoppen. De stem van het bloed sprak extra sterk in hem.

Maar jij was ook niet ongevoelig voor die stem.

34

Het ging goed met Erik. Het ging al bijna een halfjaar heel goed met hem. Elke dag, aan het einde van de middag, maakte Hanna in de keuken brood voor hem klaar, dat hij in zijn boekentas deed. Om klokslag vijf uur vertrok hij naar de stad.

Van het lyceum hadden Hanna en Simon vorig jaar een brief gekregen dat Erik bleef zitten. In die brief stond ook dat de docenten unaniem van mening waren dat hij op school niet te handhaven was. Dat hij nog zo lang had mogen blijven vond zijn oorzaak in de herinnering aan zijn voorbeeldige broer. Men had nog gehoopt dat iemand uit hetzelfde nest uiteindelijk ook wel de goede kant op zou gaan. Het ontbrak hem niet aan intelligentie, integendeel, maar wel aan wilskracht.

Wat nu? Een vak leren? Erik had twee linkerhanden. In die tijd verschenen er advertenties van het nieuw opgerichte avondlyceum. Dat leek Erik wel wat. Overdag thuis studeren en 's avonds naar school. Het ging in ieder geval tegen de gewone regels in.

'Het avondlyceum,' zei hij steeds enthousiaster.

'Als ze je toelaten...' vroeg Peter zich hardop af.

Peter ging voor zijn broer pleiten, en Erik werd voorwaardelijk toegelaten.

Het ging goed met hem. Nooit verzuimde hij. Stipt om vijf uur verliet hij met brood en boeken het huis. Ook de verhouding met Simon werd beter. Het kwam voor dat Erik naar het veer liep om naar het werk van zijn vader te kijken. Wat ook had geholpen was dat Simon op aanraden van Hanna was opgehouden Peter ten voorbeeld te stellen.

Maar de weekeinden was hij altijd weg. De telefoon begon te rinkelen op zaterdagmiddag. Erik kreeg uitnodigingen voor twee, drie feestjes op een avond. Hij was geliefd, hij werd door de meisjes aantrekkelijk gevonden, hij kon zo veel meisjes krijgen als hij wilde. Dat liet jou niet onverschillig. Je zag veel door de vingers.

Simon was op een zaterdag jarig. Hanna had zijn lievelingseten gemaakt: verse tuinbonen, griesmeelpudding met bessensap, in de puddingschaal die de vorm van een vis had. Erik ging 's middags even naar de stad.

'Maar je bent op tijd terug,' waarschuwde Hanna hem.

'Natuurlijk.' Zijn vader was toch jarig.

Ze zouden om halfzeven aan tafel gaan. Peters vriendin zou voor de eerste keer meeëten.

Ze wachtten tot zeven uur, tot halfacht. Hanna keek met Peter en Lilian de veerweg af in de richting van het kasteel.

'Mijn broer,' zei Peter, 'is iemand die zodra hij in de stad komt op goed geluk een van de straten ingaat die hij voor zich ziet. Dan duizelt het hem voor de ogen, al die cafés, al die mogelijkheden...'

Ten slotte gingen ze aan tafel. Simon vroeg stilte voor het gebed. Ook Lilian vouwde onwennig haar handen, sloot haar ogen. Ze had nooit gebeden, want haar ouders waren lid van het Humanistisch Verbond.

De maaltijd verliep, zonder Erik. Peter dacht dat zijn broer geen hoge dunk van zichzelf had en snel onzeker was. Hij voelde zich niet erkend. Maar iedereen was het erover eens dat hij geen enkele reden had om onzeker te zijn.

Voor Simon leek Eriks afwezigheid geen probleem meer. Hij luisterde niet naar Peters psychologische uitleg, liet zijn eten koud worden, keek met onverholen welgevallen naar Lilian, die zacht bruin krullend haar had en ogen in een iets donkerder tint.

'Kom pappa,' zei Hanna, 'je eten wordt koud en het is speciaal voor jou gemaakt.' Peter was verbaasd. Hij dacht dat hij zijn vader begreep, had zich erop voorbereid dat hij ernstige bezwaren zou maken tegen een meisje uit een gezin dat het atheïsme aanhing.

Simon las een korte psalm onberijmd voor: 'De Heer is mijn herder. Mij ontbreekt niets, hij doet mij nederliggen in grazige weiden...'

Lilian luisterde belangstellend. Na de lezing dankten ze voor het eten. Zodra Simon zijn ogen weer open had, maakte hij een opmerking tegen Lilian, die je op dat moment even onvoorstelbaar leek maar die je meteen daarna begreep. 'Lilian,' zei pappa vrolijk, heel vrolijk, met een zekere zwierigheid zelfs, alsof het over iets heel frivools ging, 'je vouwde wel je handen voor en na de maaltijd, maar het hoeft niet hoor... je bent er ons even lief om.' Jij begreep onmiddellijk dat Simon al niet meer tegen Peters vriendin sprak, maar tegen Erik; hij sprak tegen het meisje dat Erik had moeten zijn. Hij wilde ook niet dat ze afwaste op zijn verjaardag. Dat deed hij zelf wel.

Jij liet niets blijken. Maar of je wilde of niet, je voelde je toch gestoken door Simons aandacht voor dat nog vreemde meisje. Aan de andere kant was je ook blij dat haar bezoek in goede aarde viel.

35

Peter ging kijken waar zijn broer uithing en vond hem in De Kameleon. Hij zat aan de bar, omringd door mannen en vrouwen, en op een klein duister podium werd jazz gespeeld.

'Pardon, mag ik even...' Peter drong zich door de menigte van cafébezoekers heen en toen zag Erik zijn broer voor zich staan.

'Dit is nou mijn lieve, intelligente broer,' zei hij en streek Peter met een lichte hand over zijn voorhoofd alsof hij een zwerfkat was, te vies om aan te pakken.

Peter zei alleen dat hij zijn gedrag stijlloos vond.

'O, je komt hier dus om mij te berispen.'

Peter nam hem apart. Erik nam zijn glas mee.

'Vader is jarig, dan behoor je thuis te zijn. Je hebt het ook beloofd. Niet alleen omdat hij jarig is, maar om alles waar hij voor staat.'

'Ik denk niet dat ik om mijn vader naar huis kom en nog minder om de dingen waarvoor hij staat. Die God van mijn vader is niet meer dan een rimpelige oude man met een buikje. Toen we kinderen waren, jij en ik, baden we tot een kindje Jezus dat op ons leek; later behoren die volwassen geworden kinderen die liefde door te geven aan de jonge, naakte Christus, die zo aanbeden wordt door benedictessen en jongeren als jij. En nog later heerst die strenge God de Vader over de ziel. God, in zijn grote wijsheid, vergezelt ons met het klimmen der jaren en biedt ons net zo veel beeld als onze verbeelding vraagt. Bij de dertigjarigen in dit café zie je het soms al. Ze voorvoelen dat de winter streng zal worden en zoeken bijtijds de warmte van kaarsen, swingende jazz en de troost van een heel vaag geloof. Alleen jongeren zijn goede atheïsten, omdat op een gladde, harde ziel de angst nog geen vat heeft. Wat ik zeggen wilde, die God van onze vader is wel een verdomd lastig heerschap, zo'n norse, oude man die steeds meer vraagt...'

'Ik word een beetje heel erg misselijk van je,' antwoordde Peter kalm, en hij bleef ook een en al geduld toen hij verder ging: 'Je bent zelf zo bang als een wezel voor die God. Juist omdat hij bestaat en ons zijn liefde in Christus geschonken heeft.'

'Je praat net als de predikers die vader hebben ingepalmd.'

'Kom dan naar huis om moeder. Zij verdient dat toch niet...'

'Je bent vastbesloten me te helpen.'

'Ik wil dat je thuiskomt. Je maakt iedereen ongelukkig, vooral jezelf. Die gekke afkeer van je vader, of van het gezin, afkeer die nergens op slaat, die je alleen maar bedenkt omdat hij je goed van pas komt... Kom, ga mee.'

'Goed, ik kom zo,'

'Je rekent nu af.'

'Je hebt een knappe vriendin, broertje.'

'Ga mee, dan zie je haar.'

'Natuurlijk ga ik mee. Niet zo haastig. Nog even dit glas leegdrinken...'

'Je gaat nu mee. En geef die wrok tegen vader op. Ik vind zelfs dat je door zo te doen in zekere zin verraad jegens ons allen pleegt.'

Erik wendde zich van hem af, begon tergend langzaam zijn glas leeg te drinken en wilde in de richting van de bar lopen om een nieuw glas te bestellen.

Peter greep hem bij zijn schouder.

Erik schreeuwde dat hij van hem af moest blijven. Peter maakte nog een opmerking over school, zei dat het daar toch juist goed ging. Een paar omstanders begonnen smalend te grinniken. Eén maakte een opmerking waaruit Peter begreep dat zijn broer al lange tijd geen lessen meer volgde. Zijn wantrouwen was gewekt. Zonder nog een woord tegen zijn broer te zeggen verliet hij het café en ging rechtstreeks naar de rector van het avondlyceum. Puyman, die hadden ze, op de eerste week na, het hele jaar niet gezien. De rector dacht zelfs dat Erik Puyman als leerling al was uitgeschreven. Samen liepen ze naar de administratie. De man had zich niet vergist. Uit de absentielijst bleek dat Erik slechts twee keer het avondlyceum had bezocht.

36

De dagelijkse bezigheden. Eten klaarmaken, huis en tuin schoonhouden, een warme trui voor Simon breien. Wachten op Eriks thuiskomst. Soms een reiziger die iets bestelde in de tuin, een praatje maakte. Een paar vroege vliegen in de vensterbank.

's Avonds tegen halfelf begon Simon zich gereed te maken voor de nacht, dat wil zeggen, hij legde een bladwijzer op de plaats waar hij met lezen was gebleven, schoof het boek in de uiterste hoek van het vloeiblad, precies tegen het roodgeaderde marmeren voetstuk van het oude inktstel.

Aan de eettafel las hij hardop een kort gedeelte uit de bijbel, meestal uit Jesaja of Ezechiël, zijn favoriete bijbelboeken. 'Het woord des Heeren kwam tot mij. Gij nu, mensenkind, zo zegt de Here Here over het land Israëls: het einde komt...!'

Zo eindigde de avond. Dan begon ook een ijskoude wind over de veerweg te jagen en maakte het hoge water slobberige geluiden. Ver weg rolde een kar over een onbestraat gedeelte. Het was om bang van te worden.

'Welterusten. Ik ga vast. Kom je ook zo? Waar blijft dat jong!'

Hanna bleef langer op. Zette de radio zo zacht aan dat Simon er boven geen last van zou hebben, en las een boek. Ze was niet bang voor de huilende wind. Het huis was een vesting.

Als Hanna bovenkwam, sliep Simon. Nu lag ze naast hem en hoorde aan zijn ademhaling dat hij niet sliep.

'Ik hoor je de hele tijd hoesten.'

'Kou gevat misschien.'

'De hoest klinkt verkeerd.'

'Ik mankeer niets.'

'Toch wil ik dat je naar de dokter gaat.'

'Simon...?'

'Wat is er nou weer?'

'Niet omdat je ons beiden met je gehoest uit de slaap houdt... Ik maak me zorgen.'

'Simon...? Slaap je?'

'Nu niet meer. Wat is er?'

'Laat maar... het is niet belangrijk.'

37

De zon brandde hoewel het nog geen zomer was. Het land golfde zacht in de middaghitte. De zon stond pal boven het land en was zo rond, zo bol dat hij elk moment uit elkaar kon springen. Hij scheen op de gezichten van de beide broers en van Lilian, die in de tuin zaten. Hun gezichten stonden vrolijk, de schaduwen van de bladeren renden over het glimmende grind. Straks gingen ze met z'n drieën in Peters auto naar een film in de stad, daarna zouden ze samen uitgaan.

Ze dronken koffie in de tuin, liepen naar het veer om Simon goedendag te zeggen en vertrokken.

Hanna wachtte tot twee uur in de huiskamer, had verse koffie gemaakt om hen te onthalen, was ook benieuwd naar hun verhalen. Peter had gezegd dat het zeker niet later dan twee uur zou worden.

Uiteindelijk ging ze naar bed. Simon had in het begin van de nacht erg liggen hoesten. Soms kwam de hoest van zo diep dat het leek of hij vanbinnen uiteenscheurde. De huisarts had slechts een vastzittende kou geconstateerd. Gelukkig was hij nu in diepe slaap.

Tegen halfvier hoorde ze in de verte Peters auto. Vanuit het slaapkamerraam zag ze de bundels groot licht over de weg. Hij keerde bij het veer, trok weer op. Het licht van de koplampen scheen nu op de muur van hun huis. Peter remde plotseling, het licht kwam tot hoog in de kruin van de boom, de schaduw van de auto rees tegen de door de maan verlichte haag aan de overkant van de weg, zakte toen langzaam. De lichten doofden. Peter parkeerde zijn auto nooit op die plaats.

Hanna wachtte. Niemand stapte uit. Geen stemmen. Geen muziek uit de autoradio. Over de overloop liep Hanna naar Eriks kamer, die op de veerweg uitkeek.

De auto reed net weg. Eerst zonder licht. Vlak voor de eerste scherpe bocht gingen de lichten aan en schenen tot op het stoomgemaal De Volharding. Hanna was er zeker van dat Erik en Lilian niet bij Peter in de auto zaten. Je bewoog je wenkbrauwen in de richting van je neus. Jij hebt toch dat scherpe zintuig van wild, dat precies weet waar geschoten gaat worden en waar niet.

Peter was na een uur weer terug. Nog steeds alleen. Hij liep over de veerweg heen en weer, stak de ene sigaret na de andere op, hij die nauwelijks rookte. Je keek naar hem door het raam van Eriks kamer. Ten slotte ging hij de tuinpoort door. Je durfde hem niet tegemoet te komen, je ging terug naar jullie slaapkamer.

Simon was wakker geworden en vroeg wat er was.

'Ik werd wakker, ik denk van Peters auto. Ze zijn gelukkig thuis allemaal.' Op de trap waren voetstappen te horen.

Erik en Lilian kwamen veel later. Een taxi bracht ze. Het was al licht, en die twee zijn in de tuin gaan zitten. Hanna hoorde haar jongste zeggen: 'Wie ik ook in mijn leven zal tegenkomen, jij zult altijd de enige vrouw zijn die mij volledig kan bevredigen.' Lilians reactie was niet te verstaan.

38

Er verschenen trucks met bouwketen van Rijkswaterstaat. Ze werden in een lange rij langs een van de veepaden geplaatst die achter de kribben liepen. Op een halve kilometer van het veer. De eerste landmeters kwamen. Op een van die dagen stond Hanna met Simon aan het water te praten. Simon had een sigaret in zijn mond, die scheef brandde door de wind. Hij nam hem uit zijn mond en liet hem uit zijn vingers vallen. Hij wilde hem uit het zand oprapen, maar zijn vingers kregen geen greep op de sigaret; hij heeft hem met zijn hak uitgetrapt.

'Je kunt beter helemaal niet meer roken,' vond Hanna. Maar Simon rookte heel weinig. Drie of vier sigaretten per dag en hij inhaleerde niet. Wel hield hij de sigaret altijd in zijn mond en bij het inademen kwam er toch rook mee naar binnen.

Het gevoel in zijn vingers keerde niet terug. Simon kon niet meer roeien, maar het kostte hem ook de grootste moeite zijn kleren aan en uit te trekken.

Hanna vroeg aan de huisarts een verwijsbriefje voor de internist van het gemeenteziekenhuis.

Peter was vandaag met Simon naar de dokter. Hanna had het in huis niet kunnen uithouden en was een pad gevolgd dat bij een van de kleinere oeverplassen uitkwam, zo klein dat je er zelfs zonder aanloop overheen kon springen. Ze zat op haar hurken in het hoge gras. Op de heldere bodem lagen kleine ronde kiezelsteentjes, met witte en oranje vlekjes. Een kikkervisje wierp fijn zand op, dat weer neerdwarrelde en het water op die plaats even troebel maakte. Hanna boog zich naar voren om een handvol water op te slurpen. Er viel een druppel op het bestofte oppervlak van een steentje in het gras. Het droogde snel in de zon en liet een helwit, rond plekje achter.

Ze nam nog wat water en moest denken aan de voorzitter van de zeilclub die vanmorgen weer was geweest. Hij had vandaag schoenen met crêpezolen gedragen die piepten. Waarom wilde ze nu niet een stuk van de tuin van de hand doen? Ze mocht veel geld vragen. En waarom wilde ze er niet eens over nadenken om het hele veer met recht en al van de hand te doen? Binnen twee jaar was die brug klaar en zou het niet meer te verkopen zijn.

Dat hadden er al meer gezegd. Het veer van de hand doen. Hadden ze daarvoor al die jaren gewerkt? Om het van de hand te doen? Van-de-hand-doen! Mooie naam voor een voormalig veer. Te koop aangeboden: Voetveer Van-de-hand-doen. Gelegen tussen stad en Bahr. Zeer geschikt voor bouw van jachthaven. Goed bereikbaar vanaf de openbare weg. Eigenaars zijn onlangs hun instinct voor bezit kwijtgeraakt!

'Maar wat zei de dokter?'

'De dokter heeft hem helemaal onderzocht en denkt dat het een vorm van reuma is.'

'Maar komt het weer goed?'

'Daar kon hij niets zinnigs over zeggen. Er was waarschijnlijk een proces in zijn gewrichten gaande. Hoe dat proces zou verlopen, was duister. Pappa's bloed zal onderzocht worden. Waarschijnlijk zullen daarin antistoffen worden aangetroffen van een virus dat reuma veroorzaakt. Het virus zelf is nog nooit gevonden. Men spreekt dan ook van "onbevlekte infectie"...'

39

Omdat Peter een baan aan de universiteit had, was hij altijd beschikbaar. Hij hield het portier van zijn auto open en hielp zijn vader naar binnen. Hanna zwaaide hen na. De eerste keer was ze meegegaan naar het gebouw van de sociale dienst.

'Parkeer de auto zo ver mogelijk van het gebouw af,' had ze gezegd. Dat het zover had moeten komen. Het veer was onlangs gesaneerd. Ambtenaren, taxateurs hadden schattingen gemaakt. Een kleine zelfstandige, zonder inkomen. Natuurlijk zou er hulp komen. De gemeente zou maandelijks een bedrag voor levensonderhoud uitkeren. Het was verboden om geld bij te verdienen en het veer moest definitief worden opgeheven.

'Ze moeten alles van je weten,' klaagde Hanna, 'je moet je helemaal blootgeven.'

De ambtenaren hadden wel door dat er geen inkomen was. Het was voor hen ook een gemakkelijke zaak omdat huis en land zoveel zouden opbrengen dat de uitgekeerde voorschotten te zijner tijd altijd zouden kunnen worden terugbetaald. Ook waren er de vergunningen van de theetuin, die waarde hadden.

Voor ze uitstapten keken ze de straat af of ze misschien bekenden zagen. In het gebouw moesten ze even wachten, in de hal samen met anderen.

'Ik begrijp niet,' fluisterde Hanna in Peters oor, 'dat ze ons niet direct in een kamer ontvangen. Nu kan er nog ieder ogenblik iemand binnenkomen die ons herkent!'

Het was november en de hemel klaarde nu nog maar zelden op. Hoogstens veranderde de tint van grijs naar donkergrijs. Soms eindigde een regendag met een stralende zonsondergang aan een bewolkte lucht. De ondergaande zon schoot zijn stralen onder dikke grijze wolken langs. Het water kleurde van groen naar goud, van goud naar violet. Dan werd het donker, begon er ook weer regen te vallen en werd het water een moment van witgloeiend zilver.

Simon begon ook het gevoel in beide voeten te verliezen en werd opgenomen in het gemeenteziekenhuis. Er zouden voorlopig alleen onderzoeken plaatsvinden.

De dag na de opname liepen Hanna en Erik over het uitgestrekte terrein van het ziekenhuis. Het vroor en er vielen kleine sneeuwvlokjes uit een heldere hemel. Ze waren op weg naar de uitgang, waar de bus stopte. Simon hadden ze niet mogen zien, want hij was voor foto's naar een ander gebouw; het terrein stond vol noodbarakken, in afwachting van een nieuw ziekenhuis dat gebouwd zou worden.

Een zacht ruisend geluid kwam hen achterop. Een hoog, geheel doorzichtig voertuig passeerde. Op de glazen achterwand stond: PATIËNTENVERVOER. Wand en bekapping waren beslagen zodat ze niet goed naar binnen konden kijken. Maar wel onderscheidden ze een bed. Een verpleegster. Het gekke, hoge voertuig op zijn kleine, brede luchtbanden moest een bocht nemen en afremmen. Hanna en Erik kwamen bijna op gelijke hoogte en ze zagen tegelijk dat pappa op het bed lag. Erik wilde nog tegen de ruit kloppen, aarzelde even en was te laat. De wagen had weer vaart genomen.

'Net de dood,' zei Erik zacht. Ze keken die verwarmde glazen auto na, die bijna geruisloos over de verlaten lanen van het ziekenhuisterrein reed. Daar reed de dood. Zo voelde jij dat ook.

40

Simon zat weer aan zijn schrijftafel. Ze hadden hem een dag geleden uit het ziekenhuis mogen ophalen. Op open plekken lag de sneeuw een meter hoog. Toen hij uit de noodbarak in Peters auto werd geholpen, zei hij dat hij hier nooit meer terug hoopte te komen.

'Je komt nu thuis,' zei Hanna, 'en we laten je niet meer gaan.'

Er vielen grote natte vlokken toen ze terugreden. Simon zei dat hij zeker zes soorten medicijnen had meegekregen.

Thuis schrok hij toen hij in de huiskamer een bed zag staan. Hij had nooit kunnen denken dat hij ooit beneden op een bed zou moeten liggen.

Hanna had de kamer zo gezellig mogelijk ingericht. Op de eettafel stonden verse bloemen. Op het nachtkastje *Kleine Genadegaven*, een boek waar hij altijd veel uit las.

Simons handen lagen rustig naast zijn boek. Met zijn pols kon hij, met enige moeite, de bladzij omslaan. Vaak sloeg hij de bladzij niet om en bleef naar dezelfde woorden staren... en terwijl wij deze woorden zo hoorden, klonk ook in onze oren een zeer zoete en allerlieflijkste harmonie van heerlijke gezangen, zodat het rond ons lieflijk en bekoorlijk was, want men zong daar overal halleluja, dat wil zeggen: Looft den Heere...

Onverwacht voer een koortsachtige razernij door zijn handen, ze bewogen druk, wipten op en neer, als in een zak gevangen dieren. Niemand kon dat aanzien. In Simons ogen lag grote ontsteltenis.

'Hou je aan mij vast,' riep Hanna, 'hou je aan mij vast.' Maar zijn handen konden zich aan niets of niemand vasthouden. Hanna bedoelde ook: zal ik ze vastpakken? Maar als ze hem naderde, stopte hij zijn handen weg, in zijn colbert, waar ze weer uit dreigden te glippen... Dan boog Simon zijn hoofd. Hanna mocht niet dichterbij komen. Hij maakte zich onbereikbaar. Begon op dat moment de openlijke vijandigheid? Had Simon het gevoel dat zij hem midden in dat gevoel van schaamte om die springende handen in de steek had gelaten? Had hij woorden van troost verwacht op het moment dat Hanna er alleen maar aan had gedacht hoe ze die handen tot rust kon krijgen, met medicijnen was aangekomen en hem daardoor in die cirkel van schaamte had voortgeduwd? 'Hou je maar aan mij vast,' had ze gezegd, misschien ook in de hoop dat zijn handen weer hun normale kracht terug zouden krijgen. 'Hou je maar aan mij vast,' had ze gezegd voordat ze zich een weg baande door de zo duistere wegen van die kamer.

Zijn handen werden weer stil en het zweet stond hem op het voorhoofd. Buiten woei een gure, snijdende wind alle kanten op. De beuk boog door onder de ijskoude windvlagen. Het regende sneeuw van de takken. Hanna wilde iets troostrijks zeggen, maar ze kon niets bedenken en zei toen maar dat wanneer het zo moest zijn dat je ziek was, het dan toch maar beter met zulk smerig weer kon zijn, waarin niemand zich naar buiten waagde. Ze schrok van die woorden toen ze gezegd waren. Hoe kon ze zulke onzin uitkramen!

Simon reageerde dan ook niet.

41

Hij las. Jij liep de kamer in om het water van de bloemen te verversen. In het voorbijgaan keek je over zijn schouder, zogenaamd om te zien wat hij las. Je hoopte dat hij zijn hoofd zou oprichten en je aankijken. Even later kwam je al weer terug, nu om schone servetten op de stoel bij zijn bed te leggen, dan weer om iets op te halen dat je expres vergeten was; je zag dat al die bedrijvigheid om hem heen hem irriteerde. Je zag dat en je zag het tegelijk ook niet en je vroeg juist of je de radio zacht aan zou zetten, een causerie over iets, en of hij nog iets wilde, of het nu beter ging.

Behoedzaam ontweek hij je. Veinsde je niet te horen, veinsde te slapen, veinsde.

Soms kwam er iemand langs. Lex was een regelmatige bezoeker. En bij het weggaan zei hij altijd: 'Hanna, wat heb ik toch sinds het laatste bezoek veel op hem verspeeld! Wat moet dat worden! Je komt nog eens alleen te staan!' Dat had jij ook wel in de gaten en tegelijk ook niet. Zou er een dag komen dat Simon er niet meer was? Dat was toch ondenkbaar en daar wilde jij dus niet aan denken. Niemand hoefde haar zo'n toekomst te schilderen, ook haar eigen broer niet.

Nog kon Simon zichzelf, naast het bed zittend, zo goed en zo kwaad als het ging wassen. Toen hij te zwak werd om overdag op te zijn riep hij zijn oudste zoon bij zich en vroeg hem de broeders te waarschuwen. Een adres was te vinden in zijn colbert.

'Wilt u dat ze morgen al komen, vader?' vroeg Peter.

Ja, dat wilde hij. Er mocht geen tijd overheen gaan.

Dezelfde dag zorgde Peter ook voor hulp vanwege Het Groene Kruis, waar Hanna en Simon sinds hun huwelijk lid van waren – aanvankelijk voor een tientje per jaar, nu voor vijfentwintig gulden. In geval van nood zouden ze dan recht hebben op een wijkverpleegster.

De verpleegster verscheen de volgende dag in alle vroegte. Het was een stugge, potige vrouw die alleen het hoognodige zei. Hanna bood haar diensten aan, maar daar wenste ze geen gebruik van te maken. Ook zij duldde Hanna niet in de buurt van Simons bed. En Hanna had zoveel energie en wilde juist voortdurend in beweging zijn. Ze werd steeds meer naar de keuken teruggedrongen en voelde zich buitengesloten als een klein, gestraft meisje. Tegen Peter beklaagde ze zich: 'Ik denk dat ze ons een andere verpleegster moeten sturen.' Ze kon dat mens niet uitstaan.

Peter kalmeerde haar en meende dat je in dit werk vanzelf zwijgzaam werd. Je zag zoveel ellende. Maar hij vond dat deze vrouw snel en kundig werkte en heel voorzichtig met pappa was.

Dat moest Hanna toegeven.

In de loop van de dag kwamen de broeders. Hanna was de eerste die hen zag aankomen; ze baggerden door de sneeuw, trokken hun voeten uit diepe sneeuwhopen. Onder een schoongeveegde, gladgeschaafde hemel, waarin overdag al heldere, ijzige sterren te voorschijn kwamen. De wind loeide niet meer in de schoorsteen, stootte niet meer tegen het dak, alleen het ijs op de vensterbank kraakte.

Ze liepen op Simon toe en toen hij hen zag begon zijn lichaam te schudden door een geluidloze, van heel diep komende hoest. Hij werd echt van binnenuit verscheurd.

In een kleine stoet trokken ze het huis binnen. Weer die trage manier van lopen, alsof ze hun stappen inhielden en des te onverbiddelijker naderbij kwamen. Rechters die een oordeel moesten uitspreken en de zieke al als schuldige hadden aangemerkt.

Hanna begroette hen een voor een, maar haar stem klonk vreemd. In een poging haar echte stem weer terug te krijgen, schraapte ze telkens zachtjes haar keel.

Eenoog had gelukkig ook zijn onbezielde glas in. Hij ging aan de rechterzijde van Simons bed staan en nadat hij zijn pols had aangeraakt, vouwde hij zijn handen. De vier anderen, aan de andere kant van het bed, knielden.

Toen begon het gebed. Zo lang aaneen had je nog nooit horen bidden. Was Simon dan zo slecht, zo zondig? '...ja, ik verdien ook niet beter, ik verdien het allerergste. Alleen in die staat van wanhoop en verkommering kan de ziel gered worden, alleen als we zo denken, kan genade plaatsvinden. De hel is eeuwig branden. Het water is al de hel. U moet zich voorstellen, niet alleen de lippen, maar het hele lichaam, voor altijd in dat kokende water!'

Jij stond op de drempel van beide kamers en keek toe. Erik, die overdag sliep en in de loop van de dag vertrok, kwam beneden, bleef even achter Hanna staan, keek met sombere blik naar het schouwspel en ging weg. Je bleef nog even toekijken, liep toen snel Erik achterna.

'Kom niet te laat thuis,' vroeg je.

Toen ze weer terugkwam, zag ze Simons gezicht vertrekken. Net of hij een klap had gehad of bang was een klap te ontvangen, en ze herinnerde zich de woorden van haar eigen vader: 'Simon is een komediant. Hij drijft zijn spelletje soms wat ver.' Dit spel had hij heel ver gedreven. Maar ze hoopte nog steeds dat hij niet van harte geloofde. Het ging bij hem ook niet vanzelf. Maar waarom hij er ooit zijn instemming mee had betuigd, zou altijd een raadsel blijven. Eenoogs dode oog leek zich aan het licht van de lamp vast te haken, terwijl hij zei dat we in Gods straf zijn liefde moesten zien. '... God straft altijd. Hij kan niet anders. Want de wereld is ongehoorzaam. Dat Hij ons nog te eten geeft en te drinken en dat we nog leven en niet ter plaatse getroffen worden door zijn toorn, dat is al zo'n wonder, daar moet elke seconde voor gedankt worden...' Je ging ondertussen naar de keuken, waste de kopjes af, maakte het aanrecht schoon, het zeepbakje, verplaatste het geemailleerde bordje met de gedroogde peterselie en kwam weer terug. Je kon niet stilzitten. Je bent altijd beweeglijk geweest. Wat zei haar moeder vroeger altijd? Onze spring-in-'t-veld. Bewegen. Nu in ieder geval in beweging blijven. En Eenoog, wat zei die nu? 'Een nauw leven gaf een ruim sterven. Nu was het nog vlak tussen de ziel en God, maar wie in donkerheid afreisde...' Je dacht: Och Simon, stakker, we kunnen niet zeggen dat we de ratten hebben verjaagd en het ongedierte hebben uitgeroeid (we konden het zeggen toen we lang geleden dit lege huis betrokken!) – die valse profeten van de waarheid, dragonders met begerige tanden, die ons misselijk maken, die alles aantasten – vrolijkheid, zon, regen. Alles wordt grauw en lelijk en zwart als hun adem eroverheen strijkt. Op een dag kwamen ze zomaar ons leven binnen en we kunnen niet zeggen dat we ze samen hebben bevochten. En we kunnen ook niet zeggen: 'Gezegend de hemel.' Hard hebben we geploeterd. Het heeft ons niet altijd meegezeten, maar nu gaan we slapen. De dag is lang geweest. We zijn al vanaf vanmorgen vroeg onophoudelijk in de weer, jij bij het water, ik rond het huis. Nog een paar minuten. Over een paar minuten doen we het licht uit en laten we ons in bed glijden, tussen de lakens, frisse, witte lakens...

42

Als vanouds zaten ze weer aan de keukentafel. Er ontstond zelfs een zekere vertrouwelijkheid. Een grote, zwarte knoop van Eenoogs overjas zat aan een los draadje. Ze zette de knoop vast en keek ook de andere na.

Ze zaten als vanouds weer aan de keukentafel en morsten met hun koffie en slurpten de koffie van hun schoteltje als hij te heet was. Ze zette alle knopen vast aan Eenoogs overjas. Je dacht: Soms zou je willen dat je je geheugen dicht kon naaien, zodat sommige herinneringen nooit meer te voorschijn konden komen.

Peter vroeg op een gegeven moment wat hun beroep toch was.

'Dienaar in de wijngaard, meneer.' Ze waren heel beleefd tegen Peter. Ze keken tegen hem op.

'Wanneer bent u dat dan geworden?'

'We zijn al vroeg geroepen, meneer.'

'Maar u moet toch geld verdienen...'

'We zijn nog nooit te kort gekomen, meneer.'

'Bent u dan getrouwd?'

Ja, ze waren allen getrouwd.

Hanna luisterde. Hoe zouden hun vrouwen er eigenlijk uitzien?

Wat vonden die ervan dat hun mannen altijd onderweg waren en bij vreemden in huis zaten?

Ze stonden weer om Simons bed en hun woorden werden steeds onbegrijpelijker. '... dode belijders zijn dood van de doodstaat, zijn al dood voor de dood. Zware tijden wachten ons. Benauwde tijden. Verwaterde tijden. Droeve tijden. Kommervolle tijden. Donkervolle tijden. Boze tijden. Op Safershoogten, in Haradaäsdiepten.' Dan kwamen ze de keuken weer in, moe van het geloof dat ze beleden hadden.

43

Het werd een gewoonte dat de vijf mannen in huis waren, en ten slotte bleven ze slapen. Het speelde zich tegelijk voor haar neus en heel in de verte af, en zou daarom ook wel niet meer ophouden, zoals voorheen, toen op zeker moment haar jeugd haar zo eindeloos had geleken.

Soms een moment van diepe verbazing. Dat was alles.

Erik was weer heel laat thuisgekomen. Hanna sliep nooit in voor ze hem in de keuken hoorde. Ze zorgde er altijd voor dat er wat eten voor hem klaarstond dat hij alleen maar hoefde op te warmen. Vannacht had ze net op de trap gestaan toen hij binnenkwam. Minutenlang had Erik vanaf de tussendrempel naar zijn vader gekeken. Simon ademde met kleine schokjes, afgewisseld door geruis. Je kon het eigenlijk geen ademhaling meer noemen.

Overdag was je druk. Weer moesten alle kamers gedaan worden. De hele dag door was je bezig koffie te zetten en eten te maken.

Je liep op Simons bed toe. Hij sliep. Hij deed alsof hij sliep. Een keer betrapte je hem erop dat hij zijn ogen open had. Nooit zag je eerder in een blik zo'n mengeling van angst, paniek, ontsteltenis, afweer... Je legde je hand op zijn voorhoofd, maar dat hoofd keerde zich langzaam af, draaide onverbiddelijk weg, onder je hand. Een moment later kreeg hij plotseling een pijnaanval. Zijn rug stond er krom van. Gelukkig was Peter erbij. Zonder hem had je het niet kunnen redden. De oudste liet hij wel bij zijn bed toe. Jij stond er maar wat bij, en je had zo graag met hem willen praten. Over vroeger, maar ook over praktische zaken. Er moesten toch dingen geregeld worden! Had hij bepaalde wensen...?

Op een dag keek ze zo van een afstand toe en zag zichzelf van de brede houten trap afkomen in het huis van oom en tante, in een witte jurk, met witte schoenen; haar huid was bruin geworden door de zon en haar haar had in de loop van de zomer een koperkleurige glans gekregen. Ze zag er verblindend uit. Ine en Coen klapten onder aan de trap in hun handen. Oom ging haar voor. Ze stapte in zijn blauwe sportauto. Tante en de kinderen zwaaiden hen na. 'Maar voor we naar de regatta gaan,' zei oom, 'gaan we die vodden verbranden.' Dat was waar ook. Tussen hen in stond een oude boodschappentas. Op de werf gingen ze een oude loods binnen die niet meer in gebruik was en waarvan het plaatijzeren dak vol kieren zat. Oom had de bloederige vodden uit de tas genomen en stak ze aan. Ze schroeiden direct weg en er kwam een smerige stank af. 'Uw zakdoeken,' zei Hanna, 'ik zal nieuwe voor u kopen.' Opgelucht verlieten ze de loods en omdat ze toch op de werf waren, liet oom haar de nieuwe zaagmachine zien die die ochtend uit Engeland was aangekomen. De zaag stond nog ingepakt. Hij had een lengte van meer dan veertig meter en kon een volgroeide beuk of eik overdwars zagen. Oom trok de verpakking los en liet Hanna aan een van de tanden voelen, die een armlengte lang waren.

'Wat er ook gebeurt,' zei ze tegen Peter, 'van het huis en de tuin blijven ze af.'

'Aan de tuin en het huis kunnen ze nooit komen, mamma. De veerrechten en de vergunningen brengen genoeg op om alles aan de gemeente terug te betalen.'

'Veerrechten zijn niets waard als het veer nooit meer in gebruik genomen wordt.'

'Nee, maar die mensen van de gemeente hebben goed om zich heen gekeken. De opbrengst zal hoog genoeg zijn om alle voorschotten te betalen.'

'Ik kan ook ziek worden.'

'Iedereen kan ziek worden. Maar jij wordt niet ziek en ik wil niet dat je daarover praat.'

'O, maar het is heel goed denkbaar dat ik ooit in een verpleeghuis moet worden opgenomen. En mevrouw, heeft u eigen bezit? Ha mooi, een groot oud veerhuis en een voormalige theetuin. Dat is alles bij elkaar heel wat waard. Dat laten we mooi taxeren. Dat gaat allemaal verkocht worden en daarvan wordt uw verblijf in het verpleegtehuis betaald. Maar meneer, dat is het enige dat mijn man en ik hebben overgehouden na een werkzaam leven. Dat wilden we graag overdoen aan onze beide jongens. Daar stellen wij een eer in, dat we dat in ieder geval toch nalaten... Anderen die hun geld er hebben doorgejaagd, krijgen toch ook hun plaats in uw tehuis. Zeker mevrouw, waar geen geld is... van een kale kip is het slecht veren plukken...'

44

Het was een zaterdag in januari. De mist was op ooghoogte en zo dicht dat de stoelen in de tuin onzichtbaar waren. Het liep tegen vijven, de minuten die voorafgingen aan het ogenblik dat de lampen worden aangestoken. Hanna kwam het huis binnen zonder dat ze wist wat zich daar afspeelde. Ze was naar het veer geweest om zich even te vertreden. Op de omgekeerde, door de ambtenaren verzegelde boot had een rij meeuwen zitten schreeuwen. Ze had ze weggejaagd en de bevroren sneeuw weggekrabd. Ten slotte was de naam van hun boot zichtbaar geworden. Jij, Hanna had die naam bedacht.

Je wist niet dat die arme Simon nu zo recht mogelijk in bed zat, ondersteund door een colporteur. Twee anderen zaten aan het voeteneind, hun hoeden omgekeerd op schoot, hun handen gevouwen. En in je gedachten kwam het aftelversje dat de jongens vroeger gebruikten als ze verstoppertje speelden: Torentje, torentje bussekruit, wat hangt eruit? Een gouden fluit, een gouden fluit met knopen, torentje is gebroken!

Je wist niet, Hanna, dat de tijd allang voorbij was dat je zomaar je huis kon binnengaan zonder verrast te worden...

Eenoog stond. Hij had in zijn grote, bleke handen een snee wittebrood en sneed er een reepje af. Hij doopte het in een kommetje melk en deed het in Simons mond. Maar Simon kon al geen vast voedsel meer verdragen, zelfs niet als het gesopt was. Hij liet het dus op zijn tong liggen en een van de colporteurs – het was de armzaligste van die vijf duistere apostelen, een kleine man met ronde ogen, ogen als zwarte knopen, en met veel rimpels, zo gerangschikt dat zijn gezicht onafgebroken leek te lachen – pakte het reepje van Simons beslagen tong. Dat gebeurde dus allemaal in jouw huis en het meest verwonderde je nog dat je niet razend werd. Die verschrikkelijke woede die je had gekend toen je, lang geleden, uit villa Benvenuto vluchtte, waar was die gebleven?

Eenoog bad. '...Van onszelf zijn we onbekwaam tot enig goed en geneigd tot alle kwaad. Ach, zie ons aan in ons sterven, want dat kan aanstaande zijn. Opdat wij dan met het hemelse brood gespijzigd mogen worden, dat is met Christus, en laat ons niet bij het uiterlijke brood blijven hangen. Amen. Here Jezus. Amen. Kom spoediglijk...'

Ze openden de een na de ander de ogen, verbaasd dat ze zich nog op deze aarde bevonden, zo vreemd peinzend was hun blik.

Jij was op dat moment ervan overtuigd dat God niet bestond. Allemaal waan. Allemaal verzinsel. God kon onmogelijk met deze colporteurs zijn. Misschien was God nog wel in Simon en als Simon zou sterven, zou God ook met hem doodgaan. Die gedachte ontstelde je niet, luchtte evenmin op. Je stelde die gedachte slechts bij jezelf vast. Troost was bij deze God in ieder geval niet te vinden. Dat mocht die arme Simon zelfs niet ervaren! Je had natuurlijk in de moderne literatuur van je oudste gelezen dat, voor zover God dan nog bestond, Hij in het verdriet was, of in de leegte die je voelde. Ook mooie drogredeneringen. Je werd er in ieder geval geen cent wijzer van.

45

'...genadige Heere, getrouwste Heiland, schenk ons om niet Uw genade.' De stem van Eenoog smeekte.

Simon kreunde.

Hanna, Peter en Lilian zaten aan de eettafel in de achterkamer. Waar pappa lag, brandde slechts een wandlampje met een laaghangende perkamenten kap, die twee kleine driehoeken licht op de muur en het plafond wierp.

'...laat uw toorn niet altoos woeden over dit kind.' De stem drong aan. Hanna liep naar de keuken, want ze dacht dat er een kraan druppelde. Ze kwam terug en zei zacht dat het buiten was gaan sneeuwen.

'Waar blijft Erik toch? Hij zou vanavond toch thuis zijn?'

'Hij heeft het mij bezworen,' fluisterde Peter.

'Ik wil nu bij Simon zijn,' zei Hanna en wilde opstaan om op het bed toe te lopen.

Peter hield haar tegen.

Ook Eenoog had Hanna's beweging gezien en deed een paar stappen in de richting van de achterkamer, bleef staan, schudde toen met zijn hoofd en bewoog twee aaneengesloten vingers snel heen en weer. Nee, ze mocht niet dichterbij komen. Dat zou Simon afleiden. Simon niet afleiden! Daar ging het op dit moment om! Zou Simon zelf niet verdrietig zijn omdat hij niet de verwachte troost vindt, en vooral verdrietig omdat hij niet met mij mag praten, niet met mij en de kinderen samen mag zijn? Zonder die poespas van al die vreemden? Nee, hij kon zich geen verdriet toestaan. Hij had immers zo vaak gelezen, in al die jaren, dat God soms troost onthield om zijn kinderen te beproeven. Zo was God nu eenmaal. God kon je niet veranderen. Dat was een gegeven. En wat weet jij, Hanna van de ellendekennis eigenlijk af? Jij redeneerde weer vanuit de mens en niet vanuit de bloedstorting van Christus, noch wist je iets af van wat een ziel die in het klaaghuis was gedreven, daar onderging, noch van Satans lokkenstijd, noch van de onberouwelijke en onderwerpelijke staat. Je begreep er niets van. 'Zijn strijd is zwaar, mevrouw.' Eenoog was naar haar toegekomen. 'U zou hem maar afleiden! Zijn strijd is heel zwaar op dit moment. Hij is alleen met zijn God.'

Ze zagen dat pappa met een van zijn voeten het laken wegtrapte. Daarna leek het of zijn hele lichaam in beweging kwam; meteen lag hij weer doodstil en zijn ademhaling was niet meer te horen. Hanna wilde weer overeind komen, maar Eenoog gebaarde: Blijft u alstublieft zitten. Hanna keek haar zoon aan, vroeg met haar blik: Is dit pappa's einde? Peter wist het niet. Peter had nog niet eerder een mens zien doodgaan.

46

Het was het einde niet. Kijk, hij leefde, hij ademde, wat rustiger.

'Maar hij heeft vrede met zichzelf,' zei Hanna. De broeders keken haar enigszins meewarig aan.

Simon was uitgeput in slaap gevallen. Hij hijgde licht. Ze ging bij zijn bed zitten, noemde zacht zijn naam, hield zijn handen vast, streelde ze. Soms gingen Simons ogen half open. De oogleden waren gezwollen; de vochtige randen waren naar buiten gekeerd. Het waren niet de ogen die haar niet-begrijpend aankeken, maar die laagjes troebel vocht.

Hanna herinnerde zich het spelletje van vroeger: wakker blijven tot het moment van inslapen, dat wil zeggen het volle bewustzijn behouden tot het einde toe, niet door die duistere tunnel van halfslaap en halfwaken gaan waar je al geen controle meer over jezelf had. Dat was nooit gelukt, lukte nu ook niet. Ze was in slaap gevallen zonder het te beseffen, haar hoofd op Simons bed. Toch sliep maar een deel van haar hersenen, een ander deel bleef op zijn hoede. Ze werd wakker en zag Erik aan de andere kant van het bed staan. Ze deed prompt of ze nog sliep, maar draaide haar hoofd zo dat ze hem kon blijven zien. Hij had niet gemerkt dat Hanna wakker werd omdat hij druk bezig was. Erik depte zorgzaam Simons gezicht, dat glansde van het transpiratievocht. Hanna wist hoe broos die huid was; alle aanraking was voor Simon ondraaglijk.

Erik ging naar boven. In de loop van de nacht kwamen de broeders weer om het bed staan.

Peter was naar beneden gekomen en wachtte met zijn moeder in de achterkamer. Ze hoorden Simon iets fluisteren, maar wat konden ze niet verstaan. Eenoog boog zich over pappa, vroeg of alles nu goed was, en weer mompelde pappa iets dat niet te verstaan was. Eenoog boog zich dieper, zijn gezicht moest nu vlak boven dat van Simon zijn, en hij sprak met luide stem: 'Is alles nu goed, Simon Puyman? Zie op hem!'

Ze zagen zijn hoofd een beetje bewegen. Bij zijn voeten trilde het laken even. Eenoog gaf een teken aan de nabestaanden.

Hanna en haar oudste zoon kwamen snel naar het bed toegelopen. Pappa's mond stond wijd open en in de hoeken van zijn opengesperde ogen lagen twee kleine heldere, volmaakt ronde tranen. Eenoog zei zacht dat God zich uiteindelijk toch aan Simon had doen kennen, juist voor de allerlaatste ademtocht, die hem op deze aarde gegeven was. Het was een redding op het nippertje geweest, voor zover tenminste menselijkerwijs van redding gesproken kon worden. Per slot van rekening viel het oordeel pas op de jongste dag. Dan pas zou gesproken kunnen worden van een kroondag, maar tijdens het eindoordeel zou ook het spreken over 'dagen' niet meer van toepassing zijn. Dat was al de eeuwigheid.

47

De eerste uren van de nieuwe dag moest Hanna zich soms even aan de keukentafel vasthouden. Later zwierf ze van het ene vertrek naar het andere, net of ze de draad die ze lange tijd geleden had losgelaten nu weer moest oppakken. Behoefte om weer kennis te maken met langvergeten, maar bekende voorwerpen. Ze zocht in de oranje geribbelde vaas, die al sinds hun huwelijk op de schoorsteenmantel stond, de aansteker, waarvan je de benzinegeur al rook voor je hem aandeed. Je verwachtte nooit dat hij het deed, en inderdaad, hij deed het ook nooit, maar de gedachte dat hij eens vlam zou vatten bleef. Ze vond ook een broche die ze nooit had gedragen, en de melktanden van de jongens. Ze vond dingen terug die ze al lang verloren had gewaand. Ze voelde zich heel jong en heel oud.

De begrafenisondernemer, na alles op schrift te hebben gesteld, was je huis nog niet uit of je merkte op dat je helemaal geen vertrouwen in die man had.

'Maar waarom niet, mamma?' vroeg Peter.

'Ja, waarom niet?' Je had geen vertrouwen in dat type. 'Hoe kan iemand zo'n beroep kiezen?' vroeg je je hardop af.

Ze zag hoe ze hem van bed tilden. Daarvoor hadden ze zijn haar gedaan. Ze hadden het naar één zijde gekamd. Dat stond echt idioot. Zo droeg Simon zijn haar nooit. Zo zou hij het zelf niet willen hebben.

Toch greep je niet in. Je had gemakkelijk kunnen zeggen: 'Och, laat u mij dat even doen.' Waarom zei je dat niet? Misschien omdat de wereld er zo wazig uitzag. Wie had dat waas over de wereld gelegd? Je dacht: Ik heb de hele dag staan boenen en wrijven. Je vraagt je toch af wie de dingen die vaagheid gegeven heeft.

Daarna hebben ze hem in de kist gelegd. Ongelooflijk zo klein als die kist was. De kist voor een kind. De begrafenisondernemer gaf aanwijzingen met rustige stem. Peter had dus gelijk gehad. Die man deed het al jaren, hij verstond zijn vak. Ze sloten Simon in de kist, als een ding in een doosje. Dat ding is door een auto meegenomen.

De spitse klokkentoren van Bahr is van leisteen. Zij die reizen vanaf Worth of Rha hebben voor zich die donkerblauwe toren, want hij is de laatste voor men de rivier overgaat en het landschap heuvelachtiger wordt en dan totaal van karakter verandert.

Het was heel koud. Een mooie, harde kou. Wind verpletterde blootgewassen gras en verspreidde het gelui van de klokken als waterdruppels. De mensen hielden allemaal het hoofd omlaag om de wind voorbij te laten. Een oude vrouw stond onder aan de dijk in de deuropening. Ze had een eend onder haar arm en streelde zijn veren. Hanna schudde met haar hoofd alsof ze wilde zeggen:

'In wat voor wereld leven we toch', en wees haar oudste zoon, die in de begrafenisauto naast haar zat, op de vrouw met de eend.

Peter keek ook, glimlachte naar zijn moeder en zei: 'Ik denk dat Erik al op het kerkhof is. Erik is niet het type dat in een stoet meerijdt.'

'Het is hem geraden dat hij er is,' antwoordde Hanna met samengeknepen lippen: 'Het is de begrafenis van zijn eigen vader.'

48

Jij, tussen je oudste zoon en zijn verloofde, in de luwte van de kerkmuur en de haag, waarachter 'kuil' en kogelvanger lagen. Met de overige familie en belangstellenden, schouder aan schouder, stilzwijgend, het hoofd gebogen, een beetje soezig in de onafgebroken sneeuwval, liet je Eenoogs woorden over je heen komen: '...Een zondaar keert altijd terug naar zijn zonde zoals een hond naar zijn braaksel... Dit sterfelijke lichaam hebben wij op deze bijzondere middag naar de groeve der vertering gebracht. Geachte toehoorders, ik wil daar zo graag enkele opmerkingen aan verbinden. Dit is een bijzondere middag omdat wij aan dit lichaam kunnen zien hoe de tijd voorbijsnelt, en ook u allen kunt ieder moment worden opgeroepen om rekenschap af te leggen. Voor geen duizend gulden zou ik één ogenblik buiten God durven zijn, want in dat ogenblik zou ik opgeroepen kunnen worden en dan voor eeuwig gescheiden zijn van dat lieve Wezen...'

Peter keek naar de torenklok. Eenoog was al ruim twee uur aan het woord.

'Waar blijft Erik,' fluisterde Hanna.

De oudste zoon haalde zijn schouders op.

'Misschien is hij intussen gekomen en staat hij achter de anderen.' In de verte klonken schoten. Jagers waren de hele week aan het schieten op hazen en fazanten, in die fonkelend witte winter.

'Hij weet van geen ophouden,' fluisterde Peter, 'maar pappa's naam is nog niet genoemd. Net zomin als die van de nabestaanden.'

Hanna knikte. Dat waren ook haar gedachten. Peter voelde de dingen net als zij. Haar oudste was haar tot grote steun. Maar hoe graag had ze hier met haar beide zoons gestaan!

De sneeuwvlokken bleven maar vallen, werden steeds lichter en droger, zweefden boven de hoofden, en het leek of ze zo weer naar de hemel zouden kunnen opstijgen. Die zachte, poederachtige sneeuw veroorzaakte ook een soort gemakzucht, een gewaarwording van comfort, een gevoel van sneeuwdronkenheid waarin de woorden die gesproken werden er niet meer zo toe deden. Men leunde tegen elkaar en ging weer rechtop staan. Men viel een beetje om en bleef tegen de ander aan rusten. Soms klonk achterin gefluister: 'Hoe had die arme Simon zich met dit soort mensen kunnen inlaten!' Uit steile sneeuwbanken tegen de donker bemoste kerkhofmuur staken de kronen van coniferen omhoog. Uit de toppen van de haagbeuk die het kerkhof van 'kuil' en kerkplein scheidde, dreven dorre blaadjes een poosje voort op de nauwelijks merkbare wind, vielen ten slotte toch neer; hun geritsel verstomde niet.

De preek was nu afgelopen en het gebed volgde, waarin dezelfde bewoordingen werden gebruikt en weer op de realiteit van het graf werd gewezen. Maar het pak sneeuw bleef er ongerept uitzien. Waar het door al die warme mensen begon te smelten, werd het direct door nieuwe vlokken bedekt. En iedereen raakte dusdanig in de roes van de gestaag neervallende sneeuw dat het lange seconden duurde voor men in de gaten had dat Eenoog niet meer sprak.

Het gebed was voorbij. Door de opeengepakte menigte ging een zucht van verlichting. Velen waren gekomen, uit alle windrichtingen, want wie had, voordat de nieuwe brug kwam, niet met het veer te maken gehad? En Simon had geen vijanden.

De begrafenisondernemer bewoog zich in een wolk van sneeuw om de dragers heen, nam de plaats van Eenoog in, vroeg wie het woord wilde en knikte toen naar de oudste zoon.

Peter bedankte namens zijn moeder en broer en andere familie voor de belangstelling aan zijn vader bewezen en wendde zich toen tot de kist: 'Pappa, we zullen je missen.' Hij wilde nog meer zeggen, maar tranen verstikten zijn stem. De begrafenisondernemer gaf leiding aan de verdere werkzaamheden. Hanna's blik volgde de kist, die hangend in touwen langzaam naar beneden zakte, en haar bleke lippen waren zo vertrokken dat je zou zeggen dat ze haar tanden van kwaadheid ontblootte.

Je mompelde: 'Arme Simon, arme Simon. Wie had dat kunnen denken?' In de wanden van het graf was het witte levende vlees van afgekapte wortels zichtbaar. De kist stootte met een harde, koele schok op de bodem en het geluid was zo doordringend dat het door het hele kerkhof heen trok en levenden en doden even aanraakte.

Hanna keek om zich heen.

'Erik is er nog steeds niet.'

'Nee, mamma.'

Je dacht terwijl je naar de grijze tressen van de dragers keek: Zal mijn jongste bij mijn begrafenis aanwezig zijn? De mensen begonnen het kerkhof te verlaten. Men werd in Het Gebouw verwacht voor de maaltijd. Hanna liep met Peter en Lilian, voor ze het kerkhof verlieten, een zijpad in. Hier was de sneeuw niet geruimd. Hij kwam tot halverwege hun knieën en glinsterde als suiker. Hanna las de namen van de doden: de familie Puyman, de familie Innemee, Johan Innemee. Soms waren namen of data niet te lezen omdat sneeuw ze bedekte. Een moment zag Hanna hen voor zich, in hun met witte zij afgezette kisten, zag hen diep over iets nadenken, hun ogen dicht om zich beter te concentreren. Hanna overzag al die korte maar harde, koele rijen graven, die elkaar loodrecht kruisten en toch een onduidelijk netwerk vormden. Hier en daar was het kouwelijke geluid van dorre bloemen te horen. Ze moest zichzelf dwingen om die verontrustende volte de rug toe te keren.

Naast haar legde Peter aan zijn verloofde uit wie alle doden waren, want zij had niemand van hen gekend. Hij deed dat uitgebreid, gaf van allen een korte karakteristiek. Buiten het kerkhof klonk gestamp van voeten en geschraap tegen de ijzeren hekstijlen.

De judde is de enige die niet hier begraven is, dacht Hanna. Ze hadden hem in '42 opgepakt en niemand had ooit meer iets van hem vernomen. Hanna dacht terug aan het eerste jaar op school: Bees-koeien, meester; stik-steil, meester; de bees staat aan het hek te reren-de koeien staan aan het hek te loeien, meester...

De mensen waren op weg naar Het Gebouw. Er werd druk gepraat, en soms werd gelachen. Men had wel zin in de maaltijd, in het warme gebouw. De maaltijden waren altijd overvloedig. Veel vlees, veel koffie. In de berm stonden jagers, die net uit het veld waren gekomen en onder de sneeuw zaten. Eén sloeg de dode hazen tegen elkaar om ze van sneeuw te ontdoen. Het holle geluid weergalmde tot in Hanna's maag. Achter de jagers, op de takken van een paar ver uit elkaar staande, diep gespleten knotwilgen, zat een levende vogel. De jager die de hazen tegen elkaar had geslagen, nam ze in één hand, ontblootte zijn hoofd toen hij Hanna zag. Bloed lekte op de sneeuw.

Hanna liep tussen haar oudste en Lilian. In het voorbijgaan zag ze dat mensen onverwacht een hap sneeuw namen en gulzig begonnen te eten. Ze keek de Kerkstraat af in de richting van de hoge dijk, sloot even, verblind door het licht dat de sneeuw van alle kanten weerkaatste, de ogen. Erik leek wel gek, je kon toch niet de begrafenis van je eigen vader aan je voorbij laten gaan! Hij hield van zijn vader, dat was zeker. Vier dagen geleden had ze daarvoor voldoende bewijs gekregen. Maar sinds Simons overlijden was Erik praktisch niet meer thuis geweest. Het leek wel of hij spijt had van zijn gedrag, die nacht aan zijn vaders bed.

'Hij heeft het me gisteren wel tien keer beloofd,' zei Peter. 'We mochten ons overal druk over maken, maar niet daarover. Hij zou er zijn en op tijd. Ik wist niet dat mijn broer zo ver ging in de afwijzing van zijn vader. Goed, dat bleek ook wel uit zijn kleding. Hij weet dat pappa een hekel had aan dat leren jack met franje. Hij heeft er zich nooit iets van aangetrokken.'

Hanna vond dat hij in ieder geval gisteravond thuis had kunnen blijven, pappa's laatste avond in de huiskamer...

Op dat moment draaide vanaf de dijk een kleine, crèmekleurige auto de straat in. De Renault Dauphine stopte voor Het Gebouw en Hanna's jongste stapte uit. Op zijn moeder, broer en aanstaande schoonzusje toelopend, met zwierige gebaren waaruit wanhoop moest blijken, riep hij: 'Te laat, ik ben te laat,' en hij kuste hen alle drie.

'Op de begrafenis van je eigen vader wegblijven,' zei Hanna, 'wie had dat kunnen denken?' Zoiets kon toch niet?

Nee, dat kon niet. Dat ging tegen alles in. Maar het was toch gebeurd en je was niet echt verbaasd.

'Pappa is al begraven,' zei Peter. Erik keek hem fel aan, alsof hij tegen hem wilde zeggen: 'Maar broertje, dat zie ik toch zelf ook wel. Of wil je me nieuwe verwijten maken?'

Jij keek naar dat fijne gezicht, die smalle, spitse kin. Hij ging steeds meer op zijn vader lijken.

De stoet die van het kerkhof kwam, waaierde breed uit over de weg, bewoog zich met een slakkengang in de richting van Het Gebouw. Men zag de jongste van Hanna op zich toe komen. 'Dat was hem nou. Die heeft in dat gezin al voor veel verdriet gezorgd. Een nagel aan mijn doodkist, moet zijn vader zelfs eens gezegd hebben. Van de oudste hebben ze veel plezier. Die heeft goed geleerd. Ze zeggen dat hij nog een keer professor of minister wordt. Hij heeft ook een knap meisje opgescharreld, en uit een goed milieu.'

Men keek Erik na, die de stoet achter zich gelaten had en nu helemaal alleen op weg was naar het kerkhof van Bahr.

49

Hanna en haar familie namen in de hal van Het Gebouw de condoléances in ontvangst.

'Moge uit dit sterven sterven geleerd worden,' wenste Eenoog haar toe. De beide broeders herhaalden die woorden.

Jij dacht: Simon was gek op beide jongens. Bij hun geboorte had hij een boom geplant. Voor Peter een Yellow-transparant, een vroege appel. Voor Erik een Reine-Victoria, een smakelijke rode pruim. De beide bomen droegen goed, staken elkaar naar de kroon. Simon hield er ook van om iets voor de jongens te maken, en het veer liet hem daar alle tijd voor. Hij sneed dieren uit hout, fabriceerde voor de oudste een estrade rond de wieg zodat hij daarop kon klimmen om naar zijn broertje te kijken.

De lange tafels in Het Gebouw waren met witte lakens gedekt. Serveersters, met witte schorten op zwarte jurken, stonden met grote, zilverkleurige koffiekannen klaar om langs de tafels te gaan.

Eenoog bad nog steeds. 'God zal oordelen op de jongste dag.' Daarna vergeleek hij Simon met een hinkende Jacob, een zwaartongige Mozes, een kreupele Mefiboseth, een arme Lazarus, een ongelovige Thomas, een verzegelde Paulus... De serveersters zetten hun zware kannen op het buffet en keken elkaar aan. Ze hadden lange gebeden meegemaakt bij de dood van de oude Puyman, maar dit sloeg alles. Soms daalde de stem van Eenoog zo dat men dacht dat hij het' Amen' naderde, maar dan tilde hij zijn stem toch weer omhoog.

De oliekachels in de vier hoeken brandden fel. In het begin waren er nog die even de ogen opsloegen om rond te kijken, maar er kwam een moment dat ook het ongeduldige zuchten ophield. Men geloofde niet meer dat aan dit gebed een eind zou komen. Ouderen suften langzaam weg, lieten het hoofd op de gevouwen handen rusten. Iedereen soesde.

'...de ziel moet sterven aan de wet en het rechthuis in geleid worden... alles is de ziel ontnomen, zijn grond, zijn godsdienst, zijn ledematen, het enige dat hij nog bezit – zijn wettisch bestaan – zal hij ook verliezen moeten...' Hanna waande zich op de veerweg, fietste langs stoomgemaal De Volharding. Toen ze het stoomgemaal voorbij was, sprong een zeerover vanachter de muur en dwong haar te stoppen. De zeerover had zijn gezicht zwart gemaakt en hield haar stuur vast. Er stond een koude wind, maar de zeerover, die eerst helemaal niet uit zijn woorden kon komen, zei een heleboel vrolijke dingen, vrolijke en domme en gemakkelijke dingen, waar ze om moest lachen en die haar neus en wangen rood maakten. De zeerover legde zijn hand op de hare. Waarom was die hand zo warm?

Na de begrafenis reed Peter zijn moeder naar huis. Wat aan deze kant van de rivier nog aan het veer herinnerde, was een opmerkelijke verhoging in het landschap. Daar had vroeger het belhuisje gestaan. Al voor het veer officieel werd gesloten, was de bel gestolen – een bronzen bel, in regen en wind verkleurd – mét de koperen beugel waaraan hij was opgehangen. Simon was er rustig onder gebleven. Maar Peter had de politie gewaarschuwd, had zelfs in Worth navraag gedaan. Zonder resultaat.

Ze reden over de nieuwe brug, die met zijn vier autobanen op de toekomst was gebouwd. Nu reed er elk halfuur een auto over. In de jaren tachtig zou hij worden aangesloten op de autobaan die langs het kasteel was gepland.

Diep beneden lag het veerhuis. Een jachthaven, een nieuw botenhuis, een tweede haven in aanbouw voor passanten. Een groepje kleurige bootjes, dobberend op het water, genoeglijk samen in een halve cirkel. Genoeglijk, ja ja...

Zo, ze waren thuis, met de nieuwe brug was het geen afstand meer. Ze waren thuis, maar zonder Simon.

En zonder Erik. Ze hadden niet verwacht dat hij aan het begrafenismaal zou deelnemen, wel dat hij vanaf het kerkhof regelrecht naar huis zou zijn gegaan.

Peter en Lilian vertrokken na het avondeten.

'Sterkte, mamma.'

'Sterkte, mam, we komen morgen weer terug,' zei de aanstaande schoondochter.

'Jullie hebben je werk,' zei Hanna.

'We bellen vanavond nog,' beloofde Peter. 'Ik wil weten of Erik er dan is...'

Dan is hij er, dacht Hanna.

Vanuit zijn auto gaf Peter haar nog een kus, nog een hand.

'Tot morgen, mamma.'

'Tot morgen, mam.'

Ze zwaaiden tot de auto achter De Volharding verdween.

Hanna zat aan de keukentafel. Ze zou net zolang wachten tot Erik terug was. De tuin schitterde in het donker met een glans die lichter was dan de pasgevallen sneeuw.

Meer dan de helft van de theetuin was verkocht aan de zeilclub die de haven exploiteerde, en het achterste deel van de meidoorn was gekapt. Vanuit het keukenraam leek het of het land uit een serie opeenvolgende erfjes bestond, met schuren, afdakjes en optrekjes, steeds lager gelegen, aflopend naar de rivier. Het was zo stil dat ze niet alleen de ijspegels kon horen die bij het raam ontdooiden en in de sneeuw gleden, maar ook de druppels die met een slaperig geluid neervielen.

Vijf

1

‘Geef ze te verstaan, Peter, dat we niet lang over de prijs zeuren. En ze moeten vandaag nog beslissen, doet er niet toe hoe laat.’

‘Als ze komen, mamma...’

De opkopers kwamen.

Peter nam hen mee naar de bunker tegenover de krib. Met een zaklantaarn schenen de beide mannen in de ijskoude, donkere hoeken vol dozen met boeken. Ze maakten een opmerking over dat ‘muffe moffenhok’ en sleepten een doos naar het midden. Ze hielden een paar boeken in het licht van de lantaarn. Ze waren aan de randen groen en wit uitgeslagen. Peter haalde exemplaren te voorschijn die er wat beter uitzagen, maar ze voelden klam aan en op sommige zaten glinsterende slakkensporen.

De mannen deden een paar stappen achteruit, vies van dat zootje, en betreurden het dat ze er geen cent voor konden geven.

Peter prees de meer dan vierhonderd preken van Calvijn aan, in het Nederlands vertaald: ‘Daar moet belangstelling voor bestaan; ik geef toe dat niet alle boeken in even goede staat verkeren, maar ik weet zeker dat er klanten voor te vinden zijn. Het kan niet zo zijn dat dit alles niets waard is. De hele collectie hier bestaat al uit ruim negenhonderd exemplaren, welgeteld.’ Peters stem klonk lichtelijk wanhopig.

Hanna was naderbij gekomen, ze wilde weten hoe de onderhandelingen verliepen.

‘Vooruit,’ zei een van de opkopers, ‘ik geef er honderd gulden voor.’ Hanna hoorde wel wat de man bood, maar wilde zich er niet in mengen. Met dat soort kerels wilde ze geen woord wisselen.

Peter kwam op zijn moeder toelopen en deelde haar het bod mee. Hanna schudde alleen van nee. Ze had zich voorgenomen geen woord meer dan nodig was te zeggen in aanwezigheid van lieden die laatdunkend deden over Simons boeken.

Peter liep terug. 'De koop gaat niet door,' zei hij en, bijna smekend: 'Mijn moeder en ik hadden zeker gedacht dat ze rond de duizend gulden zouden opleveren.'

De opkopers lachten minachtend.

'Voor die godsdienstige rommel,' smaalde de andere. 'Dat is aan de straatstenen nog niet te slijten.'

'Pas op uw woorden,' zei Peter. 'Het waren de boeken van mijn vader.'

Ze bonden in.

'Omdat we hier toch zijn,' zei de ene, 'nemen we de hele handel mee voor driehonderd. Geen cent meer. Ik leg er nog op toe, als ik denk aan vervoer en huur van de opslagruimte.'

Peter liep weer naar zijn moeder en deelde met een wanhopig gebaar het eindbod mee.

Hanna had de woorden 'godsdienstige rommel' opgevangen.

'Ze weten niet wat ze zeggen, Peter. Ze begrijpen niet eens dat het heilige boeken zijn. Zorg ervoor dat ze zo gauw mogelijk van deze grond af gaan.' Niet eerder had haar stem zo snerend geklonken.

Toen boden de opkopers het dubbele. Dat bedrag riep Peter over het zandstrandje naar zijn moeder en sloeg tegen de krib. Maar Hanna wendde zich van hen af en deed of ze iets in het zand zocht.

De opkopers vertrokken zonder boeken.

Niet lang daarna ontdekte Peter een tweede opslagplaats van boeken. Hij was naar de rivier gelopen, het was gaan regenen en hij had een schuilplaats gezocht in het verzakte huisje waar Simon bij slecht weer op passagiers van de overkant wachtte. Gras was onder het zitbankje opgeschoten.

Hij had daar een tijdje gezeten toen hij ineens besefte dat hij al secondenlang door een gat in de houten vloer in een holle ruimte had zitten staren. Hij schoof de vloer naar buiten en kon toen via een trapje afdalen in een met planken gestut en met oude tapijten bekleed jongenshol. Er stonden een tafel en een stoel en op een dubbelgevouwen vloerkleed lagen rijen boeken. Peter telde er vierhonderdvierenveertig. Weer veel preken van Calvijn. Maar ook Smijtegeld, Erskine, de psalmen van Datheen. En op tafel, vastgeprikt op het witte zeiltje, een briefje met een paar woorden in Simons kleine, ronde, bijna vrouwelijke handschrift: 'o GOD, HOOR MIJ! O GOD, HOORT GIJ MIJ DAN NIET? ZIJT GIJ DOOD...? NEE, GIJ KUNT NIET STERVEN... GIJ VERBERGT U ALLEEN OM MIJ TE BEPROEVEN.'

Ze ontdekten ook een kist met kleren. Prachtige donkere kostuums die bij Peek & Cloppenburg in de stad waren gekocht.

Tegelijk met de vondsten kwamen ook de rekeningen. Van een particuliere uitgever uit Meeuwen die de preken van Calvijn had laten vertalen, een nota van meer dan negenhonderd gulden. Driehonderd daarvan bleek al betaald te zijn.

'Erik mag hier niets van weten,' zei Peter tegen Hanna. 'Als hij erachter komt, wordt hij laaiend.'

Erik ontdekte de opslagplaatsen omdat zijn moeder te vaak die kant op liep. Hij was haar gevolgd. Hij lachte schamper, smeet ijzig kalm een boek op de grond en ging er bovenop staan.

'Dat was dus mijn vader.'

Peter stelde Hanna voor om contact te zoeken met de colporteurs. Misschien wisten zij kopers. Hanna was erop tegen. Ze hadden na Simons dood nooit meer iets van zich laten horen. Dit nog daargelaten, ze wilde hen nooit meer over de vloer hebben.

In die tijd kwamen ook de saneringsambtenaren weer. Ze reden in een auto die banden had met witte zijvlakken. Hanna had zich toen bij de sanering al afgevraagd: Wat doen die mensen toch de hele dag? Ze komen in een mooie auto aanrijden, met z'n tweeën of drieën. Ze zien er netjes uit, ze zijn hoffelijk, ze hebben alle tijd en alle geduld om je je zin te laten afmaken. Nee, je kunt ze niets verwijten. Correct. Mevrouw Puyman voor, mevrouw Puyman na, en ze herinnerden zich haar man nog goed. Ze prezen zijn vriendelijkheid, zijn karakter. Je voelde dat ze al lang in dit vak zaten. Mensen die zich op hun gemak voelen, in hun kostuum, met hun mapje. Maar wat deden ze eigenlijk? Ze namen de situatie op. Ze dronken koffie in de keuken. Nee, je kon ze niets verwijten. Toch ergerde Hanna zich aan hen. Correct waren ze. Beleefd, heel beleefd. Maar ze hadden, als je het goed bekeek, niets om handen. Ze controleerden. Ze keken of niet toch stiekem werd overgezet. Daarna kwamen er weer andere ambtenaren. Die waren al even vriendelijk. Hun kostuum was van nog betere snit en hun auto was langer. Ze waren uiterst hoffelijk en nogal afgemeten. Ze hadden ook alle tijd, zagen er ook naar uit alsof ze alle tijd hadden, maar toen ze weggingen zeiden ze wel dat de terugbetaling van de schuld binnen een halfjaar plaats moest vinden.

De vordering viel Hanna tegen. Liep zo'n maandelijks bedrag zo snel op? Zo lang had Simon daar toch geen gebruik van gemaakt? Het bedrag bleek te kloppen. Om de vordering te voldoen en om de schulden van de boeken te betalen probeerde Peter de veerrechten te verkopen. Hij kon ze aan niemand kwijt want het veer was gesaneerd. Er mocht ook in de toekomst niet meer worden overgezet.

'We worden dus twee keer gestraft,' zei Hanna tegen Peter. 'Er komt een brug waardoor het veer overbodig wordt en onze verdiensten wegvallen. Dan worden we gesaneerd en de gedachte van de saneringsambtenaren is: Och, de veerrechten en zo zullen genoeg opbrengen om dat alles later terug te betalen. Maar de veerrechten brengen helemaal niets op. Ga jij eens informeren, Peter!'

Peter informeerde bij de provincie en bij Rijkswaterstaat. Hij was uiteraard te laat. Als hij de procedure om schadevergoeding alsnog in gang wilde brengen... dat kon natuurlijk, maar dat bracht risico's met zich mee. Eventueel procedurekosten als de aanvraag niet werd toegewezen.

'Dan zijn we nog verder van huis,' zei Hanna. 'Toch klopt er niets van.'

Nu wist ze ook weer waarom er toen niet meer aan was gedaan. Simon was er niet voor geweest, voor dat gebedel om geld bij vreemden.

Om aan het nodige geld te komen werd een flinke reep van

de tuin aan de zeilclub verkocht. Toen alles was betaald, bleef er voor Hanna nog geld over om een tweedehands zwart-wit-tv aan te schaffen, een telefoonaansluiting aan te vragen en op Peters kamer een douche te laten installeren. Geen echte badkamer, maar een aluminiumkoker die ruim twee meter hoog en één meter twintig in het vierkant was. Hij stond op pootjes. Er hing een plastic gordijn voor. Als je dat dichttrok, zat je in een smal hoog kamertje en daaromheen was de echte kamer, en daar weer omheen lagen de andere kamers van het huis. Ze was trots op haar douche. Als ze maar even in de tuin had gewerkt, nam ze een douche. Erik, die nog steeds thuis woonde, maakte er ook gebruik van. Er lag altijd een stapel schone badhanddoeken. Er was altijd geurige zeep.

2

'...de boeken...!'

Erik was net thuisgekomen en hoorde zijn moeder in haar onrustige slaap.

'Wat is er, mamma?' Hij stond naast haar bed.

'Ze zijn weg, Erik. Alles is weg!'

(...)

Goed, dat alles was verleden tijd. Dat alles dus... Voorbij.

3

Die hele week voor Kerstmis, de eerste zonder Simon, was ze druk in de weer geweest. Net nog had ze voor de zoveelste keer een voor een de boeken op Simons bureau afgestoft. Je wist gewoon niet waar al dat stof vandaan kwam.

Ze had nu even tijd over, want alles wat ze aan het eten kon voorbereiden was gebeurd. In de kelder stond een wild konijn in de marinade en op speciaal verzoek van Lilian had ze bitterkoekjespudding gemaakt. Het was ook een lievelingsgerecht van Simon geweest.

Ze sloeg een boek open, herinnerde zich woorden en zinnen die Simon altijd had gelezen. Ze bladerde, in de hoop tussen de uitroeptekens en commentaren een persoonlijk woord te vinden. Iets over hen beiden... Daar was een hele passage rood onderstreept! Met het rode potlood uit Eriks tekendoos; het lag nu in de pennengleuf van het marmeren inktstel. '...toehoorders, als een mens God ziet, waar ziet hij Hem dan? In het Woord. Dat is een wonderlijke zaak. Want zo was het Woord nooit geweest. Het Woord was altijd maar een woord geweest, maar men had er God nooit in gezien...'

Je vindt nooit als je zoekt, had ze Ine heel lang geleden eens horen zeggen. Dus je moest doen alsof je niet zocht. Dan zou iets langzaam verschijnen als gedragen door de golf van de rivier. Maar in de bijbel stond ook: zoekt en Gij zult vinden, klopt en u zal worden opengedaan. Waar was nu de waarheid? Ze sloeg het boek weer dicht. De werkelijkheid was soms, dat je wat vond als je niet speciaal zocht. Wat vond je dan? Opslagplaatsen van boeken.

Ze liep van het ene vertrek naar het andere, stak de kaarsen op de schoorsteenmantel aan. Maakte vast thee, deed het theelichtje aan. Boven hoorde ze Erik een douche nemen.

Buiten rolde op dat moment van die donkere middag een steen over de weg. Even later nog een. Ze meende onder de haag gesis van een beest te horen. Weer een steen. Een paar takken in de kroon van de boom bewogen zo hevig dat het leek of iemand eraan stond te trekken, en waren even later weer volkomen roerloos. Ze hoopte dat Peter en Lilian nu maar gauw zouden komen. Hanna kreeg een branderig gevoel in haar keel en moest een paar keer achter elkaar een beetje zielig hoesten. Ze kreeg haast medelijden met zichzelf. De woorden uit Simons boek gonsden in haar oren. Het huis begon duizelingwekkend snel om haar heen te draaien. Ze hield zich aan de schoorsteenmantel vast tot de flauwte overging.

Ze hoorde Peters auto, gelukkig. Een portier sloeg dicht, nog een. Voetstappen op het grind. Gelukkig.

Lilian had gebak meegebracht. Ze dronken samen thee. Peter onthulde al gauw dat hij een plannetje had.

'Jouw plannetjes,' zei Hanna.

Er was in de Grote Kerk in de stad een korte middagdienst van woord en gebed. Hij wilde graag dat ze daar met z'n allen naar toe gingen. 'Misschien krijgen we Erik ook wel zover.'

Je was liever thuisgebleven, je was de kerk ontwend. Je zei: 'Ik weet niet of pappa dat goed zou vinden,' en je sprak over hem alsof hij nog in leven was.

Ze zwegen allemaal. Er hing een bedrukte stilte.

'Maar je kent de Grote Kerk niet vanbinnen, mamma,' probeerde Peter nog een keer. 'Hij is prachtig gerestaureerd na de oorlog. Echte laat-rijnse gotiek.'

'Ik denk niet dat Erik mee zal willen en dan is hij op eerste kerstdag alleen thuis.'

'Een uurtje, hoogstens. Hoe vaak ben jij 's nachts niet alleen thuis?'

Tot ieders verbazing wilde Erik wel mee. Hij was benieuwd hoe die kerk er vanbinnen uitzag.

'Of wil je toch niet liever thuisblijven?' vroeg je Erik. 'Dan blijf ik ook hier.'

'Mam, nou wil hij een keer mee en jij probeert hem er weer vanaf te brengen!' Peter stond al in de gang met je regenjas.

'Jij dwingt altijd zo, Peter...' Hanna liet zich in haar jas helpen.

Ze reden in Peters ruime auto naar de kerk in de stad. Peter zei dat hij blij was dit te hebben doorgezet en keek achterom. Hanna en Erik zaten naast elkaar. 'Je bent toch wel blij, mamma?'

Niet nors en chagrijnig doen, commandeerde Hanna zichzelf.

'Let nou maar op de weg,' zei ze, 'we willen ook weer veilig thuiskomen.' Peter vertelde dat hij zijn eerstejaars opdracht gaf om kerkdiensten te bezoeken in verband met colleges 'riten en gebruiken' die hij gaf.

De kerk zag er vrolijk uit. Opvallend waren twee kerstbomen die tot aan de kansel reikten. Op de avondmaalstafel brandden lange kaarsen die met rood lint waren versierd. Op consoles stonden rode en witte kerststerren in potten omwikkeld met witte cache-pots.

Ze waren aan de late kant. De banken waren al vol. Kosters en hulpkosters sjouwden met klapstoelen die in zijbeuken en gangpaden werden geplaatst.

'U hier, mevrouw.'

'Wij willen bij elkaar blijven.'

'Dat zal moeilijk gaan, mevrouw. We zijn al blij als iedereen erin kan.'

Ze werden alle vier ruw van elkaar verwijderd, naar verschillende hoeken van de gotische kerk gedirigeerd zonder dat verweer mogelijk was, en verloren elkaar volledig uit het oog.

Hanna zat in het middenpad en keek, om haar boosheid niet te laten blijken, met onverschillige blik naar de meneer voor haar die kleine oortjes had waaruit bruine haartjes staken. Ze had niet moeten instemmen. Maar wat Peter in zijn hoofd had, moest doorgaan. Ze ging met opzet nog onverschilliger om zich heen zitten kijken. Heel veel dingen hadden toch hun belang verloren. Daarginds heel in de verte spreidde de dominee zijn armen uit en hief zijn hoofd, zich warmend aan een of ander onzichtbaar vuur.

Niemand lette speciaal op je, maar je dacht dat alle ogen op jou gericht waren. Zo onwennig had je nog nooit in een kerk gezeten, zelfs niet toen Peter gedoopt werd. Je stelde je voor dat Simon je zag – er waren momenten dat je in die mogelijkheid geloofde – en nu in zijn vuistje lachte. Ook bij het staande gezongen 'Ere zij God in den hoge', dat tot hoog in de gewelven weergalmde, voelde je geen verbondenheid met allen om je heen. Je had op dit moment thuis willen zijn. Zó zou Simon dat gewild hebben.

Het regende nog toen ze elkaar ten slotte buiten weer vonden. De kerk had op hoogtijdagen vier uitgangen.

In de auto zei Erik dat de dominee zijn uiterste best had gedaan om zoveel mogelijk in clichés te spreken. Lilian vond de sfeer wel mooi... is de illusie van een ander leven...

Het huis leek te drijven op de top van een heuvel. Toen ze uitstapten was de regen overgegaan in natte sneeuw.

'Ik dacht al,' zei Hanna, die opnieuw een zekere stuursheid moest overwinnen, 'het is niet koud genoeg om te sneeuwen en toch voelde je dat het ieder ogenblik kon gaan gebeuren.' Alles wat je vandaag aanraakte buiten de verwarmde vertrekken had ijskoud aangevoeld.

Daarop zei Erik dat hij liever dit weer zag dan een witte kerst. Maar ze waren allang blij dat hij geen aanstalten maakte om weg te gaan. Hij schonk zelfs thee voor iedereen in. Hanna vertelde dat oom Lex gisteren weer was geweest.

'Hij is een trouwe bezoeker van je,' onderbrak Peter haar, 'sinds pappa er niet meer is.'

'Ja, dat valt me zo van hem mee. Maar weet je wat hij vertelde? Nettie heeft een aanzoek gehad en ze zal binnenkort waarschijnlijk gaan hertrouwen. Dat betekent dat de boerderij met grond en al in vreemde handen komt.'

Ze zou nooit meer een stap in haar ouderlijk huis zetten.

De verontwaardiging was algemeen.

'Opa heeft natuurlijk wel erg stom gedaan,' meende Erik.

'Maar hij kon niet weten dat oom Johan zo jong zou sterven. Ik zou het misschien net als opa hebben gedaan.'

Erik keek zijn oudste broer aan.

'Die opa van ons was een heel zelfzuchtig man, Peter.'

'Dat moet jij zeggen...'

'Geen ruzie,' riep Lilian. Ze had voor iedereen een klein cadeautje meegebracht, want zij was het thuis gewend om met Kerstmis cadeaus te geven.

'Dat is nog eens een milieu,' treiterde Erik. Niemand ging erop in. Hanna kreeg een mooi flesje eau de toilette met verstuiver. Ze was er verguld mee.

Aan tafel sneed Peter het vlees aan. Lilian hielp opdienen. Erik stak een sigaret op. De sneeuw was weer in regen overgegaan, die langs de ramen stroomde. De vlammen van de kaarsen leken doorzichtig in het bizarre, grijze licht.

Peter zei dat het konijn niet gelardeerd, maar gebardeerd was. 'Larderen is met reepjes spek doorsteken. Dit konijn is gebardeerd: met plakjes spek bedekt.' Hij was weer eens onmogelijk. Hij zat op vaders plaats. Erik gaf geen reactie.

'Jullie eten niet naar je honger hebt,' zei Hanna. 'Ik ben er dagen druk mee geweest.'

Men at, maar niemand had echt trek. De stilte zweefde boven de tafel, tussen het getinkel van de zilveren opscheplepels, want iedereen begon ook weer op te scheppen om de met zorg bereide maaltijd zoveel mogelijk eer aan te doen.

De regen viel met steeds meer geweld, in lange striemende vlagen, die op het grind neersloegen en dan tegen het raam terugketsten. Men had zich onder water kunnen wanen. Ieder had sterk de indruk dat het huis vol was van dingen die ontbraken. Hanna stond op om de visvorm met bitterkoekjespudding te halen.

Peter las een bekend schriftgedeelte. 'Gelijk een schaap werd hij ter slachting geleid en gelijk een lam dat stemmenloos is tegenover zijn scheerder, zo doet hij zijn mond niet open. In de vernedering werd zijn oordeel weggenomen...' Hij imiteerde zijn vader, wilde hem in alles vervangen, dat had hij ook al gedaan toen Simon nog leefde. Hij verhief zijn stem, galmde. Lilian keek voor zich uit. Erik zei onder het lezen opeens: 'Godverdomme' en stond op. Hij zei dat hij godverdomme had geboft in dit gezin te zijn geboren, bleef nog even op de drempel staan om de tafel te overzien, keek zijn moeder op de rug, deed zijn lippen van elkaar maar zei gelukkig niets meer. Hij verdween met zijn Renault Dauphine in de regen.

4

Ze dronken koffie na het eten. Hanna wachtte nog twee uur, toen zei ze: 'Ik wil weten waar hij is.'

Hij zat in die tijd meestal in de bar van De Roskam.

Lilian bleef thuis.

Op de parkeerplaats van De Roskam weerklonk luid geclaxonneer. Vrienden van Erik? Ze lieten de motoren van hun auto's razen, sloegen portieren dicht, reden zonder licht weg.

Hanna bleef in de auto zitten terwijl Peter naar binnen ging. 'Denk erom,' had ze tegen hem gezegd, 'niet boos worden. Met boos worden bereik je bij Erik niets.' Het duurde een hele tijd voor ze beiden naar buiten kwamen. Niet wanhopig en pessimistisch worden! Maar je was wanhopig en pessimistisch.

Eindelijk, daar waren ze. Erik had zijn arm om Peters schouder geslagen. Zo kwamen ze op hun moeder toe. Hanna draaide het autoraampje omlaag.

'Mam, mijn broer! Hij is me komen ophalen. Hij zegt dat ik een wrak van mijn lichaam maak, dat ik een plicht jegens mijn lichaam heb. *Uw lichaam een tempel.* Wat een bof dat ik in een gezin met zo'n broer geboren ben, wat een geluk zo'n broer achter mij te weten.' Erik wierp een blik opzij. Hij keek bijna scheel, zoveel had hij gedronken.

'Kom,' zei Hanna, 'stap gauw in en hou verder je mond. Er komt alleen maar onzin uit.'

Hij stond erop zelf te rijden.

'Je kunt niet rijden,' zei Peter kortaf.

Maar Erik had al heel jong ontdekt dat wat hem werd verboden toch werd toegestaan als hij zijn moeder maar lang genoeg aankeek, recht in de ogen keek, zodat ze wel móest begrijpen hoe intens, hoe oprecht hij verlangde naar wat hem werd onthouden en dat hij daar werkelijk niet buiten kon.

'Laat hem maar,' zei Hanna; het was mogelijk om vanaf De Roskam direct een stille landweg in te slaan.

'Je rijdt achter mij aan,' zei Peter. Hanna besloot om naast Erik in de auto te gaan zitten. Dan zou hij geen gekke dingen uithalen.

Erik volgde zijn broer keurig over kronkelige, afwisselend stijgende en dalende wegen. Hier en daar verlichtte een straatlantaarn de bermen en was de onderkant van een boom, was franje van varens te zien. Vlak voor het kasteel, waar de weg zich even verbreedde, haalde Erik zijn broer met grote snelheid in, nam vlug afstand, stopte vlak voor het hoge bruggetje dat over de sloot lag die de beide kasteelvijvers met elkaar verbond.

Peter stopte achter hem, stapte uit, greep door het open raampje de schouder van zijn broer.

'Blijf van me af!

Met een snelle beweging van zijn elleboog stootte Erik de hand van zijn broer weg. Zijn houding was van een verpletterende superioriteit.

Peter ging midden voor de auto staan.

‘Je wilt je dus doodrijden, hè?’ Hij huilde bijna. ‘Jij wilt dus dood, hè? En je vergeet dat je moeder naast je zit, hè?’

Erik stak een sigaret op, keek strak naar het dashboard. Peter wilde in ieder geval dat Hanna zou uitstappen.

‘Mamma blijft,’ zei Erik. ‘Je hoeft je om mamma geen zorgen te maken.’

Peter liep op het portier toe om zijn broer uit de auto te halen. Erik maakte een beweging alsof hij uit zichzelf de deur al wilde openen, maar reed snel weg.

...vergeet niet, die oktoberzon kon nog branden, ik zwoegde die middag over de zandweg; de muggen zoemden om me heen. Wat was mijn buik zwaar! Ik verlangde ernaar te gaan zitten en toen ik zat, keek ik naar een dak dat door schuine balken werd gestut. Onder het dak stond een handkar, bleek van ouderdom; op de kar lagen een ton en verroeste banden en achter een hek liepen kippen te scharrelen. Ik herinnerde me karren met twee wielen, getrokken door een paard, en ik zei bij mezelf dat ik die dingen al duizenden jaren kende. Van die gedachte werd ik dromerig. Ik vroeg me af hoe ik keek op dat moment, en dacht dat ik dezelfde blik had als bij de eerste sneeuw, vroeger toen ik op school zat. Ik keek dan naar buiten en verbeeldde me dat ik op de slee van het dak afgleed, dat de slee door zijn eigen snelheid weer op een ander dak terechtkwam, en zo verder, hoog boven het kleine dorp...

Halverwege kasteel en stoomgemaal maakte de weg een flauwe bocht die voor het oog nauwelijks waarneembaar was en de auto reed even op twee wielen, reed even op het ernaast gelegen fietspad, kwam weer terug op de weg.

Hanna zei Erik dat hij wel gek leek.

De auto stond abrupt stil. Op nog geen halve meter van een straatlantaarn, die in de regen net een vogel leek die zijn nek uitstak.

Erik bewoog niet. Hij had een ronde rug en zijn hoofd was weggezakt tussen zijn schouders.

Peter stond al weer naast de auto.

'Eruit,' schold hij, 'stuk ongeluk.'

Erik gaf geen antwoord. Peter, die nog nooit iemand had kunnen slaan, vergat zichzelf. Erik weerde de slagen af, zoals een kind zich met beide ellebogen tegen een stortvloed van sneeuwballen afschermt.

'Goed,' zei hij, 'ik kom eruit.' Maar hij bleef zitten.

Peter sloeg met zijn vuist op het dak van de auto en zei dat zijn broer een parasiet was, en een hopeloze slappe spons, die nooit zou veranderen, die ook niet wilde veranderen. 'Er zijn nu eenmaal principes die je in ere moet houden, bepaalde waarden die je behoort te respecteren, anders...'

Erik reed zo snel weg dat de banden even slipten op de zachte strook grond tussen weg en berm. Het geluid van de motor weerkaatste tegen de hellingen van de oude winterdijk. Precies op de plaats waar het land weer vlak werd en de geluiden altijd een andere, een lichtere toon kregen, raakte de auto de muur van De Volharding. Motorgeronk dat aanhield, dat leek toe te nemen. Glas dat brak.

Hanna en Erik verlieten de auto, Peter kwam op hen toe, stelde zich wijdbeens op voor zijn broer; hij had zich volledig in bedwang. Toen begon Erik heel toegewijd, elk woord zorgvuldig, te zorgvuldig articulerend, tegen hem te spreken: 'Zo-gaat-het-niet-langer-dat-begrijp-je-zeker-zelf-ook-wel.' Hij had de stem van een gangster, en Hanna moest denken aan de scène van jaren terug toen Simon met de vijf colporteurs in de keuken aan tafel had gezeten. Erik was binnengekomen net toen alle mannen in gebed waren verzonken. Een tijdje had hij op de drempel toegekeken en Hanna had de woede in zijn ogen zien aanzwellen en toen Simon zijn ogen eindelijk opendeed, had Erik met diezelfde vreemde, lage stem gevraagd: 'Ben jij eigenlijk mijn vader, ja of nee?' Simons stem had rustig en ernstig geklonken: 'Natuurlijk ben ik je vader.' Erik had zijn handen gevouwen, hij kruiste zijn vingers en wreef zijn duimen tegen elkaar: 'Nou, dan moet je je ook eens als een vader gedragen.' Erik had die woorden tot drie maal toe herhaald, met steeds lagere, donkerder stem. Dat was heel angstaanjagend geweest. Simon die naar hem keek met verstarde trekken, Simon die daar aan de keukentafel zat te midden van die andere in het zwart geklede mannen, in een heel stijve houding, en die ten slotte opstond, met zijn handen op de tafel bleef steunen: 'Jij bent mijn kind en jij gedraagt je niet als mijn kind. En dat is eeuwig jammer.' Hij deed zelfs een beetje de stem van zijn jongste na en dat deed hij zo goed dat je bijna het idee had dat Erik aan het woord was. Hanna zag nog Eriks beduusde gezicht voor zich. Simon was toen duidelijk overwinnaar geweest. En nu?

Ze keek van de een naar de ander. Bijna als toen – en je had opeens geen adem meer, je ademde maar je had geen adem meer. Dat hadden je beide kinderen gelukkig ook in de gaten en daarom gebeurde er niets. Erik zei alleen drie keer sorry, en toen hervond jij je ademhaling. Jullie reden in Peters auto naar huis. Je had toch weer even heel sterk het gevoel gehad dat Satan zich in eigen persoon onder jullie bevond. Net als toen in de keuken had ze onmiddellijk doorgehad dat Satan niet was gekomen om snel weer te vertrekken. Hij had zich op hen gestort, zich voorgoed in hun huis gevestigd, een lenig glad schepsel, zoals de faun in de fraai aangelegde tuin van De Roskam. Ook dat was dus geheimzinnig. Niemand kon ooit tegen je zeggen: Je moet dit of dat doen en andere dingen nalaten. Wat er met je gebeurde was zoiets als de nevel, gemaakt van ontelbare druppeltjes, die je huid eerst natmaakten en er dan langzaam in doordrongen. In je huid. In je gedachten.

5

Lex was geweest. Van hem had ze gehoord dat Nettie nu inderdaad ging hertrouwen... een ooievaar tikt met zijn snavel op de rode dakpannen; pappa schoffelt het oprijpad en mamma doet een nieuw gaskousje in de lamp; de bloemen in de oranje vaas lichten op; de gele barst in het plafond wordt een angstaanjagende slang, een slang die zijn tong tegen je uitsteekt en sist; de scherpe lucht van gekuild gras; een rits egeljongen; de koelte van de deel 's zomers; de warmte die de dieren 's winters op stal geven; het geruststellende geschraap van hoeven, het gerammel van kettingen; de nachtvlinders voor de tuimelramen; de kreet van de big. De heldere nacht vol sterren; vanaf de binnenplaats zijn ze heel dichtbij: ze zijn zo talrijk dat de hemel onzichtbaar is door de nevel en pas na ogenblikken besef je dat de nevel de sterren zelf is. Geur van begoten petunia's, het mierzoete stuifmeel dat je uit de afgeplukte bloemen zuigt, vooral uit de paarse; de taaie, blinde schachten van de dode bladeren aan de bomen 's winters en 's ochtends de hanen die elkaar antwoord geven en de ruimte ten slotte vullen met één enkele kreet. Mamma is moe; ze leunt met haar hoofd tegen de marmeren stijl van de schoorsteenmantel, een krant op schoot: ze leest niet, ze leest al zo lang niet meer, ze doezelt en steeds wanneer de sluimer in slaap overgaat, zakt haar hoofd met een ruk naar voren en dat maakt haar weer wakker: 'Wat doe jij hier? Wie ben jij eigenlijk?'

Hanna zat buiten op de bank voor het veerhuis. De poort ging open en de postbode bracht een brief. Ze maakte hem open en las:

Lieve Hanna,
Zoals je misschien gehoord zult hebben, is Coen de dag voor Pasen begraven. Hij was al enige tijd ziek. In het bedrijf zat hij al lang niet meer. Het is verkocht, maar voert nog steeds de firmanaam Innemee. Nu ben ik nog alleen over. Hij is niet oud geworden. Achtenvijftig jaar. Soms denk ik: Tweeënzestig is al te oud. Zo oud ben ik zelf. Er was veel verre familie. Ik ben alleen naar het kerkhof geweest, want ik praat zo min mogelijk met iedereen. Met mijn nog in leven zijnde familieleden heb ik geen contact en dat is mij ook liever. Op de rouwkaart stond: Hij was trouw in zijn liefde, wat ik erg mooi vind. Een predikant las de woorden van psalm 118: Het leven is de kruisbanier tot in Gods handen dragen. En zo is het, Hanna. Wat de toekomst brengen moge, mij geleidt des Heren hand. Ja, je kijkt verbaasd op van deze woorden uit mijn pen. Maar ik ben dan ook helemaal veranderd. Je zult dat wel merken als ik eens langskom. Gisteravond las ik een stapel oude kranten door – ik lees kranten nooit op de dag van verschijning – en mijn oog viel op de rouwadvertentie van jouw man. Hij was zoals

ik uit de advertentie begreep een zachtaardig en vriendelijk mens. Net als ma en wij allen een geroepene. De laatste tijd moet ik vaak aan ma's woorden denken: vogels bouwen een nest omdat God het wil. Zo is het, denk ik, en niet anders. Weet je nog dat de zwaluwen die op de gebrandschilderde luifel boven de serredeur alles volpoepten vooral maar niet gestoord mochten worden? Ma heeft ook gezegd dat het een groot voorrecht is om altijd dicht bij de dieren te hebben geleefd, zoals jij. Ik herinner me nog hoe jaloers ik was dat jullie thuis schapen en koeien hadden. Ik geloof nog steeds dat ma gelijk had toen ze zei dat we de mensen moeten samenbrengen en dat we niet voor onszelf mogen leven. Hier in dit gebouw praat ik zo min mogelijk. De taal die de mensen om mij heen spreken, versta ik maar ten dele, maar dat is eigenlijk nooit echt anders geweest. Schrijven en een eigen gedachtegang volgen is minder moeilijk dan een gesprek voeren. De woningbouw in ons land met zijn een-, twee- of driepersoonswoningen leidt onherroepelijk tot verregaande vereenzaming. Tot gek wordens toe. Ik zie het hier om me heen op afdeling 2B. Je ziet zulke dingen en je kunt er niets aan doen als anderen het nu eenmaal zo willen. Ik zou graag invloed op al deze dingen hebben. Ik woon overigens in een groot park, in een omgeving die mij intussen heel vertrouwd is. Ik kan er de weg vinden. Sterkte, Hanna, we waren vroeger zo dol op je, wij allemaal. Ik ben nu al verschillende keren op weg naar je toe geweest, maar ik kan je huis niet vinden en keer dan maar onverrichter zake terug. Ine.

Hanna dacht aan de ochtend toen ze voor het eerst naar villa Benvenuto ging. Mamma had haar vroeg gewekt. In de loop van die ochtend was ze in het veerhuis aangekomen, rillend van de allesdoordringende ochtenddauw. Iedereen vond het heel bijzonder dat je als 'meisje in huis' in dat gezin was opgenomen. Nog meer gecharmeerd was men van het feit dat oom je soms meenam naar partijtjes. Die Hanna zou wel goed terechtkomen, zou wel een fabrikantenzoon aan de haak slaan. Wilde je dat? Je had geen speciale belangstelling voor fabrikantenzonen. Je had je werk in huis, je moest de kinderen op tijd naar school zien te krijgen, dat was al een hele toer. Wat je verder precies wilde, wist je nog niet. Gelukkig worden natuurlijk, maar je was toen gelukkig. Dat was waar. Ja, boven de serredeur, die luifel van glas, die nooit mocht worden schoongemaakt. In de strengen blauwe regen nestelden tientallen zwaluwen. Zwaluwnesten brengen geluk, zei tante. Dat klopte dus niet.

Ze herlas de brief, verzonk in gedachten. Herinner jij je nog dat sluiswachtershuisje, Ine? Je stond daar maar tegen de dichtbevroren ruiten, op die koude brug, en je weigerde om in het warme restaurant te komen. Kleine, magere, tegendraadse Ine. Weet je dat café-restaurant De Sluis is afgebroken? Mijn oudste zoon nam mij onlangs mee op een autotochtje. Er is nu een grote, lege vlakte. Het sluiswachtershuisje en de sluizen bestaan nog steeds maar zijn niet meer in gebruik. Volgens mijn oudste gaan ze binnenkort ook verdwijnen. Op het kanaal is geen enkele scheepvaart meer omdat het te ondiep is geworden. Het kanaal gaat ook verdwijnen en in plaats daarvan komt een snelweg, die zal aansluiten op de nieuwe weg die ze gaan aanleggen tussen het kasteel en het veerhuis. Zo komen we mooi tussen het lawaai in te zitten...

Zou ze Peter bellen om van de brief te vertellen? Nee, maar liever niet, hij was toch al zo nieuwsgierig naar die tijd. Al een paar maal was hij met haar voor villa Benvenuto gestopt.

'Mam, hier heb jij dus gewoond? Mam, waar was jouw kamer? Wijs hem eens aan! Wijs hem nog eens aan! Vertel wat je allemaal in dat huis deed!' Hanna hield zich op de vlakte, vertelde vaag over de kinderen, over ooms bedrijf, over tantes geloof.

'En ging je daar weg toen je met pappa trouwde?'

Ja, zo was het gegaan.

Met de geldkwestie hadden ze niets te maken.

'En had oom in die tijd al een sportwagen? Nam hij je soms mee?' Met alle geweld wilde Peter zich zijn moeder als een luxewezentje voorstellen, als een vrouw die zich op galante feesten bewoog, te midden van de rijken. Hij schepte zelfs tegenover vrienden op over dat vroegere leven van zijn moeder. Nee, ze belde hem maar liever niet.

6

Maar ze had hem wel opgebeld toen die ochtend dat vreselijke tumult losbarstte. Van mokerslagen op basalt? Van paarden die op doorweekte grond stampten? Het hele huis trilde en beefde. Wat was er aan de hand? Ze moesten buiten met afschuwelijke dingen bezig zijn. Hanna keek door het raam en was met stomheid geslagen. Een muur was bezig te verrijzen. Er stond een harde wind en jachtig overtrekkende wolken leken het ongewone van wat zich daar aan het voltrekken was te benadrukken. Met ogen levendig en fel als de bliksem registreerde ze alles. Niets ontging haar. Machines. Voertuigen met hijskranen. Zwaailichten. Het was op een zaterdagmorgen. In oktober. Nee, in november, want de beuk had geen bladeren meer. In ieder geval stormde het. Achter ruitjes van draadglas doemden mannen op die hendels overhaalden, en onder de kale, wijdvertakte boom, waarin een paar reusachtige kraaien begonnen te krassen, liepen mannen, in opwaaiend blad. Ze hadden haast. Ze bewogen zwijgend, als nachtdieren. 'Een mens bofte,' had ze eens in een van Peters boeken gelezen, 'als hij bij het openen van de voordeur geen diepe afgrond aantreft...' Die zin was ze nooit meer vergeten. Ze had hem zelfs de dag dat ze hem las enige keren hardop voor zichzelf herhaald. Zij bofte niet. Zij werd wakker, keek door een schoongemaakt plekje op de beslagen ruit van de slaapkamer en ontwaarde mannen die betonplaten tussen betonpalen schoven. Na de eerste verbijstering had ze de boosheid door zich heen voelen flitsen. Daarna kregen haar ogen de harde uitdrukking die aangaf dat ze van plan was zich tot het uiterste te verdedigen. Ze ging zich aankleden, ze ging naar beneden, eropaf. Een grote bek opzetten, dat moest je tegen dat soort lui! Smeerlappen! Smeerlappen om in alle vroegte, op zaterdag, als niemand bereikbaar was... Met moeite onderdrukte ze de opwinding waarin deze gedachten haar brachten. Het enige dat ze nu kon doen, het enige verstandige ook, was Peter bellen. (Het was Peters idee geweest om ook een telefoontoestel op haar nachtkastje te hebben. Voor geval van nood. Zij kon hem altijd bellen, ook 's nachts, ook op zijn werk. 'Doe je dat dan ook? Ik wil nooit horen: Ik had je willen bellen, maar ik wilde je niet storen. Ook op mijn werk. Ook als ik in een vergadering zit. Voor jou ben ik er altijd.')

Dat wist ze. Ze belde, terwijl het raam trilde onder de druk van de storm, en koude wind onder het raam door blies. 'Een muur, Peter. En hamerslagen. Je moet ze door de telefoon kunnen horen. Overal zwaailichten. Mannen lopen door de tuin...' Ze moest wachten om weer op adem te komen. 'Hoor je ze, die hamerslagen?' Ze hield de hoorn in de richting van het raam waar de vitrage bewoog alsof het raam openstond. Hij hoorde ze, zei hij. Ze moest vooral rustig blijven. 'Peter, de smeerlappen! Op zaterdagmorgen...' 'Blijf vooral rustig, wind je niet op.' Hij ging er onmiddellijk werk van maken. Hij kende mensen van Bouw- en woningtoezicht en hij kende de wethouder die Bouw- en woningtoezicht in zijn portefeuille had. Die zou hij proberen te bereiken.

Was dat niet de wethouder naar wie een nieuw viaduct in de stad was genoemd? Ze zei dat ze geen vertrouwen had in een wethouder die bij zijn leven al een viaduct naar zich liet noemen.

'Mamma, wil je het nou aan mij overlaten! Of wil je dat ik niets doe?' Ze hoorde wel zijn onderdrukte ergernis, maar trok zich er niets van aan. Ze had zin om te zeggen waar het op stond. Peter stond altijd klaar en ze had hem nodig. Misschien dat ze hem soms bewust een beetje ergerde. Hij verdiende dat niet, het gebeurde ondanks haarzelf. Toch hield ze evenveel van hem als van Erik.

'En Erik?' vroeg hij.

Erik sliep door alles heen. En niet omdat hij laat naar bed was gegaan! Hij was de hele avond thuis geweest en ze hadden samen tv gekeken. En dat was de hele week al zo. Eigenlijk sinds hij uit militaire dienst gekomen was.

7

Erik was chauffeur geweest op een drietonner in de laagste rang die het leger kent: soldaat eerste klas. Na zijn afzwaaien nam hij zich voor eerst wat bij te slapen. Toch was hij de eerste dag al voor tien uur beneden en ging aan de keukentafel zitten waar zijn ontbijt klaarstond. Hij had zich een keer laten ontvallen dat hij in dienst 's morgens naast thee ook een glas sinaasappelsap kreeg, als soldaat van de wacht althans. Hanna had sinaasappels uitgeperst en een glas bij zijn bord gezet. 'Mam, daar heb ik het niet om verteld.' Nee, dat wist zij ook wel, maar verse sinaasappelsap was toch gezond.

En vlak voor hij afzwaaide, had ze flesjes bier in huis gehaald. Die eerste dag had hij 's middags in de tuin gezeten en ze was hem er een komen brengen, met een omgespoeld glas en een opener. Maar hij wilde niet. Ze had aangedrongen: 'Je wilt toch wel een glas bier. Het gaat er alleen om dat je jezelf grenzen stelt.' Maar hij was bij zijn weigering gebleven en had zelf alles weer naar de keuken gebracht. 'Zal ik dan thee maken? Verse muntthee?' vroeg ze. Ja, hij wilde graag een kop thee. Ze hadden samen munt gezocht in de tuin en toen Hanna op een gegeven ogenblik uit haar gebukte houding overeind kwam, had hij zijn armen om haar heen geslagen: 'Van jou, mam, houd ik het meest.' En hij gaf haar een dikke zoen op haar voorhoofd, en nog een. Haar stemming was al vrolijk omdat hij thuis was en haar stemming werd nog beter. Ze hadden een goede verstandhouding met elkaar en dat was eigenlijk altijd al zo geweest.

Dagelijks na het ontbijt keek hij de krant door. Hanna bracht hem later in de tuin koffie met een café-noir of een janhagel en ging bij hem zitten, keek naar zijn melancholieke, donkere kop met krullen en die lichte ogen van hem. Dat was toch iets heel aparts, zo'n combinatie. Ze zou hem altijd wel bij zich willen houden. Dat kon natuurlijk niet, je moest je kinderen loslaten. Kinderen gingen hun eigen weg. Dat was de natuur. Maar het zou nog wel even duren voor hij echt het huis zou verlaten.

Erik zei dat het goed was om helemaal vrij te zijn, met nog een heel leven voor je. Een hele toekomst waarin hij alles kon doen en laten wat hij wilde. Maar hij wist echt niet wat hij met zijn toekomst moest aanvangen. Hij wist werkelijk niets van een vak en was bereid om aan te pakken, maar hij had geen idee wat... Bij een bank, had Peter gesuggereerd. Of misschien bij het onderwijs?

Hij zou toch een keer... Dat begreep Erik zelf ook wel. Zodra hij een besluit had genomen over de richting waarin zijn leven zou gaan, was hij van plan alles in het werk te stellen wat maar mogelijk was om het een succes te laten worden.

En hij slenterde na de koffie de tuinpoort uit, liep de veerweg op en ging bij Simons halfvergane steiger zitten om naar het water te staren, dat voorbijstroomde en draaikolkjes maakte onder de planken en bij de ronde meerpalen.

Zouden die aanvallen van Erik voorbij zijn? vroeg Hanna zich af: aan komen wankelen over het tuinpad, de deur opengooien, godverdomme zeggen of geen stom woord, zich met kleren en al op bed laten vallen – wat Peter dan een aanval van 'gebrek aan karakter' noemde.

Zij was het daar volstrekt niet mee eens en dat had ze haar oudste goed laten merken. Zag hij niet dat Erik onder die crises gebukt ging, dat hij vocht maar dat het sterker was dan hijzelf? Nee, dat wilde Peter, met al zijn kennis, niet zien. Peter kon, dacht ze, dus niet begrijpen dat iemand een bezoeking voor zichzelf kon zijn. Want zoiets bestond, dat had ze bij Simon gezien. Erik was zo rustig geworden. Zou dat definitief zijn, zou hij inderdaad zijn gaan inzien dat het zo niet door kon gaan?

Nu stond hij op om de tuin uit te lopen. Hanna was bezig de deurmat uit te kloppen. De kokosharen vlogen in het rond, zo oud was dat ding.

'Loop je mee, mam?'

'Even die mat,' zei ze doodgemoedereerd, maar ze kon haar vrolijkheid nauwelijks bedwingen. Wat konden die lange gele kokosharen haar schelen! Dat had Simon moeten meemaken! Hij zou zijn ogen niet hebben geloofd.

Ze kuierden samen over de veerweg. Hij had haar een arm gegeven. In de berm bloeiden kamille en tijm en dille; op de vochtigste plekken blauwe en gele lissen en hier en daar een dikke pol wilde margriet. Op die smalle strook aarde in die kleine ruimte tussen haag en weg waren alle bloemen van de aarde te vinden... Kijk, zomaar, tussen een oude hoop grind, een vuurrode pioenroos!

Ze stonden bij het water; de hoogste krib, die tegenover de bunker, leek vanaf deze plek net een blauwe os. Hanna herinnerde zich dat, lang geleden, de meester op het schooltje eens had verteld dat basalt miljoenen jaren oud was. Ze kneep haar ogen halfdicht alsof ze haar blik beter wilde richten. Miljoenen jaren! Op dit late uur van de dag ging de wind meestal wat liggen. De haven glom als een laken van zijde waarop men zeilbootjes van papier had neergezet.

Ineens hoorden ze een zacht gepiep. Erik ging op onderzoek uit en ontdekte dat onder het halfvergane plankier een eend zijn nest had. Ze hurkten beiden neer op het plakkerige zand, dat vol lag met doorzichtige vleugelzaden en elzenproppen, en keken naar de gele kuikentjes. Daarna liepen ze naar het clubhuis, keken door een raam naar binnen. Op de tafeltjes lagen lopers met piepkleine geborduurde figuurtjes. Er hing een klok met twee koperen gewichten. Het zag er gezellig uit.

Ze draaiden zich om en zagen het veerhuis liggen, buitensporig hoog, veilig voor elke stijging van het rivierwater. Zagen de rode beuk, die de warrige meidoorns en de tuin overspande, zagen het botenhuis, het clubhuis, de oever, het water.

'Net een toneeldecor,' zei Erik.

Achter hen was de zon een rode bol aan de rand van de dijk. Voor hen was de zon al verdwenen. De heuvels ver weg waren een blauw lint tegen de avondhemel.

8

Nee, met Erik ging alles buiten verwachting goed. Er waren nog wel avonden dat hij lang wegbleef. Bij thuiskomst zei hij dat hij naar de bibliotheek was geweest en daar had zitten lezen. Ook ging hij naar lezingen in de stad en praatte dan lang met mensen na. Hij dronk geen druppel meer. Ook met roken was hij gestopt. Ze zei het met trots, die ochtend dat ze voor dag en dauw Peter belde en hem de kwestie van de muur toevertrouwde.

Hanna knapte wat op van de thee, luisterde vanuit de keuken

naar de bedrijvigheid buiten. Om halfnegen kwam de wethouder en liet het werk stilleggen. De muur was toen half af, een drietal meters hoog. Goed, hij stond dan wel niet pal voor haar neus, maar het uitzicht op de rivier en de dijk aan de overkant was verdwenen.

Kort daarna hoorde ze Peters auto. Ze dronken thee in de keuken. Dat vreselijke ding daar, waarom deed de zeilclub zoiets!? Ze hadden hun toch nooit een strobreed in de weg gelegd! Een omheining die je om gevangenissen zette, of om een autokerkhof. O, wat een smeerlappen! Ze voelde zich nog steeds verantwoordelijk voor de grond die ze hadden verkocht. Van het clubhuis waren weleens ruitjes ingeslagen. Of er werden brandjes gesticht. Ze was zelfs een keer 's nachts poolshoogte gaan nemen toen ze daar lawaai hoorde. Ze hield er niet van om 's nachts alleen de kant van het water op te lopen. Ze voelde zich niet meester van de situatie want in de duisternis was je enkel zeker van wat je ogen zagen. Ook bij volle maan bleef veel duister. Maakte je een geluid door per ongeluk een steentje weg te schoppen, dan hoorde je jezelf alsof je een ander was. Er waren dingen, machtiger dan jij; onzichtbaar waren ze aanwezig. Je was een indringer. Toch ging je kijken.

En diezelfde zeilclub zette zonder enig overleg een muur op haar oude grond. 'Nou, dat hadden ze gedacht. Ja, dat konden ze denken. Maar zo gemakkelijk...' Peter keek haar aan, vond dat ze zich wat meer moest inhouden in tegenwoordigheid van de wethouder, maar de wethouder, een schrale, lange man in een boswachtersjas, was het geheel en al met haar eens geweest. 'Dit kan niet, mevrouw. U heeft volkomen gelijk. Die muur, voor zover ik het kan zien, staat er tegen alle regels in. Ik kan mij tenminste niet herinneren dat ik op mijn bureau een aanvraag van de zeilclub heb gezien om een dergelijke erfafscheiding te mogen bouwen. Dat is uiterst kwalijk. Mijns inziens moet die halfbakken muur worden afgebroken. Desnoods onder politiedwang. In ieder geval zal de gemeente er alles aan doen om dit ongedaan te maken, mevrouw. Een heel persoonlijke, maar niettemin vervelende bijkomstigheid is dat ik zelf een bootje in deze haven heb liggen, al ben ik geen lid van de zeilclub. Wat mij verbaast, is dat ik niets van deze overrompelende actie – want zo mag men dit toch wel noemen! – heb geweten. Terwijl ik toch onlangs nog met de voorzitter van de club heb gesproken. Hij had me toch op z'n minst kunnen zeggen...'

Je vroeg wat je kon ondernemen, want je wilde niet machteloos toezien.

'U moet een brief naar de gemeente schrijven waarin u uw bezwaren kenbaar maakt.'

Was dat wel nodig? vroeg je. Hier vond toch iets plaats dat verboden was? De wethouder kon toch zelf de nodige maatregelen nemen?

Dat zou natuurlijk kunnen, maar het ging om een muur waar zij bezwaar tegen maakte. Derhalve moest zij een brief schrijven aan de gemeente. Of beter nog: aan hemzelf. Die kwam dan direct, zonder omwegen, op zijn bureau terecht en dan kon hij direct maatregelen treffen.

Maar, hield je aan, als iemand zomaar op straat of op een trottoir een muur optrekt, dan gaat de gemeente daar toch zelf meteen werk van maken? Waarom dan die brief?

Dit met die muur hier was natuurlijk toch wel iets anders dan de voorbeelden die zij nu gaf. Dit hier gebeurde ver buiten de bebouwde kom. Het verkeer werd niet gehinderd.

'Maar mijn uitzicht wordt gehinderd,' zei je.

'Mamma, laat nou maar,' smeekte Peter bijna. Wij gaan samen die brief schrijven.'

De wethouder nam afscheid. Hij zei dat hij vaak van het veer gebruik had gemaakt, hij had met haar man altijd goed kunnen praten, hij was een man geweest die altijd vriendelijk was en hij zou ook uit piëteit extra zijn best doen. 'Mevrouw, wij fiksen dit wel. Zoiets hebben we ettelijke malen meegemaakt.'

Dat klonk hoopvol. Nou, mamma, zei Peter, en drukte haar even tegen zich aan. Je was helemaal gerustgesteld. Je zat daar al niet meer over in. Maar dat bouwsel moest wel zo snel mogelijk verdwijnen.

Peter en de wethouder vertrokken samen. Van tijd tot tijd kwam er nog een windstoot omhoog van de rivier. Hanna stapelde de kopjes en schoteltjes op en zette ze op het aanrecht. Naast het keukenkastje hing de prinsessenkalender, waar ze de verjaardagen van alle levenden op had geschreven. Erik was over drie weken jarig. Een dag daarna Peter. Wanneer zou het kind jarig zijn geweest dat niet geboren was? Achter de keukendeur, naast het haakje voor de schort, hing de derdewereldkalender. Hierop stonden de data van allen die dood waren. Ze liet de gladde bladen met afbeeldingen van bruine, hongerige kinderen door haar vingers gaan. Ergens ook de datum waarop zij zal sterven en er voorgoed niet meer zal zijn.

Het huis begon te trillen. Een vrachtwagen met hijskraan kwam langs gereden, gevolgd door nog een. En drie onooglijke volkswagenbusjes. Met pijnlijk stijve schouders stond ze voor het keukenraam. De werkzaamheden werden hervat. Een moment van argeloze verbazing. Wat ze zag kon niet waar zijn! Maar de verbazing ebde onmiddellijk weg. Ze werd met zo'n overweldigende kracht met haar neus op de werkelijkheid gedrukt dat ze tegelijk tot in haar hals rood werd van kwaadheid en duizelde. Ze moest zich aan de rand van het aanrecht vasthouden.

Werd een mens inderdaad bij elke nederlaag strijdvaardiger, zoals ze ergens gelezen had? Als je weet dat je gelijk hebt, als je niet verslapt, niet wankelt, als je ondanks alle tegenslagen verzet blijft bieden, als je bereid bent...

De muur was al klaar toen ze de wethouder aan de telefoon kreeg. Een muur ter hoogte van vijf meter. 'Kan dat zo maar?' Meer kon ze van opwinding niet uitbrengen, liet even de rand van een voortand zien, raakte met haar vinger haar neus aan. Aan de andere kant van de lijn bleef het een tijdlang stil. Buiten verhevigde het kille, grijze ochtendlicht de onverbiddelijke vastberslotenheid van de muur. De wethouder zei dat haar zoon net op weg naar haar toe was en dat hijzelf ook zou komen. 'U kunt op mij rekenen.' Een tijdje zei geen van beiden een woord. Toen hing Hanna op.

Peter en de wethouder arriveerden gelijktijdig. 'Daar zijn we dan,' zei de wethouder. Hij had, zei hij, geen behoefte om de muur van dichtbij te bekijken. Wat hier gebeurde was uiterst laakbaar.

'Dat dit zomaar kan,' zei je.

9

De zeilclub had een aanvraag ingediend om een schutting te mogen plaatsen, stond in een brief van de gemeente.

Er ging geen dag voorbij of men kwam kijken.

Op een dag kwam er weer een brief. De Welstandscommissie ging akkoord als de betonschutting maar van een raamwerk werd voorzien. Bijvoorbeeld van gevlochten planken. Peter was er terstond op af gegaan. Het betekende geenszins dat de gemeente de bouwvergunning had toegewezen. De Welstandscommissie boog zich over iedere aanvraag.

Aan die administratieve rompslomp dacht Hanna terwijl ze naar buiten keek. Het was de hele dag al aan het miezeren. Zo'n onhoorbaar fijn regentje dat geleidelijk dichter werd en waarschijnlijk in de loop van de dag wel in een echte regenbui zou overgaan.

Ze zocht een tangetje in de keukenla en liep naar de gang om een losgeraakte traprail vast te draaien. Ze liep ook naar boven omdat ze dacht dat een kraan druppelde. Eriks kamerdeur stond open. Zijn kamer maakte hij tegenwoordig zelf aan kant. Zijn bed had hij zelf opgemaakt. Op zijn tafel lag een boek dat *Belevenissen in Wonderland* heette. Ze sloeg het open en las: 'Hier moet ook nog gewezen worden op een fout die sommige spiritisten maken, door al de verschijnselen die zij waarnemen altijd toe te schrijven aan de geest van een dode. Wel is waar dat Jezus door de bijeenkomst op de berg aan drie van zijn leerlingen duidelijk laat zien dat er contact mogelijk is met hen die in het hiernamaals zijn...'

Je schrok. Hield hij zich met dit soort dingen bezig? Vanmiddag was hij weer naar de stad. Ze nam het boek mee naar beneden om het in de keuken te gaan lezen.

In de tuin zat een vrouw in een te lange jas met uitgescheurde knoopsgaten; de kraag werd gesloten door een grote veiligheidsspeld. Over de jas hing een gebreide stola van paarse angorawol, die ze om haar magere schouders had getrokken. Schuin op haar hoofd droeg ze een witte alpino. Aan alle kanten staken warrige haarslierten uit, die in de nek gedeeltelijk bijeengehouden werden door een zwartfluwelen bandje.

Ze zat in de tuin alsof ze daar thuishoorde, haar benen over elkaar geslagen, een tikkeltje uitdagend, met het hoofd schuin. Ze scheen de regen niet op te merken. De Ine zoals Hanna zich haar herinnerde, alleen ontzettend veel ouder. Er woei een donker bol windje, de regen tikte op het grind, en dat hele Heuvense woud van glazen staafjes en bolletjes en dat glazen fruit op de schaal begon te bewegen, te tinkelen. Ja, Ine zat daar alsof het nooit anders was geweest.

Hanna liep naar buiten.

'Daar ben ik dan,' zei Ine. Ze stond niet op, maar stak wel haar hand naar Hanna uit. Ze draaide zo koket met haar bleke hoofdje en ze keek zo hooghartig, ja, ze voelde zich te 'chic' om voor Hanna op te staan. Hanna had dat wel in de gaten, maar het raakte haar niet. Ze moest er inwendig om lachen. Wat haar wel raakte, was Ine's aanwezigheid hier.

Ze was met een taxi gekomen, zei Ine. 'Lieve Hanna, we waren zo dol op je, wij allemaal. Herinner je je ma nog, die altijd klaagde over haar dikke enkels, en over de warmte?' Ze haalde diep adem, na elke zin. 'Mag ik roken, Hanna? Waarom zou ik trouwens niet mogen roken, we zitten toch buiten? Dus hier woon jij?' Ze keek om zich heen terwijl ze een sigaret die ze los in haar jaszak had zitten, in haar mond stak. 'Ik kan roken zoveel ik wil. Ziek worden kan ik niet meer, want intussen is alles wel zo'n beetje bij me weggehaald. Mijn buik is zo leeg als een oude zak.'

Ze sloeg op haar platte, ingevallen buik. 'Helemaal leeggehaald. Meer dan de helft van mijn leven heb ik gedokterd.' Ze keek Hanna aan, ietwat geamuseerd. 'Ze hoeven zich niet ongerust te maken op de afdeling 2B. De verpleegsters en de artsen, en allen die me begeleiden – niemand hoeft ongerust te zijn. Ik heb een briefje op mijn tafel gelegd. Ze weten dat ik naar je toe ben. Ze denken dat jij niet bestaat; ik praat vaak over je, maar ze denken dat ik jou verzin. Ze geloven niet dat jij vroeger bij ons in huis was, dat jij mij naar bed bracht en sprookjes voorlas en dat mamma... Je begrijpt dus al dat ik bij tijden in mijn onvoorziene oord verblijf, in mijn onvoorziene en toch zo bekende ontspanningsoord...' Ze glimlachte nu tegen Hanna, terwijl ze de rook diep inhaleerde en tegelijk haar glimlach als een dun lijntje aanhield: 'Je weet het natuurlijk allang van anderen...' Ze had haar spottende toon nu helemaal laten varen en keek ook heel plechtig en er verschenen resten echte vitaliteit in Ines verbleekte ogen, die ze half toekneep: 'Ma heeft dat geld onder je kussen gelegd, die lieve ma, die het toch niet kon hebben dat jij zo vaak met pa uitging, maar je mag het haar niet kwalijk nemen, ma leefde al niet meer in deze wereld, geloofde dat de Here Jezus spoedig zou terugkomen om ook Benvenuto te zaligen met gebed en jubelzang. Ma die altijd wilde dat de mensen solidair waren en niet voor zichzelf leefden. Het was natuurlijk ook een stakker. En een engel. Over engelen gesproken, Hanna. Vanmorgen heb ik me in de taxi door deze streek laten rondrijden en ik kwam langs café-restaurant De Roskam, waar pa altijd zijn besprekingen met houtkopers had. Op de veranda zag ik een groepje dames, die net uit bed waren gekomen. Er stond wat wind, denk ik, want hun witte ochtendjassen wapperden om hun blote benen en met die witte, pas gewassen gezichten in de ochtendzon, waren ze net een in de lucht dansende engelenschaar...'

Een auto stopte op de veerweg. Er werd op de poort geklopt.

'Dat is voor mij,' zei Ine en stond al op.

Er kwamen twee agenten de theetuin in. Ze namen Ine mee, die geen verzet bood. Het leek zelfs of ze verguld was met de beide jonge agenten. Ze bood hun haar arm. 'Maar je komt me toch wel opzoeken, hè Hanna? Je weet toch hoe dol we allemaal op je waren, pa en ma en Coen...'

Hanna liep met haar mee tot de poort en beloofde te komen.

'Doe je het echt?'

Dat beaamde ze. Was dit de Ine die de brief geschreven had? Ja, deels wel, maar uit de brief had ze de indruk gekregen dat Ine zich, net als haar moeder, had bekeerd. Daar was weinig van te merken. De Ine die ze nu had ontmoet was in zekere zin de Ine die ze van vroeger kende. Hanna wist niet of ze nu teleurgesteld was of niet.

Ine stapte met enige zwier in de politieauto, wuifde met kleine gebaartjes naar Hanna. Hanna keek haar na. De witte baret van Ine leek de hele achterruit te vullen. Die witte, beweeglijke vlek verdween ten slotte. Een zielige stakker, dacht Hanna en was blij dat ze hier in de regen op de veerweg stond. Ze liep in de richting van het water en was blij dat ze hier op de aarde liep die nat en glimmend was. Het deed haar goed de aarde onder haar voeten te voelen en de zon even te zien doorkomen, die zilveren tinten aan de kammen van de golfjes gaf terwijl de regen toch zacht bleef vallen. Het was zeker dat ze Ine nooit zou opzoeken.

10

Fijne poedersneeuw begon uit het donker neer te dwarrelen. Uit bloempotten staken zwarte stengels van bevroren geraniums die in de herfst waren blijven staan.

Peter had aangeboden om haar naar de huisarts te brengen voor de jaarlijkse griepprik. Peter had vorige week al gezegd haar te willen rijden. Het was ook zijn idee zo'n prik te gaan halen. 'Mamma, het is onverantwoordelijk om het niet te doen.' Erik was naar een lezing in de stad.

Hanna wachtte aan de keukentafel. Door de weerkaatsing van de sneeuw was de hoge muur aan het eind van de tuin helder zichtbaar. Vanmorgen was een brief van de Dienst Gemeentewerken gekomen. Zij werd uitgenodigd voor een hoorzitting om haar bezwaren mondeling toe te lichten.

Ze had intussen al een hele map vol brieven van de gemeente. Ze spreidde ze op tafel uit. 'Geachte mevrouw Puyman, Van de heer Schimmelpenninck van der Oije is een verzoek binnengekomen voor het plaatsen van een eenvoudige schutting, op het perceel, kadastraal bekend sectie K, nr. 12831, gelegen aan de veerweg. De erfafscheiding krijgt een hoogte van drie meter, hetgeen in strijd is met de voorschriften. Er bestaat natuurlijk vrijstellingsbevoegdheid en daarmee kan toch medewerking worden verleend...'

De tweede brief was van de Welstandscommissie. 'Geachte mevrouw Puyman, Met betrekking tot de bouwaanvraag plaatsen schutting op perceel Veerweg 3 deelt de commissie u het volgende mee: De commissie is van mening dat de schutting qua materiaalgebruik niet voldoende in het landschap is geïntegreerd. De schutting is derhalve qua materiaal onaanvaardbaar. Deze onaanvaardbaarheid vervalt als de schutting in hout wordt uitgevoerd.'

Veertien ouden van dagen, de linkermouw zo hoog mogelijk opgestroopt, waren er al. Peter liet haar de oproep van de huisarts zien.

'Is het echt nodig?'

'Ja, mamma.'

De mensen voor haar waren echte bejaarden. Sommige konden nauwelijks lopen.

'Ik ben nooit ziek.'

Peter ging niet op haar woorden in. De injectie werd vakkundig gegeven. Peter sprak intussen met de arts, die hij kende. Op weg naar huis begon Peter ter hoogte van het kasteel langzamer te rijden.

'Zeg mamma... wat ik allang vragen wilde... Voor jou moet dat toch een moeilijke tijd geweest zijn... pappa die... hij heeft je toch veel verdriet gedaan.'

'Hoe kom je erbij? Pappa en ik hielden van elkaar.'

'Maar toen wij klein waren en hij mij meenam...'

'Oh dat,' zei ze.

Dit was toch geen onderwerp van gesprek.

'Mamma, geloof jij nog in God?'

'Natuurlijk,' zei ze zonder aarzelen, met haar meest gemelijke stem. 'Jij met je vragen!'

'Weet je waarom ik het vraag?'

Ze bleef door de voorruit kijken naar de neerdwarrelende sneeuw en zweeg.

'Mamma, weet je waarom ik hierover begin...?'

'Zeg het dan maar.'

Hij keek triomfantelijk.

'Ik wil een studie schrijven over pappa's geloof. In het bijzonder over het lichamelijke karakter van de beeldspraak. Pappa sprak over kreupele Mefiboseth, de hinkende Jacob, de zware tong van Mozes? Gods zijde kiezen, de ziel een zachte uitgang geven, de ziel een ruime ingang bereiden... Ik zoek nog steeds een promotieonderwerp. De titel van mijn dissertatie weet ik al: De fysiologie van het geloof.'

Je reageerde niet. Je was boos. Je was met Simon gelukkig geweest. Je zei dat je liever wilde uitstappen en dat je op eigen gelegenheid wel thuis zou komen. Toen werd Peter ook kwaad.

'Goed, dan stap je maar uit.' Hij deed de deur nog voor haar open. Ze stapte uit. Hij keerde zijn auto en reed weg. Jij begon in de richting van je huis te lopen over die eenzame weg. Nergens aan denken. Flink doorlopen. Peter wilde maar één ding: door haar geprezen worden. Als ze hem een keer haar goedkeuring onthield, leek alles bij hem te wankelen. Mamma, weet je nog hoe pappa toen was...? Nee, dat wist ze niet meer, dat wilde ze ook niet weten. Had ze vanmorgen vroeg niet, toen ze opstond, zijn voetstappen op het grind gehoord? Eindelijk, pappa was teruggekomen. Hij liet zijn fietsbel rinkelen om zijn komst aan te kondigen. Ze wist niet eens dat hij met de fiets weg was! Moment dat de hemel snel roze werd. In het oosten een paar wolken, uitgerekt tot lange, rode plassen. Roerloze bomen, doorzichtige kou. Waar wachtte ze nog op? Ze moest hem tegemoet gaan. Hij was dus teruggekomen. Hij leefde. Wat waren ze weinig veranderd, Simon en zij! Weet je nog hoe plechtig we de eerste stappen op ons eigen land zetten? Wij, de enigen in dit hele gebied. De sneeuw slonk in de aprilzon, er was geruis van stromend water. De eerste keer dat ze samen de trap opliepen. Het leven was toch goed, nietwaar. Goed genoeg om het met beide handen vast te houden. Ze stonden samen op de overloop, halverwege licht en donker. De zekerheid van een zeer lang geluk, heel trouw, heel verdiend – of nee, maar wat doet het ertoe, een geluk in ieder geval dat zo in haar woonde dat ze het niet meer van haarzelf kon onderscheiden. Ze stonden op de overloop, halverwege licht en donker, niet ver van de linnenkast, en ze voelden zich een beetje verloren. Je leefde, je leefde en je keek toch goed om je heen en je wist niet wat er aan de gang was.

Nergens aan denken. Flink doorstappen. Je was van jongs af gewend om lange einden te lopen.

Na een halfuur stopte een auto achter haar. Ze was bang dat het Erik zou zijn. Het was Peter. Hij hield het portier voor haar open en zei dat ze niet zo gek moest doen en instappen. Ze deed net of ze niets zag en liep door. Dan moest ze het zelf maar weten. Met zo'n moeder was niets te beginnen. Dat zou Peter natuurlijk denken. Nou, dat dacht hij dan maar.

Ze had Peters auto ook 's nachts nog op de veerweg gehoord. Erik was toen allang thuis. Ze had haar oudste zoon ook om het huis horen lopen, en tegen het raam horen tikken. Nergens aan denken. Of alleen oppervlakkig. In de diepte huizen kwalijke, gemene dieren.

Juist toen ze naar beneden ging om in de keuken een sigaret te roken, was Peter er in zijn auto vandoor gegaan.

Terwijl je een sigaret rookte, overwoog je – afwezig, ongelukkig – dat er in jou, maar ook in jouw kinderen en ook in jouw huis een schemerzone bestond, een soort put waar sommige dingen heen vluchtten om te blijven bestaan, een gebied voor alle onbegrepen dingen in een leven, een afgebeuld land waar duisternis en blindheid heersten, en je realiseerde je dat je zoiets al eerder gedacht had. Onmiddellijk kwam in je hoofd het beeld op van een oud, geheel zwart, verkrummeld maar nog intact peertje, met loszittende pitten, dat je in een voorjaar, als kind, onder de tuinbank had gevonden. Je schudde de vrucht tegen je oor heen en weer en probeerde aan de geluiden het aantal pitten af te luisteren. Ben je het aantal ooit te weten gekomen? Je kunt je niet herinneren dat je die overjarige peer een keer hebt opengemaakt. Waarschijnlijk niet, want jouw geheugen is ijzersterk en zoiets zou je zeker hebben onthouden. Sommige dingen moeten geheim blijven.

11

Peter belde de volgende dag vanaf zijn werk. Hanna deed of er niets was voorgevallen.

'Ik ben blij dat je belt,' zei ze. 'Er is een brief van de gemeente. Er wordt een hoorzitting gehouden. Daar kunnen we onze bezwaren mondeling toelichten. Jij bent er toch wel bij? Sta jij ze ook te woord?' Ze glimlachte zelfs aan de telefoon, vroeg naar Lilian, die zwanger was. De hoorzitting was over drie dagen.

'Mam, dan kom ik vóór die tijd niet meer bij je langs.'

'Dat hoeft toch ook niet. Jij bent getrouwd, jij hoort thuis te zijn en niet voortdurend bij een oude moeder over de vloer...'

'Maar jij zegt niets, mam. Je laat mij het woord doen. Het is een zakelijk conflict. Als we tegenstrijdige dingen gaan beweren, zullen ze die zeker tegen elkaar gaan uitspelen. Ik heb, dat mag je al wel weten, bericht van het kadaster gekregen. Nu blijkt dat bij metingen die op mijn verzoek zijn verricht – nee... meer zeg ik niet. Ik heb een sterke troef en die wil ik op het juiste moment uitspelen.'

'Maar ik geef ze geen hand!'

'Je moet iedereen een hand geven. Je bereikt het meeste als je beleefd en vriendelijk blijft.'

'Volgens mij speelt de wethouder onder één hoedje met de zeilclub, met die Schimmelpenninck van der Oije.'

'Daar komen we dan wel achter. Nu hang ik op. Dag mam.

Kus van mij.'

'Dag jongen. Maar ik houd daar wel mijn jas aan...' Peter had al opgehangen.

Een bode had haar jas aangenomen. Afgemeten maar beleefd glimlachend gaf ze de wethouder, de voorzitter van de zeilclub en een notulant – een ambtenaar van de zevende afdeling – een hand. De wethouder heette alle betrokkenen hartelijk welkom. Vervolgens hield hij een korte inleiding, waarin hij verwees naar een brief van mevrouw Puyman-Innemee waarin zij vroeg gehoord te worden door de verantwoordelijke portefeuillehouder.

Hij gaf haar het woord. Ze zei dat haar zoon namens haar zou spreken. Peter zei dat dit geen schutting was maar een muur. Een muur zoals men om fabrieksterreinen zet. Die woorden maakten geen indruk.

'De muur is goedgekeurd door de Welstandscommissie sinds hij met hout is beslagen,' zei de wethouder.

‘Ik vind het erg dat dit zomaar kan,’ zei je, terwijl Peter toch het woord zou doen. ‘Met planken is het nog lelijker. Er is ordinair vuren op getimmerd.’

‘Mamma, laat mij nou...’. Hij wendde zich vervolgens tot de wethouder. ‘Ik vraag me af waarom die muur daar is gekomen.’

‘Meer privacy, dat staat duidelijk in alle brieven,’ antwoordde de wethouder.

‘Men doet nu net alsof men last van ons had,’ zei je. ‘Ik vind dat de muur onaangenaam is en zo snel mogelijk weg moet.’

‘Een afscheiding met een hoogte van anderhalve meter is te allen tijd toegestaan,’ zei de wethouder, ‘en we kunnen natuurlijk niet zeggen dat de veerweg een typische woonomgeving is waar een muur niet kan worden toegestaan.’

‘Wij wonen er,’ zei je.

‘Maar geen typische woonomgeving, mevrouw. Op één huis na, uw huis, heeft alle grond een agrarische bestemming. Bij een bestemming KB mag men zelfs tot zeven meter vijftig hoog gaan. Als het object maar aan redelijke eisen van welstand voldoet.’

‘Dat dit zomaar kan. Eerst bouwen, en dan een aanvraag indienen. Dat is de omgekeerde wereld.’

Dat vond de wethouder ook zeer laakbaar en de muur kon zo zeker niet gehandhaafd blijven.

‘Zou men elkaar kunnen vinden als de muur tot halve hoogte werd afgebroken?’

‘Nee,’ zei je.

Toen kwam Peters troef. Het bleek dat een deel van de muur op gemeentegrond stond.

‘Daar weet ik niets van.’ De wethouder was verrast. Hij keek zijn notulant aan. Deze zei dat de Dienst Gemeentewerken net had ontdekt dat de muur gedeeltelijk op grond met bestemming ‘openbare weg’ stond.

Dit was een nieuw feit. De hoorzitting werd opgeheven. De wethouder wilde zich nader beraden. ‘Dan weten we over een tijdje precies waar we staan.’

Hij sprak nog even na met Hanna en Peter.

‘Dat ziet er dus niet ongunstig voor u uit. Integendeel zelfs.

Maar ik kan me zo goed voorstellen dat u gekwetst bent en in uw rechtsgevoel beledigd. Zonder vergunning wordt een muur gebouwd, u heeft verschillende keren van uw ongenoegen blijk gegeven.' Hij wendde zich tot Peter. 'Men zou, zoals u terecht in uw brief opmerkt, van landkapertje kunnen spreken, van piraterij, van burgerlijke ongehoorzaamheid, en we zijn er als gemeente ook zeker niet op uit om als beloning ook nog gemeentegrond cadeau te doen. En ik kan u nu al wel meedelen dat het negeren van de bouwstop zeer, zeer laakbaar is...'

12

Het blad, rottend op de grond onder de haag, had 's morgens nog een wit spoor van rijp dat al gauw smolt. Waar het grind donker was, had de mist het natgemaakt. Je zag er mos, dat deed denken aan blauw weefsel. Het moment dat men zich al lichter zou willen kleden, maar de echte lente is nog niet begonnen. Uit de wind, op de veranda, was het echter al behaaglijk.

Ze zat met haar rug naar de muur. De zwaluwen gonsden onder de dakpannen. Takjes van hun nesten staken net over de rand van de dakgoot. Ze vlogen laag over de vijver, zo laag dat het water begon te trillen, over de langstelige grassen bij de haag, en ze keek naar hun roze lijfjes, hun zwarte ogen, hun staalblauwe vleugels. Ze tjilpten en het leek op gelach. Soms slaakten ze doordringende kreetjes. Ze gaven schaduwen die niet meer dan kleine vlekjes waren. Ze zag de blaadjes van de grashalmen zich ontspannen in de warmte, zag de sliertjes damp die van het mos opstegen.

Je voelde met een heimelijk plezier dat je nu toch wel vertrouwen kon hebben in alles om je heen, met al dat getjilp dat door de tuin klonk en de nog kale bomen aan de rand van de tuin. Het leek of de tuin haar met liefde bekeek.

Gisteren was haar broer weer geweest. Ze hadden herinneringen opgehaald: de eigengemaakte papieren lantaarns waarmee ze in optocht door de tuin liepen en die soms in brand vlogen; de pony die zelf bepaalde waar hij stilstond. Dan sprongen ze uit de kar die hij trok, onder zijn hooghartige blik en vertrokken weer, meegevoerd door het plechtig stappende dier, op de weg die altijd verlaten was. Een leven in de open lucht. Voor zover Hanna zich kon herinneren, had zij altijd met Johan gespeeld. Nu bleek dat Lex dezelfde beelden in zijn hoofd had. Een geheimzinnige navelstreng verbond hen. Dat deed haar goed. Lex had ook over Johan gesproken. Misschien had hun broer nooit moeten trouwen. Misschien kon hij niet van vrouwen houden en nu was de boerderij in vreemde handen. Hanna had het nooit gezegd, maar dacht ook wel eens dat Erik... Kon hij wel verliefd worden? De laatste tijd leek hij alleen maar belangstelling voor zijn boeken te hebben. Lex zei over zijn overleden broer: 'De besten gaan het eerst.'

Waarom, Hanna, schrik je nu opeens zo van de dood? Omdat de rivierwind met zijn koude vingers even je keel dichtkneep? Je weet toch hoe simpel de dood is. Gelijkelijk onverschillig voor ieder. Weet je nog? Mamma? Ze wiegde heen en weer in haar stoel, het steeds smaller wordende gezichtje omlaag meestal, dan plotseling geheven, geheimzinnig, en met heel kleine kloddertjes spuug in de mondhoeken, een snorretje van zweetdruppels, het haar zo dun dat de bleke hoofdhuid zichtbaar was. Opeens was ze dood. Je zat naast haar. Alles sterft, Hanna. Niets blijft! Zo ben je er en zo ben je er niet meer! Goed begrepen. Helemaal weg. Maar jij bent toch niet als iedereen. Iets doodgewoons. Kom nou. Jij doodgaan? En als je dan toch doodging, dan stond je toch te zijner tijd weer op uit de dood, want Jezus Christus was genadig en voor je gestorven!

Erik was blijvend veranderd. Jaloerse gevoelens jegens zijn oudere broer, tot nu toe een dominante karaktertrek, hadden plaats gemaakt voor een soort grootmoedigheid.

Hanna, nogal ontsteld, constateerde de maniakale volharding waarmee hij wel tien keer in een uur zijn handen waste, de verwonderde blik waarmee hij daarna zijn handen bekeek en de lange meditaties die hij op zijn kamer hield.

Hanna trof iedere week andere boeken op zijn kamer aan, boeken die *De oceaan van de geest* of *Leven na de dood* heetten en van innerlijke reservoirs van energie, scheppende intelligentie en de dageraad van de tijd spraken.

Peter had onlangs over die lectuur van zijn broer een sceptische opmerking gemaakt. ‘Geloof je nou echt in dat soort dingen? Dat gedoe met mantra’s, met eeuwig zijn, met de gemanifesteerde verscheidenheid van de schepping. Maar ja, als het jou iets doet, als het je rustig maakt... Ik persoonlijk blijf toch maar liever geloven in de God die zich in Christus heeft gemanifesteerd.’ Hij sprak de CH als een G uit.

Peter had nog wat zitten bladeren, terwijl Erik hem met zijn vage, serene glimlach aankeek. Erik had hem toen heel rustig gevraagd het boek neer te leggen: ‘Ik denk dat het om dingen gaat die niet voor jou bestemd zijn.’ Wellicht zonder dat Erik dat wilde, klonken die woorden hooghartig, en Peters mond vertrok.

Erik was voorgoed veranderd. In hem was een rustige onderstroom van vertrouwen. In de toekomst? En hoe zag hij die toekomst? Want hij dacht er nog steeds niet aan een gewone studie op te pakken of een baan te gaan zoeken.

Peter had zijn moeder laatst verteld dat op zijn instituut de betrekking van conciërge vrijkwam. Een conciërge was niet meer iemand in een kaal hokje, maar een belangrijke schakel in de interne communicatie en die met de buitenwereld. ‘Ik heb wel even aan Erik gedacht. Dan zal hij moeten verhuizen en ben jij hem kwijt. Maar er is nog een ander punt. Hoeveel ik ook van hem houd, ik zou hem niet elke dag willen zien. Het is voor beiden onvrij. Ook zal hij dan regelmatig bij ons langskomen, wat op den duur ook irriterend kan werken. Ik heb het er nog niet met Lilian over gehad. Ik denk dat zij dat toch ook als een druk zou ervaren.’

‘Niets tegen hem vertellen,’ luidde je raad. ‘Erik zal zelf wel een keer met iets komen. Ik ben allang blij dat het goed met hem gaat.’ Ze moest er niet aan denken dat hij niet meer thuis zou zijn. Bovendien was Lilian toch in verwachting? Nee, dat ideetje van Peter was niets. Het leidde er alleen maar toe dat ze zich weer om andere redenen ongerust zou moeten maken.

Ze zou nu eerst thee gaan zetten en Erik roepen. Ze stond op het punt om op te staan. In het grind aan haar voeten fonkelde een glasscherf in alle kleuren van de regenboog. Van een verre populier woei wit dons.

Erik kwam op haar toe. Een eeuwigheid ging over haar heen. Ze zag zichzelf de tuin in komen. Hij stond daar als een verschijning. Hij stond daar op het witte grint tussen de twee potten met blauwe violen. Ze boog het hoofd, hief het onmiddellijk weer op en keek naar hem. Hij droeg haar brede hoed met linten en haar zomerjurk die zij bij de regatta had gedragen. In jou, wat een aarzeling! Waar je allemaal niet aan dacht toen je hem daar zag staan? Dat gekke jong. Hij heeft zich verkleed, net als Simon. Dat was je eerste oppervlakkige gedachte. Maar je verstand, vanuit een diep verborgen hoekje, maar hoe scherp – nee niet je verstand, je intuïtie die dat weemoedige gezicht aanschouwde met zijn onverklaarbare aantrekkingskracht... Het was natuurlijk helemaal niet komisch.

Daar kwam hij. Met zijn mooie, soepele passen, in haar kleine witte schoenen, die hem pasten, terwijl hij wat krullend haar wegkamde met zijn vingers: 'Jij daar?'

'Inderdaad, ik.'

'Nou, dat is dan geweldig.' In haar schoot vond ze een zakdoek en ze snoot haar neus. 'Dat is werkelijk geweldig.'

Hij knikte slechts alsof hem een alledaags iets werd meegedeeld. Maar hij stak zijn scherpe kin vooruit en in zijn wangen schoten kuiltjes.

Met haar ogen volgde ze een moment de vlucht van een zwaluw, maar ze hoefde niet in zijn richting te kijken om te weten dat zijn blik strak op haar gericht bleef. Alsof hij wilde zeggen: Accepteer je dit?

Ze trok haar schouders in een scherpe hoek, haar sleutelbeen werd een hoepeltje. Ze moest toch iets doen! Ze keek naar een twijg van de rode beuk die tegen de blauwgrijze hemel los in de lucht leek te hangen.

Ze wist wat ze moest doen. Misschien had ze het al geweten voor hij de tuin in was gekomen, droeg ze de handeling die ze duidelijk en bindend voor zich zag, al lange tijd in zich. Het waarom kon haar weinig schelen. Maar ze wist, nadat ze die handeling had voorzien, dat wanneer ze die niet zou uitvoeren, hij verbeten in haar zou groeien.

'Hé, Hanna,' zei hij nog. Hij noemde haar voor de eerste keer Hanna. Hij sprak heel zacht. 'Je ziet er mooi uit.'

Ze stond op. Je zette een stap op de heldere krijtvlekken van het grind. Nog lukte het haar hem aan te kijken met het toegeeflijkste wantrouwen van de wereld.

Zij raakte hem het eerst aan. Ze sloot hem in haar armen. Even later schoten ze beiden in de lach. 'Goed dat die muur er staat,' zei ze.

Jullie dronken thee op de veranda. Jij voelde je als iemand die schulden heeft. De schuldeiser wacht op je en je weet niet wat je moet doen, want je hebt geen geld. Onder dat gevoel van schuld verlangen, een bijna lichamelijk verlangen, vermengd met een pijnlijke nieuwsgierigheid die grenzeloos was. Je accepteerde. Je haar zou nu snel nog grijzer worden, je zou je afvragen wat voor kind je in hemelsnaam ter wereld had gebracht en wat je niet allemaal kon overkomen als je moeder was, maar je accepteerde.

Daar zaten jullie. Een aandoenlijk stel.

Daarna stond je op om bessen te plukken. Erik hield van bessengelei.

Erik zat op zijn kamer. Hanna liep waarheen haar benen haar maar dragen wilden, stak de veerweg over, kwam in een weiland met deinende bomen. Haar benen schuurden langs de stengels van het harde gras dat hier in jaren niet was gemaaid. Ze haalde haar huid open aan een meidoorntak, kwam in een wei met schapen; het was een klein landje, en waar een oude kersenboom zijn takken over een bemoste schutting uitstrekte, stond een schaap. Ze sloeg de armen om de hals van het dier, duwde haar gezicht zo diep in de wollige krullen dat ze de huid van het dier voelde.

13

Een vroege avond laat in augustus. Nog volop zomer en toch was de herfst al voelbaar. Het rijtje populieren in de verte leek op verbrande grasssprieten en De Volharding lag tegen de lichte rand van de horizon geplakt. Het was bladstil. Ze kon niet geloven dat nu, ergens in een achterafzaaltje in de stad (net als Simon eertijds, maar Simon diende God, bad God en vergat haar, maar hij was er om God te dienen en God te bidden... en het was niet zeker dat hij haar vergat... Simon zong en luisterde in dat oude, door woorden ondergesneeuwde rijk, met al zijn toverachtige schijnsels. Zong, bad, diende. Werd getuchtigd. En leerde er dat branden niet zomaar branden was, maar door een heet vuur worden verteerd) Erik nu luisterde naar een lezing over 'Belevenissen in Wonderland'.

Erik was lid geworden van 'Harmonia' en ontving sinds kort het orgaan van de Nederlandse vereniging van spiritisten. 'Mamma ga je mee vanavond? Een lezing over mediamiek ontvangen!' Ze had geantwoord dat het misschien beter voor haar was om zich niet met deze dingen in te laten. 'O mamma, ik wil dat je meegaat, doe het dan voor mij!' 'Een andere keer,' had ze beloofd. 'Mamma, ik denk dat wij eens de engelen zullen horen en de lucht vol diamanten zien en dat al ons lijden verzinkt in barmhartigheid. Daar geloof ik in...' 'Ik ga echt een keer mee, ik ben ook niet helemaal vrij van hoofdpijn, maar als het jou aanspreekt...' 'Mamma, ik geloof dat de menselijke persoonlijkheid, dus de bewuste ziel, na de aardse dood voortleeft, zonder principieel veranderingen te ondergaan...'

Vannacht. Een nare droom. Een groot beest zat Hanna achterna. Ze zocht de deur van mamma's huis en kon geen deur vinden... Die droom kende ze al als klein meisje. De werkelijkheid van die droom bestond. De werkelijkheid van de tuin waarin ze zat. Het verleden bestond, en het heden. Even werkelijk alle twee. En de toekomst? Wat nu gebeurde.

Erik die gelooft aan al dat gekke gedoe van die spiritisten! Dat had pappa moeten weten!

Op dit moment, al weer een seconde toekomst die zich oploste, die al samenviel met het heden. En nog een, nog een, enzovoort. Momenten toekomst gingen, bleven maar verdwijnen, kwamen bij het heden, waren al weer verleden. Alles even onwerkelijk en werkelijk. Het duizelde Hanna.

Ze begon een van de brieven van de Dienst Gemeentewerken te herlezen. Het was een afschrift van de directeur van deze dienst aan het college van B & W '...genoemde muur – lengte dertig meter en hoogte vijf meter – is gebouwd zonder de vereiste bouwvergunning. Bouwer is mondeling en schriftelijk medegedeeld tijdens de bouw alle werkzaamheden te staken. Een schriftelijke lastgeving is aanvrager van de vergunning ten kantore van de afdeling Bouw- en woningtoezicht persoonlijk door mij uitgereikt. De betonnen muur is onverwacht diezelfde dag nog afgebouwd. (...) Bedoelde muur, heeft mijn dienst vastgesteld, staat gedeeltelijk op grond met bestemming "openbare weg" (...) Hoewel de Welstandscommissie van mening is dat het object voldoet aan redelijke eisen van welstand, ben ik met bezwaarde van mening dat de aanwezigheid van een fraaie haag sterk de voorkeur verdient boven een muur. Men zou zelfs kunnen spreken van aantasting van de openheid van het gebied. Samenvattend adviseer ik u de gevraagde vergunning zijnde in strijd met artikel 48, lid 1, sub b van de Woningwet te weigeren en de heer Schimmelpenninck van der Oije te schrijven dat de al geplaatste schutting binnen één maand na dagtekening van uw brief dient te zijn afgebroken. Hem dient voorts te worden meegedeeld dat een en ander desnoods met politiedwang zal geschieden.'

Daar had Peter voor gezorgd.

14

De nachten. Ze was er altijd weer bang voor. Sloeg de wind niet erg hard tegen het raam? Scharrelde er iemand in de tuin? Vroeger lag ze wakker tot Erik thuis was. Ze had zich zo vaak afgevraagd: Hoort hij hier wel? Sloeg de wind ook niet erg hard tegen het raam toen hij werd geboren? De voortekenen waren niet zo gunstig geweest. Ze hield het niet langer uit en liet zich uit bed glijden, bleef eerst een tijdje in haar witte peignoir op de overloop staan, waar altijd een nachtlampje brandde, haar handen op de leuning. Zo opstaan 's nachts was altijd een beetje op oorlogspad gaan. Liep er iemand op het grind? Druppelde een kraan? Wie tikte tegen het raam? Was het gas wel uit? Ze rook gas. Ze controleerde. Trok deuren beter dicht. Luisterde. Je moet het lot bezweren als het lot zich aan je blik onttrekt. Je hield ervan om 's nachts niet te slapen en over het huis te waken. Je glimlachte. Zou je glimlachen als je niet op de een of andere manier gewonnen had?

Ze stond stil voor de deur van Eriks kamer, ging naar binnen. Erik, zijn lippen iets van elkaar, sliep in de absolute onbeweeglijkheid die haar sinds zijn geboorte had getroffen. Peter woelde, snoof, bewoog... Ze keek naar zijn gezicht, kon er niet genoeg van krijgen. Erik, haar triomf. Haar triomf? Maar kon ze daar wel zo zeker van zijn? Opeens een gewaarwording van kou. Las ze met al haar bijgeloof niet te gunstige tekenen in de dingen om haar heen? Pappa stierf en waar was zij geweest? Ze had zijn hand niet eens vastgehouden. Een indruk van kou... Hoe u dat nog preciezer te vertellen? U weet toch waar ze het over heeft!

Erik deed zijn ogen open. 'Waarom ben je niet in bed? Wat is er?' Ze gaf geen antwoord, glimlachte geheimzinnig. Ze was een schildwacht.

'Ik ben een schildwacht,' zei je. Ze dekte hem toe.

15

...De jongens en meisjes beklommen de helling van de dijk, terwijl de vogels zongen en de schapen met hun wit berijpte koppen – zo leek het vanaf de hoogte – tegen elkaar schuurden. Ze klauterden over hekken, renden onder de zon die schitterde. Een van de meisjes zei opeens: 'Ik wil misschien wel nooit trouwen!' Degene die die woorden had gezegd was een tenger meisje met donker haar en donkere ogen en twee lange vlechten met witte strikken en ze droeg naar de mode van het land een donker jurkje en daarop een witte schort. Maar haar moeder had met veel fantasie de randen van de schort bestikt. Ze droeg de mooiste schort van allemaal. Een paar meisjes keken haar even vreemd aan, deden een beetje lacherig, ze konden het toch al niet goed hebben dat die Hanna er altijd anders uitzag, gingen toen door met klitten naar elkaar te gooien, begonnen elkaar weer achterna te zitten, elkaar de greppels in te duwen; de jongens trokken aan de meidoorntakken, sneden wilgentakken af waarmee ze door de lucht zwiepten. Wat het meisje had gezegd, was vergeten. Het meisje zelf was een beetje achtergebleven, volgde peinzend een vlinder of raapte een kleurige steen op. Ze kwamen bij de rivier. Het water was helder als een spiegel en stroomde vrolijk over gladde stenen, langs boomgaarden, afrasteringen van weilanden. Alles was zo stil dat je in de verte een haan hoorde kraaien. Hanna had zich weer bij de anderen gevoegd. Ze liepen de steile rivierhelling af en bereikten de aanlegplaats van de veerboot: vier palen die rechtop in het water stonden, waarop halfronde stammen lagen die altijd glad waren. Ze staken over, bleven nog een tijdje langs het water lopen en gingen de tuin van de uitspanning binnen, die vol seringen, linden en notenbomen stond... bestelden een sifon spuitwater en geroosterde walnoten...

16

Eerst schrok ze. Vanaf de onderste tree van de trap kon ze in de huiskamer kijken en zag Erik bij het schilderij met de rode klaprozen staan dat boven de schoorsteenmantel hing. Toen zag ze dat hij pappa's foto pakte, die ze ooit in de lijst had geschoven. Het was de laatste die van Simon gemaakt was. Erik tuurde naar de foto, hield hem wat meer in het licht. Ze zag dat allemaal vanaf de trap en ze was zo ontroerd dat ze bijna wankelde. Ze greep zich met beide handen aan de leuning vast.

Ze bleef daar staan, kon haar ogen niet van dat schouwspel afhouden. Maar van je wimpers druppelden tranen. Alles heeft zijn uur en alle dingen onder de hemel hebben hun eigen tijd. Soms vraag je je af: Je ligt hele nachten te tobben, maar waarom eigenlijk? Je kunt er toch niets aan doen.

Ja waarom eigenlijk? Je wist het niet. Maar daarmee kwam geen einde aan het wakker liggen en het tobben.

Erik stopte de foto in zijn zak en kwam de kamer uit. Jij stapte zo luchthartig mogelijk de laatste tree af. Jullie groetten elkaar, jij zei: 'Zo, jongen', en hij: 'Ha, mamma.'

Erik liep naar boven terwijl jij naar de voordeur ging, want je hoorde de postbode op het grind.

Hij bracht een brief van de gemeente. '...vastgesteld is dat de schutting aan de noordpunt vijf meter en aan de zuidpunt acht meter door de kadastrale grens loopt en dus op gemeentegrond staat. Deze grond heeft de bestemming "openbare wegen" en de schutting past niet bij die bestemming. Conclusie: een bouwvergunning kan reeds daarom niet worden verleend. Moet verwijdering van de schutting worden geëist? ('Ja,' zei Hanna hardop.) Zoals hiervoor vermeld, staat de schutting er reeds. Eerst slechts in grijs beton uitgevoerd. Daarna voorzien van een onderbroken houten betimmering. ('Van het smerigste, ordinairste hout...') De Welstandscommissie gaat akkoord met het bouwplan. Wij zien geen enkele reden dat genoemd advies niet juist zou zijn. (...) De muur is gebouwd om inkijk in een lager gelegen gebied te verhinderen. Er is het gegronde recht van een ieder om zijn erf af te scheiden. Een schutting mag er in ieder geval komen, al kan over de hoogte worden getwist. Alles overziende menen wij tot de slotconclusie te moeten komen dat toepassing van politiedwang niet dient te geschieden. Politiedwang is, zoals bekend, een bevoegdheid en de wederzijdse belangen dienen in acht te worden genomen en te worden afgewogen. De weegschaal slaat door ten gunste van de heer Schimmelpenninck van der Oije... Hoogachtend, burgemeester en wethouders.'

Peter diende dezelfde week nog een bezwaarschrift in.

Peter was nogal overstuur van die brief van B & W. Een week tevoren had de wethouder hem nog gezegd dat de bouwer van de muur 'geen poot had om op te staan' en dat de gevraagde vergunning zeker zou worden geweigerd. De bouwvergunning was geweigerd, maar de muur mocht blijven staan. De wethouder en de zeilclub, twee handen op één buik.

Peter had ook een ingezonden brief in de krant laten zetten. '...u wilt natuurlijk graag wat meer land om uw huis hebben en u heeft altijd gedacht dat die droom nooit werkelijkheid zou worden. Maar ik zeg u dat uw droom werkelijkheid wordt. Bepaal eerst hoeveel grond u erbij wilt trekken. Zeg, anderhalve meter. Op de gewenste afstand plaatst u een betonschutting. Dat moet bij voorkeur 's nachts gebeuren en op een zaterdag. U dient geen aanvraag voor een vergunning in. Omwonenden zullen hun bezwaren kenbaar maken, zullen die mondeling mogen toelichten, enzovoort. Maar de arme drommel die zonder vergunning een duivenhok achter zijn huis timmert, krijgt onmiddellijk de politie op zijn dak en die gaat niet weg voordat het ding is afgebroken.' Ja, Peter was erg boos en hij wilde het desnoods tot voor de Hoge Raad uitvechten.

Hanna zat in de tuin. Ze genoot van de gedachte aan Peters boosheid en ze genoot van het mooie weer. Overdag, onder de druk van de wind, had de kruin van de beuk de neiging zich naar één kant te buigen. Dan werd de hemel wijder en onder die hoge, blauwe hemel was de hier en daar nog nabloeiende haag, en daaronder de verwilderde lila raap, de witte zuidewindlelie, de rode zuring. Je wilde zeggen dat je dit alles talloze keren had gezien, zo meteen als Erik de tuin in zou komen, en soms kon je nauwelijks geloven dat er een tijd zou komen dat je dat niet meer zou zien... Je kon toch maar het beste in je slaap doodgaan, had Lex gisteren gezegd, zonder er iets van te merken en zonder angst. Wat zou het goed zijn te weten wanneer je einde kwam en dan te gaan liggen – naast de mensen die in de loop van je leven van je hadden gehouden. Je gedwee laten neerzakken of in een bootje kruipen, dat al gauw in de koele wind van de rivier zou gaan draaien als een licht stukje droge schors... Maar hoe weet je wanneer het je laatste dag is? Voorvoel je dat? Even maakte zich een met niets te vergelijken angst van Hanna meester. Dood is duisternis, verrotting, stof.

Sterven is totaal verdwijnen. En als je dat gelooft? Maakt dat het gemakkelijker? Een paar momenten overheerste één gedachte: Je kwam toch nooit ergens aan. Nee, je kwam daar waar iedereen uiteindelijk terechtkwam.

Wat was de aarde nog weids hier! De milde tinten van een juliavond. De geheimzinnige wijze waarop het licht de dingen isoleerde en vergrootte. Zoals die paar wespen, die op het water dreven, met hun laaghangende lijven en draaiende kopjes. Zoals... Daar kwam Erik. Ze zou er nooit aan wennen. Wat had hij nu weer in de oude klerenkist op zolder gevonden? Ze wist zelf niet wat ze daar allemaal bewaard had. Waarom had ze die spullen niet tijdig weggegooid? Dan was Erik misschien niet op die gedachte gekomen... Zag ze het goed? Haar positiejurk, die ze had gedragen toen ze zwanger van hem was. Een jurk met lekkere grote zakken om je handen in te steken en om de baby te voelen.

Niets zeggen. Net doen of ze niets in de gaten had. Zo deed hij ook. Maar eraan wennen deed ze natuurlijk nooit.

In zijn hand had hij een velletje papier. Eerst had ze hem vanmiddag boven horen strijken en ze had niet durven gaan kijken. Daarna had ze hem horen typen. Van Peter had hij een machine gekregen die op het instituut was afgeschreven. Erik had zichzelf leren typen.

Hij zat naast haar, zijn hand op haar arm, achteloos, vertrouwd. Hij had gevraagd of zij het artikel wilde lezen. Erik was gevraagd om voor het orgaan van de Nederlandse vereniging van spiritisten zijn ervaringen op papier te zetten. Zijn artikel heette 'Nieuwe Belevenissen in Wonderland'. Ze las: 'Enige weken na de dood van mijn vader, die een zo belangrijke omwenteling in mijn leven teweeg zou brengen, merkte ik dat ik wakker werd met droomherinneringen, terwijl ik vroeger "nooit droomde". (...) Bij mij had zich, blijkbaar ten gevolge van de ingrijpende gebeurtenis op die dag, een opmerkelijke verandering voltrokken: dromen in het onbewuste leven, in de slaap, lieten nu ineens een dikwijls heel duidelijke herinnering na bij het ontwaken. Niet alleen 's ochtends, maar ook bij het wakker worden in de nacht, altijd vlak voor drie uur. Ik zal nu eerst stilstaan bij de techniek van het vastleggen van...'

'Je wilde opstaan om koffie te maken. Hij hield je tegen. 'Mam, wat vind je ervan?'

Ja, wat vond ze ervan. Ze vond dat hij zich beter druk kon maken om andere dingen. Ze had liever gezien dat hij een serieuze studie oppakte in plaats zich in al die vreemde verschijnselen te storten. Het was toch een soort beuzelarij voor een ander type mensen dan zij waren.

'Maar mam, wat vínd je ervan? Want je hebt natuurlijk wel begrepen dat ik niet in de zogenaamde dood geloof, dat ik niet aanneem dat er na de zogenaamde dood niets overblijft. Er is toch een dimensie in het leven die zich aan alle categorieën onttrekt, een dimensie aan gene zijde van het gewone, dagelijkse bestaan. God is dood, zegt men. Ik weet het niet. Als dat zo is, blijft er in ieder geval een lege ruimte achter die, gevuld door het christelijk geloof of niet, niet genegeerd kan worden. Er wordt zelfs over de definitieve dood van God gesproken. Misschien is dat geen verlies. Misschien moeten we zeggen dat het heilige zich alleen maar heeft teruggetrokken.'

Ze dronken samen koffie. Hanna zei wel dat ze het helder geschreven vond.

'Mamma, ik geloof dat de menselijke persoonlijkheid (de bewuste ziel dus) na de aardse dood voortleeft zonder principieel veranderingen te ondergaan. Met de kans ook dat er contact met de doden mogelijk is. Met de zogenaamde doden.'

'Alsjeblieft, Erik...'

'Er zijn zoveel voorbeelden. Ik ben al aanwezig geweest bij het afspelen van geluidsbanden – er waren stemmen te horen die bij het opnemen niet te horen waren geweest. Mamma, we gaan allemaal naar het Zomerland. Pappa is daar ook.'

Ja, hoe zou je ook niet in de war raken.

Erik stond op om zijn artikel af te maken.

'Je loopt een beetje mank, Erik.' Ze had het zo-even ook al opgemerkt, maar had van de schrik om zijn kleding niets gezegd.

'Ik denk dat ik mijn voet verstuikt heb.'

'Gisteren zag ik ook al iets aan je.'

'Dat kan niet, mam. Vanmorgen pas merkte ik dat ik nauwelijks nog gevoel in mijn voet had.'

'Laat de dokter er dan naar kijken.'

Hij was die week naar de dokter gegaan, maar die had niets bijzonders kunnen vinden. Het was vanzelf gekomen, het zou ook wel weer vanzelf overgaan.

17

Zondag. Halfeen.

'Stil zijn, kinderen.'

De kinderen, dat waren Peter, Lilian, hun dochtertje Marije, en Erik. Ze vouwden allen hun handen. Hanna boog wel haar hoofd, maar hield haar ogen open. Het echte bidden, het tot God naderen, had ze al lang verleerd. Ze deed alsof. Lilian keek ook omlaag. Erik, de handen losjes over elkaar, keek van de een naar de ander. De enige die echt bad, was Peter.

Erik knipoogde naar zijn moeder, toen naar Lilian.

'Jullie knipogen!' riep Marije. 'Ik heb het zelf gezien.' Ze wees de schuldigen aan. Peter hield verstoord met bidden op. Precies pappa. Erik, die naast Lilian zat, fluisterde haar iets in het oor, iets aardigs moest het zijn want ze glimlachte en knipperde een beetje met haar ogen alsof ze uit een droom ontwaakte.

Ze wensten elkaar smakelijk eten. Marije zei dat je niet mocht fluisteren in gezelschap.

'Wel als je aardige dingen aan iemand vertelt,' lachte Erik. Hij was vrolijk, spraakzaam, en hoe lang al niet.

Lilian hielp met soep opscheppen.

Erik ging verzitten.

'Ik zie dat je weer last van je been hebt,' zei Lilian.

Hij ontkende.

Peter vond dat Erik een afspraak met de specialist moest maken. Een been dat afwisselend gevoelloos en dan weer extreem gevoelig was, en altijd koud... Maar Erik voelde niets voor een arts, hij overwoog wel te zijner tijd iemand te raadplegen, een natuurgenezer of een magnetiseur.

'Charlatans,' zei Peter prompt. 'Ga naar een gewone arts, die heeft ervoor geleerd.'

Op Eriks kamer lag al weken een boek dat *Helende handen* heette. Hanna had erin zitten lezen en begreep al snel dat het over dokters en ziekenhuizen in het hiernamaals ging.

Hanna zag ook liever dat hij naar een gewone dokter ging. Toch zei ze dat magnetiseurs soms resultaat hadden. Ze moest denken aan tantes dikke enkels. Lilian fluisterde haar dochter iets in het oor.

'Echt waar, mam?' De kleine Marije – ze had de donkere ogen van Hanna – keek haar moeder aan. Echt waar? vroegen die ogen.

'Vraag het maar aan oma, maar heel zachtjes.' Het meisje stond op, liep om de tafel heen, achter haar vader en moeder langs, en fluisterde in Hanna's oor, maar zo hard dat iedereen het kon horen: 'Ik-kom-een-week-bij-u-logeren!' Ze zei het heel snel.

Hanna nam haar op schoot. Het was een pittig, aardig, knap meisje. Zopas, vóór het eten, was Hanna naar buiten gelopen. Een klein meisje had buiten op de bank gezeten, met een boek op schoot, en even had Hanna de indruk gehad dat zijzelf het was die daar zat.

Peter had een congres in Parijs. Hij wilde Lilian meenemen.

Erik vroeg wat voor een congres het was.

'Over fundamentalisme in de wereldgodsdiensten. Een heel actueel onderwerp, net nu die hervormde dominee de lichamelijke opstanding in twijfel trekt. Persoonlijk vraag ik me af of zo'n dominee dan nog op de preekstoel kan staan. Zonder geloof in de lichamelijke opstanding van de Heer is er dus ook geen hemel, geen Koninkrijk Gods, zijn de gestorvenen voorgoed gestorven, en is dus alles boerenbedrog, zoals ook Paulus zegt.'

Erik luisterde aandachtig naar zijn broer, zei toen dat hij zeker wist dat doden nooit voorgoed gestorven waren, los van het feit of Christus nu wel of niet was opgestaan.

'Maar jij trekt alles in de eeuwigheidssfeer de laatste tijd. Ik bedoel het bijbels. Christus is opgestaan en dus is er leven na de dood. God is in staat Christus op te wekken, en dus ook ieder ander, op de jongste dag. Daar houd ik aan vast. Jij denkt dat doden kunnen spreken, dat ze boodschappen doorgeven aan de levenden. Ik begrijp jouw psychologische behoefte om dat te geloven, om iets van pappa te horen bijvoorbeeld, maar ik denk dat het onzin is. Doden zijn dood. Maar ik kan niets bewijzen. Ik geloof dat. Zoals ik ook geloof dat God mij opvangt, op de een of andere manier.'

Erik antwoordde rustig dat sterven voor hem leven betekende en dat hij de dood niet zag als een grimmig gordijn tussen twee gescheiden werelden.

'Jullie eten niet,' kwam Hanna tussenbeide.

Het was even stil, alleen het getik van de lepels was te horen. Lilian keek haar man aan: 'Je zei zelf laatst dat wie in de opstanding geloofde tegen beter weten vasthield aan iets dat een mens onmogelijk letterlijk kon nemen. Ja toch?'

'Ik weet niet of ik dat zo heb gezegd. Geloof kost strijd. Maar het gaat altijd om dingen die geen oog heeft gezien en geen oor heeft gehoord en die in geen mensenhart zijn opgekomen. Gods bemoeienis kan alleen worden begrepen door wie zich voor die geest willen openstellen. Daarom gaat Marije ook naar de zondagsschool en leert daar versjes. Elke zondag breng ik haar weg en ga dan zelf naar de kerk. Ik hoop dat nog heel lang vol te houden. Samen komen we weer thuis. Voor mij is die zondagmorgen een feest. Wat willen kinderen? Wat willen volwassenen? Dat het leven al lang vóór hen begonnen is en dat ze dat voelen aan de geur van de dingen. Ik ben het dus niet eens met die hervormde dominee die zegt dat het evangelie ons helemaal niet wil vertellen dat Christus lichamelijk is opgestaan. Want als je dat gelooft, kom je uit bij een God die alles kan, bij wie alles mogelijk is. Dat gaat volgens die dominee het verstand te boven, en het zou niet de bedoeling zijn om in geloofszaken het verstand uit te schakelen. Ik dacht juist van wel.'

18

'Eerste tafereel: De koningin zit te naaien en de koning kijkt peinzend het raam uit.

Koning: Wat sneeuwt het toch buiten, onze tuin is zo prachtig met zijn besneeuwde dennenbomen.

Koningin: Au! daar prik ik me in mijn vinger, er komt zelfs een druppeltje bloed uit.

De koningin gaat naast de koning staan en zegt: Ik wou dat ik een kindje had, zo wit als sneeuw, met wangetjes zo rood als bloed en met haar als gesponnen goud.

Koning: Ja, en dan noemen we haar Sneeuwwitje.'

Hanna, Lilian en Marije keken, luisterden. Erik had van het sprookje een toneelstuk gemaakt en speelde, buiten op het grind, alle rollen. Het publiek zat op de veranda. Peter zat aan het bureau van zijn vader, bestudeerde een van diens boeken.

'Tweede tafereel. Koningin: O, wat ben ik blij met ons lieve kindje. Ze is precies zo mooi als ik wenste. Haar gezichtje is zo wit als sneeuw, haar wangetjes zijn zo rood als bloed en haar haren zijn als gesponnen goud. Ik leg haar maar gauw in het wiegje, ze moet weer gaan slapen. Ik ben ook moe en mijn hoofd doet zo zeer.

Stem: Een paar dagen later stierf de lieve koningin en de koning trouwde opnieuw met een mooie, maar heel trotse en ijdele koningin.

Derde tafereel. IJdele koningin kijkt in de toverspiegel en zegt: Wie is de mooiste vrouw van het land?

Stem: De vrouw die hier staat bij de wand,

Die is de mooiste van het hele land.

De koningin lacht blij en trots en loopt, gelukkig, het toneel af.

Stem: Maar het prinsesje, het lieve Sneeuwwitje, waarvan iedereen in het paleis heel veel hield, groeide op tot een heel mooi meisje...'

De voorstelling duurde een uur. Het publiek applaudisseerde. Peter kwam kijken.

'Je hebt wat gemist,' zei Hanna.

Erik gaf de volledige tekst aan Lilian.

'O wat mooi,' zei Marije, en ze gaf oom Erik een heleboel kussen.

Hanna wilde thee maken.

'Nee, blijf zitten,' zei Lilian, 'dat doe ik.'

Intussen kroop Marije op Eriks schoot. 'Ik trouw later met jou,' vleide ze en keek haar oom verliefd aan.

'Dan is Erik een oude man,' lachte Hanna. 'Hij kan niet op jou wachten.'

'Ik heb er achteraf spijt van dat we pappa's boeken hebben weggedaan,' merkte Peter op. 'Ik had ze zo goed kunnen gebruiken. Dat nog daargelaten, we hadden ze uit piëteit niet moeten wegdoen.'

'Jij vond toch dat ze weg moesten,' zei Hanna, 'en het was toch ook ondoenlijk om ze allemaal hier te houden.'

'Spiegeltje, spiegeltje aan de wand, wie is de mooiste vrouw van het land?' neuriede Marije.

Lilian kwam met de thee. Op het blad stonden de zondagse kopjes.

Marije stepte op de veerweg. Het houten autopedje met de harde massieve bandjes van geperst rubber was van Peter en Erik geweest. Erik had het weer opgeknapt en op het smalle, rode stuurplankje Marijes naam geschilderd, in witte letters onder elkaar.

Het was de bedoeling dat Peter zijn dochter in de loop van de week zou komen brengen.

'Waarom laat je haar niet hier?' stelde Hanna voor. 'Het scheelt jullie een tocht, jullie hebben het toch al druk genoeg.'

Lilian had bedenkingen. Ze had er natuurlijk niet op gerekend Marije nu al hier te laten, had niets bij zich voor haar.

'Laat haar toch hier, Lilian,' viel Erik zijn moeder bij. 'We gaan in de stad leuke kleren voor haar kopen.'

Dat was precies Hanna's gedachte. Toch een klein dochtertje in huis. Niet voor altijd, zoals Simon vroeger had gewild. Maar dan toch tenminste voor een week

Marije juichte.

'Ja mam, het mag toch, hè?' Marije bleef.

Hanna en haar jongste zoon, met dat schatje tussen hen in, zwaaiden Peter en Lilian uit. Anders overviel je altijd verdriet als ze vertrokken, verdriet dat vooral in de tijd dat Erik uithuizig was kon overgaan in een intens wanhopig gevoel dat je even in elkaar deed krimpen en je het idee gaf dat je vanbinnen een karig begroeid, schemerig landschap was. Nu waren al die gevoelens afwezig. Je had Erik en je had Marije. Het geluk kon niet op. Die twee om je heen, voor minstens een week. En wie weet misschien voor nog een paar dagjes langer! Maar die week was al een eeuwigheid.

19

'Oom Erik..?'

En voor de zoveelste keer speelde Erik 'Sneeuwwitje en de zeven dwergen'.

De eerste nacht sliep Marije nog in de logeerkamer, die Hanna als kinderkamer had ingericht. Een schoolbord met een doosje krijt, een tekenboek, een wandkleed met sprookjesfiguren, in reliëf.

'IJdele koningin kijkt in toverspiegel en zegt: Spiegeltje, spiegeltje aan de wand,

Wie is de mooiste vrouw van het land?

Stem: De vrouw die hier staat bij de wand,

Blijft niet de mooiste van het land.

Sneeuwwitje, nu nog jong en klein,

zal later de mooiste zijn.

Koningin (stampvoet van boosheid op de grond): O, ik zal wel maken dat Sneeuwwitje niet mooier wordt dan ik; zij moet verdwijnen en de jager moet mij daarbij helpen.

Zij belt en de jager komt op en buigt voor haar.

Jager: Wat wenst u van mij, koningin?

Koningin: Jager, je moet dadelijk met Sneeuwwitje het bos in gaan; ik wil dat je haar doodmaakt.'

Marije gilde. Dat tafereel was misschien ook het allerspannendst. Oma droeg haar kleindochter naar het brede, ouderlijke ledikant waar ze, op opa's oude plaats, rustig insliep.

De dag begon. Aan elk grasje, aan elke bloem, in de pluimen

van de roze kattenstaarten schitterde dauw. Alle dingen hadden een druppeltje licht en samen zetten ze de tuin in een witte gloed.

Al gauw werd het warm en vlagen hitte woeien aan van over de veerweg. Hanna had in het voorjaar zonnebloemen gezaaid op de zonnigste plekken. Ze waren opgeschoten tot drie, vier meter. Sommige hadden zulke zware bloemen dat ze net als vroeger thuis vooroverhelden. Tegen de avond trokken de bloemen iets aan en smolten samen met de avondzon en kleurden steenrood, papaverrood, oranjerood, je kon het zo gek niet bedenken. Ten slotte werden ze van purper en nog donkerder rood, bijna zwart.

De mist kwam opzetten vanaf de rivier. Eerst verdween de onderkant van de muur, toen verloren de bloemen hun stelen. De zon hing boven het met mist bedekte land. Ze hing daar een tijdje, je kon haar zo pakken. En werd ineens een verre, rode streep, die verdween. De hemel daar vlak boven gloeide nog even na, trilde nog een paar minuten en toen was alles grijs.

'Jij gaat naar bed,' zei Hanna. 'Als je moeder wist dat je zo lang opbleef...' Marije reageerde niet, klemde haar lippen stijf op elkaar. 'Kom, ga je mee?' vroeg Hanna. 'Weet je hoe laat het al is?'

Marije speelde Sneeuwwitje.

'O, wat een mooi meisje zit daar,' zei Erik, 'mag ik dat meisje meenemen naar mijn paleis?'

'Als u maar voorzichtig de stoel optilt. Ik zal u helpen.'

Marije deed haar lippen van elkaar.

Erik: Lieve, schone prinses, wilt u met mij trouwen en meegaan naar mijn paleis?

Marije, met een hoog stemmetje: Ja, dat wil ik, maar mijn lieve kaboutertjes moeten mij vaak komen bezoeken.

Kaboutertjes: Hoera! Leve het bruidspaar.

(Allen gaan zingend af)

Zingend gingen ze alle drie naar boven.

'Oom Erik...?'

'Nee,' zei Hanna, 'morgen is er weer een dag.'

De volgende dag was er bericht van de gemeente. Hanna las dat haar bezwaarschrift 'in handen van de Commissie voor Beroep- en Bezwaarschriften was gesteld'. De commissie telde vijf leden, schreef de gemeente, en bracht na vergadering verslag uit aan B & W, die een beslissing zou nemen. Tegen die beslissing kon ze in beroep gaan bij de Rechtspraak van de Raad van State.

Een overbodige brief. Ze deed hem bij de andere in de map die in het keukenkastje lag.

Die week viel de beslissing. B & W verklaarden het bezwaarschrift van mevrouw Puyman-Innemee ongegrond. '... de privacy van de zeilclub acht het college van zwaarwegend belang. De bewuste schutting zal natuurlijk niet langs alle openbare wegen worden toegestaan. Wij hebben het volgende overwogen: Als voor een zonder vergunning gebouwd object niet alsnog een vergunning kan worden verleend, mag in beginsel politiedwang worden toegepast. Een besluit daartoe kan echter niet worden genomen dan dat na een zorgvuldige afweging van belangen is gebleken dat in redelijkheid sloop van het bouwwerk kan worden geëist. Dat de muur, hoewel gebouwd op gemeentegrond, aan redelijke eisen van welstand voldoet... verklaren het bezwaarschrift ongegrond. Wel achten wij het doorbouwen, na de opgelegde bouwstop, zeer laakbaar.'

'Smeerlappen,' mompelde Hanna, terwijl ze de brief opborg. 'O, wat een smeerlappen. Dat volk trekt altijd aan het langste eind.' Ze zei nog een keer: 'Smeerlappen.' Dat was voorlopig voldoende. Peter zou over een paar dagen thuiskomen. Ze zou hem de brief meteen laten lezen, hij moest maar zeggen welke stappen nu moesten worden ondernomen. Hanna was ervoor om het tot aan de Raad van State uit te vechten. Zij stond in haar recht. Er moest in het land toch een instantie zijn die haar gelijk zou geven.

20

Die nacht schrokken we wakker van harde klappen. Hanna droomde misschien dat de muur omver werd gehaald. Het geluid kwam van de rivier. Hanna stond op en keek door het raam. Geen voertuigen met hijskranen, geen mannen met mokers.

We kleedden ons aan en liepen samen naar het water. Het werd al licht. De geluiden werden harder, weerkaatsten tegen de hoge hellingen van de zomerbedding, want het water stond laag.

We stonden bij de oude aanlegsteiger. Het krioelde er van vissen die naar lucht hapten, met de staarten op het water sloegen en dan schuin naar beneden schoten. Na een paar seconden kwamen ze weer boven drijven, opzij hangend, lui in het lauwe, troebele water. We dachten dat ze dood waren, maar er waren er altijd die toch nog kracht hadden om een keer op te springen. Baarzen, voorns, grondelingen, snoeken, alvertjes... ze dreven daar zo met hun buik omhoog. En andere waren nog aan het doodgaan, kronkelden, sperden hun bek wijd open door hun ronde, doorzichtige, happende lippen naar buiten te drukken. Er waren vissen die hun rugvinnen recht omhoogstaken en ze dan met een plofje weer op hun rug lieten neerkomen alsof ze wilden proberen weg te vliegen. Je hoorde de kieuwen kraken en knarsen.

Een wal van dode vissen bij de aanlegsteiger en bij de waterlijn. Waar zich er dan toch nog een van losmaakte, zich boven de massa verhief, in een ontzaglijke krachtsinspanning, zich natuurlijk verkeek op de zwaarte van zijn eigen lichaam en met een doffe plons neerkwam. We zagen ook vissen die een luie, slaperige beweging maakten, gevolgd door een laatste scherpe duik, die abrupt tot stilstand kwam.

Zij die zich zo dicht mogelijk tegen de oever drukten in de hoop daar wellicht te kunnen ontsnappen, keken ons doordringend aan. Een kleintje, dicht bij mijn voet, lag op zijn zij. Deze gaf zich nog niet gewonnen en draaide zich weer op zijn buik, maar zonk rechtstandig naar beneden. De vis was te krachteloos om die beweging te onderbreken. Waarom deden ze er zo lang over om te sterven? Die ene wilde ik helpen. Ik zat op mijn hurken, duwde een paar torretjes, kevertjes opzij, die nergens last van schenen te hebben, en probeerde de vis te pakken die naar de bodem zonk.

Hanna trok mijn hand uit het water, en weer thuis waste Hanna mijn handen met groene zeep. Vissterfte kwam wel eens voor bij uitzonderlijk warm weer. Maar het was niet uitzonderlijk warm en zoveel dode vis had oma nog nooit gezien. Zelfs niet in de wetering. Je zag ook al sinds tijden geen pad meer, geen hagedis, geen watersalamander.

Ik mocht niet meer bij het water komen.

'...waarom doen jullie niets? Zien jullie dan niet dat ik een bloedneus heb? Kijk nou toch, alles zit onder het bloed!'

Je hand tastte over je gezicht. Je klemde je lippen op elkaar alsof je met een vreselijke krachtsinspanning bezig was en op je wangen verschenen blosjes. Ten slotte bleef je hand op je rechterwang rusten en je pink, alleen je pink, met zijn fraai gewelfde nagel, lag heel bevallig over de iets gebogen, hoge kam van je neus, die met het uur dunner en scherper werd. Een smalle, roze, o zo kleine vinger. De vinger van een kind.

Wie jou bedacht – je metgezel, je medeplichtige – heeft zich nooit dichter bij je gevoeld, maar ook niet eerder zo zijn onmacht beseft woorden te vinden, mooie, edele formules om dat leven te omvatten.

Je hebt geen bloedneus, Hanna, en je zult ook nooit een bloedneus meer krijgen. Vorige week wilde de dokter nog wat bloed afnemen. Hij streek nadrukkelijk met twee vingers over een ader aan de binnenkant van je magere arm en hij prikte ten slotte. Er kwam niets, helemaal niets. Hij moest op je arm drukken om er een druppeltje uit te persen. Het bloed stroomt al nauwelijks meer.

Hoe haar te helpen? Haar hand lag daar nog steeds. Nog steeds in die elegante houding. Buiten was het juli, én het was zondag. Dat betekent: een dubbele rij geparkeerde auto's. Oeverrecreanten. De leden van de zeilclub hebben hun eigen parkeerplaats, achter de hoge muur die zich zo trots verheft aan het einde van de theetuin. De zeilclub heeft hier overigens de langste tijd gezeten. Men heeft grond en opstal aan de provincie verkocht en gaat zich vestigen in een binnenbocht verderop, uit het zicht van de massa. Ver van deze plaats des onheils. De rivierbocht waar eeuwenlang een voetveer de verbinding tussen beide oevers onderhield, wordt afgesneden. Van de dode rivierarm moet een watersportgebied worden gemaakt van Loosdrechtse of Vinkeveense allure. Er zijn versneld ontzandings- en ontgrindingsvergunningen afgegeven om meer diepte en meer wateroppervlak te krijgen. Uit de gelden van dit 'Zand- en grindfonds', opgebouwd uit de bedragen die de producenten per gewonnen ton moeten afstaan, zal een passantenhaven worden gebouwd. Er komen ook bungalowdorpen, campings voor caravans, appartementen en een plankzeiloever.

22

Het onweer dat aan het einde van de ochtend losbrak, hield de hele middag en avond aan. De donderslagen rolden over de puntige stenen van de veerweg, over de aanlegsteigers van de nieuwe jachthaven, smoorden in het water. Hanna kon haar ogen niet van de snelstromende rivier afhouden die witte strepen op de kribben trok.

'U komt zeker voor uw man!'

De man die haar aansprak droeg een soort portiersuniform. Hij had ook treinconducteur kunnen zijn.

'Ja, ja,' zei Hanna haastig. Aan die mogelijkheid had ze geen moment gedacht. Maar was Simon dan niet dood?

'Dood? Hij is springlevend! Er wordt altijd maar gedacht dat hier iedereen dood is.' Zijn toonloze stem, net de stem van een blatende geit, klonk trouwens toegeeflijk. 'Het is waar, mevrouw, uw man kan elk moment worden opgeroepen. Het is namelijk vandaag de jongste dag.'

'Stoor ik dan soms? Kan ik misschien beter op een ander moment terugkomen?' De man legde een vinger tegen zijn mond, ging haar voor door een spaarzaam verlichte gang met veel nissen die op treincoupés leken. Zou die man dan toch treinconducteur zijn en bevond ze zich nu in een trein? In een van de nissen bleef hij voor een deur staan waarvan het bovenraampje slechts voor de helft was bedekt met zwartbruin verduisteringspapier.

'U kunt hier naar binnen gaan.'

Hij opende een deur waarop het bordje STILTE hing. Binnen

was het allesbehalve stil. Simon en Eenoog zaten aan een bureau dat volgestapeld was met boeken en gaven elkaar knipoogjes en schouderklopjes van verstandhouding, wisselden met een stralende blik woorden waar Hanna geen wijs uit kon worden, een vinger guitig omhooggestrekt. Een vrolijke boel; maar al die vrolijkheid kwam Hanna nogal geforceerd voor. Ze voelde zich buitengesloten. Na een tijdje kuchte ze om haar aanwezigheid kenbaar te maken.

Op het bureau brandde een schemerlamp die blauw licht verspreidde. Na een tijdje sloegen beiden het boek dicht dat ze voor zich hadden, maakten het zich nog gemakkelijker, leunden achterover. Toen zag Hanna dat Simon in een clownspak stak. Hij had zich weer eens verkleed. De goedgeluimde Eenoog boog zich ver over het bureau en probeerde Simons jasje open te trekken dat hij krang aan had. Simon hield het met één hand giechelend dicht. Van Hanna trokken ze zich niets aan, en ten slotte zei ze behoorlijk gepikeerd: 'Kan er geen stoel voor mij af? Jullie zien mij toch wel staan?' Simon maakte een berustende handbeweging, maar Eenoog leek die woorden heel grappig te vinden en sloeg zich op de knieën. Simon lachte mee. Daarna werd hij weer ernstig.

'Ga maar vast slapen. Ik kom zo.'

Hanna waadde door een zee van zwart en bruin gekafte boeken en kwam bij een glazen deur die vanzelf openging. Ze stond in een opslagruimte die baadde in een razend licht. Hier hing een plechtige stilte. Mannen in lange gele stofjassen beklommen, met stapels boeken onder hun arm, ladders die tegen stellingen stonden. Ze droegen vilten pantoffels.

Ook hier waren de ramen gedeeltelijk bedekt door verduisteringspapier. Buiten viel de storm loodrecht neer.

'Nou, nou,' mompelde Hanna. 'De herfst heeft toch ook rustige, dromerige dagen, die warm en geel en mistig zijn op de horizon? Dagen waarop je in dat vage, trillende landschap met wonderlijke scherpte het golvend spoor van een vogel kunt volgen – een opdwarrelende streep zilver die verdwijnt...'

'Ssst,' werd er nu van alle kanten gefluisterd, 'alstublieft, weest u toch stil! Uw man wordt verwacht voor het laatste Oordeel.'

Op de houten stellingen stonden platte, houten bakken waarin mensen zaten met opgetrokken knieën. Ze zagen er vreugdeloos en flets uit. Hun handen hingen lusteloos over de rand en hun gezichten waren in diep maar onverschillig gepeins verzonken.

'En hoe staan zijn kansen?' vroeg Hanna.

'Nou, kijkt u zelf maar. Hij zit zijn tijd grotendeels te verslapen. Een klein dutje mag even...'

'Hij heeft altijd de neiging gehad tijd voor iets te nemen. Vroeger op school kon hij zich aan een kleinigheid vergapen.'

Simon had zijn hoofd op tafel gelegd. Hij zag er ellendig uit. Kreeg hij wel iets te eten? Hij schrok wakker, probeerde verbeten iets te lezen, maar zijn hoofd zakte opzij. Hij had een onoverkomelijke behoefte aan slaap.

Uit een van de platte bakken klonk: 'God is genade. Oud zijn is per slot een straf omdat men te lang heeft geleefd. God is genade. Oud zijn is per –'

'Man, hou op!' riep Hanna. Ze had haar schoonvader herkend.

Er ontstond onverwacht verwarde herrie ergens in de opslagruimte. Hanna vroeg wat er aan de hand was.

'Iets dat toch erg vervelend is. Simon heeft om een boek gevraagd en het boek is niet voorradig. Dat kan onaangename gevolgen hebben. Het is beslist nodig dat hij het in handen krijgt.'

'Mag ik vragen om welk boek het gaat?'

'Het is een bijzonder werkje van de bekende William Huntington, "De kolendrager"...'

'O, dat ken ik. Dat is uit de serie Kleine Genadegaven. Het ligt bij ons thuis. Ik kan het zo voor Simon halen. Is het van levensbelang, meneer?'

'Het is van eeuwigheidsbelang, mevrouw.'

'Ik heb het gisteren nog afgestoft. Het ligt in het bovenste latje van zijn bureau waar hij altijd aan zat te lezen. Simon moet het uit zijn hoofd kennen, want hij heeft er zo vaak in zitten lezen.' Ze liep op Simon toe, die met beide handen in zijn verwarde haardos zat, legde een hand op zijn schouder: 'Zeg maar dat ze geen moeite voor dat boek hoeven te doen, ik ga het thuis wel voor je halen...'

23

'...praat toch harder! Hoe kan ik jullie zo verstaan? En waarom geven jullie geen antwoord?'

Maar zij die om haar bed stonden, konden haar evenmin verstaan. Haar lippen bewogen onophoudelijk, schoven druk over elkaar en het was onmogelijk van die steeds smaller wordende lippen woorden af te lezen. Marije veegde voorzichtig kloddertjes wit speeksel uit de mondhoeken.

Erik doopte zijn wijsvinger in een glas water, maakte haar lippen nat. Hanna's lippen sloten zich gulzig om zijn vinger.

Ze maakte een beweging alsof ze overeind wilde komen. Er ontsnapten een paar kleine geluidjes aan haar mond. Marije dacht dat ze in haar gedachten nog met de muur bezig was en zei daarom: 'Oma, die muur gaan ze weghalen. Maak je daar nou geen zorgen over.'

'O, dacht je, dat afschuwelijke ding zou dan in elk geval weggaan! Heeft Peter dat toch voor elkaar gekregen. Dat zal Erik ook goed doen. Want Erik veinsde wel dat die muur hem niets deed, maar het zat hem net zo dwars als ons allemaal. Is Erik daar soms? Erik, je hebt toch wel je gewone kleren aan, hè? Ja toch? Wat je doet als we hier met zijn tweeën zijn, moet je zelf weten, maar ik wil niet dat anderen er lucht van krijgen, Erik, ik zou me geen raad weten als Marije je zo zag. Zo'n meisje begrijpt daar niets van en zal helemaal in de war raken. Is Marije daar? Ze is toch niet bij het water? Marije, niet bij het water komen. Je wordt ziek van al die dode vis. Ze zeiden vroeger dat vooral van dode brasem...'

Nee, ik mocht van oma niet meer bij het water komen.

I

Ik?

Ja ik, Marije, de kleindochter van Hanna, en ik ben het die haar geschiedenis heeft verteld. Over enkele dagen verwacht ik mijn eerste kind. De babykamer is ingericht. Het rotanwiegje dat ik op zolder heb gevonden, het wiegje van Peter en Erik, is opnieuw bekleed met gebloemd roze cretonne.

Ik eet de hele dag zure appels. Ze kunnen me niet zuur genoeg zijn. De huisarts onder wiens controle ik sta vind me iets te mager. Mijn toch al steile jukbeenderen zijn nog meer gaan uitsteken. Meer dan ooit lijk ik op Hanna.

Ik ben alleen in het grote, oude veerhuis. Ik wacht rustig af.

Spiegeltje, spiegeltje aan de wand, wie is de mooiste vrouw van het land? Nou, ik zeker niet, met al die roestige zwangerschapsvlekjes op mijn wangen en rond mijn ogen.

Ik ben zo rustig. Hevige opwinding had zich van mij meester moeten maken. Geschokt zou ik moeten zijn! Zware slagen in mijn borst... Maar ik ben in een kalme stemming van kinderlijke tevredenheid.

Ik doe alsof ik geschokt ben. Ik zeg steeds maar tegen mezelf: Je bent geschokt.

Ik heb mezelf wel door. Het verstand laat gemakkelijk in het duister wat het daar verborgen wil houden. Immers, wie redeneert, berekent. Berekent zijn kansen. Ik geef direct toe: ik mag niet al te hevig overstuur, geschokt, mag niet aan de grond genageld zijn. Ik ben in verwachting. Ik bereken dus mijn kansen. Om het kind – deze nakomeling – alle kans te geven.

Stelt die berekening mij gerust? Ja, want ik geloof niet dat ik enig kwaad heb gedaan en heb dus geen straf verdiend. Ik geloof niet in God (ook daarin lijk ik op Hanna – ik weet bijna zeker dat Hanna zonder God gestorven is), ik geloof wel in een immanente rechtvaardigheid.

Mijn kansen berekenen! Niet omdat ik scrupules heb in de exacte zin van het woord, maar er is natuurlijk de onberedeneerde angst, gelijk aan de waarschuwing van het instinct, dat je niet tegen je eigen bestemming moet opstaan. In dit geval: een kind krijgen. Al zijn de omstandigheden op zijn zachtst gezegd bizar. Zoals mijn opa zo vaak in de kantlijn van zijn boeken schreef: Sta niet op tegen God. Je zo onopvallend mogelijk gedragen. Dus niet geschokt zijn, maar je aandacht richten op details: controle van telefoonnummers van arts en wijkverpleging, controle van de babykamer, luiers, spelden, kruiken. Wat valt er anders te doen, de dag voor een bevalling? Behalve zo zuur mogelijke appels eten?

Naar de radio luisteren?

'...Is Christus nu echt opgestaan of niet?' vraagt een forumlid zich op de radio af. 'Oordelen op dit terrein vereist een grondige kennis van het Grieks, Hebreeuws, Aramees en de archeologie. Wie zich bijvoorbeeld wil verdiepen in de samenhang tussen de vier evangeliën, mag beginnen met jarenlang diepgravend studeren. Het geheel van de bibliotheek die wij bijbel noemen, is geschreven door auteurs in ver uiteenlopende tijden en situaties. Als het dan gaat over "echt lichamelijk opgestaan of niet?" kan al gauw vergeten worden dat in zo'n discussie altijd slechts partjes van de waarheid naar voren worden gebracht. De kwestie is te vergelijken met de patiënt die bij de dokter komt. Die onderzoekt geen lever of maag, maar een mens met lever- of maagklachten. Het gaat altijd om de ingewikkelde werkelijkheid van het geheel. Wie gelooft in Christus' lichamelijke opstanding is iemand die tegen beter weten in vasthoudt aan iets dat een mens onmogelijk letterlijk kan nemen. Maar wie niet in die lichamelijke opstanding gelooft, gelooft óók. Want historisch onderzoek kan de opstanding noch bevestigen, noch ontkennen. Het gaat altijd om dingen die geen oog heeft gezien en geen oor gehoord en die in geen mensenhart zijn opgekomen. Gods werk kan slechts begrepen worden door hem die zich voor die geest openstelt...'

Terwijl ik luister en denk dat als Jezus niet is opgestaan, als God daartoe niet bij machte is, er dus ook geen leven na de dood is, geen opstanding op de jongste dag, stel ik opnieuw met een zekere tevredenheid, maar ook met lichte verbijstering, vast dat ik zo kalm ben, en ik glimlach door het keukenraam naar de sneeuw in de tuin, naar de beuk met zijn enorme hoed van sneeuw. De zon schijnt, de sneeuw schittert. Grandioos gezicht.

Sneeuwbui omdat een troep kraaien uit de boom opvliegt. In alle kleuren van de regenboog dwarrelt de sneeuw omlaag. Ik lach hardop en ik beweeg mijn tong om mijn droge lippen nat te maken.

Boven de muur is de hemel blauwgrijs.

Vanmorgen liep ik tussen hoge sneeuwbanken naar de rivier, die heel smal en pikzwart tussen de besneeuwde oevers lag. Er klonken overal zachte geluiden, als het scheppen van water, maar het stuwende water dat hele bomen meesleurt, tollend aan je voorbijtrekt, zich blind op de kop van de krib stort, in driftige bewegingen, het geknal en gekraak van platen ijs... dat is sinds de bochtafsnijding allemaal voorbij. De rivier is een binnenwatertje geworden.

Er lag veel vers aangevoerd hout. Ronde, geschilde stammetjes, die nodig zijn voor de aanleg van de nieuwe passantenhaven. De uiteinden, waaraan bundels ijspegels hingen en bevroren waterstraaltjes, staken met hun gele koppen uit het dikke pak sneeuw en mikten op elkaar.

De sneeuwstorm die de hele nacht had gewoed was pas in de vroege ochtend geluwd. Alles was vol van deze adempauze. De wind kon ieder ogenblik weer opsteken en extra sneeuw en kou meebrengen, maar voorlopig heerste roerloze stilte. Vandaag is het zaterdag. Er wordt niet gewerkt bij de rivier. Maandag zal de muur omver worden gehaald. Het clubhuis is vrijdag gesloopt. In 1992 zal de Bahrse Kop het grootste en modernste recreatiegebied van ons land zijn. Het zal een oppervlakte van twintig hectare beslaan en in staat moeten zijn per dag negentigduizend recreanten te verwerken. De uiterwaarden aan weerszijden van het water zullen veranderen in surfstranden en speelweiden. Er komen campings, voorzieningen voor invaliden, parkeerplaatsen, een beheerskantoor.

Ik heb de werklui die gisterochtend bezig waren het clubhuis af te breken koffie aangeboden.

We zaten in de keuken en ze keken naar mijn buik terwijl ik inschonk. Ze vroegen wanneer de baby kwam.

Ik zei: 'Morgen misschien. Ik ben uitgeteld. Of overmorgen.'

Ik presenteerde koek.

'Geen betere tijd dan koffietijd,' zei een van de mannen.

Ik zei: 'Als de baby er is, schenk ik jenever.' Een van hen antwoordde dat jenever de kleur van water had. Ik moest direct aan Hanna denken, omdat zij me eens verteld heeft dat buurvrouw Pitlo altijd die opmerking maakte als er anisette werd geschonken.

Een van de mannen had belangstelling voor het rijtje boeken dat ik tussen twee houten boekensteunen op een keukentafeltje heb gezet. Ze zijn afkomstig uit de bunker en uit de schuilplaats bij het veer. Het was iemand van middelbare leeftijd. Hij vertelde dat zijn vader een aanhanger van dominee Poort was geweest en dat hij vroeger door zijn vader altijd werd meegenomen naar diensten. Hij had van alle woorden die hij gehoord had alleen dit onthouden, het was het begin van een lange preek geweest: Een oud dametje staat bij de bushalte. De bus stopt en moeizaam hijst ze zich op de eerste treeplank. De conducteur komt van zijn plaats en helpt haar en zegt: U heeft het beste wel gehad. De oude dame antwoordt: Och, mijn beste conducteur, in Christus is vergeving, het beste moet nog komen.

De werklui waren wel verbaasd dat ze nooit een man in huis zagen. Ik heb ze maar nieuwsgierig gelaten.

2

Op het moment dat ik het relaas heb onderbroken, was ik bijna vijf. Pappa en mamma hadden net afscheid genomen en waren naar een congres in Parijs. Dagelijks liepen we met z'n drieën naar de rivier waarin nog steeds veel dode vis dreef. Kranten schreven dat de massale vissterfte niets te maken had met de warmte. De oorzaak lag waarschijnlijk bij de grote Billiton-tinfabriek in de stad. Hanna zei dat de sloten vroeger wemelden van kikkerdril en donderpadjes, dat 's avonds bij mooi zomerweer gekwaak losbrak uit duizend kelen, dat ze zich niet meer kon heugen wanneer er een ooievaar was overgekomen. Vroeger wierp de opkomende maan zilveren strepen over het water. Het zilverachtige vijlsel dat nu onder de donkere lucht op het water en op de kiezelstrandjes te zien was, waren de scholen dode vis. Hanna wist ook zeker dat met de kikkervisjes ook de hagedis, de salamander, allerlei vlinders en de pad die elk jaar in het blad onder de haag scharrelde, verdwenen waren.

Op een ochtend was de rivier schoon en de zeilboten konden weer uitvaren. De borden VERBODEN TE ZWEMMEN bleven staan.

'Marije, kom je me helpen?'

Erik had mij net de bunker en de schuilplaats laten zien die opa onder het wachthuisje had gebouwd. Jammer dat ik die opa niet gekend heb. Een opa met een bochel, een opa die veerman was en die zich verborg in zelfgemaakte schuilplaatsen.

Ik hielp Hanna met capucijners doppen. We zaten tegenover elkaar aan de keukentafel. Ik dacht dat capucijners altijd bruin waren. Maar vers waren ze groen, als erwten, alleen twee, drie keer zo groot.

Oom Erik kwam de keuken in. Hij liep behoorlijk mank en Hanna zei hem voor de zoveelste keer dat hij naar een dokter toe moest. Ze vond dat hij onzorgvuldig met zijn lichaam omging.

Die middag nam hij me mee naar de stad. Hij parkeerde zijn auto op een pleintje onder een boom en samen liepen we een hoge ijzeren trap op. In de hal werd hij opgewacht en verwelkomd. Hij moest veel handen schudden. Ik werd ook voorgesteld. Daarna gingen we in optocht een donkere zaal in, met een hel verlicht podium en een lange houten tafel waarop bloemen lagen. Soms stond iemand uit de zaal op en kwam naar voren en legde er een takje bloemen bij. Meer herinner ik me niet van die bloemenseance. Soms werd achter ons gesnikt, want we zaten op de eerste rij. Na de pauze beklom oom moeizaam het podium en strekte zich op de tafel uit. Zijn hoofd en voeten lagen in de bloemen. Een magere dame die eruitzag alsof ze altijd hoofdpijn had, bewoog haar handen boven Eriks zieke been, terwijl ze haar ogen gesloten hield. Oom kwam overeind, de vrouw leek uit een soort slaap te ontwaken, oom sprong van het podium zonder van het trapje gebruik te maken en de zaal applaudisseerde.

Erik geloofde. Door de kracht van de geest konden mensen beter worden. Wat wij de dood noemen is slechts de andere zijde van het leven. Dat soort dingen zei hij tegen mij. Ik druk me trouwens verkeerd uit: hij geloofde niet, hij 'wist'.

In de auto naar huis beloofde hij 'Sneeuwwitje' voor mij te spelen. Uit dankbaarheid voor zijn genezing. De tekst die hij voor mij heeft geschreven heb ik teruggevonden en hangt nu in de babykamer.

'...Lieve jager, waar breng je me toch naar toe? Mijn voeten doen zo zeer, ik wil terug naar het paleis.

Jager: O, lieve prinses, uw stiefmoeder is een boze vrouw. Ze wil dat ik u doodmaak omdat u mooier wordt dan zij, maar ik zal het niet doen. Ga alleen verder door dit bos en kijk goed uit, dan vindt u zeker een huisje waar mensen wonen die voor u willen zorgen...'

Ik ken nog steeds hele passages uit mijn hoofd.

Hanna wachtte ons op en keek de weg af, maakte met haar hand een zonneklep. Wij hadden nog niets in de gaten. Toen zagen we het treurige, aangeslagen gezicht. Pappa en mamma waren omgekomen bij een auto-ongeluk. Ze waren drie dagen eerder dan was afgesproken op weg naar Nederland. Pappa was niet iemand die lang van huis kon.

Voor het eerst heb ik Hanna zien huilen. Het was geen gewoon huilen. Ze leek alle tranen uit te huilen die ze een leven lang had opgespaard. Een zacht, onafgebroken snikken, de hele avond door. Het gaf je het idee dat de wereld een onbegrijpelijk triest oord was en dit huis slechts een doodse, verafgelegen plek waar niemand acht op leek te slaan.

Pas lange tijd daarna wilde ik weten waar mijn ouders waren omgekomen. Ik ben er met Erik naar toe gegaan.

Daar stonden we. Op een invoegstrook, niet ver van Bapaume, vol benzinevlekken, kleurig als kringen op te vette soep. In dit wegrestaurant met zijn fruitkleurige tapijt hadden ze iets gebruikt, waren toen weer het donker ingedoken, op weg naar ons toe!

Met alle gegevens van de politie in ons hoofd reden we op nagenoeg hetzelfde tijdstip en met hetzelfde weer het traject. De leugenachtige onbestendigheid van het donker, waarin de koplampen gaten boren. De grijze wanden, van lucht en water. Snel naar ons toe. Je wrijft je in je ogen en de weg lost zich op onder je. Die regenwind, die deining in de weg, die wanden van basalt. Je ziet steeds minder. De lijnen van de weg vallen niet meer samen in dat verre punt waarheen je op weg bent. Alleen vochtige, warrelende duisternis, die noch zwart, noch grijs, noch wit is, een tint waar geen woorden voor bestaan maar die van een gluiperige zachtheid moet zijn. De dwaze vlucht van druppels vocht tegen de ruit, die snelle auto, op avontuur, tussen vage, weke wanden en vormen van struiken, taluds en hekken. Je weet niet meer waar je bent. Snelheid en dromerige traagheid. Nee, niet stoppen. Naar huis. Naar Marije, naar Hanna, naar Erik. Naar die vaagheid daarginds, die zich steeds onttrekt, in dat gebouw met muren die zich steeds weer achter je sluiten. Je houdt vol, je laat je niet kisten, zo dicht bij het doel. Handen op je stuur. Voorovergebogen. Verdomme. 'Lilian, ik zie niets meer.' Tijd en ruimte veranderen met een enorme vaart. Je rijdt al in de berm, op het natte, gladde gras, waar de grip van de banden nihil is. Je voelt het aan de schokken, de auto springt over de betonnen, halfronde afvoergoten – haaks op de snelweg – je klemt je handen om het stuur, verlamd van schrik. De achterwielen blokkeren, de auto maakt een draai van honderdtachtig graden en staat nu dwars op de weg, de wielen schieten los door de hoge snelheid, de auto zweeft even op een van de zijkanten, valt terug op zijn wielen, raakt in een rolvlucht, vliegt over de vangrail, mist als door een wonder twee bomen, raakt een derde...

Na het ongeluk kwam ik in huis bij Hanna en Erik. Ik werd hun kind. Samen brachten ze me elke dag naar de kleuterschool en wachtten mij weer op.

Het gezicht van pappa en mamma herinner ik mij van foto's. Zij nemen de plaats van levende beelden in en onder het voorwendsel van herinnering zijn ze slechts vergetelheid.

Mamma was een knappe vrouw. Ik weet het van de foto's en van anderen. Van Hanna, van Erik. Ik herinner me haar schoonheid niet. Ik onderscheid zelfs geen detail van die schoonheid waarover mij veel is verteld. Vergetelheid die bijna totaal is.

3

Bijna.

Ik kwam vanmorgen terug van de rivier – die geen rivier meer is –, begon een goudreinet te schillen, keek naar buiten, naar de verschrompelde kwetsen die nog aan de bomen hangen, net donkere beursjes van leer, en hoorde een bescheiden gefluit. Zo bescheiden dat wie floot bang moest zijn dat hij anderen zou storen. Een ijsvogeltje. En nog een. Ze hingen als appeltjes aan een laaghangende tak van de beuk en ze floten en zwoegden.

Op dat moment gebeurde er iets merkwaardigs. Terwijl ik naar buiten keek, begonnen, stukje bij beetje, de gezichten van pappa en mamma en de anderen te verschijnen. Pappa zit als altijd aan het hoofd van de tafel, mamma zit naast Erik, ik naast Hanna. De beelden bleven, voor mijn ogen, heel stabiel en ik bleef onbeweeglijk, bang dat het minste gebaar ze zou kunnen uitwissen. Het leek op een visioen, want de beelden waren omgeven door licht.

Een zondag, o een zondag als alle andere. 's Zondags gingen we altijd naar het veerhuis. Erik fluistert iets in mamma's oor. Iets liefs, iets aardigs, iets vleiends waarschijnlijk, want mamma begint te glimlachen. Er is geen ruzieachtige sfeer, maar er heerst na dat gebaar, dat ons allen uitsloot, een hardnekkig zwijgen. Dan zie ik pappa's gezicht vertrekken, zie hem in dat zwijgen opstaan, op mij toe lopen. Even later rijden we samen weg, de veerweg af. Wat er gebeurde, was vernederend voor pappa. Pappa kijkt of iedereen hem minacht. Toch kijkt ieder tegen hem op.

Die herinnering is dus blijven bestaan, als enige in haar soort. Meer kan ik er niet terugvinden. Geen herinnering aan pappa's werkkamer, aan de boeken die hij bezat en die nu in de logeerkamer staan, geen herinnering aan de zon die speelt op de blauwgeverfde houten vloer van mijn kinderkamer.

Genoeg beelden van de tijd dat ik bij Hanna en Erik woon. Natuurlijk sneeuw. Altijd sneeuw. En Sneeuwwitje. De kabouters komen zingend thuis.

'Wie heeft er van mijn boterhammetje gegeten?

Wie heeft er van mijn melk gedronken?

Wie heeft er in mijn bedje geslapen?

(Sneeuwwitje wordt wakker van al die stemmen.)

Wie ben jij, mooi meisje met je gouden haren?

Ik ben prinses Sneeuwwitje en heb een boze stiefmoeder.

Je mag best bij ons blijven, zou je dat willen?

O ja, dan zal ik eten voor jullie koken en jullie huisje schoonmaken.

(Kabouters klappen allen in hun handen en roepen: Hoera!)'

We hebben vlak voor Hanna's ziekte nog samen gelachen om die gekke opa van mij, die zich als zwerver en als zeerover verkleedde. Ik zat toen al op de middelbare school.

Op een dag maakten we in Eriks auto een tochtje over de nieuwe brug, sloegen linksaf richting Bahr en Worth. We parkeerden de auto in de berm van de smalle dijk, en begonnen een kleine wandeling met Hanna tussen ons in.

Eerst begon een grote, kromgegroeide notenboom tegen ons te praten, bij het begin van een afrit. Toen de rivier, die zich op dit punt heel dicht tegen de zomerdijk schurkte, fluitend als een tamme slang, en de wind, die beleefd vroeg of hij zich bij ons mocht voegen, een flink eindje met ons op liep, ons toen achterliet voor een scherpe kruidengeur, tijm of dille of kamille, weer terugkwam, weer vertrok met een grote bruine hommel die zoefde als een bromtol. We hadden er alle drie plezier in. De hommel schoot in lange zwenkingen omhoog.

De lucht was scherp. Een rossige haas keek ons verbaasd na, vertrok toen met een lange, gestrekte sprong. Een ravenpaartje riep naar elkaar. Je hoort ze, je zoekt ze, maar je vindt ze nooit. In de berm vonden we de losgerukte veren van een ringduif, als een bont nestje van grijs dons.

Hanna vroeg Erik langs haar ouderlijk huis te rijden.

'Nee, niet stil blijven staan, ik wil niet dat ze me herkennen.' Maar er was geen mens te bekennen. Hanna's ogen waren nog zo goed dat ze de hartjes kon zien die in de keukenblinden waren gesneden. 'Van de randjes likten we vroeger de verse sneeuw.' Hanna zag in gedachten haar moeder in de keuken heen en weer lopen. Op de keukentafel lagen drie mooie uien, geschild, glimmend, lila en wit, in een diep bord; er stond ook een kan met helder water; op een ander bord een prei, wit als een vissenbuik, en smeltende aardappels, een plak magere ham, met een smal randje vet. Dan geitenkaas, rijp geworden tussen notenbladeren en gekruid met gele tijm, die krachtiger is dan de groene. Een plak balkenbrij. Hanna's slaapkamer was naast de keuken, om de warmte van de kachel. Dat waren dingen die je als kind al doorhad. En door de kleine ramen van de keuken viel altijd daglicht over de helft van de mensen, over het gedeelte dat van de voeten tot het middel gaat. Op de kachel staan drie kommen melk te dampen. De zon laat de populier los, valt recht achter de wal. Een enkele druppel spat nog tegen de hemel, wordt dan uitgewist door een grijze vinger. De kachel brandt. Het vuur rent door het kwetsenhout. Vuur van kwetsen geeft veel warmte, maar het vlamt snel op. Net een jong paard. Het danst zonder nog aan werk te denken. Mamma temt de vlam door er eiken blokken op te leggen. Om toch helder vuur te krijgen strooit ze zout op de houtblokken. Fosfor. Strenge vorst en stilte. De wind komt 's morgens op met de zon. De school zegt: Kom! Hanna houdt van leren en daar gaat ze, goed ingepakt, goed ingespeld, goed ingevet. De wind is er nog steeds, hij golft maar heen en weer, slaat met zijn staart, slaat barsten in het blauwe aardewerk. Eerst gaan de populieren nog een eindje met haar mee. Dan gaat de smalle weg alleen verder, springt met een aanloop over een beek. Ze staat midden in het land. Er is niets. Er zijn de doorzichtige randen van de hemel die aan alle kanten op de aarde steunen. Soms een schaduw, rennend als een beest, die haar even, koud en zwaar, aanraakt, voorbijgaat. Niet bang zijn. Geen geluid...

Op de terugtocht plukten we in de berm van de dijk blauwe campanula's. Een boer die daar stond te peinzen zei dat we maar een flink boeket moesten plukken.

'Nu kan het nog.'

Hij wees op de ontgrindingsmachines in de verte en op de gaten in het asfalt van de dijk Hier zou een brede afvoerweg komen die vier campings met elkaar verbond.

Een groene vink sprong op een paal en luisterde mee, zijn kopje schuin. Een zwerm zwaluwen vloog hoog boven het water, was een wolk die uitzette, inkromp.

4

Die avond trof ik Hanna staande in de keuken, haar handen om het aanrecht geklemd. Ze kon zich niet meer bewegen. Ze kon niet spreken. Haar ogen staarden mij op een vreemde, lege manier aan.

Haar stem is teruggekomen. Ze sliep sindsdien beneden in de huiskamer. Ik maakte mijn werk aan de eettafel. 'Die muur,' zei ze soms.

Ja, die stond er nog steeds.

Hanna, alsof ze vastbesloten was daar geen verdere opmerkingen over te maken, wendde haar ogen naar het plafond. Nog geen minuut later: 'Die muur is gebouwd tegen alle voorschriften in. Maar hij staat er nu eenmaal. Iemand wordt onschuldig in een cel gestopt. Men komt tot de ontdekking dat iemand anders het misdrijf heeft gepleegd, maar ja, de gevangene zit er nu eenmaal en dus zullen we het vonnis maar aan hem voltrekken. Ja, mevrouw Puyman, als u dit even wilt tekenen, misschien is het niet nodig...

nee, u kunt op mij rekenen, wij zullen alles doen wat in ons vermogen ligt. Als u dit nog even wilt tekenen. Allemaal bedotterij. Allemaal afleidingsmanoeuvres. Al die lui één pot nat.'

Ze keek me aan, rood van schaamte en zelfverwijt. Ze zou zich letterlijk op de wethouder willen storten om hem te dwingen... Verzonk in gepeins of begon haar bezit te verdelen. 'Jij, Marije, krijgt die oranje vaas. Ik heb hem met mijn huwelijk gekregen, en voor Erik is het schilderij met de klaprozen.' Ik moest het allemaal nauwgezet op briefjes schrijven. 'En in de portefeuille in de linnenkast zit zo'n twaalfhonderd gulden. Die zijn voor jou. Denk erom dat je die buiten de belasting houdt.' En ze wilde thuis sterven. Niet in een verpleeghuis, waar men haar zou verplichten eerst haar huis 'op te souperen'. 'Het huis is voor Erik en jou.'

Steeds ouder, beniger dat gezicht, dunner en witter het haar, en verontrustender de schittering in die ogen van porselein, de handen, zo klein, geklemd over de sluiting van haar handtas, waarin ze onophoudelijk iets aan het zoeken was.

Ik ging bij haar zitten. Er zijn gedachten die ik niemand durf toevertrouwen, en toch lijken ze me niet zo gek.

'Oma, mamma is verliefd geweest op Erik, hè?'

'Och, hou op, al die onzin. Wat weet ik daarvan? Of wil je me soms uithoren?' Dat gezicht werd gesloten, stuurs, stekelig. Haar blik ontvluchtte de mijne. Ik meende de holte vol schaduw op haar wang dieper te zien worden. Hoe was het mogelijk even zoveel afweer en wantrouwen in een blik te leggen?

Na de middelbare school studeerde ik aan de universiteit. Ik weet dus dat men daar zegt dat mensen die niet uit de stad komen wat simpeler zijn. Omdat hun bezigheden van oudsher eenvoudiger waren – beesten voer geven, vruchten plukken, een voor ploegen. Ik geloof juist dat de mensen buiten de stad verschrikkelijk gecompliceerd zijn. Mensen die altijd op de een of andere manier bezig zijn zichzelf te omschrijven terwijl ze juist zelden veel om zichzelf geven, die zich evenmin veel illusies maken over de gebreken of ondeugden of manies van anderen, die een leven lang min of meer geduldig worden verdragen, waarschijnlijk omdat ze bij voorbaat als onverbiddelijk, als onverbeterlijk worden gezien.

Of beter: het beeld te bevestigen dat ze ooit opgelopen hebben, zoals de Pitlo's: zij worden eeuwig door het noodlot achtervolgd. Ook hun beide jongens die tot priester werden gewijd en naar een missiegebied gezonden, stierven jong aan een afschuwelijke ziekte.

Minuten later. Onverwacht.

Met een plotselinge, maar enigszins geforceerde vrolijkheid, ook met een ongewone, zachtheid in haar stem: 'Ze zou ook een goede vrouw voor Erik zijn geweest.'

Een antwoord. Geen antwoord op mijn vraag. Even kruisten onze blikken elkaar. Ik las in de hare verrassing, toen de leugen. Ik bedoel: de bewuste wil om te liegen.

'Ja, maar ik vroeg...'

'Nee, er was niets tussen die twee. Nee, niets!' Haar ogen, die heel even van troebel water waren, kregen weer hun echte kleur. Welke beelden, welke herinneringen waren net door haar hoofd gegaan? Het was duidelijk dat ze een idee in haar hoofd had en dat ze een moment van.plan was het mee te delen, maar meteen al had besloten het voor zich te houden. Had ze te grote begerigheid in mijn blik gelezen?

Ik had al geen zin meer om haar geheimen te ontfutselen die ze wilde bewaren, als ze die al had. Ik vond het ook een beetje kinderachtig en ongepast. Ze zag er zo minnetjes uit, zo eeuwig verkleumd, en draaide maar en draaide, met haar schouders, onder haar warme sjaal. Toch was er tussen ons even iets van medeplichtigheid geweest, een 'air' van samen iets weten.

Er bleef een zeker trillen, bijna onmerkbaar, van haar handen om de sluiting van haar tas.

Er is een zwijgen dat fascineert, aantrekt. Je hebt dan de neiging om zelf te gaan praten, om in die lege kuil een hoop woorden te gooien. Ik, toch in verlegenheid gebracht, begin van alles en nog wat te vertellen, over school, de leraren, de feestjes.

Plotseling was ze hevig geïnteresseerd.

'Heb je een vriend?'

'Nee...'

Onverwacht lichtte haar gezicht op. Ze vroeg of ik nog wist

dat ik de versjes die ik op zondagsschool leerde, in één ademtocht probeerde op te zeggen.

'Nee,' zei ik, 'het spijt me, oma, ik kan me daar niets meer van herinneren.'

'Ten slotte zei je zelfs vier, vijf coupletten op, in één keer, en je zei van tevoren: Als het mislukt, brengt het me ongeluk.'

'Is het ooit mislukt, oma?'

'Nee, voor zover ik me herinner, maar ik zal nooit vergeten hoe je dan midden in deze kamer ging staan, en maar adem schepte, je longen zo vol mogelijk zoog tot je er rood van werd en dan als een razende die regels opzei. Maar je hebt dat van geen vreemde. Dezelfde gekke kunsten als je vader. Die vader van jou heeft op een zondagmorgen alle achtentachtig verzen van psalm honderdnegentien uit zijn hoofd geleerd. Zelfs Simon kon het ten slotte niet meer aanhoren.'

Een poosje later begon Hanna te bibberen als een nat hondje en ze liet een zacht snuivend geluid horen, met wijd uitgezette neusvleugels.

Erik en ik zaten aan weerszijden van haar bed. Hanna herhaalde maar met vlakke, zangerige stem dat er nog zoveel werk te doen was, dat onkruid groeide maar, er moest nodig gewied worden en gezaaid en geharkt. Ze sloeg haar handen tegen het dek, zoals ze dat altijd tegen haar schort deed.

Ze leek met licht doordrenkt, zo bleek, zo doorzichtig. Vroeg dan opeens: 'Is alles dan al voorbij? Nu al?'

'Nee, mamma,' zei Erik. 'Je ziet pappa terug en de anderen. Ze roepen je al.'

'Ja, ik ga naar pappa,' zei ze, maar er was iets in haar hoofd dat die zekerheid bestreed, want ze zei het zonder enige overtuiging.

'We zien elkaar daarginds allemaal weer terug, mam. Pappa heeft toch van zich laten horen...'

Die nacht is Hanna in coma geraakt. Korrelige sneeuw striemde het zijraam. De ijskoude glans in de tuin en dat hoge verre licht kondigden zware vorst aan. De sterren waren ijsnaalden. Er dreef wat mist langs het raam, in lange slierten. Erik zei dat het de geesten van gestorvenen waren. Ze waren, zei hij, net als wij niet van deze wereld.

5

Brief van de in de stad gevestigde Bomenstichting ontvangen. De stichting is bang dat de rode of zwarte beuk, de *fagus atropunicea*, bij de aanleg van het recreatieoord zal worden omgehakt. Ze willen de boom tot monument verklaren zodat hij, ook bij onteigening van onze grond – waar sprake van is –, gespaard zal blijven.

Enkele dagen later kwamen twee mannen en twee vrouwen. Ze maten de omvang van de boom, die meer dan vijf meter bedroeg. Maten kroon en bewortelingszone, en de kleine vlekjes 'zonnebrand' op de gladde, grijze schors. Ze waren verrukt over de goed opgebouwde en wijdvertakte kroon, ondanks een blikseminslag die ooit had plaatsgevonden. De leeftijd werd geschat op tweehonderd jaar en men geloofde dat wanneer de boom met rust gelaten zou worden, hij nog eens die leeftijd zou kunnen halen. In geld uitgedrukt kwamen ze tot een belevingswaarde van tweehonderdtachtigduizend gulden. De stichting heeft de boom geadopteerd.

Er werd in de stad ook actie gevoerd om het oude veerhuis te behouden. Ik heb een dossier vol brieven. Het veerhuis valt nu onder monumentenzorg. Er wordt geld beschikbaar gesteld om al het achterstallige onderhoud te laten uitvoeren. Nu zitten raamposten nog dichtgestopt met proppen krant, die er in de loop van de winter door veldmuizen uit worden getrokken. Ramen klepperen bij de geringste wind. Lekkende goten, wankel geworden trapleuningen, verstopte afvoer. Alles wordt hersteld, en van de tuin wordt een rivierterras gemaakt. Ik ben bezig mijn ondernemersdiploma te halen. Alles zal in zijn oude waardigheid worden hersteld.

Ik hou van dit huis. Ook toen ik aan de universiteit studeerde, ging ik niet op kamers en kwam elke dag thuis. Mijn fiets stond bij de eindhalte van de bus, niet ver van het kasteel.

De veerweg maakt bochten van negentig graden, daalt en stijgt. Je gaat omhoog en omlaag, en je hebt sterk de indruk dat je uiteindelijk meer daalt dan stijgt. Ten slotte beklim je de hoogte waarop ons huis staat, vanwaar het panorama weids is. Wie de reis dagelijks maakt, bemerkt hoe het landschap steeds verandert. Bossen worden vlas- en korenvelden. Bij stoomgemaal De Volharding hoor je voor het eerst het gesnork van de wind. Hier houdt ook de klinkerweg op. Alle wagensporen zijn vanaf nu gericht op het veerhuis.

De wind, die hier altijd waait, blaast de hemel op als een zeil, duikt over de weg, verplettert gras, werpt lange slierten stof op. Je moet je hoofd omlaag houden. De wind gaat voorbij. En met jou klimmen, onzichtbaar, tussen de boomgaarden, paden omhoog naar de rivier. Het gras is blauw onder de zon, het gras galoppeert en je weet niet waarheen... Je voelt je op je gemak.

6

Dat been van Erik, daar zaten we beiden over in, Hanna en ik. Na Hanna's dood besteedde hij eigenlijk alle tijd aan 'Harmonia'. Geen avond was hij thuis. Bloemenseances, aurabeschrijvingen, zielsbeschrijvingen, lezingen over lotsbeschikking, over vrije wil, gezichtsdiagnose, paraffinetekeningen. Hij was er zo zeker van dat doodgaan niet meer was dan het overgaan van het ene stadium in het andere, of met zijn eigen woorden: gaan van de achterkamer naar de voorkamer.

Ik wierp tegen: 'Er is nog nooit iemand teruggekeerd om ons te vertellen hoe het er aan de andere kant van die donkere poort uitziet.'

Hij keek mij dan bijna ongelovig aan.

'Er zijn zoveel bewijzen. De stemmen van hen die overgegaan zijn, de uittredingen, de visioenen van stervenden, van schijndoden. Het gouden licht, het lentelandschappelijke karakter, de stilte, de tijdloosheid. Soms wordt muziek gehoord en worden lichtende gestalten waargenomen.'

'Maar –'

Hij lachte, want hij wist al wat ik wilde zeggen.

'Nee, het zijn geen wensdromen, of projecties van mensen die bevend het moment tegemoetzien waarop zij uit elkaar zullen vallen om op te gaan in het grote Niets. En het is ook geen duivelswerk van zieke geesten. Verschijnselen als clairvoyance hebben aangetoond dat onze psyche meer is en iets anders dan het product van een biochemisch proces in onze hersenen. Dat is al een bewijs voor de gedachte dat het niet afgelopen is met de dood.'

'Goed,' zei ik dan, 'maar ga wel met dat been naar de dokter.' Hij deed het pas toen zijn handen koud en gevoelloos werden en met elke aanval begonnen te trillen. Een aanval die aanvankelijk heel kort duurde, een paar seconden, maar steeds langer aanhield. Hij was niet meer te helpen. De dokter was boos op hem. Maar hij deed heel luchtig over zijn toestand.

'Daarginds zijn "healing hands",' zei hij. Dat was de titel van een boek waarin hij altijd las. Hij maakte zich evenveel zorgen om het hiernamaals als een vis om een appel. Een week na zijn dood bleek dat ik zwanger was.

7

Uit Eriks dagboek:

Mrs. Twigg is een geaccrediteerd medium. Zij houdt slechts één seance per dag en gaat soms in trance. In geen van beide seances met mij deed zich dit voor. Ena Twigg zegt verschijningen te zien. Bij de eerste seance verscheen volgens haar mijn vader. Overigens ontvangt zij, naar eigen zeggen, mededelingen altijd van links – waar naast haar stoel een tafeltje staat met een glas water – in de vorm van gedachten die zich tot woorden condenseren, meestal in het Engels, maar ook soms in andere, haar niet bekende talen. Zij gebruikt meestal een inductor. In mijn geval diende een fototje van vader daartoe. Bij het begin van de tweede seance vroeg zij ook om een inductor, maar voor ik deze kon overhandigen – een preek van dominee Poort – kwam zij in een toestand van half-trance (semi-controlled by the communicator).

Bij de eerste zitting werden aantekeningen gemaakt, terwijl bij de tweede, op voorstel van het medium, gezorgd was voor een Philips C-200 cassette. Het is daarom moeilijk de kwaliteit van beide zittingen te vergelijken. Mijn stellige indruk is echter dat Mrs. Twigg de eerste keer minder gemakkelijk communicatie onderhield dan de tweede keer. Men zou het zo kunnen zeggen: de eerste keer moest ze 'eraan trekken', terwijl ze de tweede keer werd 'voortgeduwd'.

Onderwerpen behorend tot een van beide seances.

1. De naam van de roepende is Johan.

Commentaar: Johan was de tweede voornaam van pappa.

2. Roepende vraagt of je nog weet wat op 16 april gebeurd is, lang geleden.

Commentaar: Ik kan de datum niet thuisbrengen.

3. Denk aan, denk aan, het is zo moeilijk en zo pijnlijk om te zeggen... en nu hoor ik: Zolder, zolder. Heel duidelijk.

Commentaar: Misschien heb ik op de 16de april voor het eerst mamma's kleren aangetrokken.

4. Hazenberg. En een datum: 10 en 11 maart.

Commentaar: De boerderij waar pappa geboren is heette oorspronkelijk De Hazenberg. Voor mijn geboorte was die naam al van de boerderij verdwenen.

5. Lucifers.

Commentaar: Alleen dit woord werd genoemd.

6. Het is zo moeilijk deze keer. Johan is telkens weg. Ik zie een grote vlakte en heel in de verte een vlek. Dan weet u toch dat het maar een jaar scheelde. En nu hoor ik weer: Lucifers.

Commentaar: Met Peter deed ik vroeger luciferspelletjes. We legden onze initialen.

7. Het was erg te voelen dat je leeft en geen stem hebt. Ik kwam in je kamer en je zei: Dat zal ik doen, en je ging weg en in de stad hoorde je hoe je moest zoeken en welke boeken je moest lezen en je kwam in een vertrek met veel boeken en daar was ik en ik zei: Al

die boeken hoeft hij niet te lezen als ik hier ben en wil praten.

Commentaar: Correct. Provinciale bibliotheek.

Die travestie van hem! Ik ben ermee opgegroeid en waarom zou ik het vreselijk vinden? Ik vind het niet vreselijk. Ik heb veel over travestie gelezen. Dat had ook met mijn doctoraalscriptie te maken: een studie over het kostuum in de achttiende eeuw. Deze mannen gedragen zich en voelen zich mannelijk. Maar hun seksuele leven wordt beheerst door castratieangst. Die kan slechts worden overwonnen door de vrouw te verrassen met de onder vrouwelijke kleding verborgen penis. Mogelijke drijfveren: gekwetst, zwak mannelijk zelfbeeld en een vernederde vaderfiguur.

Ik hield van Erik. Hij hield van mij. Hij heeft me altijd als zijn gelijke beschouwd, sprak met mij over zijn ervaringen. Urenlang kon hij bezig zijn zich zo mooi mogelijk te maken.

Prins: O, wat een mooi meisje ligt daar, mag ik haar meenemen naar mijn paleis?

Ik zal het aan de andere kabouters vragen.

Mag deze mooie prins ons Sneeuwwitje meenemen naar zijn paleis?

Als u voorzichtig de kist optilt. Wij zullen u helpen. (De appel rolt uit haar mond. Ze wordt wakker.)

Prins: Lieve, schone prinses, wilt u met me trouwen en naar mijn paleis gaan?

Sneeuwwitje: Ja, dat wil ik, maar mijn lieve kabouters moeten mij vaak komen bezoeken.

Kabouters: Hoera! Leve het bruidspaar! (Allen zingend af.)

Hoe hij zich kleedde en opmaakte als hij voor mij speelde!

8

Afleidingsmanoeuvre. Dat woord gebruikte Hanna immers in verband met de wethouder? Ik ben ook met een afleidingsmanoeuvre bezig, draai om de dingen heen, praat en praat maar, weet niet waarom ik u al die dingen toevertrouw en voel mij een trots slachtoffer.

Dat dagboek van Erik. Het was alsof ik een sluier opzijschoof om een hoog voornaam voorhoofd aan te raken, en een masker aantrof.

Die paar woorden! Nog vraag ik me af of ik ze wel werkelijk gelezen heb. Op het moment van de ontdekking was in ieder geval een grote krachtsinspanning nodig om de woorden die ik las hardop uit te spreken. Woorden, in de kantlijn, vele malen herhaald, op diverse dagen, soms doorgestreept, maar altijd leesbaar.

Ja, Erik is mijn vader. Misschien had u het al begrepen. Oom, vriend, minnaar, vader en vader van de kleine metgezel die ik in me draag. Onoplosbaar probleem en daarom zo gemakkelijk. Waar ligt de oorsprong, de verklaring van deze buitengewone, onnatuurlijke gang van zaken? Stond dat allemaal al uitgestippeld in het lege blauw die keer dat we Hanna turend op de veerweg aantroffen?

Het is niet anders. Alles is kalm, vertrouwd, gemakkelijk. Mijn buik is dik, mijn borsten zijn groot en vol en glanzend.

Nog een dag? Nog enkele uren. De weeën zullen weldra komen. De dokter verwacht geen complicaties. Ik hoef nergens bang voor te zijn. Ik ben ook nergens bang voor. Mijn bekken is breed. De dokter kijkt er altijd goedkeurend naar.

Het is bijna mooi. Dit kind verwekt door mijn eigen vader. Dat is van een schoonheid die niet van deze wereld is, noch van die andere, aan gene zijde, maar van een wereld die niet meer bestaat. Die van vóór de zondeval. Of ligt de schoonheid juist in die natuurlijke hang van elke vrouw, die onweerstaanbare hunkering naar wat verboden is?

Je mag geen voorkeur uitspreken, je moet blij en dankbaar zijn als een kind gezond, met tien vingers en tien tenen, ter wereld komt. Nee, ik mag geen voorkeur uitspreken.

Ik hoop dat het een meisje is.

Er komt een scherpe geur in mijn neus. De geur van oude in leer gebonden boeken, de geur die opstijgt uit de nerven van oude balken. Dan een lichte misselijkheid. Droge lippen. Mijn tong zwelt op in mijn mond. Gaat het al beginnen?

En jij, Marije, jij wendt een moment je hoofd af, de tijd die nodig is om de blijdschap uit te wissen die te goed en te snel wordt gezien. Een pijnscheut in je zij. Jij glimlacht, onder die pijn, omdat je de aaneenschakeling van de dingen doorziet, een glimlach die direct in tweeën wordt gesneden door je eigen stem: 'Het begint. Ik ga de dokter bellen.'

Mijn oranjerode lippenstift, kleine gebaren in het licht van de grote gebeurtenis. De geboorte van mijn dochter. Ik heb nu al zin om haar te knuffelen. Op dit moment, terwijl ik op mijn huisarts wacht, ben ik me zorgvuldig aan het opmaken en denk aan de pannenkoekjes met bessengelei die Hanna zo vaak voor mij gemaakt heeft.